T0348974

El peligroso REINO del amor

El peligroso reino del amor

NEIL BLACKMORE

Traducción de Bruno Álvarez Herrero

◊ Plata

Argentina – Chile – Colombia – España
Estados Unidos – México – Perú – Uruguay

Título original: *The Dangerous Kingdom of Love*
Editor original: Hutchinson
Traducción: Bruno Álvarez Herrero

1.ª edición: junio 2024

Plaza de los Reyes Magos, 8, piso 1.º C y D – 28007 Madrid
www.letrasdeplata.com

ISBN: 978-84-92919-60-4
E-ISBN: 978-84-10159-25-9
Depósito legal: M-9.892-2024

Fotocomposición: Urano World Spain, S.A.U.
Impreso por: Rodesa, S.A. – Polígono Industrial San Miguel
Parcelas E7-E8 – 31132 Villatuerta (Navarra)

Impreso en España – *Printed in Spain*

Un agradecimiento especial a Stephen Kolawole,
Veronique Baxter, Anna Argenio, Adi Bloom y Zahid Mukhtar.
Gracias a los miembros del North London Writers Group.

[…] No hay ningún peligro. Es solo una molestia

—¿Qué te ha dicho? […]

[…] —Solo esas mismas palabras: «Recuerda que debes morir». Nada más.

—Debe de ser un psicópata —respondió Godfrey.

Muriel Sparks, *Memento mori*

NOTA DEL AUTOR

Esta es una historia basada en hechos reales. Todos los personajes importantes son personas que han existido de verdad. La mayoría de los acontecimientos principales (desde la mujer furiosa que dispara al perro de su marido infiel hasta el trágico desenlace) están inspirados en hechos históricos. En ocasiones se han modificado las fechas en pro de la narración, y algunas de las elecciones lingüísticas son modernas de manera intencionada.

Ah, y Francis Bacon cambió el mundo. Y cambió *tu* vida.

Sir Francis Bacon

Dramatis Personae

Francis Bacon: político, filósofo, novelista
y creador del mundo moderno
George Villiers: el futuro
Rey Jacobo I de Inglaterra y VI de Escocia: sodomita
e intelectual fracasado
Ana de Dinamarca: esposa de un sodomita y amiga de Bacon
Robert Carr: un prostituto muy apuesto
Frances Carr: una asesina muy alegre
La señora Turner: ¡una bruja!
Lady Grace Mildmay: científica y amiga de Bacon
Ben Jonson: dramaturgo y amigo de Bacon
William Shakespeare: otro dramaturgo
El conde de Suffolk: un aristócrata
El conde de Southampton: otro aristócrata
Edward Coke: una persona espantosa
Sir Thomas Overbury: un cadáver (pronto…)

INGLATERRA
PRIMAVERA DE 1613

El rey Jacobo I de Inglaterra y VI de Escocia
y su amante, Robert Carr

SOBRE LA HIPOCRESÍA, LA SODOMÍA Y DEMÁS ESTUPIDECES

Todo el mundo dice que soy el hombre más inteligente de Inglaterra. Todo el mundo. Pero en este país ser inteligente no vale de nada. Los libros que hayas leído, los poetas que puedas citar…, todo eso da igual. De hecho, a mis compatriotas ingleses esas frivolidades les repugnan (o, en el mejor de los casos, no le ven el sentido). El conocimiento irrita a la gente, y su uso la enfurece. Porque en Inglaterra, al menos en nuestros tiempos, solo importan dos cosas: la nobleza del linaje y la exquisitez de los rostros de los chicos. «Eso no es justo», protestarás, si eres una marisabidilla. Pero estamos en Inglaterra, donde la vida no es justa, donde a la vida no le importa una mierda lo que piense nadie, a menos que seas un conde o un chico guapo con un agujerito bien prieto, holgazaneando en la cama de nuestro querido rey Jacobo. Me temo que no te queda más remedio que aceptar que esta es la verdad.

Supongo que te preguntarás quién soy yo. Pues soy Francis Bacon. Polímata, político, filósofo y sabelotodo en general (estoy siendo irónico). Dejé atrás los cuarenta hace ya tiempo, y en estos años he publicado libros sobre lo que la gente describe como un abanico «asombroso» de temas (¡pues sí que se asombra la gente con facilidad!). Para ser sinceros, casi nadie los ha leído. No poseo ningún título, ninguna posición de prestigio. He sido miembro del Parlamento y asesor legal de la Corona, e incluso llegué a trabajar como abogado general del reino, pero sigo gastando más dinero del que gano (incluso ingresé una vez en prisión por mis deudas, aunque fuera durante poco tiempo). No soy barón de esto ni conde de aquello. No tengo hijos, ni parece probable que vaya a tenerlos jamás. Mi familia, a pesar de sus vínculos intelectuales y reformistas, no pertenecía a la aristocracia. Me crio un padre que sirvió con lealtad a la reina

Isabel I como lord guardián del gran sello y murió sin nada, y una madre que estuvo en contacto con algunas de las mentes más brillantes de la época pero que no podía ni dar de comer a sus sirvientes. Después de años de trabajo duro en la corte, años de cumplir primero las órdenes de la antigua reina y ahora las del rey actual, ¿por qué tengo tan poco de lo que presumir? Merezco el éxito, pero merecer algo y conseguirlo son cosas distintas.

Cuando aún era muy joven, publiqué mi primera gran obra, titulada *Ensayos*. Fue entonces cuando los hombres me describieron como el genio que había inventado el ensayo, pero, por supuesto, esos hombres no han leído a Montaigne ni a Castiglione. Si tú tampoco los has leído, asiente con la cabeza y haz como que sí (eso describe bastante bien Inglaterra, justo eso, ese asentimiento pretencioso). Luego, en *El avance del saber*, propuse separar la filosofía de la teología; sugerí que tal vez en la vida de los seres humanos ocurrieran cosas que no se explican mediante Dios (podrían haberme quemado en la hoguera por esa sugerencia). Los eruditos del continente decían que iba a transformar el modo en que se abordaba el conocimiento, a crear un nuevo empirismo, un enfoque racional con el que analizar la vida en el que las pruebas científicas importasen de verdad. Un mundo nuevo, moderno. Iba a ser el gran filósofo de nuestra era, decían esos eruditos. Y todo esto demuestra una cosa: que la gente dice unas estupideces tremendas.

Después de todo este tiempo, sigo sin tener dinero, y tampoco poseo el poder suficiente. Sigo estando excluido de los círculos importantes. Pero, de repente, algo ha cambiado. El rey Jacobo me convocó en Theobalds House, su palacio favorito, de modo que una mañana blanquecina y neblinosa cabalgué dos horas hacia el norte desde Londres. Lo que había cambiado era que el rey iba a nombrarme fiscal general de Inglaterra, el abogado más importante del reino, uno de sus asesores más cercanos; y estaba seguro de que al fin tenía posibilidades de ser rico. «Ah —dirás—, los filósofos no se deben preocupar por esas cosas». Bueno, pues resulta que a los filósofos les gustan las mismas cosas que a la mayoría de gente: el dinero, el estatus, las fiestas y los penes. Solo que se hacen famosos fingiendo que no es así.

En los campos que se extendían ante el palacio estaban dispuestos los miembros más augustos del país: el propio rey, su corte y sus consejeros, y los nobles de Inglaterra, con sombreros de plumas en la cabeza y mosquetes en las manos. Era día de caza; en el aire aún zumbaba el sonido del último disparo. El humo se empezaba a difuminar, los pájaros habían caído del cielo y los perros corrían hacia los matorrales del bosque, husmeando en busca de cadáveres aviares. Lejos de la zona de tiro, las damas se habían reunido para observar la caza, con sus cuellos de lechuguilla almidonados y sus pelucas enormes y enjoyadas. Algunas llevaban guantes y pistolas pequeñas con empuñaduras de nácar. Otras daban grandes tragos a sus copas de vino, aunque aún no fueran ni las once; así es la vida en la corte. Alrededor de esa camarilla estaban sentados pacientemente los enanos de la corte mientras los bufones actuaban, todos ellos esperando los pellizcos (y puñetazos) inevitables que llegarían cuando sus señoras se emborracharan.

Una voz afilada como un picahielo se alzó al acercarme, clara y aristocrática. El conde de Southampton: mi enemigo más notorio. Es un tipo glamuroso, inteligente en cierto sentido, uno de los primeros en invertir en América, un mecenas distinguido y con buen gusto. Pero no ve utilidad alguna en la inteligencia de los demás, ni en la posibilidad de que los hombres puedan (o deban) ascender en la vida. De modo que me odia. Hay otras razones por las que me odia también, pero ya hablaremos de eso más tarde. Lo que debes saber es lo siguiente: el conde de Southampton me mataría si pudiera.

—Mirad, compañeros nobles, aquí viene Bacon —dijo con intención de insultarme al obviar el tratamiento requerido para alguien como yo, a quien la antigua reina había nombrado caballero, ya que tal honor no significa nada para alguien de su procedencia.

Se volvió hacia el conde de Suffolk, miembro de la familia Howard, que se considera a sí misma la imagen modélica de Inglaterra, varios peldaños por encima de nuestra familia real escocesa. Esos dos hombres son mis enemigos, y lo digo con total seriedad. Cuando sus miradas se cruzaron, la malicia le iluminó el apuesto rostro a Southampton, y luego volvió a observarme. Hice una reverencia de lo más decorosa, pero enseguida me aparté de ellos. Suffolk y él no me quitaron el ojo de encima durante todo el rato.

Al girarme, vi al rey: Jacobo I de Inglaterra, VI de Escocia, unificador de nuestra isla. Al acceder a la Corona de Inglaterra en 1603, Inglaterra, Escocia, Gales e Irlanda tuvieron un solo gobernante por primera vez en la historia. Ahora hacía ya diez años que había llegado de Edimburgo tras la muerte de la antigua reina, que era su prima. La reina lo había mantenido a la espera durante tanto tiempo que, cuando murió al fin, tras mantenerse en pie hasta casi el último momento (lo cual demuestra bastante bien tanto sus rasgos más maravillosos como los más exasperantes), Jacobo casi no se creía que hubiera llegado su momento. Llevaba esperando desde los diez meses de edad, cuando había ascendido al trono escocés y se había convertido en el rey de la nada, para convertirse en el rey de algún lugar: de Inglaterra. Partió hacia Londres y nunca regresó.

Su huida al sur no fue en solitario. Cerca de la mitad del reino de Escocia lo siguió a esta tierra de (relativa) prosperidad y abundancia, con los ojos como platos y la boca abierta ante todo lo que estaban a punto de saborear. Pero el verdadero premio no eran los pastos verdes de Inglaterra, sino la riqueza despiadada y mezquina de Londres. En aquella época, los londinenses se quejaban de que todos esos escoceses llegaran y se apoderaran de todo, pero yo sabía de qué lado estaba el futuro. Así que escribí una disertación sobre la unión de ambos reinos que proponía la idea de un único Estado «británico». Al rey le encantó, y pensaba que me había ganado su favor. Pero no tardé en recordar cómo funciona este país. Con el rey, al igual que había ocurrido con la antigua reina, las caras bonitas ascienden enseguida y los aristócratas nunca descienden. Todos los demás tan solo se tambalean de un lado a otro, a veces hacia arriba, solo un poco, y a veces hacia abajo, en picado. Pero ahora por fin iba a recibir mi recompensa.

El rey estaba despatarrado en un trono improvisado de madera pintada de dorado, observando a los hombres que estaban más en forma que él mientras disparaban a los pájaros, con una jarra de vino enorme en una mano. En cuanto al físico, no destacaba en nada en absoluto: no era ni alto ni bajo, con un cuerpo moldeado por la vida de la alta sociedad y la pereza, igual que el de cualquier hombre que se alimenta de carne y vino. Siempre llevaba el pelo encrespado, con un peinado poco atractivo, y, aunque era pelirrojo, se le había vuelto castaño tirando a grisáceo con la edad. Tenía una lengua demasiado grande para su boca, de modo que escupía mientras hablaba de esa forma suya intensa pero sin decir nada interesante; y tenía los labios teñidos de púrpura de tanto beber burdeos.

Se pasa el día entero bebiendo, desde que se despierta hasta que se desploma en la cama por la noche, y solo come carne y dulces. No es de extrañar que tenga mala salud. Y no es el único: la gente de la corte se niega a comer frutas y verduras, puesto que creen que no son saludables. Solo se come pollo y venado, pasteles y tartas, todo acompañado de una botella de vino tras otra. Ahora, en la madurez, su estilo de vida le ha empezado a pasar factura a su cuerpo. Por culpa de la gota y de la enorme cantidad de úlceras que tiene en las piernas, no puede ponerse de pie ni para disparar a los pájaros. (No cabe duda de que, con el tiempo, se desarrollará una ciencia de la alimentación y de la salud que explicará muchos errores de nuestras creencias y comportamientos).

En aquel trono improvisado, y en el regazo del monarca, algo (alguien, supongo) se retorcía y se desternillaba. Era su amante: Robert Carr, el despiadado y apuesto Robert Carr, tan hermoso como una baratija y con un corazón negro como el azabache. El rey le estaba dando besos babosos por todo el cuello, manchándolo de vino, mientras el muchacho, que en realidad era un hombre, se retorcía y reía y de vez en cuando se dejaba hacer. Toda la corte estaba a su alrededor, fingiendo no darse cuenta de nada.

En caso de que seas de los que oyen «sodomita» y piensan «pederasta», permíteme aclarar que Carr ya no era un niño. En realidad se acercaba a la treintena, pero era importante que el mundo siguiera viéndolo como un niño. De ese modo, se podía fingir que se trataba de un ejemplo platónico y noble del hombre mayor que guía al joven hacia la edad adulta. Para entonces, Carr llevaba seis o siete años siendo el favorito del rey, lo cual para este tipo de relaciones es mucho tiempo. A petición del rey, por repugnante que resulte, lo llama «padre», pues así todos podemos fingir que son el paradigma de una relación entre padre e hijo. Pero todos sabemos que eso no es cierto; todos sabemos por qué agujero le introduce el rey su cariño a su favorito. Me atrevería a decir que ningún padre debería hacerle a su hijo lo que el rey le hace a Robert Carr.

Toda Europa conocía los deseos del rey, pero hay quienes señalan varias obras espantosas (quiero decir, ¡ingeniosas!) que ha escrito para demostrar que no puede ser sodomita. Ah, sí, el rey también es un intelectual; uno horroroso. En su *Demonología*, por ejemplo, no decía más que tonterías sobre cómo atrapar a brujas. (Cuando me pregunta si creo en ellas, le respondo: «Yo nunca he visto ninguna atravesando la luna, majestad, ¿y vos?», y se ríe). Por otro lado, en su horrible tratado sobre la realeza, *Basilikon Doron*, denunciaba las groserías, la bebida y la sodomía. Pero ahí estaba él, en una tarde de primavera, haciendo esas tres cosas. La gente cree lo que necesita creer. Hace la vista gorda, ignora la verdad evidente y le resulta muy fácil mentirse a sí misma. Así es como quienes intentan ser intelectuales hacen un ridículo espantoso.

—¡Demonios, *Beicon*, aquí estás! —gritó el rey cuando separó al fin la boca de la de Robert Carr.

Nunca ha logrado dominar del todo el inglés, y en su lugar habla una mezcla de inglés y escocés. Hice una gran reverencia. El rey se incorporó en el trono, y estuvo a punto de tirar a Carr al inclinarse hacia delante.

—Majestad —le dije—, vos me habéis convocado.

—¡Ah, sí! —bramó—. ¡Es verdad, demonios!

Hay una cosa más que deberías saber sobre Robert Carr. Durante los últimos meses, me ha estado chantajeando, diciendo que quiere que le dé mil libras para convencer al rey de que fue una buena idea nombrarme fiscal general de Inglaterra. Si no le pagaba, trataría de ponerlo en mi contra, para que no me tuviera en cuenta para futuros ascensos. ¡Mil libras! Bien podría haberme pedido mi alma. Pero se las pagué (aunque tuve que hipotecar de nuevo la casa de campo que había heredado de mi padre, en Gorhambury, cerca de Saint Albans, y pedir que me prestaran el resto), y ahora ahí estábamos todos.

¡Pum, pum, pum! Unos tiros al aire, tras los que una paloma cayó al suelo, hecha pedazos y ensangrentada pero aún viva. El amasijo de vísceras y alas dislocadas se agitó, abrió el pico y al fin la cabeza golpeó el suelo. Aparté la vista, con ganas de vomitar, y entonces vi que Carr me miraba fijamente, con una sonrisa de suficiencia casi imperceptible en el rostro. Pero aquella cara era la más bella de la corte inglesa, y ahí residía su poder. La corte de Inglaterra es un mundo compuesto de linajes rígidos y herméticos, impenetrable para la gente corriente. Pero el destino les había brindado a los jóvenes como Carr una ventaja específica: un enorme atractivo físico en el momento concreto en que reinaba un monarca que ansiaba, sin esconderlo siquiera, justo eso. La belleza era la habilidad de esos jóvenes, al igual que trabajar la piedra es la habilidad de los escultores. Y el poder, en sus diversas expresiones, era su premio. Quieren acceder al poder en su sentido más elemental y agresivo: riquezas, títulos, control sobre los hombres y los asuntos del mundo. A veces, solo quieren el poder que conlleva la autoridad de la edad de otro, o el acceso al conocimiento y la visión del mundo

de un hombre culto. Quieren el poder que conlleva ser joven, apuesto y deseado, y lo quieren de quienes no son nada de eso. Esta es, pues, una historia sobre el poder. Y nada más.

El rey ha tenido varios favoritos aquí en Inglaterra, y de manera más notoria en Escocia, donde sus preferencias le trajeron problemas entre los puritanos sentenciosos del norte. Pero nadie ha logrado dominarlo con tanta intensidad como Carr. Llegó aquí con todos esos hambrientos que se dirigieron al sur tras la muerte de la reina. En algún lugar entre Edimburgo y Londres, se hizo amigo de sir Thomas Overbury, que es igual de horrible que el propio Carr. Overbury tiene la lengua más viperina de la corte, y dicen que vio en Carr, por entonces aún inocente, la oportunidad de amasar una fortuna para ambos. Se dice que fue él quien preparó a Carr para ser el favorito del rey, que le rizó el pelo, le curó las espinillas y le afeitó el culo, que le enseñó a seducir al rey y que fue él quien organizó su primer encuentro, el cual acabó con Carr rompiéndose una pierna en una justa y con el rey yendo a toda prisa a atender al chico malherido y precioso que lo había cautivado ese día… y lo había mantenido hechizado todos los días desde entonces. No existían dos escoceses más ambiciosos que Carr y Overbury, y no ha habido dos que se hayan buscado la vida mejor que ellos entre todos los que vinieron al sur.

Ahora Carr tiene al rey dominado no con amabilidad, ni siquiera con sexo (a pesar de lo que me cuenta el espía que he infiltrado entre los caballeros de la alcoba real sobre sus actividades, que tienen lugar dos veces al día); Carr domina al rey con un estado de ánimo tan inestable que resulta espantoso: enfurruñamientos fulminantes, rabietas feroces, carcajadas chispeantes, declaraciones de amor que parecen sinceras y que de pronto retira. El rey sufrió una infancia desprovista de amor, ya que lo abandonó su madre, la estúpida esa de la melena de fuego, María Estuardo, reina de los idiotas, que acabó engullida por los afilados picos de los buitres de sus aristócratas. Con Carr le llegó el amor, no como salvación, sino como un huracán tropical, como una gélida tormenta del Mar del Norte. (Nota para mí mismo: escribe algo sobre una futura ciencia de la mente, mediante la que sus practicantes podrán comprender qué es lo que lleva a los hombres a comportarse como lo hacen. Si logro vivir para ver esa ciencia de la mente, recomendaré que estudien primero el amor de nuestro rey Jacobo por Robert Carr).

Tras clavarme la vista durante otros instantes, Carr se alejó con parsimonia hacia su mejor amigo, Overbury. El rey observaba las nalgas suaves y ovaladas de su amante mientras este se contoneaba con unos pantalones de seda que le hacían un culo respingón, y mientras tanto movía la lengua roja sobre los labios morados y agrietados, gruñendo para sí mismo, hipnotizado. Después de todos estos años, nada ha aplacado su pasión hacia Carr; nada ha logrado amenazarla siquiera. El rey no desvió la vista hacia mí hasta que su amante hubo desaparecido. Esbozó una sonrisilla y dijo, sin previo aviso:

—Sé que una vez intentaste follarte a mi Rabbie, *Beicon*.

Hay otra cosa que deberías saber sobre Robert Carr. Sí que había intentado follármelo una vez, varios años atrás, y me había rechazado. Me dijo que era demasiado pobre para él, demasiado humilde. Por entonces no me había percatado aún de que su objetivo era un premio mucho mucho más gordo que yo. Incluso ahora, me estremecí al oír al rey decir esas palabras.

—Majestad —respondí, alarmado—, no sé…, no sé a qué os referís.

Antes de continuar, tienes que entender lo siguiente: el poder es un juego. Un juego mortal. Un juego que conlleva enormes pérdidas y enormes recompensas. Y en el juego del poder siempre debes estar alerta ante las amenazas. Cuando un rey dice algo así, ¿qué pretende? ¿Advertirte? ¿Humillarte? ¿Avisarte de que se avecinan problemas? ¿O sencillamente regodearse?

—Majestad… —Empecé a balbucear; sentía una presión en las sienes y mis latidos en el cuello—. Lo que decís ocurrió hace muchos años, antes de que vos y Rabbie… Quiero decir, Robert… ¡Y no pasó nada!

El rey se echó a reír.

—¡*Beicon*! Que solo te estoy tomando el pelo, hombre. No te preocupes, que todavía no te voy a mandar a la Torre, ¿eh? —Su risa cayó como la lluvia a mi alrededor, despiadada, con fuerza—. Estos chicos guapos son todos iguales. Piensan con el culo casi más que con el coco, ¿eh?

Se dio unos golpecitos en un lado de la cabeza con los nudillos, como para dar a entender que eran unos cabezas huecas, cuando la suya era la más hueca de todas. Hice una reverencia y sonreí, y sentí que se disipaba mi miedo... por el momento. Pero el miedo es algo inherente a la proximidad a los reyes.

Tras dejar escapar un suspiro alegre, el rey bebió un trago de vino de su jarra y luego afirmó:

—Nosotros, *Beicon*, nosotros dos somos los verdaderos intelectuales, demonios. Quiero hablar contigo de asuntos intelectuales.

Luego eructó tan fuerte que un pájaro que había sobre nosotros, en un árbol, se asustó y echó a volar, y algún conde le disparó con un mosquete y falló.

Ay, Dios, pensé. *¿Por qué? ¿Por qué la gente me ve y quiere hablar de cosas «intelectuales»?* El rey pertenece a la peor clase de idiotas: los que se creen inteligentes. Pero volví a hacer otra reverencia; ¿qué otra cosa podía hacer? Es el rey, el sol alrededor del cual orbitamos los demás (según el señor Galilei, al menos). No pestañeó, pero se me quedó mirando a través de la neblina de sus ojos, provocada por el alcohol.

—Dime, *Beicon*, ¿qué estás escribiendo estos días? ¡Seguro que es algún puto rompecabezas!

No tenía nada de ganas de hablar de eso.

—Estoy trabajando en una crítica de Aristóteles, majestad.

—¿Aristóteles? —gritó, y la saliva cargada de vino me salpicó la cara. Sonreí. No me atreví a limpiármela—. ¿Una puta crítica de Aristóteles? ¿Qué tiene de malo Aristóteles? Pero ¡si hasta a cualquier imbécil le encanta a Aristóteles!

Justo. A los *imbéciles* les gusta Aristóteles. Ese es el problema, un problema que ha arruinado la civilización europea. Toda la ideología cristiana en Europa se basa en la obra de Aristóteles. Su método de investigación científica ha sido la piedra angular de todo pensamiento correcto durante cientos de años. La base de su método es el planteamiento de ideas existentes y aceptadas que el científico o el filósofo debe demostrar, a partir de las cuales puede *deducir* los hechos.

Pero la cuestión es que *yo* me he dado cuenta de que es un método equivocado. De modo que yo, Francis Bacon, no estoy de acuerdo con Aristóteles. Creo que, en lugar de empezar con la premisa y usar a toda costa los datos para demostrarla, los científicos deberían empezar con los datos y trabajar a partir de ellos, hasta llegar a resultados que son desconocidos. Mi idea es que los científicos no deben suponer que conocen las respuestas antes de buscar pruebas. Creo que, si buscaran pruebas y luego indujeran las respuestas, eso podría transformar el conocimiento, crear las bases de un mundo moderno y *científico*.

La ciencia podría convertirse en una especie de revolución, una herramienta para mejorar la vida de todo el mundo que podría revolucionar la medicina, la tecnología, la industria..., todo. Y diría que este cambio podría ser la base de un mundo nuevo y moderno en el que no dejaríamos de ampliar nuestros conocimientos.

Le conté todas esas novedades al rey y se limitó a vociferar:

—¡Pues sí que eres crítico, *Beicon*! Menos mal que eres listo, porque lo que se dice guapo... A lo mejor por eso Rabbie no te hizo ni caso.

Sonreí ante su insulto; ¿qué otra cosa podía hacer? (No respondí que el rechazo de Carr se basaba precisamente en su atracción hacia el rey: yo no tenía dinero, y muy poco poder, mientras que el rey tenía ambos en abundancia. ¡Soy demasiado cortés como para puntualizar algo así!). Puso los ojos en blanco y los movió de un lado para otro como si fueran canicas que chocan entre sí. Intentó soltar un pequeño eructo, pero no lo consiguió. Ya estaba pensando en otro asunto; el niño se estaba aburriendo.

—Bueno, deja que te cuente la buena noticia.

Contuve la respiración.

—¿Qué noticia, majestad?

—He decidido ofrecerte el puesto de fiscal general, *Beicon*. ¿Qué te parece?

¿Qué me parece? ¿Que qué me parece? Sentí cómo se liberaban todos los nudos en los hombros que me había provocado la tensión durante años, cómo quedaban atrás todas esas noches en vela en las que temía tener que volver a la prisión de deudores. Miré hacia Southampton y Suffolk, que me observaban a ambos lados del rey como dos *bulldogs* que acababan de darle unos sorbos al más amargo agraz. Sentí que las manos de mis enemigos, que hasta entonces había tenido alrededor del cuello, se aflojaban.

—Gracias, majestad —respondí haciendo una reverencia enorme—. Gracias. Es un honor.

—¡Ja! —soltó el rey—. ¡Sí que es un puto honor, sí! —Levantó la copa y pidió más vino—. Vino para mí. ¡Y también para el… —agitó las cejas pobladas mientras arrastraba las palabras— fiscal general!

Mientras aún estaba anonadado, maravillado por mi nueva fortuna (menos las mil libras que le había tenido que dar a Carr), nos volvimos para contemplar los tiros. Cada vez había más personas en el campo. La reina Ana de Dinamarca había llegado con sus damas, pero no causó demasiado alboroto. Ana, que había sido una princesa danesa, era ahora una mujer muy alta que sobresalía por encima de la mayoría de los hombres patiestevados de la corte de su marido, con una gran cabellera rubia, abultada y encrespada, y unos ojos azul pálido que podían observarte con intensidad y, sin embargo, no revelar nada, algo que la gente confundía con una mirada vacía. Les estaba hablando a sus damas, y a sus perros, con una voz escandinava fuerte y grave. La mayoría de la gente dice que es idiota. O tal vez idiota no; una papanatas, una donnadie, una bobalicona, un cero a la izquierda, alguien sin valor alguno. La mayoría de la gente dice esas cosas de la reina, pero se equivocan. A mí siempre me ha agradado, y yo a ella.

La acompañaba su único hijo varón que seguía con vida, el joven príncipe Carlos. De los siete hijos de la reina, solo habían sobrevivido él y su hermana Isabel, pero la joven de dieciséis años se había marchado hacía poco a Alemania para vivir con su nuevo marido, el elector palatino del Rin. Era probable que no volviésemos a verla. El hijo mayor de la reina, el príncipe Enrique, había muerto un año antes. El príncipe, inteligente y enérgico, había sido la esperanza de estas naciones, pero un día, cuando era un muchacho fornido de dieciocho años, había ido a nadar con sus amigos, había enfermado y había muerto. Se había marchado tan deprisa que todo el mundo se había quedado atónito: la corte, el país entero, todo el mundo. Después de su muerte, durante cuatro semanas, los londinenses habían hecho cola a diario, de miles y miles de personas, para ver su cadáver en la Abadía de Westminster. Ni siquiera se le había dado una despedida semejante a la antigua reina. Los reyes, como la mayoría de los padres, habían perdido otros hijos, niños y bebés, pero la muerte del príncipe a las puertas de la adultez había sido demoledora. Y para la reina había sido especialmente duro. Al fin comenzaba a alcanzar cierto nivel, por frágil que fuera, de estabilidad. Pero no hay que equivocarse: era una mujer dura. Su vida, tan privilegiada como ignorada, la había vuelto dura.

Justo cuando los tiradores, incluida la reina, se colocaban en sus puestos, un pequeño *spaniel* vino corriendo hacia mí y comenzó a ladrar a mis pies. Carr le había regalado el perro al rey, por lo que le tenía mucho cariño y, en consecuencia, estaba de lo más mimado.

—¡Ritchie, para ya! —le gritó el rey—. ¡Maldito perro! Pero cómo lo quiero… Ritchie, ¡que pares!

El perro no dejó de ladrar, y de hecho tenía los dientes tan cerca de mis tobillos que podía sentir su aliento azotándome las medias.

—Diablos, Ritchie, ¡para ya! —le chilló de nuevo el rey.

Pero el perro no paraba.

Ni se te ocurra morderme, chucho, pensé.

—¡Ritchie, para de una puta vez!

Sonó otro disparo. El perro salió pitando hacia Carr. Se produjo un momento de silencio y, después, carcajadas. Alcé la mirada y ahí estaban Carr y Overbury, doblados de la risa, cada uno a unos metros de la reina, que sostenía un mosquete aún humeante. Y entonces fue cuando me percaté del cadáver inmóvil de un pájaro. Se trataba de un cuervo. La reina debía de haberle disparado sin querer. No entendía nada, ya que era una tiradora excelente. ¿Habría dicho alguien algo que hubiera provocado que fallara el tiro?

—Ay, majestad, tan solo habéis derribado un cuervo, un ave que no se puede comer —graznó Overbury con esa voz tan desagradable—. ¿No habéis leído el Levítico? ¡Los cuervos no se comen! ¡Son aves impuras! ¿En Dinamarca no se enseña eso? ¿O son los suecos los que devoran cuervos?

¡Más risas por todas partes! Incluso el conde de Suffolk se reía. No entendía nada. El conde de Suffolk, un orgulloso inglés de la familia Howard, despreciaba a Carr, un vulgar prostituto escocés. Se estaba tramando algo, pero no sabía el qué. Y, más allá de eso, pensaba en la reina, que tan solo estaba empezando a dejar atrás el dolor de su pérdida. No merecía tanta crueldad.

—Majestad —le dije al rey—, me parece que es posible que la reina esté triste.

El rey dio un lingotazo de vino y se lamió los labios.

—Para nada —contestó—. ¡Está más feliz que una puta perdiz, *Beicon!*

Vi a la reina alzar el mosquete y apuntar al perro, Ritchie, que estaba sentado a los pies de Carr.

Mierda, pensé. *Va a disparar al perro pulgoso ese.*

—¡Majestad! —grité, dirigiéndome a la reina, no al rey.

¡Bum!

Se levantó una nube de tierra y polvo y el perro dio un chillido. Yo contuve el aliento. Y entonces el rey, tras darse cuenta de lo que acababa de ocurrir, empezó a gritar:

—¡Ritchie! ¡No! ¡Ritchie, Ritchie!

Las carcajadas crueles cesaron y toda la corte se sumió en el silencio. Carr comenzó a aullar y Overbury palideció del impacto. La reina había contraatacado. Cuando se despejó la nube de tierra, apareció el perro, lloriqueando, encogido en el suelo, aterrado pero vivo. Carr emitía alaridos como los de un zorro que ha caído en una trampa. El rey se puso en pie a pesar de la gota y ordenó a gritos a todo el mundo que se calmara de una puta vez. Pero sus bramidos no calmaron a nadie. Entonces, milagrosamente, la reina me dirigió una mirada relajada y me sonrió.

—¡Ay, Bacon! —me saludó, con toda la tranquilidad del mundo—. ¡Qué alegría verte!

Me acerqué a ella e hice una pequeña reverencia. Mientras tanto, Carr corría hacia el rey, aún pegando alaridos como si le fuera la vida en ello.

—¿Qué opinas de los disparos? —me preguntó la reina cuando llegué hasta ella.

—Me parecen extraordinarios, majestad.

—¿El del cuervo o el del perro? —me preguntó con una sonrisa de suficiencia.

—Ninguno de los dos. Pensaba más en Robert Carr.

Tras nosotros se había formado un alboroto.

—Bacon, eres más ladino que una víbora —dijo la reina, ignorando por completo el jaleo.

Hice otra reverencia.

—¿Me insultáis, majestad?

—No, es un halago. Me gustan las víboras. Las víboras cazan ratas.

Al fin, sin un solo parpadeo que revelase la más mínima preocupación, se volvió hacia el vocerío. Carr sollozaba, enfurecido; el rey le suplicaba que se calmara; el perro gemía; y Overbury parecía haberse cagado en los pantalones. Durante un momento a la reina se le dibujó una sonrisa fría en los labios; luego se esfumó, volvió a mirarme y me preguntó:

—¿Le pagaste el soborno a Carr, Bacon?

—Sí.

—¡Ja! —exclamó la reina mientras se daba la vuelta para marcharse—. Que tengas un buen día, Bacon. Si alguna vez quieres cazar alguna rata para mí, dímelo.

Me clavó la mirada durante un instante y luego la desvió y regresó con sus damas, que se habían agrupado a su alrededor, entre susurros y risas, tras lo que había logrado su señora.

Al menos para mí, el resto de la tarde no consistió en beber y disparar, sino en trabajar. Siempre tengo trabajo que hacer, un trabajo agotador, infinito y absorbente. Como abogado general, siempre había estado sobrecargado de trabajo, y ahora que iba a ser fiscal general sabía que la carga sería mayor aún. Hallé una salita aislada y en silencio, en una zona apartada de Theobalds, lejos del alboroto de la corte, y durante unas horas me mantuve ocupado con el papeleo; luego, me reuní con demandantes que querían llevar sus casos a los órganos jurisdiccionales más altos. El rey ya me había avisado de que iba a necesitar reunir algo de dinero para cubrir la montaña reluciente de deudas que había acumulado. Una de mis primeras tareas sería convocar una reunión del Parlamento para ayudar al país a reunir fondos para (al menos empezar a) saldar esas deudas.

Al cabo de un ratito, apareció mi leal secretario de la corte, Meautys, y me entregó una nota. Meautys es un hombre callado y tranquilo que no suele expresar sus opiniones y que lo piensa todo en profundidad; justo el tipo de persona que necesita uno a su lado cuando juega al juego del poder. Solía permanecer en Theobalds cuando yo me marchaba a la ciudad y quedarse en la ciudad cuando tenía que ir a Theobalds.

En el dorso de la nota había una serie de letras:

AAAAB BABAA ABABB ABABB

El arte del cifrado es muy importante en la labor del espionaje. Saber cifrar mensajes es una gran habilidad, pero a veces las claves se descifran, como descubrió la desafortunada madre del rey en su propio juicio por conspirar contra su prima y protectora, la antigua reina. Yo mismo he inventado un nuevo lenguaje cifrado para emplear en las comunicaciones secretas. Es un código sencillo pero indescifrable. Las letras en el dorso de la carta, en clave, eran en realidad un nombre, el del autor de la carta: BULL. Aunque ni siquiera es el nombre auténtico del autor, sino el de la posada donde me encontré por primera vez con él; una capa más de cifrado.

Algunos años antes, hice que Bull se infiltrara en la alcoba real como espía. Como ya he dicho, es testigo de los momentos más privados del rey, incluido ese momento de intimidad que mantiene dos veces al día con Carr. Bull no es un buen espía, pero es fiel y al menos averigua información que merece la pena comunicarme. En la carta, también en clave, aunque con faltas de ortografía, ponía: «Se avecina drama con la furcia real». (La «furcia real» es Carr). Miré a Meautys y enseguida intuí que había problemas.

—Vamos —le dije mientras me ponía en pie de un brinco.

Atravesamos a toda prisa el palacio hasta las habitaciones reales. Cuando me acerqué, vi que había gente pegada a la puerta cerrada, escuchando con atención, con las orejas apoyadas contra la madera, los gritos furiosos que provenían del interior. Mi olfato para los problemas nunca fallaba.

—¡Maldito estúpido! —gritaba una voz con un acento escocés y un tono cáustico—. ¡Maldito cabrón asqueroso! ¡Maldito mentiroso! ¡Maldito sinvergüenza, hipócrita y repugnante!

Decías que me querías, pero tú no quieres a nadie. ¡No tienes corazón!

¿Pensabais que la voz pertenecía al rey? Pues no. Al entrar en la sala, tras abrirme paso entre los cuerpos de los cortesanos que estaban allí plantados, observando pero sin decir nada, vi el caos que había en el interior. Robert Carr estaba tumbado bocabajo, dándole golpes con los pies y con las manos al suelo de mármol, gritando exactamente igual que un niño al que se le niega una última cucharada del postre. El rey, con sus vestiduras oficiales (su jubón voluminoso de seda, acolchado y adornado con broches con diamantes incrustados, sus collares honoríficos y su fajín púrpura), estaba de pie, rojo por el disgusto, inclinado hacia delante y suplicando en voz alta:

—¿Qué puedo haceeeer? ¡Rabbie, por favor, dime qué puede hacer tu querido padre!

Carr inhaló con intensidad durante lo que pareció una eternidad, entre sollozos cargados de odio:

—¡Puedes dejar de comportarte como un cabronazo conmigo, eso es lo que puedes hacer, cerdo hijo de puta!

Todos los miembros de la corte contuvieron la respiración. (Algunos recordábamos los días de la puta en cuestión, María Estuardo, aunque el propio rey no se acordase. ¡Esa sí que era una mujer complicada!). Pero contuvimos la respiración, porque en la corte hay que *mirar* en todo momento, pero no hay que *ver*. *Mirar* el cuerpo del rey es señal de respeto, pero *ver* lo tonto que es se consideraría una impertinencia.

Me giré y miré a mi derecha, y me encontré al conde de Derby.

—Ah, Bacon —me dijo y puso los ojos en blanco—. Un día más, una rabieta más.

—¿Qué ocurre, mi señor?

Derby bajó la voz a un tono conspiratorio.

—El rey ha descubierto lo de Frances Howard.

Frances Howard era la preciosa y adorada hija del conde de Suffolk, una verdadera princesita. Todos sabían que estaba intentando divorciarse de su marido, el conde de Essex, que nunca había consumado su matrimonio, contraído cuando tenían catorce y trece años respectivamente. Hasta el momento, la petición de Frances no había llegado a buen puerto, ya que en Inglaterra, por lo general, solo los reyes pueden divorciarse de sus esposas. Pero era una chica decidida. Y era una Howard, claro está, de modo que ni siquiera las negativas rotundas de la realeza la habían disuadido todavía. Como sabía su padre, el conde de Suffolk, los Estuardo no son más que unos advenedizos, comparados con los Howard.

—¿Qué pasa con Frances? —le pregunté a Derby, que me miró extrañado.

—¿No lo sabíais, Bacon? —me preguntó con auténtica sorpresa—. Carr se la está follando. Desde hace meses, y delante de las narices de su padre.

Se echó a reír.

En cuanto Derby pronunció aquellas palabras, Carr empezó a darse golpes con la cabeza contra el suelo de mármol con tanta fuerza que se hizo sangre en su precioso rostro. El rey empezó a llorar a moco tendido, implorando en su acento escocés:

—¡Ay, Rabbie, mi amado! ¡Ten cuidado, por favor! ¡No puedo ver cómo te rompes esa cabeza tan hermosa!

—¡Vete a la mierda!

—¿Es que no vas a parar, mi querido hijo?

—¡VETE A LA MIERDA!

Entonces Carr se detuvo, cerró los ojos y se quedó inmóvil, como si estuviera muerto de verdad. El rey seguía dando botes de un lado para otro, con la cara hinchada y cubierta de lágrimas. Toda la corte dejó escapar un grito ahogado. ¿Acaso pensaba alguno de los presentes que Robert Carr se iba a abrir su propia cabeza a golpes? (Dichoso sería el día…). Pero entonces abrió los ojos, clavó la mirada en mis ojos y esbozó una sonrisilla maliciosa.

Aquella noche tuve que regresar a Londres; Meautys ya se había adelantado y se había marchado por su cuenta. Cuando llegó la hora de mi partida, los amantes ya se habían reconciliado y estaban besuqueándose frente a la corte, que hacía como que no lo veía. Para entonces, como era de esperar, Carr estaba enfurruñado pero receptivo, y su «padre» se mostraba complaciente con su «hijo bonito» mientras trataba de apaciguarlo. No les habría gustado que interrumpiera esa parte del juego (y eso es lo que era: un juego), así que no me despedí del rey. Salí de forma discreta del palacio y me introduje en la noche. Hacía frío, pero no me importaba. Había sido un día agitado, plagado de acontecimientos sorprendentes, y pensé que me vendría bien disfrutar de un momento de descanso a solas.

En la negrura de la explanada que se extendía ante el palacio, los caballos de quienes iban a regresar a la ciudad esa noche resoplaban y creaban pequeñas nubes blancas de aliento por aquí y por allá en la oscuridad. Me dirigí hacia mi corcel, al que sujetaba un escudero de unos treinta años. Era ancho de hombros, con la mandíbula cuadrada, no demasiado apuesto pero con cierta sensualidad ruda, justo el tipo de hombre que me gusta. Al verme, me dirigió una sonrisa cómplice con una boca amplia. Me detuve para mirarlo. ¿Me lo habría follado? Había tantos hombres como él, tantos lugares oscuros donde apenas se veían las caras y nunca se intercambiaban los nombres… ¿Acaso se podía esperar que los recordase a todos? No. Pero, antes de que pudiera acordarme, oí una voz detrás de mí que me susurró:

—¡Bacon!

Me giré.

Justo en ese momento las nubes se abrieron. La luz plateada de la luna descendió y reveló una imagen diabólica: Carr.

Murmuré su nombre:

—Robert.

Se hizo el ofendido.

—¿No me llamas por mi título, Bacon?

El año anterior, el rey lo había nombrado vizconde de Rochester, de modo que debería haberme dirigido a él por su título; sin embargo, para mí seguía siendo el joven que le ofrecía el culo a cualquiera que pudiera permitírselo. Carr le lanzó una mirada gélida al escudero y le espetó:

—No te va a follar una vez que haya hablado conmigo, así que ¿por qué no te vas a molestar a otra parte?

El escudero abrió los ojos de par en par, sobresaltado y desconcertado. Hizo una reverencia y se perdió entre la noche, de modo que tuve que agarrar las riendas de mi caballo mientras miraba a Carr.

—Qué encantador, Robert —le dije—. En una ocasión no quisiste que te follara, y ahora impides que me folle a otros.

Hizo una reverencia sarcástica.

—Intento evitar los penes siempre que puedo, Bacon. —Sonrió—. Pero sobre todo el tuyo.

Esbocé una sonrisa beatífica.

—¿Querías hablar conmigo sobre algo?

—Le he pedido a Frances Howard que se case conmigo —me respondió.

Estuve a punto de ahogarme.

—Pero ¡si ya está casada!

Carr frunció el ceño.

—Está tratando de divorciarse. No han consumado su matrimonio.

Entonces me di cuenta de lo que significaba eso.

—Y supongo que el rey te ha prometido que intentará que la Cámara de los Lores apruebe su divorcio, un divorcio que lady Frances ha estado intentando conseguir durante años sin ningún atisbo de progreso.

Carr se inclinó ante mí de un modo satírico y luego un destello de sorpresa le atravesó el rostro:

—¡Ah! ¡Y también quiere hacernos conde y condesa de Somerset!

No contesté, sino que me limité a sonreír como un estúpido mientras él resplandecía a la luz de la luna, orgulloso de su victoria. Asentí durante un instante y me giré hacia mi caballo. El escudero regresó, pero para entonces yo ya tenía otros asuntos de los que encargarme. Ahora entendía por qué el conde de Suffolk se había reído de la reina antes. Carr odiaba a la reina, y ella lo odiaba a él. A Carr y a Overbury les gustaba hacer gala de su poder en la corte mostrándose crueles con ella, incluso ahora, tras la muerte de su hijo. El rey casi nunca intervenía para pararles los pies, e incluso cuando trataba de intervenir lo único que tenía que hacer Carr era poner morritos o romper a gritar. A Suffolk tampoco es que le cayera demasiado simpática la reina, pero antes le habría repugnado semejante impertinencia: el advenedizo escocés burlándose de su superior natural, la hija de un rey y esposa de otro.

Pero ahí estaba el truco, y desde luego era uno muy inteligente. Carr le había ofrecido a Suffolk una gran oportunidad. Su preciosa hija era infeliz en su matrimonio, y tenía muy pocas probabilidades de ser madre y cumplir así su papel dinástico. El romance entre Carr y Frances podría haberse considerado un ultraje, pero presentaba una solución mágica: un hombre que se moría de ganas de follar con lady Frances quería casarse con ella, y, por si fuera poco, de ese modo su hija podría seguir siendo una condesa inglesa. Tan solo quedaba la cuestión del divorcio, pero ahora el rey no se opondría.

Suffolk se había reído de la reina porque sus burlas les comunicaban a los miembros de la corte que el poder estaba cambiando. Ahora Carr y él eran amigos, y pronto familia. Suffolk no se había reído de la reina porque la odiara; quería que el mundo lo viera mofarse de ella y que entendiera lo siguiente: que ahora era lo bastante poderoso como para hacer algo así sin preocupación alguna gracias a su nueva alianza. El juego había seguido avanzando. Pobres de los desgraciados que se habían quedado atrás.

Me embargó el terror: yo era precisamente uno de esos pobres desgraciados que se estaban quedando atrás. Carr iba a convertirse en yerno de Suffolk, el mejor amigo de Southampton. De repente, mis tres grandes enemigos eran aliados, unidos por un objetivo común. Todos me odiaban, y yo no les resultaba de ninguna utilidad, porque era un hombre honesto en un juego deshonesto. ¿Y dónde me deja eso? ¿No te has dado cuenta todavía?

Me deja en un hoyo, muerto.

SOBRE EL PODER Y UN CHULETÓN DE CERDO

Existe el mito de que el poder destruye a las personas, que las vuelve infelices. Pues es mentira. Es una mentira que cuentan los poetas, los filósofos, los curas y los predicadores que no quieren que nadie más alcance el poder, que lo quieren todo para ellos. Pero esos poetas, filósofos, curas y predicadores saben que nunca obtendrán ese poder, y justo por eso, por la amargura y el fracaso que los invaden, afirman ese tipo de cosas.

«Espera un momento, Bacon —dirás—. Pero si tú eres filósofo, y se podría decir que poeta; y quizá no seas cura, pero, en cierto modo, eres un predicador. ¡Estás intentando engañarme!». Pero no, porque voy a decirte la verdad. El poder no vuelve infeliz a la gente, ni siquiera un poquito. Piénsalo. Si el poder hiciera infeliz a la gente, huirían de él aterrados, dolidos. Pero ¿acaso es eso lo que ocurre? ¿Lo es?

Exacto. El poder es lo que más feliz hace a los hombres: más que el amor, que Dios y que sus hijos. No lo admiten, pero lo que admiten los hombres (y las mujeres) sobre sus ambiciones no vale nada. La gente miente todo el tiempo, sobre todo a sí misma. Lo que hace el poder es otorgarles el control de su propia vida y de la de los demás. Eso es lo que los hace felices. Eso, incluso más que el dinero, los palacios y los amigos ricos, es por lo que anhelan el poder.

Mientras me marchaba de Theobalds, miré la misma luna que había iluminado la belleza cruel y exquisita de Robert Carr. Ahora unas nubes negras la atravesaban y lo cubrían todo de oscuridad, y al pasar revelaban la luna como una rosa blanca en el azul de la medianoche. Al norte de Londres, aparte de algún que otro pueblecito como Islington o Hampstead, sigue siendo todo bosque o brezal. Es peligroso cabalgar por allí de noche. En la campiña iglesia, conocida por su violencia, hay ladrones y bandidos por todas partes. Hay que mantener la cabeza gacha, cabalgar rápido y hacer que parezca que no llevas nada que merezca la pena robar. Aquella noche me cubrí la cabeza con el sombrero pardo que llevaba siempre y el cuerpo con un enorme mantón de fieltro negro; visto prendas modestas aunque mis aspiraciones no lo sean. Cabalgando a toda prisa, atravesé los alrededores oscuros y frondosos del palacio de Enfield y los pastos vacíos de Tottenham, donde los pastores se habían ido ya a la cama hacía un buen rato; y luego subí y bajé la colina de Stamford Hill y atravesé las marismas de Hackney, en las que tiran los cadáveres de aquellos a quienes han robado y asesinado y que llegan hasta casi los límites de la ciudad.

Mientras cabalgaba, no podía dejar de pensar en que había comenzado el día con unas esperanzas enormes sobre mi glorioso avance y lo había terminado con la amarga realidad de aquel giro de los acontecimientos. Ya no pensaba en mi ventaja en el juego, sino en la de la nueva alianza Howard-Carr: la del yerno y el suegro, Carr y Suffolk; y el amante de Carr, el rey; y el amigo de Suffolk, Southampton. ¿Cómo encajaba yo ahí? El rey confiaba en mí y le gustaba mi trabajo, pero esas cosas cambian en un abrir y cerrar de ojos. Las palabras que le susurrasen al oído a ese borracho semana tras semana, mes tras mes, le harían cambiar de opinión con facilidad. El rey es un tonto, un niño, y además está enamorado, y esa es la peor combinación posible.

De modo que el año siguiente se desarrollaría de la siguiente manera: primero se forjaría la alianza, luego rodearía al rey y le comerían la cabeza sobre mis complots, traiciones y corrupciones, y cuando él dijera: «¿Qué? ¿El bueno de Bacon?», le susurrarían que sí, que sí, y otra vez que sí, hasta que empezase a creer sus mentiras. Y después, tarde o temprano, el rey acabaría *queriendo* pensar lo peor de mí. Al universo le encantan las bromas, ¡y las mejores son a mi costa!

Apenas vi un alma en el campo. Donde los pastos y las granjas cercadas de Clerkenwell empiezan a dividirse en aldeas comienza de verdad la ciudad. Oía el eco de los cascos de mi caballo en las callejuelas empedradas, que eran tan estrechas que los vecinos de ambos lados podían abrir las ventanas y darse la mano. Solo me detuve en Gray's Inn, donde me alojaba desde hacía mucho tiempo, para dejar el caballo en la cuadra, lavarme la cara y cambiarme la camisa sudada. Había quedado con mi amigo, el dramaturgo Ben Jonson, y su amigo Shakespeare, otro dramaturgo, para beber y charlar. Gray's Inn está en el extremo noreste de Londres, pero Jonson y Shakespeare siempre quieren que nos reunamos en Southwark. Nunca quieren salir a beber en Londres, porque la verdadera diversión está al sur del río.

Southwark supone una tentación a la que los londinenses nunca pueden resistirse. La gente habla de Londres como si fuera una ciudad, pero en realidad son tres. Sí, tres ciudades se extienden desde el río, con historias e identidades distintas, sin que lleguen a solaparse. Londres, la antigua ciudad romana, es donde se lleva a cabo el comercio, lo más importante de Inglaterra, la base de su poder. Por un camino rural de un kilómetro y medio o dos se llega a Westminster, la villa medieval de los palacios, donde tan solo se tratan asuntos de gobierno. El agua separa a ambas zonas de Southwark, la única parte que queda al sur del Támesis. Allí se llevan a cabo otro tipo de actividades, como la bebida, el juego, la prostitución y las peleas. Y el teatro. Por tanto, Southwark es la ciudad del placer o, para ser más específicos, del pecado. De modo que me vi obligado a ir a George Inn, donde recibirían a ambos dramaturgos como grandes héroes y la gente aplaudiría su presencia. Y nadie se percataría de la mía.

Pero, antes de llegar hasta allí, hay que atravesar la multitud que se acumula en el puente. El carruaje en el que iba montado se quedó atascado entre el resto de carruajes y de puestos y entre la gente que trataba de abrirse paso hacia un lado y hacia el otro, entrando y saliendo de las tiendas y de las casas que había a lo largo del puente. Mientras esperaba a que el tráfico avanzara, me puse a mirar hacia el río, a las lámparas de las barcazas que relucían en el agua y la Torre de Londres, que quedaba a lo lejos. Siempre me estremezco un poco cuando la veo: un lugar de tortura y muerte al que el rey, según había bromeado, no pensaba mandarme... *aún.* Todos los cortesanos temen acabar allí algún día, y es un miedo justificado. Espías, católicos, presuntos católicos, primos de los monarcas, esposas de los monarcas, príncipes irlandeses, Guy Fawkes y todos sus amigos, e incluso el conde de Southampton (ya hablaré de eso más adelante). Todos se han podrido allí. Esa misma noche, hacía diez años que sir Walter Raleigh estaba allí. Si entras en esa torre enorme, oscura e inexpugnable, siempre existe la posibilidad de que no vuelvas a salir jamás. De modo que podría considerarse una cuarta ciudad: la de la destrucción. El carruaje comenzó a moverse y dejé atrás los pensamientos oscuros. Nos acercábamos a Southwark y, por tanto, a la diversión.

En el interior de la taberna rugían los fuegos. Había demasiados cuerpos que llevaban demasiado tiempo sentados, temerosos del frío de la noche, por lo que casi se podía cortar el aire caliente y viciado al entrar. Además, a todo el mundo le gusta fumar tabaco últimamente, lo cual empeoraba la situación. Una niebla espesa inundaba el espacio, acompañada de toses que revelaban lenguas en tonos grisáceos. Todo el mundo habla de lo bien que le sienta el tabaco y asegura que «te abre los poros y todos los conductos», y que gracias a él todos los que viven en América alcanzan edades muy avanzadas. Pero, si recurriera a mi ciencia rudimentaria y la aplicara en este asunto, les formularía la siguiente pregunta: «Entonces, ¿por qué diablos estáis tosiendo?».

Por encima del estruendo, oí que Jonson me gritaba:

—¡Vaya, pero si es el viejo Chuletón, que vuelve de haber estado con sus amigos extravagantes!

Me hizo un gesto para que me acercara.

No sabes cuánto aprecio a Ben Jonson. Es la persona más graciosa que conozco, y la más sincera. Nos conocimos cuando era pobre, más pobre que yo; tanto que incluso le tuve que dar dinero. ¡Imagínate! Yo dándole dinero a otro… ¡Así de pobre era! Empezó a llamarme Chuletón al segundo día de conocernos, y nunca más volvió a llamarme Bacon. Si dejara de llamarme de ese modo, lo echaría de menos. A veces pienso que Jonson es la única persona en el mundo que me aprecia de verdad. O sea, hay quienes encuentran mi compañía o mis ideas interesantes o entretenidas, e incluso hay quien puede pensar que tenerme como conocido puede resultar «útil», pero creo que Jonson es la única persona a la que puedo considerar de verdad mi amigo. Me digo a mí mismo que no me importa, pero, si eso fuera cierto, entonces, ¿por qué aprecio tanto esta amistad?

Jonson estaba en su sitio preferido, un recoveco junto a la puerta de atrás donde se podía ocultar de sus admiradores o agasajarlos, según prefiriese. Junto a él vi la calva reluciente de Shakespeare. A pesar de que ya sabía que estaría con él, gruñí por dentro. Será mejor que te diga esto sin rodeos: Shakespeare no es de mi agrado. Tiene ese aspecto repugnante de dramaturgo de éxito que te pregunta, con los ojos abiertos de par en par y con una curiosidad auténtica: «¿Por qué no intentas tener éxito? ¿Por qué no tratas de *ganar* algo de dinero, Bacon? Al menos por *una vez*». Te hace comentarios que quiere que creas que son amables cuando en realidad son venenosos (y sospecho que sabe que tú también lo sabes).

Conforme llegué a mi asiento, me di cuenta de que debían de llevar ya un buen rato bebiendo. Tenían los ojos rojos, con la mirada perdida y animada.

—¡Cerveza! —gritó Jonson en dirección al bar—. ¡Cerveza para nuestro distinguido amigo de la corte!

Lo mandé callar.

—La gente va a pensar que soy rico si dices esas cosas, y me robarán en cuanto me marche.

Jonson soltó una carcajada.

—Nadie va a pensar que *tú* eres rico, Chuletón. Con ese sombrero, desde luego que no.

Siguió riendo, hice una reverencia irónica y me quité el sombrero que Jonson había criticado.

—¿Cómo te ha ido por la corte? —me preguntó Shakespeare.

—He visto a tu mecenas, el conde de Southampton —respondí.

—¿Ha preguntado por mí? —me dijo con avidez, de modo que le dirigí una sonrisa más agria que la leche en mal estado. Al verla, volvió a pasar a su tono mezquino de siempre—: Desde luego, seguro que no te ha preguntado qué tal estás *tú*.

Voy a explicar por fin el motivo por el que el conde de Southampton me odia. Nuestra enemistad (o más bien su enemistad hacia mí) viene de lejos; se remonta a casi quince años atrás, antes de que el rey viniese desde Escocia. El conde de Essex (el anterior, el padre del marido sexualmente inepto de Frances Howard) fue el último favorito de la antigua reina. Por aquel entonces, la reina se enemistó conmigo por una cuestión jurídica insignificante (era una de esas jefas que se exasperan sobre todo por los asuntos más nimios). Para intentar ganarme su favor de nuevo (ya que en el ámbito político es imposible progresar sin el favor real), me hice amigo del conde de Essex. Y él fue quien persuadió a la reina, que estaba enamorada de él, para que admitiera mi presencia de nuevo. Pero entonces se produjo una catástrofe. La reina Isabel había mandado al conde de Essex a apaciguar una revuelta en Irlanda, pero el resultado fue desastroso y Essex cayó en desgracia. Entre sus amigos se encontraba nada menos que el conde de Southampton, que por entonces era un muchacho muy joven y aún más impulsivo que ahora. Se rumoreaba que

Essex, furioso por su deshonra (totalmente merecida), pretendía rebelarse contra la reina. Essex me garantizó su lealtad, de modo que así se lo comuniqué a la reina. Sin embargo, una semana después, trató de llevar a cabo un último golpe, que fracasó. Arrestaron a Essex y a Southampton.

Como parte de esos juegos mentales que tanto le gustaban a la reina, me obligó a redactar el informe oficial de los acontecimientos, en el que debía condenar a Essex. Pero le pareció que mi análisis era demasiado imparcial y, furiosa, lo reescribió ella misma. En el informe, condenaba a muerte a su favorito, aunque ya le habían cortado la cabeza; era más una forma de maquillar la historia que otra cosa. A Southampton lo sentenciaron a cadena perpetua en la Torre de Londres. Y corrió el rumor de que yo había traicionado a mis amigos para congraciarme con la reina. Lo cual no era para nada cierto. Se me puede acusar de adulador por muchas cosas, pero no por haber acabado con el conde de Essex. Pero, en la corte, la gente acaba olvidando las cosas, puesto que es necesario. Al menos, yo pensaba que se habían olvidado de todo aquello.

Pero luego, una vez más, el juego dio un giro. Cuando el rey vino de Escocia, liberó a Southampton, quien enseguida le dijo a todo el mundo que quisiera escucharlo que yo era un traidor, una rata, un delincuente, un chivato presumido que solo busca escalar puestos en la sociedad. Acabar con mi reputación fue tarea fácil: yo era el intruso y ellos eran los condes. De hecho, si le preguntas a la mitad de los cortesanos que me odian por qué me odian, responderán: «Porque traicionó a Essex». Pero yo no he traicionado a nadie. La otra mitad será más sincera y contestará, sencillamente, que no le gustan los intrusos. En cualquier caso, la verdad no significa nada. Lo que se *dice* que es la verdad es lo único que importa.

Jonson se recostó en el asiento y gruñó:

—¿Por qué vas a ese lugar, Chuletón? ¿Por qué te haces eso a ti mismo? ¿Por qué no te ganas la vida escribiendo y ya está? Deja la política, deja tus maquinaciones y escribe.

Ya sabía lo que se avecinaba. Jonson y Shakespeare me sermonearían, me preguntarían por qué no escribía, por qué no trataba de ganarme la vida como escritor. Y yo les diría que ellos podían hacer eso, que escribían obras para un público que pagaba por verlas, pero ¿cuándo ha dado dinero la filosofía? ¡Y luego me pondrían cara de ofendidos, como si les hubiera eructado en la cara!

—Porque mis padres, querido amigo —acabé respondiendo—, se olvidaron de plantar un huerto con árboles que dieran dinero en Gorhambury.

—Pues anda con cuidado —me dijo Jonson—. No quiero que acabes envenenado o que te envíen a la Torre.

Sabía que hablaba desde la sinceridad, pero tan solo me reí y alcé la cerveza.

—¡Bacon vive para conspirar un día más!

Esa es una de mis frases favoritas; me ha ayudado a acallar todo tipo de preguntas pertinentes sobre mis fracasos.

Pero Shakespeare no había dado el tema por terminado aún. Soltó un «Mmm» brusco y continuó hablando:

—No comprendo tu motivación, Bacon; no entiendo por qué has de ir merodeando por ahí. Puedes hacer lo que desees; tampoco es que tengas ninguna familia a la que mantener.

Era uno de esos momentos en los que un idiota dice alguna idiotez, pero sin entender aún lo idiota que es. Miré a Jonson. Carraspeó, impactado, y luego soltó una carcajada estrepitosa como si con eso pudiera arreglar las cosas. Sabía que Shakespeare había dicho algo que no debía, una crueldad. Pero ¿lo sabría Shakespeare, o sería demasiado estúpido como para darse cuenta? ¿Ves tú la vileza, la hostilidad y la arrogancia de su pregunta? Claro, como no tengo hijos, no debería tener ninguna motivación. ¿Qué sentido tiene que siga viviendo, siendo maricón? Atravesé la mesa con intención de agarrar a Shakespeare por el cuello, pero se retiró tan rápido que no me dio tiempo a alcanzarlo.

—¡Que le jodan a tu familia, Shakespeare!

De pronto le cambió la cara, impactado y ofendido al mismo tiempo.

—¿Qué?

—¡Que le jodan a tu mujer y que les jodan a tus hijos, Shakespeare! —grité—. Dices que no tengo nada por lo que vivir...

Shakespeare alzó las manos.

—No, eso no es lo que he dicho. Te he preguntado qué tienes que perder.

¿Pensaría el muy cabrón que con eso lo mejoraba?

—¡Vete al diablo, Shakespeare! —le dije con tanta intensidad que hasta yo me sorprendí.

Pero Shakespeare (que había dejado que su mujer se pudriera en el campo durante veinte años, que no había pensado en ella ni un solo segundo desde entonces, que vendería a sus hijos a unos piratas berberiscos si así pudiera escribir una obra tan buena como las que había escrito diez años antes) tan solo volvió a levantar las manos.

—No quería decir eso —se justificó—. Me has malinterpretado.

No lo había malinterpretado en absoluto.

—Entonces, ¿qué querías decir?

—¡Nada, Bacon! ¡Lo siento! Perdóname.

—Venga, venga, muchachos —comenzó a decir Jonson para calmar las aguas.

Aparté la cara. Estaba furioso, y no me gusta mostrar mi ira; para un hombre como yo, es una debilidad.

La gente dice esa clase de cosas con frecuencia. Shakespeare había pretendido avergonzarme, lo cual era habitual por parte del «hombre normal». Cuando un «hombre normal» le dice a un sodomita que no tiene familia, lo que quiere decir en realidad es: «Sabes que no vales nada, ¿verdad?». Lo que a Shakespeare le había disgustado no era el hecho de que lo hubiera dicho, sino el hecho de que yo hubiera reaccionado. Si me hubiera quedado ahí plantado, en silencio, con las mejillas encendidas por la vergüenza sodomítica, se habría creído tan inteligente como el maldito Salomón. Pero no se dio por vencido, porque quién va a querer aceptar que es un ser cruel y despreciable…

—Solo quería decir que no tienes por qué vivir esa vida, si sufres tanto —protestó.

Eso no era *ni de lejos* lo que había querido decir.

Ahora era él quien se negaba a mirarme a los ojos.

—Juego a ese juego porque quiero, Shakespeare. ¿Y por qué no iba a hacerlo? No, no me hace falta haber tenido un hijo que haya muerto sin saber siquiera qué aspecto tengo para que se me permita lograr aquello con lo que tú ni siquiera podrías soñar.

Ante mis palabras, Shakespeare se irguió, como si me fuera a asestar un puñetazo, pero sabía que no lo haría; no era esa clase de hombre. Confieso que había sido muy cruel al mencionar a Hamnet, su hijo fallecido, y me había rebajado al hacerlo; y confieso también que sabía que Shakespeare no iba a darle ningún puñetazo a nadie.

Jonson le dio un golpe a la mesa.

—¡Basta!

Sentí que mi cólera se esfumaba, puesto que ahora era yo el que se había equivocado.

—Ya es suficiente, señores —insistió Jonson.

Me llevé la cerveza a los labios.

—Hablemos de otros asuntos —propuse.

Los tres nos quedamos callados con actitud defensiva durante unos instantes.

—Bueno, Chuletón —dijo Jonson al fin—, ¿estás escribiendo algo o no?

—Tan solo informes jurídicos y estatutos —bromeé, aunque me quedó forzado en aquel ambiente. Jonson golpeó la mesa con la jarra de cerveza, fingiendo estar irritado—. ¡Está bien, está bien! Sí, tengo una idea para un libro.

Jonson me miró, esperanzado de repente.

—¿Tu *Novum Organum*?

Novum Organum era el título del libro que llevaba años planificando, en el cual recopilaría mis críticas hacia Aristóteles, donde hablaría de cómo ha afectado al pensamiento de nuestra civilización y cómo podría corregirse; la culminación de las ideas que había comentado (más o menos) con el rey ese mismo día. Estaba seguro de que dicho libro, una vez que se publicara, crearía el mundo moderno con el que soñaba, y haría que la gente recordase mi nombre mucho después de mi muerte. Pero el *Novum Organum* suponía muchísimo trabajo. En ese momento pensaba en algo mucho más sencillo, mucho menos serio.

—Quiero escribir ficción —respondí—. Una novela.

Shakespeare parecía disgustado.

—¡¿Una novela?! ¿Una historia ficticia?

Aquel era su territorio.

—Sí —contesté—. ¿Por qué no?

—No pensaba que te gustara narrar historias —respondió.

Jonson le dio unos golpecitos a la mesa con los nudillos para evitar que volviésemos a discutir.

—Bueno, pues cuéntanos de qué trata, Chuletón.

Tomé aire. No sabía por qué estaba tan nervioso.

—Es una utopía.

—¿Qué? —se burló Shakespeare—. ¿Cómo la de Tomás Moro? Mmm… Mira cómo acabó él.

Ignoré el comentario insidioso.

—He concebido una historia de exploradores que visitan un mundo, una utopía, y descubren que es una nueva Atlántida. Mientras recorren este nuevo territorio, sus gobernantes temen su presencia y lo que puedan acarrear con ellos desde nuestro mundo corrupto. Los gobernantes de esta utopía son filósofos, y su régimen es más justo, más sensato y más generoso. No existe la esclavitud. Se cree que la tortura es un método coactivo e inefectivo, y se prohíbe por ser acientífica. Se considera que las mujeres son iguales que los hombres en cuanto a la sabiduría y la inteligencia. Los hombres no son los dueños de sus esposas, sino que les piden consejo y tienen en cuenta sus opiniones. No existe la corrupción ni los excesos. —Sentía que lo que decía era de lo más moderno, con un gran valor moral—. Pero lo que es más importante es que toda la sociedad gira en torno a la razón, y la ampliación del conocimiento es el objetivo y la responsabilidad del Estado.

Cuando acabé al fin de hablar, los dos hombres me estaban mirando fijamente con rostros inexpresivos. Durante un instante pensé que tal vez empezaran a aplaudirme. Pero entonces Shakespeare dijo:

—Es una idea espantosa.

—¿Qué? —pregunté.

Sacudió la cabeza y se echó a reír, a reír de verdad.

—O sea, ¿que un grupo de gente llega navegando hasta el otro lado del mundo, descubre unas cuantas cosas aburridas y vuelve a casa? ¿Qué se supone que cuenta esa historia?

Miré a Jonson.

—La verdad es que es una idea terrible, Chuletón. No es más que un batiburrillo de todas tus ideas progresistas. Nadie va a querer oír una historia así.

Me había quedado impactado; estaba convencido de que aquel libro, mi primera obra de ficción, que pensaba titular *Nueva Atlántida*, tenía muchísimo potencial.

—Está bien —protesté medio bromeando, aunque no del todo—. Entonces, ya que sois unos genios, ¿qué proponéis que escriba?

—Deberías escribir una historia de amor —sugirió Shakespeare.

Aquel comentario hizo reír a Jonson.

—¿Y qué sabe Chuletón sobre el amor? —Estalló en carcajadas—. ¡Si no quiere a nadie ni a nada!

Me incorporé en el asiento.

—El amor no es para mí.

—¡No me lo creo! —protestó Shakespeare—. ¡Todo el mundo siente amor!

—Nuestro Chuletón no —insistió Jonson—. Él no es un súbdito del reino del amor.

Yo también me eché a reír, porque tenía razón.

—El reino del amor no ofrece recompensa alguna —dije—, tan solo castigos. El reino del amor es un lugar aterrador. Un lugar peligroso. ¿Qué clase de loco querría vivir allí?

Parecía que Shakespeare estaba a punto de romper a llorar.

—Ah, no, para nada. Es un lugar *maravilloso* —murmuró con delicadeza, como una de sus heroínas libidinosas.

Jonson y yo nos miramos y nos echamos a reír y lo pusimos todo perdido de cerveza. Pero, incluso mientras reía, la sentí: la tristeza que me inundaba el corazón.

Es cierto: el amor no es para mí. Aprendí a una edad temprana que el amor no es para los hombres como yo. ¿Cómo iba a serlo? Durante el reinado del rey Enrique VIII entró en vigor la ley que penaba la sodomía con la muerte, y luego llegaron los protestantes y la situación se volvió aún peor para los hombres como yo. Ahora, en Inglaterra, el Estado mata a los sodomitas y además se queda con todas sus pertenencias. Aquí la cosa no está tan mal como en el continente, donde las autoridades religiosas acorralan a los míos y los reúnen en grandes grupos, les abren el cráneo y la boca con dispositivos mecánicos, les arrancan las uñas y los queman vivos en la plaza del mercado mientras les preguntan hasta el último momento: «¿Amas a Dios?». Pero, de todos modos, que te acusen de sodomita es una desgracia que acaba con tu carrera. Y alguien como yo, con tantos enemigos, no sobreviviría a una acusación así.

Sin embargo, antes de que surja el amor, existe el deseo. Y ese sí es un sentimiento que poseo, y además a raudales. Pasada la medianoche, dejé a Jonson y Shakespeare babeando, borrachos, y me adentré en la noche. A pesar de que no me encontraba demasiado mal, había bebido bastante. Me gusta el aire de la noche después de haber tomado alcohol; se lleva consigo la peor parte de los excesos y, cuando trabajas tan duro como yo, resulta muy agradable. Crucé el Puente de Londres, que seguía sumido en el caos a pesar de las horas: el flujo de carruajes había disminuido, pero lo había sustituido otro tipo de tráfico, uno de cuerpos: de vendedores ambulantes que empujaban carritos y se chocaban con compradores que se detenían ante ellos para llevarse un par de guantes de cuero de cabrito o una figurita católica de paja; gente que acarreaba comida y que se abría paso a través de la tenue luz de las farolas, con pasteles calientes acunados en los brazos, pegados contra la espalda de desconocidos; o que comía pollos asados en palillos mientras la grasa les recorría la cara, y luego se chocaban con alguien y se les caía la comida al suelo.

Esa estampida lenta e infinita siempre inundaba el puente por las noches. Había música y ruido por todas partes, hombres con loros coloridos del Nuevo Mundo, o perros con sombreros puritanos a los que obligaban a ponerse de pie y bailar, o cerdos disfrazados de niños y adiestrados para que fumaran pipas. Las madres y los padres paseaban con sus hijos, que chillaban, enloquecidos por los caramelos, o dormían, recostados en los hombros de los padres. Y yo, medio borracho, trataba de atravesar todo aquello. ¿Por qué no había tomado un carruaje para volver a la ciudad? ¿Por qué? Bueno, sí que había un motivo.

Una vez que llegué a la orilla norte del río, empecé a vagar por los muelles de Thames Street. No es la ruta más rápida para volver a Gray's Inn, pero la verdad es que nadie va a Thames Street a esas horas de la noche en busca del camino más rápido para volver a casa. Allí, en la oscuridad, se lleva a cabo otro tipo de asuntos, lejos de la luz deslumbrante del Puente de Londres. Los hombres acuden allí cuando sienten esa comezón que es la marca del diablo, la mancha que no pueden borrar. Allí, en el terreno negro de la noche, sin iluminación alguna, los cuerpos se mueven en órbita y las miradas se posan en los ojos de los que pasan junto a ellos.

Seguí caminando. De entre las sombras de una de las poleas utilizadas para elevar el cargamento de las barcazas

apareció la figura esbelta de un muchacho de no más de dieciocho años.

—¿Todo bien, señor? ¿Busca usted algún almacén donde de-
positar su carga?

Un juego de palabras inteligente. Me ofrecía su cuerpo por
dinero. Me reí en alto, pero no le seguí el juego y seguí caminando. Esa no es la clase de hombres que me atraen: chicos de
piel de melocotón, las fantasías de los pederastas, recién salidos
de la antigua Atenas. Lo que yo quiero es un hombre, uno con
una sonrisa amplia y unas manos rudas; un hombre como el
escudero que había ahuyentado Robert Carr. En la orilla del río
había aún más hombres arremolinados. A una calle o dos de
allí había casas en las que vivía la gente, y quizá supieran lo que
ocurría por la zona, pero nadie se acercaba. Los sodomitas viven en un mundo paralelo al del «hombre normal», y sus secretos pecaminosos le confieren un aire de misterio hasta al lugar
más prosaico.

—Buenas noches.

Oí la voz grave y profunda antes de ver al hombre a quien
pertenecía. Me giré. Tardé un momento en poder distinguir su
figura en la penumbra. Era un hombre corpulento, de hombros
anchos. Tenía el pelo negro y corto, salvo por el flequillo, que
llevaba cortado de mala manera y le caía en una onda gruesa
por encima de los ojos, igual de oscuros. Mientras me miraba,
se lo apartó de la cara; un gesto que siempre me ha provocado,
sin importar el hombre que lo llevara a cabo, y así fue en esa
ocasión. Me preguntó si tenía dinero. Mentí y le dije que no, y
me respondió que no importaba. Caminamos juntos en silencio
por los embarcaderos hasta que llegamos a una barcaza atraca-
da, cubierta pero sin cargamento. Comprendí al instante que la
barca no era suya. Al subir a bordo, se giró y me preguntó si
estaba borracho.

—Un poco.

El hombre asintió con brusquedad y luego me volvió a dirigir esa sonrisa majestuosa.

—Porque me gusta que me follen. No quiero ser yo el que te folle.

Me encogí de hombros y esbocé una sonrisilla.

—Por mí, bien.

Nos tumbamos en el montón de arpillera que había en un extremo de la barcaza. El hombre se bajó los calzoncillos hasta las rodillas y empezamos a besarnos. Se agachó para agarrarme el pene. Luego, al notar que no estaba erecto del todo, se apartó.

—¿Está lo bastante duro? —me preguntó.

Menuda pregunta.

—Más o menos —respondí—. Creo que puedo meterlo así.

Ante aquello, la expresión del hombre se transformó.

—¿Cómo que «más o menos»? ¿Está lo bastante duro o no? ¿Estás demasiado borracho?

—No —contesté, pero no sabía si era cierto.

El hombre, que se había tumbado debajo de mí, alzó las piernas y me rodeó con ellas.

—Quiero que me folles —me susurró, y al instante ya estaba empalmado del todo.

Esos son los momentos en los que se demuestra de verdad la dignidad de un hombre. Me escupí en la mano, me humedecí la punta del pene y lo introduje poco a poco en el hombre. Al principio se estremeció, pero luego sus gruñidos se convirtieron en suspiros de placer. Comencé a moverme y, con cada sacudida, el hombre dejaba escapar un gemido grave e intenso.

¿Quién necesita el amor?, pensaba mientras le penetraba. *Yo no amo a nadie. Así es más fácil. Esto es más fácil. Más seguro. Que le jodan a Shakespeare*, pensé. *Que le jodan a Robert Carr. No necesito su amor. No necesito aquello que pueda aportarles el amor a los hombres, sea lo que sea.*

Estoy mejor sin el amor. El amor, para mí, supone una amenaza, de un modo en que lo supone para ti, que tienes una esposa que te quiere y un hogar repleto de niños y firmes esperanzas de futuro. No dejaba de pensar mientras penetraba a aquel hombre cuyo nombre desconocía. Tengo muchísimos enemigos, y todos buscan motivos para atacarme. Conozco los riesgos. Los conozco muy bien. No amo a nadie porque nadie puede amarme a mí. No está permitido. No amo a nadie porque temo que algún día tú (o alguien como tú) me mates por ello. ¿Estás enarcando una ceja mientras dices, sin ningún interés: «Qué tontería»? ¿O aferrándote a las cartas de Erasmo mientras aseguras: «Ah, no, yo no haría algo así»? No sé desde dónde llegará la acusación, quién la formulará. ¿Serás tú o alguien igual que tú? La tolerancia, incluso la de los progresistas, nunca está garantizada.

—¡Eh! —Sentí un puñetazo en el hombro que me devolvió al presente. El hombre al que aún estaba penetrando me miraba enfadado—. ¿Me follas o no me follas? —Me empujó hacia atrás, escupió, irritado, y me obligó a salir de su interior—. Bueno, pues nada. Hay montones de hombres por ahí que estarían encantados de follarme. —Se puso en pie y se subió los pantalones—. Maldito idiota —farfulló mientras recorría la barcaza y desaparecía en la noche.

Me recosté en la arpillera y giré la cabeza para contemplar la luz de las estrellas, reflejada en el río. Qué ridículos son los hombres, qué lúbricos. Incluso en las profundidades del miedo y la desesperación, hacen ese tipo de cosas. ¿Y por qué? En parte para sentirse mejor y en parte para no sentir nada en absoluto. A los hombres les gusta no sentir; es mucho más seguro no tener sentimientos, tan solo sensaciones. Cuando follan, pueden reducir las emociones hasta eliminarlas por completo y sustituirlas con sensaciones. Ese hombre anónimo me había llamado «idiota». Y en momentos como ese, siendo sinceros, ¿podía decir que se equivocaba?

Dos días después, estaba en el Palacio de Whitehall, en Westminster, la ciudad de los asuntos de gobierno. Esa mañana me tocaba acudir

a reuniones con el rey. Al parecer, por lo que susurraba la gente, estaba muy centrado, con ganas de trabajar, lo cual me resultaba difícil de creer. Normalmente, a la hora del almuerzo aún está holgazaneando, con los labios enrojecidos por el vino. Por la mañana, los miembros del consejo privado del rey (sus asesores más fieles y los principales aristócratas, incluido el conde de Suffolk) se reunieron en torno a una mesa larga en la sala de reuniones. Carr también estaba presente; por lo visto, ahora también formaba parte del consejo. Por el amor de Dios… En la reunión se abordó la elección del nuevo zar de Rusia, un hombre de la dinastía Romanov, y la noticia de un colono americano que le había enviado un paquete de tabaco al rey y le había asegurado que tenía los medios necesarios para empezar a cultivarlo y enviar la cosecha a Inglaterra. El rey, que todo el mundo sabía que se oponía a fumar, de repente quería saber más sobre los ingresos que podría generar dicha novedad. De pronto, parecía no estar en contra del tabaco en absoluto.

Cuando terminó el consejo, el rey me pidió que me quedara en la sala. Suffolk y Carr también permanecieron allí. Aquello no era algo inusual y, aunque en ocasiones resultaba tedioso, tampoco me molestaba; que el rey me quisiera allí era buena señal, ya que confirmaba mi nueva posición. Trajeron vino y nos llenaron las copas, y el rey no tardó en dar un buen trago y dejar escapar un eructo sonoro, como de costumbre. Quedaba poco para que fuera mediodía, lo que significaba que la jornada laboral llegaba a su fin, al menos la del rey. A mí, sin embargo, aún me quedaban muchas horas de trabajo. Entonces entró en la sala el hombre que odio con toda mi alma: Edward Coke.

Sí, sí, ya sé que parece que tengo montones de enemigos, pero déjame que te diga que hay distintos tipos de enemigos. Hay gente a la que odias pero a la vez admiras, y hay gente a la que has de atacar a pesar de que sea de tu agrado. (Así son las cosas en el juego del poder, me temo). Pero Coke es el enemigo perfecto: lo odio y lo desprecio a la vez, me repugna, está podrido por dentro y además se le da mal su trabajo. ¿Podría haber un enemigo más ideal?

Nos conocemos desde hace años: los dos somos abogados, los dos hemos ido escalando puestos, los dos trabajamos mucho y conspiramos aún más. Nuestras carreras han girado la una en torno a la otra, mientras ascendían y descendían según la situación del gobierno. Con el tiempo, entre los días de la antigua reina y los del rey actual, hemos acabado despreciándonos mutuamente; sí, él me desprecia tanto como yo a él. De hecho, tal vez él me desprecie más a mí porque al menos a mí se me da bien mi trabajo. Ningún hombre vivo puede decir que sea un mal abogado. Pero Coke ha ascendido puestos a base de gorronear, mentir y abusar. Desprestigia la ley, lo cual es algo que no puedo perdonar. Es conocido por increpar a los acusados en los tribunales, por gritarles a las mujeres acusadas de brujería que son las putas de Satanás, que los demonios las han follado por todos los agujeros, y todo eso delante de sus padres o sus hijos, hasta que rompen a llorar y confiesan pecados auténticos o inventados. En el juicio contra aquellos que habían participado en la Conspiración de la Pólvora, no permitió que los hombres contaran con ninguna clase de representación legal y les dijo que se aseguraría de que murieran todos de una manera horrible. ¡En pleno juicio! Pero yo soy un abogado excelente (minucioso, honorable, experimentado y capaz de salirme con la mía con elegancia y sin saltarme las normas), de modo que me odia.

Pero ¿sabes cuál es el principal motivo por el que me odia? Que Coke es un mojigato extremadamente religioso, un moralista autoproclamado, alguien a quien le gusta sermonear a los reos sobre el amor de Jesucristo y hace desfilar hacia el cadalso a aquellos inocentes a los que les conviene matar. Y sabe que yo lo observo, que sé cómo es, como abogado y como persona, y que a mí no me resulta necesario hacer ese tipo de cosas, y que sé precisamente que a él sí. Pero nada de eso ha detenido su ascenso.

El carácter de Coke es doblemente espantoso: no solo está siempre convencido de que lleva razón, tanto a nivel legal como moral, sino que además, si le llevas la contraria, está igual de convencido de que eres el mismísimo diablo. Pero hay algo más. La plebe adora a Coke, porque Coke le da justo lo que quiere: la barbarie sancionada. ¿No es deprimente? Lo que quiere el hombre moderno, el hombre progresista, no es lo que quiere la plebe.

—Bueno —dijo el rey, contemplando con admiración a Carr—, el vizconde de Rochester, mi dulce y querido Rabbie, se va a casar.

Se le veía contento; mientras no lo afectara de manera directa, el rey no era celoso. Él mismo había tenido que casarse siendo aún joven, como estrategia política, de modo que ¿por qué no iba a poder disfrutar del mismo privilegio su favorito? Mientras Carr siguiera poniendo el culo en pompa, todo iría bien. Quería que su amado fuera feliz, y ahora iba a serlo. Se extendió un murmullo extraño y grave por la sala. Los presentes se miraban unos a otros. El conde de Suffolk tosió y clavó la vista en la mesa. Edward Coke no tardó en mostrar su irritación.

—¿Con quién? —exclamó, como si el semen del rey entrara por un extremo y saliera por el otro, directo al trasero de alguna pobre chica.

Esto sí que va a estar entretenido, pensé.

Suffolk se retorció en la silla, tosió de nuevo y respondió:

—Con mi hija Frances.

La barba gris de Coke pareció rizarse por el impacto.

—Pero, señor, ¡vuestra hija ya está casada!

Aquella era mi oportunidad para adelantarme.

—Coke —intervine—, ya sabéis que lady Frances pretende divorciarse.

Lo sabía toda Inglaterra, y hasta ese momento a toda Inglaterra le importaba un comino.

—¿Y con qué lo justifica? —gruñó Coke.

Dejé escapar un suspiro largo y ligero, mirando a Suffolk, que me devolvió la mirada durante un instante y luego la bajó hacia el suelo.

—Inconsumación —dije en un tono servicial.

—¿Qué pruebas hay?

—¡Bueno, la muchacha dice que al conde de Essex no se le levanta! Ella sabrá mejor que nadie qué le han metido y qué no, ¿no creéis?

Suffolk comenzó a protestar, indignado, pero el rey estalló en carcajadas.

—¡Ay, *Beicon*! ¡Tú sí que sabes dar en el maldito clavo! —Bebió un buen trago de vino y levantó la copa como si quisiera hacer un brindis—. ¿Qué dices, *Beicon*? ¿Puedes concederle el divorcio a la pobre chica para que esté libre para mi Rabbie?

He ahí mi dilema: el rey quería que yo fuera el abogado que se ocupara del divorcio que garantizaría la alianza que un día supondría mi perdición. Era fiscal general, el abogado más importante del país. El rey no pensaba tolerar mi oposición, de modo que ¿cómo iba a oponerme? Si me oponía, mis enemigos se lo tomarían como un mensaje claro para actuar en mi contra. Teniendo en cuenta el rencor que me guardaban desde hacía tanto tiempo, disfrutarían de presenciar mi destrucción. Pero, si colaboraba, sería la comadrona en el nacimiento de mi propia ejecución. Y puede que te creas muy listo y digas: «¿Por qué no haces como que estás tratando de colaborar, pero te aseguras de que sea Coke el que se oponga al divorcio, y así parece como que has puesto de tu parte y has sido más listo que tus enemigos?». Pero, si dijeras algo así, sabría que no has pasado demasiado tiempo en compañía de reyes. Los reyes quieren que las cosas salgan a pedir de boca, y no hay más que hablar. Por más nobles que sean tus fracasos, no les interesan. Para los reyes, los fracasos nobles y los rechazos agrios son lo mismo. Así que tenía que elegir entre lo siguiente: si aceptaba el reto, podría suponer mi destrucción tarde o temprano; pero, si iba en contra del deseo del rey, si me oponía a que Carr se casara con Frances, sufriría esa destrucción de inmediato. Era como si el rey me preguntara: «Bacon, ¿qué prefieres, la cicuta o el mercurio? Pero ¡tienes que elegir uno de esos dos, ¡sí o sí!». No había una tercera opción. Al menos, si hacía lo que me pedía el rey, podría vivir para conspirar un día más.

—Podemos intentarlo —respondí—. Pero no hay ninguna garantía.

Suffolk miró de inmediato al rey.

—Yo creo que debería haber alguna garantía, majestad.

El rey asintió con vigor.

—¡Ah, desde luego, yo también preferiría que hubiera alguna puta garantía, *Beicon*!

Todos empezaron a murmurar, menos Coke y yo, que éramos precisamente los que teníamos que encargarnos de llevar a cabo todo aquello. Intenté pensar en algo que decir para mantenernos por el buen camino.

—Bueno, pues me parece una noticia maravillosa, Robert —le dije—. Enhorabuena. Y al conde de Suffolk también.

Carr posó la vista en mí durante un momento con una sonrisa muy dulce y un rostro angelical, con esos ojos azules tan bonitos. Nada me aterra más que ver a Robert Carr intentar aparentar amabilidad.

—¿De verdad os alegráis por mí, Bacon?

—Por supuesto —mentí.

Pero algo cambió en su interior. Su sonrisa desapareció, y su mirada ya no resultaba hermosa.

—Tal vez queráis pagar la boda, fiscal general Bacon, como gesto de vuestro amor hacia mí —me dijo con un respeto fingido y alzó la mano hacia el rey— ¡y de vuestro amor hacia el rey!

No te equivoques; que un hombre pague la boda de otro no es ninguna tradición antigua, ni tampoco ningún acto conocido entre las amistades falsas aristocráticas. Carr me miraba fijamente con una expresión de seguridad fascinante. Sabía que yo no podía oponerme, puesto que había invocado mi amor por mi rey. Pero, para terminar de asegurarse de que se iba a salir con la suya, se volvió hacia su amante:

—¿No te parece que sería muy amable por parte del *nuevo* fiscal general? Así podría demostrar lo feliz que está por mí y su amor por ti.

La decisión de añadir la palabra «nuevo» fue especialmente brillante (casi lo admiraba por ello), porque le recordaba a todo el mundo que solo había conseguido el puesto porque le había pagado a Carr el soborno. Ahora estaba diciendo de manera pública: «Voy a aprovecharme una segunda vez».

El rey aplaudió con fuerza.

«¡Ah, sí, *Beicon*! ¿Por qué no le muestras al mundo lo mucho que me quieres y lo feliz que dices que estás? ¡Sí, sí! Está decidido. Bacon lo va a pagar *todo*.

Tras haberme exigido ya mil libras, Carr me pedía ahora más por pura malicia. No porque lo necesitara, sino tan solo porque podía, porque quería humillarme. ¿Qué le había hecho yo para merecer tanta sed de venganza? Suffolk había dejado de fruncir el ceño y esbozaba una amplia sonrisa malévola.

—¡Pues hurra por Francis Bacon, que organizará la boda de mi hija!

Ah, sí, desde luego, pensé. *Hurra por mí. ¡Bébete la cicuta, Bacon! ¡Bébete el mercurio! ¡Y encima paga por ello!*

En el sistema judicial de Inglaterra, por supuesto, el juez es también el fiscal. Lleva a cabo el juicio del caso, pero también se encarga de la acusación; por tanto, su trabajo consiste en intentar demostrar que eres culpable según la ley y luego decidir si él mismo lo ha logrado o no. Es un milagro que los jueces fallen a favor de un acusado, pero ocurre a menudo. ¿Por qué? Porque puede que las pruebas no sean lo bastante sólidas y la mayoría de los jueces son hombres de honor que aman la ley, como yo. Tan solo los pésimos jueces, como Edward Coke, no fallan jamás contra sí mismos. Los jueces no aplican los principios y las normas de la ley contra el acusado, sino contra las pruebas que presenta el investigador, que es otra persona distinta. Las sentencias absolutorias no son fracasos de los jueces, sino de los investigadores. Es el investigador quien prepara el caso, quien recopila y elige las pruebas que presentará ante el juez.

De modo que se acordó que Coke iniciaría el proceso penal y juzgaría el caso del divorcio de lady Frances, y yo me encargaría de la investigación. Sabía que si dejaba que Coke investigara, en un abrir y cerrar de ojos conseguiría a gente que confesara lo que a él le diera la gana. También estaba bastante seguro de que, si Coke tuviera que procesar y juzgar las pruebas, no fallaría en su contra. No poseía esa clase de moralidad. Su moral era estrictamente dogmática. ¿Ves, entonces, cómo se conecta todo en mi razonamiento? Recopilaré las pruebas y las presentaré como me venga mejor. Así puedo controlar el caso, dirigir las conclusiones de Coke. Entonces la respuesta surgirá de forma natural; Coke tendrá que dictar la sentencia que me favorezca basándose en las pruebas. Pero Coke me dijo que, para quedarse tranquilo, quería saber una cosa: si la chica era virgen todavía.

En el sistema judicial de Inglaterra, cuando una chica pretende divorciarse por no haber consumado el matrimonio, no solo ha de demostrar que su marido no se la ha follado, sino que tampoco se ha acostado con ningún otro hombre. Debe ser virgen. Por más que ese argumento no tenga ningún sentido lógico, la ley es la ley. Pero sabemos (y si el conde de Derby lo sabía, era probable que la mitad de la corte lo supiera también) que Frances se había follado a Carr. Mi trabajo consistiría, por tanto, en convencer a Coke de lo contrario. Para lograrlo, no tendría que comenzar mi labor con Coke, ni con Carr, ni siquiera con el conde de Essex y su pene flácido. Tendría que empezar con la propia joven.

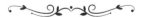

Poco después de aquello, quedé una tarde con lady Frances en el palacio del conde de Suffolk, en la calle Strand. Me avisaron de que no debía llegar antes del mediodía, ya que la joven no solía despertarse temprano. La calle Strand se extiende de este a oeste y conecta las ciudades de Londres y Westminster. Cuando yo era niño, era poco más que un camino rural a lo largo del cual se alzaba alguna que otra casa señorial. Ahora hay pequeños grupos de casitas de sirvientes entre los prados que ascienden desde la orilla del río. Después de tantos siglos, ya se puede ver que las distintas ciudades empiezan a fusionarse en una sola, la inmensa Londres.

Me crie allí, en York House, la cual le habían ofrecido a mi padre cuando era lord guardián de la antigua reina, en la época lejana en que todavía era la *joven* reina. York House sigue estando allí, aunque ahora se encuentra en ruinas, desatendida por sus ocupantes más recientes. Paso por delante de ella cada vez que voy a Westminster. A veces me detengo para recordar el pasado, a mis difuntos padres y a mi querido hermano Anthony, que falleció hace algunos años. Me sigue encantando ese lugar. Es un símbolo de mi infancia, olvidada por todos menos por mí, ya que soy el único de mi familia que queda para recordarla. Aquel día, de camino a la calle Strand, me detuve un momento frente a mi antigua casa en busca de señales de vida en el interior. Las ventanas estaban rotas, la hiedra había cubierto paredes enteras y las baldosas estaban sueltas. Me preguntaba quién la ocuparía; lo normal habría sido que se la hubieran entregado a un funcionario del Estado. O tal vez hubiera pasado a manos de la Corona de nuevo. Ya lo comprobaría.

Suspiré y seguí andando de camino al palacio de los Howard, donde me encontré a lady Frances esperándome en la escalera delantera, lo cual me sorprendió. Debía de tener muchas ganas de hablar conmigo. Bajó los escalones, se acercó a mí y extendió la mano para que se la besara mientras yo hacía una gran reverencia. Apenas tenía veinte años, y era hermosa, elegante, inteligente y sabía que los hombres como yo debíamos inclinarnos ante las mujeres como ella y besarles la mano. Aunque solía llevar prendas exquisitas, ese día iba vestida con bastante sencillez, con un vestido azul pálido y una chaqueta a juego, todo de una seda discreta pero cara. Había decidido no ponerse el cuello de lechuguilla almidonado, teñido de un tono amarillo azafrán, que había popularizado su amiga, la señora Turner. En esa época todo el mundo llevaba el cuello de la señora Turner; había visto a Frances con algunos enormes, con volantes exagerados y llamativos y un tono dorado intenso. Pero ese día tan solo llevaba un cuello diáfano de seda blanca. Enseguida comprendí el motivo: intentaba demostrarme lo dulce y sencilla que era. Pero yo no estaba tan seguro de que lo fuera. Me erguí de nuevo y le solté la mano.

—Lady Frances.

—¡Ay, Bacon! —me hablaba como si fuésemos amigos de toda la vida, con toda la confianza jovial de alguien de su linaje. No hizo ninguna reverencia—. ¿Adónde podríamos ir? ¿Vamos a algún lugar privado donde puedas... —me miraba con unos ojos enormes, preciosos y azules en los que brillaba su picardía— ... examinarme?

Volví a inclinarme y me reí con educación.

—Hoy no será necesario realizar ningún examen, lady Frances —respondí.

Esbozó una sonrisa de oreja a oreja mientras me sostenía la mirada de un modo sugerente e intrigante.

—¡Era una broma, Bacon!

Ahí estaba, una chica de solo veinte años burlándose de mí, un hombre que le doblaba la edad.

—Ya lo sé, lady Frances —contesté por si acaso su padre le había hecho pensar que era un necio.

Decidimos ir caminando hasta los huertos públicos de Covent Garden. No era un día caluroso, pero el sol de finales de primavera inundaba los terrenos húmedos. Mientras caminábamos, sus mejillas pálidas comenzaron a sonrosarse. No dejaba de hablarme sobre un libro que estaba leyendo y que trataba sobre magia, un tema que la interesaba mucho, según me contó.

—¿Es sobre demonología?

—Ah, no, Bacon —exclamó—, es un libro de hechizos.

—¿Hechizos, lady Frances? Será mejor que os andéis con cuidado. Si es un libro prohibido, puede traeros muchos problemas.

El rey estaba obsesionado con las brujas. Cuando aún vivía en Escocia, las quemaba con ansia en la hoguera, como es costumbre allí. En Inglaterra, sin embargo, las ahorcamos. Tan solo el año anterior se había producido una gran matanza absurda de mujeres en Pendle, Lancashire. Los europeos no siempre han quemado a las brujas, y solo los ingleses las ahorcan; es algo nuevo, una moda moral que se extiende por todo el continente, de un país a otro. Algunos afirman que se debe a la ansiedad de nuestra época, con tantas guerras y tanto fanatismo religioso, pero quizá es solo que a los hombres les gusta matar a la gente en la hoguera. ¡Recuerda la navaja de Ockham!

Pero Frances parecía confundida. Era la niña consentida de la familia Howard; era imposible que la ahorcaran por brujería. Al momento se le pasó la confusión; su privilegio debió de ahuyentarla. Dio unas palmadas con una alegría impenitente y dijo:

—A la señora Turner se le dan genial los hechizos. Y las pociones de amor, y de todo tipo.

—¿Pociones de amor? —le pregunté con una ceja arqueada.

¿Habría usado una para hechizar a Robert Carr? Pues claro que no. ¿Acaso no recuerdas que no creo en las brujas?

Entramos en un huertecito de perales. Mientras paseábamos bajo los árboles retorcidos, aún con alguna que otra flor blanca, le dije lo que sabía y la tarea que el rey y su padre me habían encomendado. Le pregunté si amaba a Carr. Me habló de él sin tapujos, con una voz cargada de emoción; me dijo lo maravilloso que era, lo atento y lo amable. (Me vino la imagen de Carr golpeándose la cabeza contra el suelo de mármol en Theobalds, gritándole al rey que era un cabrón y un cerdo). Me preguntó si acaso no merecía que la amaran. *A mí no me preguntéis*, pensé. *Soy la última persona a la que deberíais preguntarle eso.*

El huerto de perales era precioso. Los haces de la luz del sol se colaban entre las hojas verde claro. Por alrededor se veían las ruinas del antiguo convento que le había dado nombre a Covent Garden. Estábamos en lo que había sido el propio jardín del convento antes de que el rey Enrique suprimiese los monasterios. Antaño, los perales habían pertenecido al convento, pero ahora estaban, al igual que las monjas, abandonados a su suerte desde hacía mucho tiempo.

—He de hablar con vos de algo, Frances —comencé a decir mientras la joven arrancaba las últimas flores de una rama retorcida de uno de los perales, utilizando tan solo las uñas. Se volvió hacia mí, se llevó la ramita a la nariz e inspiró su aroma. Lo único que veía era sus ojos enormes observándome sobre las flores blancas—. Algo muy delicado —añadí. Lady Frances pestañeó y empezó a girar la ramita, dejando que los pétalos le rozaran los labios—. Quiero ayudaros con el divorcio, pero Coke, el juez del caso, no comparte mi opinión.

Dejó de mover las flores.

—¡Lo odio! —exclamó.

Bueno, pensé, aunque no lo dije. *¿Acaso no lo odiamos todos?*

—Va a querer haceros una prueba. —Me detuve por decencia—. ¿Lo comprendéis?

—¿Una prueba? —me preguntó poniendo morritos, como si le divirtiera la situación—. ¿Como un examen de gramática latina? Se me da fatal el latín.

Se estaba quedando conmigo de nuevo, claro. Al principio tan solo me resultó un poco molesto.

—No, Frances —le dije con firmeza—. Pedirá que alguien os inspeccione. Para comprobar si sois virgen. —Sus ojos enormes no revelaban nada, y seguía poniendo morritos con una expresión burlona—. Metiéndoos un dedo… ahí abajo. —Al oír aquello, se enderezó un poco. Me sentía mal por ella, pero quería que me viera como su amigo, como la persona que la ayudaría a conseguir lo que quería. Aunque, por supuesto, no era su amigo—. Encontrará a alguna enfermera, una muy experimentada, una comadrona quizá, que vendrá y os meterá los dedos en vuestras partes íntimas… —Volvió a hacer girar las florecillas del peral—. Y juzgará por sí misma si algún hombre os ha penetrado alguna vez. —Sabía que estaba pensando en la pregunta que le haría a continuación—. ¿Alguna vez os ha penetrado algún hombre, Frances? —Siguió dándoles vueltas a las flores—. Parad ya, Frances —le dije, irritado al fin. ¿Habría sido ese su objetivo? No se movió—. ¡Que paréis! —le ordené. Abrió los ojos de par en par, me miró y luego dejó caer las flores al suelo—. ¿Sois virgen, Frances?

—No —susurró.

Me detuve para dejar que se calmara.

—¿Habéis mantenido relaciones… íntimas con Robert Carr?

—Sí.

Sé que debes pensar que soy muy cruel por entrometerme y querer sonsacarle esa información, pero, si piensas eso, he de decir que deberías madurar un poco. Hay hombres mucho más crueles que yo, y todos jugamos al juego del poder. Y lo mismo con esa joven: «¡Madura, que ya no estás en el convento!». Yo podía ayudarla, pero algunos, como Coke, si tuvieran la oportunidad, acabarían con ella.

—Voy a ayudaros, Frances —le aseguré—. Nadie puede descubrir que no sois virgen. Os digan lo que os digan, no podéis admitir que no lo sois. ¿Me entendéis? Ni siquiera podéis contárselo a vuestro padre. Ni a vuestra madre. Ni siquiera al cura, cuando os confeséis.

Sobre todo a él, quise decir, pero me contuve.

—Solo he estado con Robert —me dijo.

Le sonreí.

—De acuerdo —contesté en un tono más amistoso, casi paternal—. ¿Tenéis alguna doncella que sea más o menos de vuestra altura, o que tenga una complexión similar a la vuestra? —Asintió—. Bien, pues quiero que le pidáis a alguien, tal vez a la señora Turner, alguien en quien tengáis confianza plena, que interrogue a las doncellas que se parezcan más a vos y que encuentre a alguna que esté totalmente segura de que es virgen. Tiene que ser de vuestra estatura y de vuestra talla. Y, si es posible, que tenga el mismo color de pelo, ya que el pelo de sus partes íntimas debe parecerse al vuestro. —Se le sonrojaron las mejillas un poco—. No os avergoncéis —le dije—. Debéis ser valiente. Si seguís mis consejos, conseguiréis lo que queréis. —Asintió y esbozó una sonrisa débil, algo aliviada—. Pero lo que es fundamental es que la señora Turner esté convencidísima de que la chica a la que elija es virgen.

Frances, en voz baja y de un modo respetuoso, preguntó:

—¿Y luego qué?

Luego venía la parte más ingeniosa.

—No pondréis ninguna pega respecto a la prueba de virginidad hasta que llegue el día en que se vaya a llevar a cabo. Estaréis en otra habitación, con la doncella, y os echaréis a llorar. No gritaréis ni culparéis a nadie de nada. Tan solo lloraréis. La señora Turner saldrá de la habitación y dirá que os sentís humillada por tener que soportar que os introduzcan un dedo en público como si fuerais un caballo que está en venta. Para entonces, habré preparado unas indicaciones en las que constará que se os permite cubriros la cara durante el examen. La enfermera, que habrá leído mis indicaciones, propondrá precisamente eso. Entonces, le cubriréis la cara a la doncella y la enviaréis a ella para que pase la prueba; la comadrona no se dará cuenta de que no sois vos, atravesará el himen de la chica con los dedos, que se le mancharán de sangre, y todo el mundo estará contento. —*Menos la criada*, pensé, de modo que añadí—: Pagadle a la chica cinco guineas por las molestias.

Por el himen de una criada, cinco guineas me parecía un precio razonable.

—¿Cinco guineas? —exclamó, como si una criada no pudiera valer tanto.

Le sonreí para ocultar mi desagrado ante su tacañería patricia.

—Lady Frances, lo que esa chica os ofrecerá será mucho más valioso para vos que cinco míseras guineas.

De pronto se le dibujó una sonrisa cómplice y preciosa en el rostro.

—Ay, Bacon —dijo en un tono alegre—, ¡eres un genio!

Ya, pensé, *eso es lo que no deja de decirme todo el mundo.*

Llevé a la joven de vuelta a casa, a la calle Strand, y al llegar a la puerta nos encontramos con el conde de Suffolk, esperándonos. Frances se acercó casi dando botecitos hacia su padre, con los pasos ligeros de una niña de una familia noble acostumbrada a salirse siempre con la suya. Al instante Suffolk dejó a su hija en los escalones y vino hacia mí dando grandes zancadas.

—Vuestra hija es muy inteligente, mi señor —empecé a decirle—. Creo que con el asesoramiento adecuado…

Entonces vi el cuchillo que llevaba en la mano. Dios mío, ¿iría a apuñalarme? Retrocedí, pero Suffolk corrió hacia mí y me apretó la hoja contra el cuello con una mano mientras me agarraba de la muñeca con la otra. Me atravesó una oleada impetuosa de miedo, de terror. Sentía la punta del cuchillo afilada contra la piel. *Dios mío*, pensé de nuevo, *me va a matar aquí mismo, en plena calle.*

—No sé qué es lo que más me repugna de ti, Bacon —me espetó Suffolk—, que seas un llorón advenedizo o que seas un *maricón asqueroso.*

Volví a apartarme de él mientras escupía las últimas palabras, pero no opuso resistencia, sino que me soltó con brusquedad y me tambaleé hacia atrás. Suffolk seguía aferrando el cuchillo con fuerza.

—¡Más te vale no fastidiarlo todo, maricón! —bramó y soltó una carcajada lo bastante fuerte como para que la oyera cualquiera que pasara por la calle.

Me giré avergonzado para comprobar si había alguien allí que hubiera podido oírlo, y en los jardines del palacio vi a los criados de los Howard fingiendo no enterarse de nada. Me sentí más avergonzado aún.

—¡Ah, y ni si te ocurra llevar a cabo uno de tus truquitos! —me gritó—. Si mandas a alguno de tus espías a vigilarnos, ¡le cortaré el cuello a ese cabrón también!

Entonces Suffolk se marchó airado y me quedé notándome los latidos del corazón en el pecho. ¿Y si resulta que Bacon *no* vive para conspirar un día más? Me dirigí a la calle Strand entre tambaleos, y fue entonces, con el sudor de la humillación y el pánico recorriéndome la cara, cuando el terror se apoderó por completo de mí. Me volví para mirar el palacio de los Howard y vi al conde de Suffolk y a Frances de pie en la puerta, observándome. Los contemplé mientras me observaban, invencibles en la puerta de su palacio, mientras yo seguía sin aliento, aún notando el hormigueo en la piel del rasguño que me había dejado la hoja del cuchillo.

SOBRE... LAS REINAS

La vida sigue, incluso cuando tienes el rasguño de un cuchillo en el cuello. El numerito de Suffolk me había asustado, por supuesto, pero también me había servido de recordatorio: el tiempo apremia, Francis Bacon. Pero el tiempo no tenía compasión por mí, ya que ese año entero estuvo cargado de trabajo. No pude escribir nada de nada. No avancé lo más mínimo con el *Novum Organum*. La utopía de la *Nueva Atlántida* seguía siendo tan solo una mala idea en mi mente exhausta. Y, lo que era aún peor, no veía la manera de detener la amenaza que se cernía sobre mí. Debía seguir con la estrategia que había ideado: sobrevivir al presente con la esperanza de tener tiempo para encontrar la manera de avanzar.

Durante el verano de 1613, se produjo un acontecimiento muy curioso en la corte. Mientras todos se alegraban (o tal vez alzaban las cejas pero no decían nada) de la nueva alianza Howard-Carr, el amigo antipático y odioso de Carr, Overbury, era incapaz de ocultar su rechazo. No le agradaban nada los cambios en el poder, y su odio hacia Frances Howard era un secreto a voces. Tal vez le asustara que alguien pudiera comerle la cabeza a Carr, que alguien dirigiera la carrera de su mejor amigo cuando había sido su visión, el ascenso al poder del apuesto joven, lo que lo había vuelto rico e influyente. En el nuevo mundo de Carr, ¿dónde encajaría el amigo que odiaba a su esposa?

El estúpido de Overbury no sabía mantener jamás la boca cerrada; por eso, por ejemplo, había acabado disparando la reina al perro del rey. De modo que, mientras la noticia del proceso de divorcio de Frances se extendía, por las calles de Londres empezaron a aparecer panfletos con poemas difamatorios en los que se decía abiertamente que Frances ya era amante de

Carr. Comenzó a correr el rumor de que Overbury era el autor de esos poemas, y Overbury tampoco se esforzó por desmentirlo. Le alegraba la humillación de Frances. Pero yo comprendía el auténtico riesgo que suponía Overbury para Frances. Él sabía, casi a ciencia cierta, que Frances y Carr ya se estaban acostando. Y, aunque mucha gente pudiera estar al tanto ya, también sabían que les convenía mantener la boca cerrada. Así es como se complace a un rey (bueno, Carr conocía otro modo de complacerlo, claro). Si Overbury cometía el error de revelar la verdad tan solo por su odio hacia Frances, Coke podría impugnar el fundamento jurídico del divorcio.

Para intentar librarse de Overbury, al menos hasta que todo estuviera arreglado, a Suffolk se le ocurrió la idea de que le concedieran un puesto de embajador de alguna parte. No sé quién propuso, de todos los lugares posibles, Rusia. ¿Por qué siempre se les ocurren a estas personas las peores soluciones (en lugar de alguna buena como, por ejemplo, que pasara unos años divirtiéndose por París o Roma)? Overbury rechazó el puesto sin pensárselo dos veces. El rey se ofendió y mandó que arrestaran a Overbury. No había demasiados fundamentos jurídicos para hacerlo, pero, puesto que no se presentaron cargos oficiales, no me involucré en el caso.

Además, seguía encargándome del proceso de divorcio de Frances. Si de repente me implicaba en el castigo de uno de sus enemigos, habría conflicto de intereses. Le expliqué eso mismo al rey desde el principio, y él asintió y me dijo:

—¡Pues sí, *Beicon*, muy sabio por tu parte!

De modo que Overbury desapareció entre los túneles oscuros de la Torre de Londres, donde murió poco después de una fiebre repentina en septiembre. Nadie lo lamentó, ni siquiera Robert Carr, al parecer. Pero he de confesar que a mí me produjo escalofríos. ¿Quién lamentaría mi pérdida cuando llegara mi turno, si es que llegaba?

Un día, a principios de otoño, con el divorcio aún por resolver, Frances me pidió que me reuniera con ella en una casa de

Cheapside. Cheapside es la parte más humilde de Londres, salvo por la zona repugnante del este que llega hasta Whitechapel. Las calles que rodean Cheapside, como Honey Lane, Bread Street and Milk Lane, están repletas día y noche de comerciantes y vendedores ambulantes que anuncian a gritos sus baratijas. Al final de Gutter Lane hay niños con los pies ennegrecidos que esperan que pase por allí algún hombre al que susurrarle algunas palabras. Me preguntaba por qué habría decidido Frances citarme allí. Las damas como Frances Howard no deberían conocer siquiera los lugares como aquellos. La casa, con ventanas de cristal y una puerta pesada, no era nada ostentosa, pero al menos no se caía a pedazos. Llamé a la puerta y, cuando se abrió, un sirviente arrugado se asomó. Le dije mi nombre.

—Ah —jadeó, indiferente—. Será mejor que entréis. Las señoras os esperan.

—¿Señoras? —le pregunté resaltando la *s* del plural, pero el sirviente ni siquiera se preocupó por responderme.

No me condujo al piso de arriba, a la sala de visitas, sino, para mi sorpresa, al diminuto jardín trasero. La mayoría de las casas de Londres tienen un jardín similar, donde la gente corriente cultiva verduras para tener provisiones de cara al invierno. La puerta que daba al exterior era tan rudimentaria que, cuando el sirviente la abrió, arañó el empedrado con un gran estrépito. Tuvo que darle una patadita para abrirla del todo. El jardín no era más que un cuadrado descuidado de césped, repleto de macetas con plantas aromáticas y torres de pequeños frutos que maduraban conforme se acercaba el otoño. Y allí, en el centro, estaba Frances, resplandeciente, inspeccionando las plantas. Al oír el arañazo de la puerta, se giró hacia ella y al momento, casi nerviosa, se echó a reír al verme.

—¿Qué hacéis aquí fuera, lady Frances? —le pregunté.

—¡Me interesa muchísimo la horticultura, Bacon!

Me acerqué a ella e hice una reverencia. Frances me ofreció la mano para que se la besara, al igual que cuando nos habíamos visto en el palacio de su padre. Aunque ahora estábamos en una casucha en Cheapside y, desde entonces, su padre me había amenazado con un cuchillo. Pero el juego debía continuar, supuse, de modo que le agarré la mano y tan solo me acerqué sus dedos a los labios cerrados.

—¿Te sorprende que me interesen estas cosas? —me preguntó sin reaccionar de ninguna manera ante mi cambio de actitud.

Sospechaba que era demasiado inteligente para eso.

—A estas alturas, pocas cosas me sorprenden, lady Frances —contesté, aunque en realidad sí que me había sorprendido—. La gente no suele ser como parece en un principio. Eso es algo que me ha enseñado la vida.

Volvió a dejar escapar una risilla.

—Pues yo creo que la gente es *justo* como parece.

Me sostuvo la mirada. ¿Me estaba poniendo a prueba, burlándose de mí, o no era más que una chica de veinte años tratando de hacerse la inteligente frente a alguien que *sabía* que era inteligente? Alzó la mirada durante un breve instante. La luz del sol le iluminó los ojos. Luego volvió a mirarme y me sonrió.

—La señora Turner nos llamará enseguida —anunció.

—Qué emoción —contesté.

Todo el mundo sabía que la señora Turner era una persona misteriosa. Era de Cambridgeshire, de origen muy modesto, se había casado con un médico y después había enviudado. Solo eso ya podía considerarse un logro para una persona corriente y de campo como ella, pero además, tras la muerte de su marido, había aparecido en la alta sociedad de Londres. Corrían rumores de que era una bruja y que había usado sus poderes para embaucar a algunas de las damas más importantes de la corte. La poca información que se conocía sobre la señora Turner era más extraña aún que los rumores. De alguna manera (nadie había averiguado cómo), había conseguido el monopolio del almidón teñido con polvo de azafrán. El mundo de los monopolios, la situación en la que se obtiene el control exclusivo del comercio de un determinado servicio o producto y se cobra una comisión por cada transacción que se realice, es uno muy competitivo. Poseer el monopolio de un comercio importante (el vino de Madeira, los encajes franceses, los esclavos africanos...) te produce una comisión por cada venta, y te puede hacer enormemente rico. Pero nunca nadie se había interesado por el monopolio del almidón teñido con azafrán. ¿Acaso se le podía dar algún uso? La señora Turner, tan misteriosa e ingeniosa, le encontró uno.

Empezó a teñir los cuellos de lechuguilla, que habían sido blancos durante los cincuenta años que habían estado de moda, de un tono dorado chillón que se conseguía con el azafrán. Y logró causar sensación. Tras solo unas semanas, todas las mujeres de Londres que seguían las tendencias tenían a sus criadas con las manos manchadas de amarillo intenso y unos cuantos cuellos de lechuguilla dorados. En Londres no paraba de comprarse el almidón teñido de azafrán, y su precio se duplicó, se cuadruplicó, se disparó. De la noche a la mañana, la señora Turner, gracias a su ingenio, se había vuelto lo bastante rica como para formar parte del mundo caro en el que se encontraba. Esas mismas mujeres aficionadas a la moda empezaron a formar colas para acercarse a la extraña y estilosa señora Turner y hacerse sus amigas. Y la primera de la cola había sido Frances Howard. La niña consentida, refinada y exquisita, y la elegante viuda del médico se convirtieron en la personificación del Londres estiloso.

Frances bajó la mirada un momento hacia una maceta enorme de menta y acarició las hojas con las yemas de los dedos; luego se los llevó a la nariz para inhalar su aroma.

—Bacon, ¿puedo hacerte una pregunta?

—Por supuesto.

Frances esperó unos instantes; resultaba asombroso cómo sabía siempre manejar el ritmo de las conversaciones.

—¿Qué sabes de los sodomitas?

—¿Cómo, lady Frances?

Alzó la vista y me dirigió una mirada que también me dejó asombrado.

—Si no haber consumado el matrimonio no es suficiente, me preguntaba si tal vez pudiera solicitar el divorcio alegando que mi marido es un sodomita. Según los rumores que he oído, Londres está repleto de sodomitas. ¿Te lo puedes imaginar?

Me miraba como si quisiera decirme algo más. Estaba claro que era la hija de Suffolk, pero me parecía mucho más lista que su padre, que no era más que un bruto. Recordé la manera en que se había quedado observándonos desde los escalones del palacio de la calle Strand mientras su padre me llevaba un cuchillo al cuello. Lo poco que le había afectado ver a su padre hacer algo así. No había gritado a modo de protesta, y ahora tampoco parecía avergonzada al respecto. Pero has de comprender que todo aquello no era más que la determinación y la crueldad natural de su desprecio patricio por alguien como yo.

—No creo en los rumores —dije sin alterarme—. Prefiero las pruebas.

Y, a poder ser, que no puedan usarse en mi contra, pensé.

Volvió a hacer una pausa.

—Ya sabes lo que dicen los hombres sobre ti, Bacon —Contuve la tentación de preguntarle: «Ah, ¿qué es lo que dicen?»—. Yo no juzgo, Bacon. Cada hombre halla la felicidad donde puede. —Entonces inhaló un instante, como si estuviera tomando un sorbo de aire—. Y las mujeres también deberíamos poder, ¿no?

Estaba tratando de pensar en qué responder; algo que no la provocase ni me perjudicara, cuando la puerta del jardín volvió a abrirse con un chirrido. Los dos nos giramos al instante, como amantes ocultos a los que atrapan con las manos en la masa. Apareció el viejo sirviente y señaló hacia el piso de arriba con el dedo gordo.

—Ya está lista —vociferó.

Lady Frances dejó escapar un gritito de placer.

—¡Qué emocionante!

Se alejó de mí a toda prisa, con su pregunta todavía sin responder y su amenaza aún cerniéndose sobre mí.

El sirviente nos condujo arriba, a una habitación con escasa decoración. Había una mesa con una vela encendida, una olla con algunas plantas aromáticas y un espejo pequeño. La señora Turner estaba sentada a la mesa. Nunca antes había hablado con ella. Llevaba un vestido negro confeccionado de un modo exquisito, caro sin ser llamativo, y el cuello de lechuguilla y los largos puños que llevaba eran de su característico tono azafrán, teñido con maestría. Causaba un efecto milagroso, como si saliera la luz del sol en plena noche.

Mientras entraba en la habitación, me observaba con unos ojos brillantes e inteligentes y la boca fruncida, con una expresión divertida, aunque no estaba claro qué era lo que la divertía. ¿Yo, tal vez?

—Señor Bacon, bienvenido —me saludó. Hablaba con un acento muy marcado de Cambridgeshire, con el suave toque gutural de Anglia Oriental, pero su actitud era tan refinada como la de·una duquesa francesa—. Tomad asiento, por favor.

No apartó los ojos de mí y, mientras me sentaba, le sostuve la mirada. A mí no me asustan estas cosas. Al fin y al cabo, mi tarea es la de investigar.

Una vez que los tres nos habíamos sentado, la señora Turner respiró hondo, como quien acaba de tener un pensamiento purificador.

—Señoras, ¿nos hemos reunido aquí para lanzar un hechizo?

—La señora Turner es la mejor, Bacon, de verdad —me aseguró lady Frances con efusividad.

—¿Estáis en contra de los hechizos, señor Bacon? —me preguntó la señora Turner.

Lo cierto es que no. Soy científico, por lo que estoy preparado para ver cualquier tipo de fenómeno en acción. ¿Cómo se puede saber qué funciona y qué no hasta que se pone a prueba?

—Estaría encantado de presenciarlo, señora Turner —respondí, evasivo.

La señora Turner asintió con frialdad.

—En ese caso, continuemos. Este hechizo se emplea para hacer que alguien desaparezca. Se llama el Espejo del Destierro.

—¡Ah, excelente! —exclamó Frances mientras se giraba hacia mí—. ¿A quién deseas quitarte de en medio, Bacon?

—¡Shhh! —La señora Turner alzó un dedo a modo de advertencia—. No debéis decir el nombre. Debéis escribirlo. —Sobre la mesa también había trozos de papel y pedazos de carbón—. Escribidlo, doblad el papel y dádmelo a mí, y después lo quemaré con la vela para que nadie lo sepa. La persona a la que detestáis desaparecerá de vuestra vida, y nunca podrá interponerse en vuestros planes, sean cuales sean.

Frances agarró un trozo de carbón y enseguida escribió un nombre y lo ocultó con la mano como si fuera una niña. Aun así pude ver que había escrito cinco letras y, aunque no podía distinguirlas, tampoco era difícil adivinar quién podría ser: E S S E X, el marido con el que no había podido follar. Yo no tenía que pensarme a quién quería hacer desaparecer, pero también sabía que no podía poner por escrito su nombre abiertamente. Escribí a toda prisa, decidido.

La señora Turner alzó el espejo.

—Ahora, por turnos, debéis tomar un poco de artemisa de la maceta. Colocad el papel doblado sobre la mesa con la artemisa encima y poned el espejo bocabajo sobre él. Para terminar, repetid las siguientes palabras: «Ahora ya no me podéis oír, no me podéis ver, ya no me vais a querer, de modo que dejadme ir». —Pronunció el cántico de un modo tan solemne que tuve que contener una risita—. Y entonces tomaré el papel y lo quemaré en la vela. Leeré el nombre que hayáis escrito, pero no lo pronunciaré en alto. El silencio hará que el hechizo sea más poderoso; si hacéis desaparecer a alguien, no volveréis a saber de él nunca más.

Seguimos sus instrucciones y empezamos a recitar el hechizo. Yo me trabé al pronunciarlo, pero a Frances le salió fluido, sin problemas; resultaba evidente que no era su primera vez. Le entregó a la señora Turner su hoja de papel; su amiga leyó el nombre y asintió. Pero cuando le di el mío parecía confundida. ¿Qué demonios significaba AAABB - AAAAA - BAAAB - BAAAB? Si conociera mi sistema de cifrado, habría podido leer lo que había querido decir con eso: «Carr». Pero la señora Turner arrugó la nariz y entornó los ojos, y seguía sin encontrarle el sentido. Levantó la vista para mirarme a los ojos durante un instante, irritada. Quemó los papelitos y todos respiramos hondo. Ya estaba.

Una vez que había acabado el hechizo, la actitud de la señora Turner se transformó de inmediato en la de una típica anfitriona londinense animada. Nos preguntó si queríamos comer pasteles o beber vino fortificado con ella. Nos sirvieron el vino en unas copitas de cristal muy elegantes que eran la última moda (una muy cara, además), y nos sentamos a charlar, sobre todo de cotilleos de la corte y de quién iba ascendiendo puestos y quién descendiendo, sin mencionar ni mi nombre ni el de Robert Carr. Tuve mucho cuidado de lo que decía mientras me reía alegremente de lo que decían ellas. El juego al que estaba jugando no era apto para necios. Tras una media hora más o menos decidí que ya no podía sacar nada más de provecho de allí y que había llegado la hora de marcharme.

Me puse en pie y les dije:

—Bueno, gracias por invitarme, pero debería irme ya. —Me encogí de hombros con los brazos extendidos y expresión de cansancio—. ¡Tengo muchísimas reuniones!

—¡Ay, no! —exclamó Frances sin demasiado entusiasmo, y permaneció sentada.

La señora Turner se levantó y me dijo que me acompañaría a la puerta, con lo que reveló sus orígenes humildes. A Frances nunca se le habría ocurrido acompañar a nadie; para eso estaban los criados. La señora Turner se sujetó el enorme vestido con aros que llevaba para que cupiera al bajar las escaleras estrechas. Cuando llegamos abajo, me dijo en un tono animado:

—Sospecho, señor Bacon, que no os gustan las tradiciones rurales.

Abrió la puerta principal y salí de la casa.

—¿Tradiciones rurales, señora Turner? —le pregunté, haciéndome el tonto.

Me contempló con un gesto de diversión en los labios.

—Frances —empleó su nombre de pila, un gran privilegio— cree firmemente en mis hechizos. La han ayudado mucho. Esperemos que este también funcione.

—Esperemos —respondí en tono neutral—. Para ser sincero, no estoy seguro de por qué quería que estuviera presente.

—Ah, ¿no? —me preguntó y luego se quedó en silencio durante un momento—. No he entendido el nombre que habéis escrito en vuestro papel —añadió sin dejar de observarme con atención.

—Eso es porque estaba escrito en clave.

Inclinó la barbilla mientras me analizaba.

—Ya veo. Pero no decirme el nombre no ayudará al hechizo.

—Me arriesgaré, señora Turner. —Hice una reverencia—. Después de todo, yo estoy bastante seguro de saber el nombre que escribió lady Frances, de modo que no creo que haya demasiada confidencialidad. —La señora Turner frunció el ceño—. Cinco letras —añadí—. Tampoco es tan difícil adivinarlo.

—¿Quién creéis que es? —me preguntó con una ceja arqueada.

—Pues Essex, el hombre del que pretende divorciarse.

Aquello pareció hacerle gracia.

—Señor Bacon, todo el mundo habla de lo inteligente que sois. Pero de repente me parecéis muy, y espero que me perdonéis, ingenuo. —El ambiente había cambiado de pronto—. Hay más personas con nombres de cinco letras.

Ambos nos sostuvimos la mirada.

—¿James? —murmuré—. Quiere que desaparezca el rey.

Y así poder tener a Carr para ella sola.

La señora Turner frunció los labios como diciendo: «Dios, pues sí que sois estúpido». ¡Estúpido yo!

—¿Quién más tiene un nombre de cinco letras, señor *Bacon*?

—Yo… —respondí en un susurro, con el tono de revelación que el énfasis de la señora Turner requería—. Yo tengo un nombre de cinco letras. ¿Quiere que desaparezca yo?

La señora Turner se echó a reír y comenzó a cerrar la puerta.

—Que tengáis un buen día, señor Bacon. ¡Espero que nos volvamos a ver!

SI NO DESAPARECÉIS ANTES.

Levanté la mano para impedir que cerrara la puerta del todo.

—Sois un ser intrigante, señora Turner.

La inteligencia de los demás no suele sobrepasarme, pero la suya sí, entre otras cosas por lo diferente que era a la mía. Era una mujer inculta, al contrario que yo, y aun así había logrado hacerse rica (sí, también al contrario que yo). Sus orígenes eran de lo más humildes, y sin embargo había cautivado al mundo entero y todos se morían de ganas de ser sus amigos. Yo solo tenía a Jonson, y como mucho a Meautys.

—Me gustaría veros de nuevo algún día —añadí—. Creo que podríamos ser amigos. A ambos se nos podría considerar intrusos en la alta sociedad.

Abrió los ojos de par en par con un gozo travieso.

—Ah, señor Bacon, ¡qué gracioso sois! —exclamó—. Vos no sois ningún intruso, con vuestra educación, vuestra carrera, vuestra relación con el rey, vuestra casa de campo, vuestra madre y vuestro padre, tan respetable…, ¡el mismísimo lord guardián! ¿Cómo podéis pensar que no pertenecéis a esta sociedad? ¡Ja! Yo sí que lo he tenido difícil; soy una chica de campo que ha salido de Cambridgeshire y ha logrado triunfar. Vos, Bacon, ni siquiera sabéis lo que es ser un marginado. ¡Ah, los hombres y su maldita vanidad! —me espetó exagerando su acento de campo de forma satírica—. ¡Es infinita!

Volvió a hacer el amago de cerrar la puerta entre risas, pero alcé la mano de nuevo para detenerla una última vez. Parecía molesta.

—¡No quiero ser vuestra amiga, señor Bacon! —me soltó—. ¡Ya tengo amigos, y mucho mejores que vos!

Entonces me cerró la puerta en las narices y tuve que dar un paso atrás. Al momento oí que echaba el cerrojo desde dentro.

El otoño pasó volando. Coke aceptó el resultado de la prueba de virginidad, oyó los argumentos jurídicos sobre el matrimonio de Essex y, cuando llegó el momento, falló a favor del divorcio. El rey recibió la noticia con gran entusiasmo y dijo que su querido Rabbie iba a convertirse al fin en un hombre adulto y un marido, y que la boda se celebraría en Navidad. Todo había salido a pedir de boca. Overbury había caído en el olvido. A Coke, para mi irritación, lo habían ascendido a primer juez del Tribunal Supremo gracias a su éxito como juez en el caso del divorcio. (Yo solo me había encargado de investigar. ¿Ves cómo funcionan estos asuntos?). Entonces, un día, delante de la mitad de la corte, Carr recordó en voz alta que en el consejo privado del rey yo me había «ofrecido» a pagar la boda.

—Ah, sí —dijo el rey—, ¡y más vale que sea una boda por todo lo alto, *Beicon*! ¡Esto no puede ser un acontecimiento mediocre!

Le dediqué mi mejor sonrisa.

—Por supuesto, majestad —le aseguré con voz temblorosa.

Sentía como si tuviera un cuchillo rozándome el cuello.

Para pagar la boda tendría que gastarme hasta el último penique que había ganado en todo el año; el soborno de Carr sería insignificante en comparación. Calculaba que me costaría unas dos mil libras, una suma abrumadora. El conde de Suffolk, tan sarcástico como siempre, se ofreció a comprarme la casa de Gorhambury por si iba «corto de dinero». Seguro que piensas que todo aquello me ofendía sobremanera, y es cierto, pero el hecho de que tuviera que pagar la boda me ofrecía más tiempo.

En realidad era un error por parte de Carr, por culpa de su rencor. Bueno, al menos eso es lo que pensarías si quisieras verle el lado bueno.

Había imaginado que el rey preferiría que la boda se celebrara en Theobalds, lejos de las miradas cotillas y resentidas de Londres, pero, por desgracia, se iba a celebrar en Whitehall, en la mismísima capilla real. Aquello haría que aumentara tanto el coste como la atención. Pero el rey estaba convencido de que todo Londres querría celebrar «nuestra buena noticia». La realidad fue que comenzaron a aparecer panfletos escandalizados que se repartían por las calles de la ciudad, y los predicadores puritanos se quejaban de las putas fornicadoras que pisaban el suelo que antes habían pisado nuestras reinas más santas. Mandaron a los predicadores a prisión y les arrancaron la lengua. ¿A que no adivinas quién fue el que llevó esos casos? Exacto, Coke.

Los días se iban volviendo más fríos y cortos; para celebrar la Navidad la gente empezó a colgar ramos de muérdago bajo los que besarse; y al fin llegó el día de la boda. La capilla real se cubrió de flores blancas y amarillas, y yo, para mi espanto, sabía el precio exacto de cada una de ellas. De tanto en tanto se desprendía algún pétalo y me ponía a contar cuánto dinero de mis ahorros se iba cayendo con delicadeza al suelo; fracciones de chelines, mitades de peniques, todo el coste de mi humillación. Pero no era el único que estaba haciendo el ridículo. El rey estaba entusiasmado, con una actitud que se encontraba a medio camino entre la de un padre (aunque no uno demasiado digno) y la de la mismísima novia. Me lo imagine allí arriba, en el altar, con el velo blanco y un rubor virginal. Nada le habría hecho más feliz que ponerse el anillo de Robert Carr en el dedo. El rey invistió a la feliz pareja con los títulos de conde y condesa de Somerset, tal y como Carr me había dicho que haría aquella noche en el exterior de Theobalds.

El banquete tuvo lugar en el nuevo y elegante palacio de banquetes y fiestas que habían construido junto a la capilla. En la mesa principal se sentó el grupo protagonista: el rey y Carr;

la nueva esposa de Carr y los padres de ella, con una expresión que danzaba entre la emoción y la vergüenza; la señora Turner (que evitaba mirarme a los ojos); el conde de Southampton y demás. Yo tuve que sentarme con el resto de invitados comunes y corrientes, ¡y en una boda que había pagado yo mismo! Cada vez que me traían un nuevo plato, el pobre animal muerto que había en el centro parecía girar la cabeza hacia mí y susurrarme: «Bacon, ¿acaso no sabéis que os van a cortar la cabeza?». Un cuarto de ciervo conservado en sal bretona, granos de pimienta de la India y clavo de Sumatra: «Hoy no, señor Bacon, ¡pero pronto!». Un pollo relleno de faisán y decorado con ciruelas doradas: «¡Os van a enviar a la torre, Bacon, y moriréis por la humedad, igual que Overbury! ¡Quiquiriquí!».

Para sorpresa de todos, la reina les ofreció un regalo a la nueva pareja: una mascarada de lo más elaborada. ¡El rey tuvo la cara de decir que era un reflejo de la felicidad de su propio matrimonio! Tal vez el ofrecimiento de la reina te parezca muy inesperado, pero precisamente por eso resultaba tan intrigante.

A todo el mundo le gustan las mascaradas. Pero a menudo la gente no sabe lo que son en realidad y suelen preguntar si se trata de una obra de teatro. No, les responden entonces, pero sí que requiere una escenografía similar. Hay músicos que tocan obras creadas por los mejores compositores del país, pero tampoco es un concierto. Los que se suben al escenario no son actores, sino cortesanos. Aunque, claro, los cortesanos siempre son actores. (Ay, basta ya, Bacon, que estás haciendo el ridículo). Sonó una fanfarria, comenzaron a tocar las cornetas y después las siguieron los demás músicos, que tocaban laúdes, violines y tambores. Al principio la música era relajante, pero de pronto se volvió más fuerte y más rápida, y se transformó en algo semejante al estrépito de un batallón que se aproximaba. Cuando el alboroto se volvió tan intenso que algunos de los presentes se llevaron los dedos a los oídos, aparecieron los bailarines: primero cinco mujeres lideradas por la propia reina, y luego cinco hombres. Pero las mujeres no llevaban trajes delicados ni recatados; iban vestidas como guerreras, blandiendo espadas de utilería y armaduras falsas de oro. La furia de su mirada era auténtica; eran las amazonas del mito ancestral.

Los tambores y las violas retumbaban y chirriaban. Las guerreras se acercaron corriendo a la primera fila de cortesanos, resplandecientes y amenazantes. Aquellos que estaban más cerca se retiraron de un brinco y dejaron escapar gritos ahogados. Dio comienzo una especie de baile de guerra; las mujeres contra los hombres. A pesar de su afeminamiento, los hombres se abalanzaron como gigantes contra sus contrincantes. Las mujeres, que parecían más masculinas que los hombres, alzaron las espadas y enseñaron los dientes. Llevaron a cabo una representación exagerada de un combate con espadas hasta que los hombres parecieron a punto de admitir la derrota. Pero entonces, de repente, las mujeres comenzaron a ceder. Las acorralaron contra la pared y parecían atrapadas, a punto de morir asesinadas. La música cesó y una de las mujeres comenzó a cantar con una voz pura, dulce y triste. Al oír la belleza y la emoción de su melodía, sus oponentes se detuvieron para escuchar con atención, extasiados.

Pero era un truco. De pronto, el ruido de los tambores inundó la estancia. Las amazonas se precipitaron hacia delante blandiendo las espadas falsas y los hombres se arrodillaron, profiriendo gritos ostentosos que no llegaban a oírse. Las mujeres llevaron las espadas al cuello de los hombres y se lo rajaron de manera espectacular. La música se detuvo y la reina se colocó entre sus amazonas, respirando con dificultad, orgullosa: la vencedora. Posó la mirada en el público, que estaba demasiado borracho o distraído o se mostraba demasiado displicente como para reaccionar. ¿Acaso no habían presenciado lo mismo que yo?

La reina había acudido a la boda de su enemigo, nada más y nada menos que el amante varón de su marido, y había representado para él una guerra de sexos en la que habían triunfado las mujeres. Miré al rey, sin saber si estallaría en carcajadas o bramaría de rabia. Pero entonces lo vi dándole un pico tras otro al nuevo conde de Somerset, en el propio convite de este, mientras la novia y sus padres seguían sentados a su lado, con sonrisas forzadas cargadas de ira. Me volví hacia la reina, que parpadeó una vez y les dio permiso a sus damas para que se retiraran. ¿Se sentiría abatida? La corte debería haberle lanzado guirnaldas.

Noté un toquecito en el codo, una llamada discreta que pasaría desapercibida para la multitud. Me giré y vi que se trataba de mi leal secretario de la corte, Meautys. Me susurró que tenía malas noticias. Aparté la vista para no llamar la atención.

—Del señor Bull —añadió.

Mi espía de la alcoba real, mi mediocre escritor de mensajes cifrados.

Meautys se giró y, sin pronunciar ni una palabra más, se marchó del salón principal del palacio de banquetes y salió al pasillo. Lo seguí mirando a mi alrededor para asegurarme de que nadie me estuviera observando. Caminamos en fila hasta unas pequeñas escaleras que quedaban tan lejos del escándalo de la boda que ya ni siquiera lo oíamos, y solo entonces nos permitimos hablar. Pero, cuando estaba a punto de abrir la boca, Meautys alzó un dedo para acallarme. Miró hacia arriba por el hueco de las escaleras durante varios segundos, solo para comprobar que no hubiera nadie cerca, oculto, esperando, escuchándonos.

—Cuéntame —le pedí cuando se volvió hacia mí.

—Las tres últimas noches que ha pasado en Theobalds, el conde de Somerset no ha acudido a la alcoba real.

Me encogí de hombros.

—¿Y?

Meautys, siempre tan discreto, me dirigió una mirada reveladora.

—Ha dicho que ahora está casado y no podrá volver *jamás* al lecho del rey.

—¿Jamás? —Aquello me tomó por sorpresa—. Pero si Carr está sentado en el regazo del rey ahora mismo, con la lengua a punto de rozarle la campanilla.

Meautys casi nunca decía las cosas claras.

—¿Confiáis vos en las apariencias, Bacon, o en lo que vuestros espías os dicen que es la verdad?

Me atravesó un destello de ilusión. Que Carr abandonara la alcoba real para siempre debía de significar *algo*. Yo no sé nada sobre el amor, pero sí que sé bastante sobre follar. Estaba atónito. ¿Cómo podía Carr ser tan estúpido? ¿Estarían los Howard al tanto de aquello? Era una locura. Su nueva alianza se basaba en la obsesión del rey con Carr. Justo cuando habían logrado triunfar, iban a renunciar a aquello que les había concedido la victoria.

En ese preciso instante se formó un pequeño alboroto en el otro extremo del pasillo y oí la voz de la reina. Me volví hacia ella; era como si sus vocales fuertes, impregnadas de ese acento danés, me convocaran: «Por aquí Bacon, el auténtico plan se está ideando aquí». Porque de repente, gracias a mi brillantez, conecté todo lo que sabía del rey y de Carr y de la reina y del sexo y del mundo y del poder, y comprendí lo que tenía que hacer. Así, sin más, como por arte de magia, como un milagro, sabía lo que debía hacer.

Empecé a recorrer el pasillo, pero sentía como si estuviera corriendo, meciendo los brazos de lo emocionado que estaba.

—Majestad —grité, envalentonado.

La reina estaba diciéndoles a sus damas que regresaran al jolgorio y bailaran, pero entonces el grupo entero, al unísono, me miró.

—Bacon… —respondió la reina—. ¿Qué haces aquí?

—Ah —dije y me giré, como si con ese gesto le estuviera ofreciendo alguna explicación. Meautys ya había desaparecido, oculto en algún recoveco—. Solo quería… tomar el aire… durante un momento. En la sala del banquete hace demasiado calor, con tanta gente. De hecho, estaba pensando en irme a casa…

—Me detuve y traté de fingir la inocencia que, como bien sabes, no poseo—. ¿Os marcháis vos también, majestad? —le pregunté para cambiar de tema—. ¿Queréis compañía, en caso de que vayáis caminando a alguna parte? —Había empezado a hablarle en susurros, y la reina me contemplaba con aquellos ojos pálidos. Sabía que estaba tratando de interpretar mis intenciones—. Creo que hay ratas por los alrededores.

—¿Ratas? —me preguntó; era evidente que había olvidado lo que me había dicho meses atrás.

Asentí.

—Tal vez pueda cazar algunas para vos.

Entonces algo cambió en su rostro y se le dibujó una sonrisilla diminuta.

—Me voy a Somerset House —dijo. Somerset House era un palacio que había comprado y estaba renovando en la calle Strand. Todo el mundo sabía que a la reina le encantaban las obras, y nada le gustaba más que pasar el día con sus arquitectos—. ¿Me acompañas hasta allí?

Pues claro que pensaba acompañarla.

Por las noches, Westminster se sume en el silencio y da la sensación de estar muy lejos de Londres. Muy poca gente vive en los alrededores del palacio. Mientras paseábamos, con los guardias siguiéndonos los talones a unos veinte metros, le conté a la reina todo lo que había averiguado sobre el asunto de la alcoba real. No omití ningún detalle: ambos conocíamos la realidad de la vida de su marido con Carr. De modo que le conté que tenía un espía que me había revelado que Carr había decidido poner fin a sus relaciones íntimas con el rey. La reina ni siquiera parpadeó al oír aquello. Le conté mis temores: que los Howard y Carr se propondrían destruirme y humillarla a ella. Le dije que tenía un año, como mucho dos, antes de que vinieran a por mí. Pagar la boda tan solo me había hecho ganar tiempo. Pensaba que tal vez me diría que me estaba preocupando sin necesidad, pero no fue así. Las reinas conocen el juego mejor que nadie.

—Bueno, Bacon, ¿y qué propones?

Me giré para mirar a sus guardias, que seguían manteniendo la distancia, y me acerqué más a ella.

—¿Queréis que Robert Carr desaparezca, majestad? —Se le tensó ligeramente el rostro—. ¿Queréis bajarles un poco los humos a los Howard? El conde de Suffolk se rio en vuestra cara aquel día en Theobalds. ¿Creéis que os tratará mejor ahora que él y los suyos controlan la corte?

La reina era demasiado inteligente como para negarse.

—Aún no me has contado lo que propones, Bacon.

Me detuve e inhalé el aire de la noche de diciembre. Me resulta milagroso el funcionamiento de las mentes estratégicas; que de repente se pueda urdir un plan como por arte de magia, un plan que quizá hubiera estado ahí todo ese tiempo y en el que sencillamente no habías reparado hasta ese instante, y luego, de repente, así como así, todo encaje.

—Encontraremos a otro chico, majestad. Un joven igual de apuesto que Carr o más. Lo buscaré por todo el reino si es necesario. Un joven que hayamos creado nosotros, y solo nosotros. Encontraré a ese chico apuesto y lograré que se meta en la cama del rey. Lo instruiremos, le enseñaremos cómo amar al rey y cómo hacer que el rey se sienta amado. Lo encontraré, lo prepararé y vos se lo presentaréis a vuestro marido. Si se lo presentara yo, sería demasiado descarado. Conseguiremos que el chico solo nos haga caso a nosotros, y a nadie más. Lo controlaremos; será nuestro. Carr caerá en el olvido y los Howard se darán cuenta de que han ligado su destino al hombre equivocado. El hombre correcto será el que nos pertenezca a nosotros. Y así ganaremos.

Se alzó una brisa que provenía del este y recorría todo el valle. De repente, nos azotó un viento gélido. La reina, nacida en Escandinavia, ni se inmutó. Soltó una carajada animada, segura de sí misma, como aliviada tras una larga espera.

—Lo sabía, Bacon —me dijo.

—¿El qué, majestad?

—Sabía que me ayudarías a atrapar a esas *ratas*.

¿Cuál es la mejor parte del juego del poder? ¿Será el dinero o el miedo que infundes en los demás? ¿Será todo el sexo o quizá la posibilidad de tomar decisiones mientras sientes la adrenalina de la influencia? ¿O tal vez que te inviten a sentarte a cenar con los reyes y las reinas? ¿Serán los títulos, las propiedades, los amigos de la nobleza, los artistas ansiosos por encontrar un mecenas y que tal vez estén dispuestos a chupártela a cambio?

No.

La mejor parte es urdir planes que sabes que lo cambiarán todo, que sabes que transformarán el propio juego, y luego, si hay suerte, ver como esos planes se convierten en realidad.

SOBRE UN PLAN

¡Un plan! ¡Qué ingenioso! ¡Una solución! ¡Qué maravilla! Y lo único que tenía que hacer era peinar todas las calles de Londres y todos los pueblos ingleses y encontrar al chico (o más bien hombre con apariencia de chico) perfecto para suplantar a Carr. Pero ¿quién podría ser ese chico? ¿Qué quería de él? A la reina le había parecido bien mi plan, y me había mandado ponerme manos a la obra de inmediato. Esperaba que regresara tras haber completado mi misión con éxito, pero no me había dado ninguna lista con sus requisitos, como hacía con sus arquitectos. Tan solo me había dicho: «Sí, encuentra a un chico y yo te apoyaré». El resto era cosa mía. Aunque me parecía bien; sentado solo con un plan, una pluma y un rollo de papel para escribir, ya soy feliz. Hasta ahora me ha ido bien así. A veces siento que mi cerebro es lo único que tengo, mi amigo más fiel. Pero ahora debía hallar y moldear a una criatura que supiera amar. Y ahí es cuando me vi bloqueado, con el cerebro atascado. ¿Qué sabía yo sobre lograr que los hombres se enamorasen? Pues nada.

Comencé a trazar las primeras ideas. Debía ser como Carr pero a la vez diferente. *¡Fácil!* Debía ser apuesto, igual de apuesto que Carr, pero también debía ser dulce, dócil, fácil de controlar. *¡Ingenuo!* Debía ser inteligente, pero tenía que hacerme caso. *De acuerdo...* Tenía que encontrar a alguien que confiara en mí y, sobre todo, que mantuviera esa confianza, que no me dejara tirado a la primera de cambio. Tenía que conseguir que odiara a los Howard, pero a la vez debía ser alguien que no se dejara llevar por el odio. Escribí lo siguiente en una hoja de papel:

OBEDIENTE

SUMISO

CÁNDIDO

PACIENTE

LEAL

Pero eso no era una persona; esas eran más bien las cualidades de un buen perro. Entonces me di cuenta de que el chico sí que debía poseer algunas de las cualidades de Carr. Mi antipatía por él no podía cegarme; el empirista que había en mí (¡el científico!) tenía que pensar en lo que al mundo, o al rey, para ser más concretos, le gustaba de Carr: la intensidad de su relación, y metiéndome en mi papel de científico pensé en que tal vez también le gustara la parte más agitada, la inestabilidad. El chico debía poseer algo similar, algo misterioso o inescrutable, algo que te hiciera sentir que podía... desaparecer en cualquier momento. No la maldad, las rabietas ni el rencor. No. El misterio. Seguí escribiendo palabras:

APUESTO

(NO, MÁS BIEN HERMOSO)

DIVERTIDO

(¿O QUIZÁ GRACIOSO?)

ENCANTADOR

CAUTIVADOR

Qué maravilloso debe ser cautivar a alguien. Me pregunto qué se sentirá. ¿Quién no quiere ser cautivador?

Y luego, al final, añadí una última palabra:

PERFECTO

(«Ah, eso —diréis—. Claro, solo eso»).

Llegó el año nuevo, el 1614, y tan solo unas semanas después de la boda comencé a enviar a mis espías en busca de chicos. Traté de informarles sobre los requisitos que debían poseer esos chicos, pero tuve que ocultarles los motivos. (Nunca puedes saber si tus espías se van a volver de repente moralistas o si te van a querer vender). Cuando Meautys les dijo sin inmutarse que el chico tenía que ser «cautivador», los espías, que por lo general tenían una esposa con el delantal manchado de comida e hijas guapas sentadas a la mesa de la cocina, meciendo las piernas, leyendo a Philip Sidney mientras movían los labios, le preguntaron: «¿Qué significa eso?».

—Ojalá lo supiera —le dije yo a Meautys—. Atractivo. No, es algo más. Gracioso, quizá. O dulce.

—¿Dulce? —me preguntó Meautys—. ¿Y cómo van a saber estos hombres lo que a un sodomita le parece dulce?

Lo miré de arriba abajo.

—¿Usando la cabeza? —respondí, ante lo cual se encogió de hombros y yo me eché a reír.

Pero había una complicación. Ahora era fiscal general, y tenía mucho trabajo que hacer, una infinidad de casos de los que ocuparme, labores con las que el rey quería que me pusiera al día. Empezó a pedirme que fuera a Theobalds desde Londres tres, cuatro e incluso cinco veces a la semana, cuando se le antojara, para hablar de política, para redactar normas o para mantener conversaciones tontas sobre algún libro que se quería leer o alguno que quería prohibir. No paraba de ir y venir, una y otra vez, entre Londres y Theobalds, con torres de papeles esperándome en ambos lugares para que los leyera, los modificara, los comentara o los debatiera. De modo que tenía tan poco tiempo que el plan avanzaba muy despacio. Pero su culminación seguía siendo mi mayor esperanza. ¿Veis el embrollo? Tenía que ejecutar el plan, pero no tenía tiempo para ello.

Y, para complicar las cosas, mientras se estiraba el plan, Carr seguía manteniendo su posición en la corte, sin perder ni un ápice de poder. Pero ni regresó a la alcoba real ni dejó de acompañar al rey en todo momento. No había indicio alguno de que los sentimientos del rey hacia su Rabbie hubieran cambiado. ¿Sería posible que me hubiera equivocado, que Carr pudiera rechazar el sexo con el rey y mantener a la vez su puesto? La reina me dijo que estaba nerviosa. Si era cierto que el rey ya no se follaba a Carr, ¿por qué seguía siendo su favorito, por qué no lo dejaba de lado? Yo le dije que el amor es persistente y no siempre tiene sentido, y que debíamos ser pacientes. Decidí no mostrarme preocupado ante ella. La preocupación es contagiosa, y cuando algo se contagia se convierte en una plaga.

Pero tenía motivos de sobra para preocuparme. A finales de mayo el rey comenzaría a viajar de ciudad en ciudad para llevar a cabo las entradas reales, una tradición anual en la que el rey visitaba a sus súbditos de distintos lugares, y estaría fuera dos o tres meses. En realidad tan solo solía ir a algunas de las mansiones más prominentes de Inglaterra, donde lo alimentaban y le ofrecían vino hasta que estaba a punto de reventar. Pero ese año no me había pedido que lo acompañara, lo cual decía mucho. Eso sí que era motivo de preocupación. Puede que el rey hubiera querido que fuera con él, pero *alguien* había logrado persuadirlo para que no me invitara.

Se fueron sucediendo los días y seguía sin recibir la invitación, y me pasaba horas reflexionando sobre aquello, preguntándome qué significaría. Y con cada día que transcurría sin invitación, me iba preocupando más y más. Pero en realidad sabía lo que significaba, ya que el otro asunto interesante de aquel viaje real en particular era que casi todas las casas en las que se iba a alojar el rey, salvo unas pocas, pertenecían a un Howard o a uno de sus amigos. La alianza Howard-Carr se estaba afianzando y se volvía cada vez más poderosa: Frances había podido divorciarse, los Somerset estaban casados y yo cada vez más apartado. De repente, pude oír muy alto el tictac del reloj que anunciaba la cuenta atrás hacia mi perdición.

Por fin, en esa época del año en que los campos alrededor de Gorhambury vuelven a adquirir un intenso tono verde con el bullicio de la nueva vida en el aire, caldeado por el regreso de la luz del sol a Inglaterra, Meautys llegó con una lista de jóvenes. En total había ocho candidatos. Todos tenían entre dieciocho y veinticuatro años, de modo que, como he dicho antes, no eran niños ni chicos; eran hombres. Pero quienes están en el poder prefieren llamarlos así, puesto que creen que son alusiones clásicas inteligentes. Pero no lo son.

El primer chico pertenecía a una familia de cortesanos, los Monson, con los que me llevaba bien, aunque tampoco habíamos sido nunca amigos. Sir Thomas Monson era abogado como yo, un hombre que había llegado adonde había llegado por sus propios méritos y al que el rey había nombrado caballero. Yo lo conocía más a nivel profesional que personal y, aunque no lo describiría como enemigo de los Howard, era ambicioso. Y el hombre ya tenía experiencia a la hora de prostituir a sus hijos. ¿Te has quedado pálido al leer esas palabras? Pues has de saber que esto es la corte, donde todos juegan a un juego salvaje, con las garras sacadas, en donde no tienen cabida tus preocupaciones acerca de ser buen padre. Los condes casan a sus hijas de trece años sin dudarlo ni un segundo, esperan la consumación del matrimonio en el plazo de un año e incluso lo ponen por escrito en el maldito contrato matrimonial (ve y pregúntale al conde de Suffolk por su hija y por su exmarido, el que no se la follaba).

Sir Thomas había malinterpretado por completo qué tipo de amantes buscaba el rey y había supuesto, por culpa de alguna sandez que habría leído en los textos de Platón, que querría follarse a niños pequeños. ¡Otra vez esas referencias clásicas! Sir Thomas empezó a exhibir a su hijo John, de once años, delante de las narices del rey, con el rostro empolvado y con colorete, hasta que el propio rey tuvo que ordenarle que parara. «Aleja de mí a tu engendro asqueroso y sé un buen padre. Y quítale esa puta bazofia de la cara». He de decir a favor del rey que nunca ha sido una persona rencorosa y, una vez quitada esa «puta bazofia», todo había quedado en el olvido. Pero a mí no se me había olvidado la ambición inmoral de Monson. Y ese es el tipo de ambición más útil que existe.

El muchacho tenía ya dieciocho años. Lo había visto varias veces en la periferia de la vida de la corte. Era un joven apuesto, con rasgos andróginos, movimientos gráciles, ojos luminosos y una piel sin imperfecciones; atributos que le encantaban al rey. En los breves intercambios que había tenido con él, parecía afable, aunque no muy despierto. Le pregunté a Monson si se reuniría conmigo «fuera de la ciudad», y cuando me preguntó por el motivo le contesté que no podía decírselo. Sabía que eso despertaría su ambición. Propuse una taberna rural en Clerkenwell, donde las únicas personas con las que podría uno toparse estarían enfrascadas en sus propios asuntos u ocupadas con las ovejas de su amo.

De modo que, una noche, estábamos sentados en un rincón discreto de una taberna, mirándonos fijamente como quienes saben que no están allí para intercambiar formalidades. Pero, como éramos ingleses, intercambiamos esas formalidades de todos modos. Le pregunté por su esposa, una mujer sencilla pero buena, y me dijo que estaba bien. Le pregunté por sus tres hijos menores, de menor a mayor; sí, todos estaban bien también. Por último, le pregunté:

—¿Y cómo está John últimamente?

—Está estudiando Derecho —me contestó sir Thomas.

—¡¿Derecho?! —exclamé sin lograr ocultar mi sorpresa—. No pensaba que…

Conseguí detenerme antes de decirle que no creía que fuera lo bastante inteligente como para eso.

—Pff… No hace falta ser un cerebrito para estudiar Derecho, Bacon, ya lo sabéis. Cualquier idiota puede llegar a ser abogado; el campo del Derecho está repleto de necios. Por eso a los hombres como vos y como yo nos va tan bien, porque nosotros no lo somos.

—¿Necios? —le pregunté, incrédulo.

Monson me guiñó.

—Precisamente...

Sonreí para demostrarle que lo entendía, pero ahora solo sentía pavor. Un favorito del rey apuesto que, además, era abogado de formación... ¿Qué problema podía haber, eh? ¿Hay algo menos «cautivador» que una cara bonita con muchas opiniones sin fundamento (o peor, con fundamento)?

Monson me miraba mientras meneaba las cejas.

—Bueno, Bacon —me dijo—, ¿por qué habéis querido verme aquí? ¿Sobre qué asunto misterioso queríais hablar?

—¿Quién ha dicho que quiera hablar sobre nada?

Monson frunció el ceño.

—Entonces, ¿por qué habíais querido reuniros conmigo aquí? Pensaba que queríais charlar sobre cuestiones de la corte.

Ahora fui yo quien se hizo el confundido.

—¿Sobre qué cuestiones podría querer hablar?

—Sobre la caída de Robert Carr —contestó Monson, y yo me quedé callado—. ¿Creéis que sois el único que espera que ocurra? ¿O al menos que cree que va a ocurrir? —Permanecí en silencio—. ¿Qué pensáis sobre el tema, Bacon? ¿O acaso no os habéis enterado? Carr ya no le permite al rey que lo folle.

Pues sí que son estúpidas algunas personas. Es como si quisieran que los mandaran a la horca. ¿Con quién más estarían hablando él y su hijo, el futuro abogado? En ese momento supe que no quería decirle nada más. El riesgo ya era demasiado elevado; el muchacho cada vez me parecía menos tentador y era evidente que el padre estaba chismorreando con alguien sobre el fracaso de Carr (lo cual no había ocurrido aún, ¡y ese era el puto problema!).

—Deberíais tener cuidado, sir Thomas —le dije con brusquedad—, a la hora de hablar abiertamente sobre con quién podría estar follando el rey. En Inglaterra hay espías por todas partes. Espero que no estéis acusando al rey de ser sodomita.

—¿Qué, Bacon?

—Espero que no estéis conspirando contra el buen amigo, y querido hijo, del rey, el conde de Rochester…, quiero decir, de Somerset. Es probable que, con solo decir esas palabras, os cortasen la lengua.

Pánico.

Por su parte, no por la mía.

—No, por supuesto, ¡tenemos que tener cuidado!

—¿Cuidado? —dije—. Debería ir a buscar al conde de Somerset ahora mismo e informarle de lo que habéis dicho.

Ahora sí que estaba aterrado. Se puso en pie y me aseguró que lo había entendido mal. Pero, si había conseguido asustarlo yo, también podrían conseguirlo los demás. Coke lo habría mandado a la Torre y lo habría hecho picadillo. Y, si el padre entraba en pánico con tanta facilidad, ¿quién me decía a mí que no ocurriría lo mismo con el hijo? Me ofreció un soborno que rechacé; le dije que era innecesario.

—Id con cuidado, Monson —le advertí mientras me ponía también en pie—. No os voy a delatar. —Hice una pausa—. Esta vez no.

El pobre hombre se había mareado tanto que se había puesto verde, y me dio las gracias por haberlo ayudado. Aunque no lo había ayudado en absoluto.

Para conocer al segundo chico, tuve que viajar al día siguiente a Bedford, ochenta kilómetros al norte de Londres, y desde allí a Biddenham, un pueblo cercano. Allí, uno de mis espías dijo que había encontrado una familia «muy devota» con un hijo cuya belleza era famosa en la zona. El espía había oído un rumor sobre el chico que parecía indicar que tal vez no fuera tan «devoto» como el resto de su familia. ¿Quién se lo habría dicho? Me preguntaba si aquel espía, con su cándida esposa y sus hijas hacendosas, se habría permitido darle un bocado a aquella manzana sodomítica. (¡Ay, no te ruborices ni te ofendas! La gente es de lo más retorcida, y le encanta saciar sus deseos mientras critica los tuyos).

En Biddenham, me dieron la dirección de una pequeña casa señorial bastante destartalada. La familia que la habitaba debió de ser prominente en el pasado, pero resultaba evidente que ya no podía permitirse mantener sus posesiones. Les había escrito con antelación para comunicarles que yo, el fiscal general, había estado buscando jóvenes para comenzar a trabajar para el rey. Necesitaba amanuenses y escribanos en la corte, y había oído hablar muy bien de su hijo (tuve que echarles un vistazo a mis apuntes) Will. La realidad es la siguiente: cuando le haces un cumplido a alguien, casi nunca querrá analizar tus intenciones. Lo único que supera a la avaricia de la gente es su vanidad.

Así que cuando llegué se produjo un gran alboroto porque Francis Bacon («¡Por supuesto que sabemos quién sois, señor!») estaba en la puerta de su casa. El padre, un hombre pequeño y encorvado, me guio a través de las habitaciones espartanas, no sabía si por motivos de fe o económicos, hasta que llegamos a uno de los salones señoriales de estilo anticuado. Dentro, en fila, se encontraban su esposa, rolliza y de aspecto animado, y toda una pandilla de niños con el pelo color trigo, todos asombrosamente bellos, al contrario que sus padres. Si creyera en la magia, habría pensado que las hadas se habían llevado a sus bebés regordetes y poco agraciados y les habían dejado a aquellos niños a cambio.

El mayor y más alto de todos, Will, era a quien había venido a ver. Mientras recorría la fila que formaban todos los miembros de la familia, no pude evitar detenerme a contemplarlo. Era la persona más etérea y extraordinaria que había visto jamás. Era alto y delgado, con un cuerpo que, incluso allí plantado, parecía flotar con elegancia. Tenía la piel suave y blanca como la leche, y un rostro y unas manos impolutos; los ojos, de un tono violeta pálido; y el pelo, rubio casi blanco. Hizo una reverencia a modo de saludo y su encanto me resultó inocente y conmovedor. No suelen atraerme esa clase de hombres con aspecto de muchachos, pero la belleza de Will me parecía sobrenatural. Supe de inmediato que, en cuanto al físico, era justo lo que estábamos buscando.

—¿Creéis que podría servir al rey como amanuense, señor? —me preguntó sin rodeos.

Asentí.

—Háblame sobre tu educación.

—Estudio las escrituras, señor. Y sé algo de matemáticas.

—¿Nada de francés? ¿O de latín?

—Sé un poco de francés, señor, pero latín no.

Ante aquello, su padre intervino:

—El latín es el idioma del diablo, señor.

Su puritanismo me pareció tan estúpido que incluso me resultó gracioso.

—No sabía yo que Cicerón era el diablo —dije, y estuve a punto de acompañar la frase con un guiño.

—¡Ah! —exclamó el hombre—. ¡Pues claro que es el diablo el... *Ciserón* ese!

Me quedé a cenar con la familia. Me pidieron que les hablara de mi trabajo, y eso hice: les hablé de la ciencia y de la razón, de la adquisición de conocimientos, de la posibilidad de que los gobiernos no solo controlasen a la gente, sino que también mejorasen sus vidas. De vez en cuando, formulaban preguntas inquietantes como: «¿Y dónde queda la teología en todo eso de la racionalidad, señor?». Y yo no les respondía, puesto que no les habría gustado la respuesta. Podría haberles dicho: «Yo separo la filosofía, como motor del conocimiento y del bien humano, de la subjetividad de la teología», y estoy seguro de que me habrían lapidado en su propio jardín trasero.

Al fin les pregunté si podía pasar un rato a solas con el muchacho, para charlar sobre la perspectiva de su brillante futuro.

—Por supuesto, por supuesto —me respondieron los padres devotos, relamiéndose los labios por la ambición.

Nos hicieron subir a la habitación del chico, que se encontraba en el primer piso, una habitación tan austera que resultaba casi represiva y que compartía con sus hermanos pequeños. Olía a niños: a sudor, a suciedad y a sábanas arrugadas. Le pedí al padre que nos dejara solos hasta que lo llamara de nuevo. Le advertí que tenía muchas preguntas que hacerle y que era posible que tardase un buen rato.

—Ah —dijo el padre con confianza plena en mis intenciones—, ¿queréis la llave de la habitación? Así podréis cerrar la puerta desde dentro, por si acaso mis otros hijos se olvidan y suben corriendo.

Miré al hombre, analizando su inocencia pasmosa, pensando: *¡Sí, por favor, déjame encerrarme en este cuarto con tu hijo despampanante!*

Estuve haciéndole preguntas a Will durante unos veinte minutos. Me costaba creer que tuviera veintidós años. Era tan cándido que me habría creído que tenía trece, y eso no me venía nada bien. El mundo del poder es un nido repleto de picos abiertos y codiciosos dispuestos a engullir a los inocentes. Le pregunté por sus aspiraciones y apenas pudo ocultar que no tenía ninguna. Era evidente que nunca se había parado a pensar siquiera en poder aspirar a algo más. A los veintidós años, yo ya estaba en el Parlamento, maquinando para adentrarme en la corte. Le pregunté si le gustaría vivir una vida diferente a la de sus padres, y me dijo que nunca lo había pensado.

—Bueno —le dije un poco irritado—, pues piénsalo ahora.

Le pregunté si le gustaría estar en la corte, si quería tener ropa bonita y dinero, si querría ser poderoso, y a todas esas preguntas respondió:

—No me importa, señor.

Pero, cuando le pregunté si quería conocer al rey, pareció quedarse perplejo, sin saber qué responder siquiera.

Y entonces le pregunté si le gustaría follar con chicas, y al chico se le encendieron las mejillas pálidas e impecables.

—No, señor —me susurró—. Me gustaría casarme y honrar a mi esposa.

Ya, bueno, eso quería también Robert Carr.

Me preguntaba por qué me habría dicho mi espía que había «oído un rumor» sobre Will. Me di cuenta de que tenía que concluir aquel interrogatorio de algún modo.

—Will, en unos instantes —comencé a recitarle un discurso que ya había ensayado, puesto que sabía que era fundamental para lo que vendría después— voy a hacer una cosa. Eres libre para reaccionar como desees. Si te parece bien lo que voy a hacer, podré darte trabajo y procuraré ofrecerte numerosas oportunidades en la corte. Si lo que voy a hacer te ofende, puedes detenerme en cualquier momento. No pienso reaccionar de ningún modo ni hacerte daño. De hecho, te daré diez libras hoy mismo, lo cual es suficiente para vivir medio año en Londres, por cierto. Nunca más volverás a saber de mí y, mientras no hagas nada que me pueda perjudicar, yo tampoco trataré de perjudicarte a ti ni interponerme si decides buscar otro modo de adentrarte en la corte. ¿Entendido?

Will parecía confundido.

—Si no lo entiendes —continué—, será mejor dejarlo aquí. No es nada malo; es solo un asunto insignificante, pero es fundamental que vea cómo reaccionas. Es importante que lo comprendas y que quieras que siga adelante. No hay absolutamente nada de malo en decir que no.

Al chico se le encendió algo en la mirada, el deseo de saber de qué se trataba.

—Lo entiendo, señor.

—Ni yo te haré daño a ti ni tú a mí. ¿Aceptas las condiciones?

—Sí.

Di un paso adelante, le tomé la cara entre las manos con delicadeza y acerqué los labios a los suyos. Primero se apartó un momento, pero enseguida supe que era más por sorpresa que por repulsión. Con movimientos vacilantes y temblorosos, volvió a acercar la boca a la mía y alzó la mirada, nervioso. Volví a darle un beso, uno muy casto. Durante un instante separé los labios y Will me imitó. Abrió mucho la boca y sentí que su lengua buscaba la mía. No había duda de que sabía lo que era besar, y puede que aquel no fuera su primer beso con otro hombre.

Me aparté. No me hacía falta nada más; eso era suficiente. Me eché atrás y le ofrecí una sonrisa al chico, que tenía los ojos cerrados y la boca abierta, esperando a que continuara el beso. Le miré los pantalones y vi que se le marcaba toda la erección.

—Gracias, Will —le dije—. No volveré a hacerlo. No era más que una especie de prueba. —Asentí mientras lo miraba—. ¿Estás bien?

Una sombra de terror se adueñó al instante de su mirada.

—Por favor, señor, por favor, señor Bacon, no le contéis a mi padre lo sucedido. Me dirá que voy a ir al infierno. Y yo no quiero ir al infierno. No quiero que lo diga. No me importa si no me lleváis a la corte, ni siquiera quiero ir en realidad, pero, por favor, no le digáis nada a mi padre. —Sus palabras me confundieron y me quedé en silencio durante un instante, pero tan solo conseguí alterar más al muchacho—. ¡Ay, os lo ruego! ¡Os suplico que no le digáis nada!

Era muy triste. Will era precioso, de una belleza casi irreal, pero la vergüenza que lo embargaba era demasiado intensa. Lo supe de inmediato. No iba a ser capaz de marcharse tan campante a la corte y abrir las piernas de par en par, con todo el mundo al tanto de lo que era, y con sus padres allí, retorciéndose de dolor por el alma de su hijo mientras contaban el oro que les enviaba desde esa ciudad tan cruel y reluciente que era Londres.

La vergüenza es el río en el que se ahogan los sodomitas. Después, los padres sacan el cadáver del río y lo alzan hacia el cielo mientras le preguntan a un Dios vengativo: «¿Por qué ha tenido que ocurrir esto?». Pero la realidad es la siguiente: son los propios padres quienes han ahogado a su hijo. Como dos

Abrahams y un Isaac, han sido ellos quienes han obedecido a ese Dios y han llevado a su hijo al río, y lo han agarrado y le han sujetado la cabeza bajo el agua hasta que se ha quedado inmóvil, hasta que las últimas burbujas han escapado de su boca. Y, mientras el hijo sodomita al que han ayudado a asesinar yace frío y muerto en sus brazos, claman a Dios: «¿Por qué nos ha sucedido esto a nosotros?».

Con todo eso quiero decir que aquel no era el muchacho ideal para mi misión. Me había apuntado las palabras «divertido, ¿o quizá gracioso?» en la lista, y ¿acaso era él algo de eso? Volví a pensar en la palabra «cautivador». El pobre de Will era más bien deprimente. Le sonreí y le di unas palmaditas en el pecho.

—No te preocupes, Will —le dije—. No le voy a decir ni una palabra a nadie.

Le aseguré al padre que le escribiría si Will resultaba elegido, pero que tenía otros chicos a los que ver primero. Les dije que no debían ofenderse si no volvían a saber de mí. El padre parecía muy alegre; seguro que ni se le pasaba por la cabeza que, en realidad, le estaba garantizando que no volverían a saber de mí. Confieso que incluso se me olvidó dejar las diez libras. Pero ahora tenía dos chicos menos y seguía sin haber avanzado nada en mi tarea. Empezaba a sentirme un tanto desolado (pero no temas; la desolación puede convertirse en desesperación en un abrir y cerrar de ojos).

Desde Bedford cabalgué hacia el suroeste, hasta Buckingham, donde me encontré con un joven que se puso hecho una fiera cuando intenté besarlo. Traté como pude de convencerlo de que había sido un malentendido. Luego me dirigí hacia el oeste, a Worcester, donde el chico al que me habían enviado a ver tenía los dientes torcidos y las rodillas en equis y era bizco (menuda combinación), y supuse que mi espía debía de haberlo confundido con otro. Me vi obligado, por incómoda que fuera la situación, a preguntar en una localidad rural horrible si alguien sabía dónde podía encontrar a un chico apuesto. La gente me miraba con tal espanto que tuve suerte de que no me colgaran de la aguja de la iglesia.

El muchacho angelical al que fui a ver en Wantage, adonde llegué tras un día entero cabalgando hacia el sur, tenía un físico perfecto, pero era tan sumamente aburrido que ni siquiera llegué a darle un beso. Cuando le dije al chico en Leominster, tras cabalgar de nuevo hacia el norte, que quería que trabajara para el rey, se puso hecho una furia y empezó a quejarse y a decir que los escoceses eran más malvados que los zorros. Que últimamente estaban invadiendo Inglaterra, y que alguien debía impedirlo, dijo. Me quedé mirándolo mientras despotricaba. *¿Está loca la gente?* Entonces recibí una carta del espía que tenía en Northampton, que me decía que el chico al que debía ir a ver allí había muerto de peste. Todo me salía mal (aunque no tan mal como al chico muerto).

Tuve que dirigirme a un lugar llamado Stow-on-the-Wold para ir a ver al último chico de la lista. Me habían dicho que allí se encontraba el hijo de un médico de la zona, un chico que poseía una belleza extraordinaria. Tenía veintiún años y era inteligente pero no astuto, lo cual era ideal. Cuando le pregunté a un desconocido cómo llegar a la casa de dicha familia, me dijo que el muchacho era un chico «muy vivaz». La cosa pintaba bien. La familia tenía esperanzas de que el chico acabara convirtiéndose también en médico, según me había contado mi espía, y los médicos siempre poseen una combinación interesante de inteligencia y estupidez.

Fui a conocer al joven por la mañana, tras haber dormido en una posada de aquel pueblecito. Se llamaba Ambrose y era de lo más atractivo, pero no se parecía en nada a Carr: vigoroso, musculoso, bajo, moreno y con un aura muy sensual.

Cuando le hice la prueba del beso con lengua, sentí la erección de Ambrose contra el muslo. Le dije que no debía avergonzarse, y me respondió con una mirada decidida que no se avergonzaba. Lo miré a los ojos, que le brillaban con el deseo y el conocimiento del sexo. Si hubiera querido, si hubiera sido otra clase de hombre, uno más simple, habría podido llevármelo a la cama y follármelo. Estaba más que claro que el chico me habría dejado. Pero eso habría sido mentirle, hacerle creer que lo llevaría adonde quisiera: a la corte, a Londres, junto al rey...

Mi búsqueda estaba llegando a su fin. Ambrose era el octavo chico con el que me había encontrado, el último. Era, con diferencia, el que más se parecía a lo que necesitaba (atractivo, divertido, desvergonzado y ansioso) de todos los jóvenes. Pero ¿de verdad estaba preparado para ir a ver a la reina con ese chico vigoroso, fogoso y sensual y decirle: «Majestad, os traigo la criatura más fascinante de Inglaterra»? Lo cierto es que era posible encontrar a un Ambrose en cualquier pueblo, y no estaba mal, pero no poseía el nivel de perfección que buscaba, ni la astucia necesaria para llevar a cabo nuestro plan. Y ese fue el momento en que noté que me invadía la desesperación. El plan no estaba saliendo como esperaba. Y, mientras tanto, el filo del cuchillo de Suffolk seguía rozándome el cuello.

Justo entonces oí que llamaban a la puerta. Ambrose estaba de pie, con una erección que ni los pantalones podían ocultar.

—Tápate —le susurré.

Oímos como abrían la cerradura. Fui a impedir que el criado entrara en el cuarto y el hombre, sorprendido de encontrarme a escasos centímetros de la puerta, balbuceó:

—Ah, s... señor, ha llegado una carta desde... —el criado vaciló—. *Theo... bolds.*

Abrí la carta enseguida. Era de Meautys, escrita en clave.

HAN ENCONTRADO EL CADÁVER DE BULL EN EL RÍO NEW RIVER. TENÍA LAS MANOS ATADAS Y LE HABÍAN CORTADO EL

CUELLO. CREO QUE DEBERÍAS IR. EL REY ESTARÁ EN APETHORPE DURANTE VARIOS DÍAS.

TAMBIÉN HAY NOTICIAS DE WHITEHALL. LA REINA SE HA QUEJADO PORQUE LA CONDESA DE SOMERSET HA PEDIDO SER UNA DE SUS DAMAS DE COMPAÑÍA. LA REINA SE HA OPUESTO, PERO EL REY PARECE QUE PRETENDE ACEPTARLO. DEBERÍAS IR A VER A LA REINA.

—¡Mierda! —exclamé—. ¡Mierda, mierda!

El juego se había vuelto letal. El espía que tenía en la alcoba real había muerto; lo habían asesinado. Y Frances Carr pretendía infiltrarse en el séquito de la reina.

—¿Todo en orden, señor? —me preguntó Ambrose.

Me volví para mirarlo.

—¿A cuántos kilómetros de aquí se encuentra Apethorpe?

SOBRE EL «CHICO» MÁS APUESTO DEL MUNDO

Cabalgué más de cien kilómetros hacia el norte para llegar al palacio de Apethorpe, que era propiedad de sir Anthony Mildmay, uno de los pocos anfitriones neutrales con los que se alojaría el rey en su viaje oficial. Me llevó horas atravesar los prados y los campos de Inglaterra, los cultivos de maíz y lavanda y los pueblecitos en ruinas, hasta que por fin divisé Apethorpe. Era una mansión preciosa, nueva y de piedra arenisca, lo cual le otorgaba una elegancia sobria. Cuando llegué ya había caído la tarde y una luz dorada lo iluminaba todo. Tras amarrar el caballo cerca de la entrada, me encontré con varios cortesanos muy bien vestidos, sentados en grupos alrededor de los escalones, borrachos. Algunos asintieron al verme, otros me sonrieron: *Ya está aquí el rarito de Bacon, que ha venido a hacer la pelota y a trabajar. ¡Qué aburrimiento!*

Dentro, había criados por todas partes yendo de aquí para allá, llevando platos de comida y recogiendo otros. El enorme vestíbulo estaba también repleto de aristócratas, ataviados con prendas espectaculares, quejándose de sus propias vidas. Había un grupo de violistas tocando música muy sofisticada y varios enanos bailando, haciendo aspavientos. Sus miradas nerviosas delataban su auténtica preocupación por el día tan largo que les esperaba, mientras todos bebían. También había un hombre que recitaba a Virgilio en un latín pésimo. En lo alto de la escalera, ancha y majestuosa, había alguien tocando el laúd, una canción preciosa que contrastaba con todo el caos de la planta baja. Un hombre jugaba con un monito, provocándolo con un caramelo. Veía que el mono se estaba empezando a irritar; era cuestión de tiempo que le pegara un mordisco a aquel necio.

—¡Bacon! —exclamó la voz de una mujer a mi espalda—. ¡Ay, qué alegría veros!

Se trataba de lady Grace Mildmay, la esposa de sir Anthony, una persona excelente y admirable, ya que había publicado un libro detallado sobre tratamientos médicos con investigaciones minuciosas. Yo ya lo había leído y lo había encontrado de lo más inspirador. Había creado una especie de enciclopedia de medicamentos, tras documentarse con médicos, comadronas y curanderos. Lo había redactado por gusto, pero había resultado un éxito espectacular, y además merecido.

—Lady Grace —la saludé con una reverencia y ella me imitó, aunque éramos viejos amigos.

—Bacon, tengo una propuesta para vos, para el país. —Me tomó del brazo para guiarme a través del bullicio de su vestíbulo—. He estado poniendo en práctica una idea en mis tierras: estoy creando mis medicinas en grandes cantidades, para que los remedios se puedan aplicar de inmediato cuando sea necesario, una medida segura para detener la enfermedad más rápido. Así la gente siempre tendrá curas y medicinas a mano, ¿entendéis? —Claro que lo entendía; era una idea muy inteligente e ingeniosa—. Ahora, si alguien sufre un accidente en el campo o al conducir un carruaje o un carro, no será necesario preparar la medicina desde cero. La tendremos a mano; tan solo habrá que mandar a buscar el medicamento ya preparado y se le podrá suministrar a la persona en un abrir y cerrar de ojos. Incluso alguien sin formación en medicina podría administrarla. ¿No es maravilloso?

Para ser sincero, lo único en lo que podía pensar era en Bull, en la amenaza, en el plan, en su asesinato. ¿Quién lo había matado? ¿Cuál sería el próximo paso en este juego, a medida que se iba volviendo más cruento?

—Sí que parece una manera maravillosa de salvar vidas y ganar tiempo. —Le sonreí—. Pero ¿cuál es vuestra propuesta, lady Grace?

—Ah —dijo, como si hubiera estado clarísimo desde el principio—, pues que el rey le proponga al Parlamento toda una red nacional de estas reservas de medicamentos. El país entero, cada ciudad, cada pueblo, podría disponer de una provisión de estas medicinas y tratamientos. Y, si en alguna zona no hubiera suficientes, el gobierno podría enviar suministros, o hacer acopio cuando se esté propagando alguna enfermedad. Que haya medicinas en todas partes, en cada pueblo, en cada localidad, preparadas para que se puedan usar en cualquier momento, que sean un recurso nacional. ¿Qué os parece?

Era una idea maravillosa y creativa, y eso le dije, pero también era un buen ejemplo de por qué las personas creativas no son las más adecuadas para gobernar países. ¿De dónde pretendía sacar el dinero para semejante plan? Yo mismo acababa de pasarme meses intentando que el Parlamento desembolsara dinero para que el rey pudiera comprarles joyas a Robert Carr y sus compinches. Estaba seguro de que ni un solo miembro del Parlamento (salvo yo, tal vez) iba a querer pagar para evitar que los campesinos heridos murieran de septicemia.

Le dije a lady Grace que estaba buscando al rey y me llevó al salón principal, donde los criados estaban encendiendo los candelabros, subidos a las escaleras de mano, con velas que titilaban sobre sus cabezas, un verdadero peligro. Vi a una criada de puntillas sobre una de las escaleras que empezó a tambalearse un poco cuando intentaba estirarse para llegar a encender uno de los candelabros. Me apresuré a sujetar la escalera para evitar que se cayera. La chica quiso mirarme y, al agachar la cabeza, tiró la vela, que cayó al suelo y se apagó.

—¡Oye! —gritó por reflejo, pero luego, al ver que no estaba hablando con otra criada, intentó inclinarse como muestra de respeto y estuvo a punto de caerse de nuevo.

—¡No hace falta que hagas ninguna reverencia, muchacha! —exclamé—. Que te caerás y te romperás la crisma.

—Ay, sí, señor —me respondió con demasiado entusiasmo, y volvió a tambalearse.

—Ten cuidado —le pedí a gritos y levanté las manos para agarrarla si se caía.

Detrás de mí oí unas carcajadas fuertes y desenfrenadas: las del rey.

—¡*Beicon!* Mírate, salvando a los plebeyos de su propia estupidez —dijo con su acento escocés habitual—. Deja que la chiquilla se caiga de culo si la pobre no es demasiado espabilada.

La criada bajó de la escalera y salió corriendo, temblorosa y asustada. El rey no paraba de reír. Levantó la copa de vino en el aire y dijo:

—¡Mi querido *Beicon!* ¿Qué estás haciendo aquí?

No sabía qué responder, de modo que improvisé:

—He traído unos documentos para que los firméis.

—¿Y dónde están? —me preguntó mientras me inspeccionaba los brazos vacíos.

No había pensado en eso.

—Abajo, majestad. —Cambié de tema—. ¿Cómo va el viaje y las entradas reales?

—De maravilla. Me han recibido estupendamente en todos los lugares en los que he estado. Y el pueblo… ¡ah, el pueblo me adora, de verdad!

Hice una reverencia, como si me preguntara: «¿Y cómo no iban a adoraros?» Pero lo cierto es que el rey tenía razón: era un monarca bastante popular. Todo el mundo se había alegrado tras la muerte de la beligerante reina Isabel, cuando se había puesto fin de una vez por todas a las guerras interminables que había librado contra los irlandeses y los españoles. Habían bajado los impuestos (al menos al principio, antes de que el nuevo rey empezara a gastar) y la gente estaba tan aliviada que hasta un oso bailarín podría haber ocupado el trono y a nadie le habría importado. Y, para ser justos, el rey es un poco más inteligente que un oso bailarín. No obstante, estaba claro que desvariaba un poco. Llevaba siendo rey desde que tenía memoria, casi desde que había nacido, en Escocia. Esa era su vida. Los reyes no son capaces de ver el mundo tal y como es. ¿Cómo podemos esperar que lo vean si solo comen con cucharas de oro?

—Me ha llegado una noticia extraña sobre la reina, majestad —dije, improvisando de nuevo.

—Ah, ¿sí? ¿Qué has oído sobre mi querida muchachita, *Beicon*?

No había ni rastro de ironía en su voz mientras llamaba a la hija adulta de Cristián IV de Dinamarca y Noruega su «querida muchachita», cuando resultaba evidente que no era ninguna de las dos cosas.

—He oído que está muy descontenta, que alguien ha intentado alterar el orden de su séquito, de sus damas de compañía.

—¡Pues sí, he sido yo mismo! —exclamó el rey, y lo dijo tan alto que la gente se giró hacia nosotros. Sabía que mencionarlo era un riesgo, pero a veces hay que darle al topo en plena cabeza—. ¿Se ha quejado de eso?

—Ah, no —le aseguré—. La reina habla siempre sobre lo buen esposo que sois. —La reina no había pronunciado jamás esas palabras, claro—. Pero, majestad —bajé la voz—, no hace ni siquiera dos años de la muerte del príncipe Enrique.

Se llevó los dedos mugrientos a los labios, rojos por el vino.

—¡Mi querido y dulce muchacho!

—No creo que la reina quiera someterse a demasiados cambios en este momento. Yo diría que está contenta con la compañía de sus damas de siempre. Y mi señora de Somerset es, quizá, demasiado alegre.

—Ah, sí, yo también estoy bastante seguro de que le gusta empinar el codo —dijo, preocupado de repente por aquel dilema moral.

Teniendo en cuenta que se pasaba el día borracho, me habría echado a reír si hubiera sido más tonto.

—En realidad, me refería a que es muy activa. Tal vez a la reina le siente mejor la compañía de personas más relajadas, majestad, más serenas, después de la muerte de Enrique.

Al rey se le empañaron los ojos durante un instante.

—Ah…, sí, claro, tienes razón, tienes razón.

Sé perfectamente que estaba siendo un manipulador de cuidado. No hace falta que frunzas el ceño. El hijo muerto… La madre infeliz y desconsolada que solo quiere un poco de paz…

Y mis enemigos, alejados de la residencia de la reina. ¿No te lo había dicho ya? ¿No lo había dejado claro? Este es un juego muy cruel.

—Creo que alterar la estabilidad de su séquito la inquietará y la trastornará —continué—, y, por supuesto, el príncipe Carlos lo pasa muy mal al ver sufrir a su madre. —Hice como que me emocionaba y luego me detuve, clavé la mirada en los ojos del rey y le pregunté—. Pero ¿qué opináis vos, majestad? ¿Qué creéis que es lo mejor que podemos hacer?

Al momento el rey se alteró y se puso a hacer aspavientos.

—¡Ay, mi pobre mujercita! —gritó y se irguió ante mí, como si fuera yo el que intentaba molestar a la reina—. No pienso dejar que ningún hombre le haga daño, ¿me oyes? ¿Me entiendes? Es la persona más importante del mundo para mí. ¿Me oyes, eh? ¿Me oyes?

La verdad es que me sorprendería que estuviera siquiera entre las diez más importantes, pero en fin.

Asentí mientras miraba al rey para recordarle que estaba de acuerdo con él, que era yo quien había sacado el tema. Se dio la vuelta y comenzó a chillar:

—¡No se puede producir ningún cambio en el séquito de la reina! ¡Ni uno! ¡Detenedlos de inmediato!

Por lo visto ya se le había olvidado que había sido él quien los había propuesto. Hice otra reverencia y le dije que me parecía muy bien, y justo en ese momento, a la velocidad del rayo, apareció el conde de Suffolk.

—Bacon —gruñó.

Ya sabes que me encanta reír, pero al ver a Suffolk así, detrás de mí de repente, me estremecí de miedo. Pero también me incliné ante él, con toda la calma que pude reunir. Nunca dejes que nadie vea que le tienes miedo, aunque te hayas cagado en los pantalones.

—Mi señor. —Tras saludarlo, me volví hacia el rey de nuevo—. ¿Queréis que lo plasme por escrito en una orden, señor?

—¡Ah, sí, claro! ¡Plásmalo, *Beicon*, diablos, plásmalo!

Comenzó a sonar música muy alto en el otro extremo de la habitación, una giga, una melodía animada de algún lugar del norte, quizá de Escocia, tocada con un armonio y un rabel. El rey salió pitando, agitando los brazos en el aire.

Suffolk me estaba mirando fijamente.

—¿Qué ocurre? ¿Qué hacéis aquí? ¿Qué quiere el rey que... —tuvo que tragar saliva para continuar— plasméis por escrito?

—Su decisión de que no se produzca ningún cambio en el séquito de la reina.

Suffolk entornó los ojos.

—Bien jugado, Bacon —me espetó; luego ambos nos quedamos en silencio y una sonrisilla amenazante se le comenzó a dibujar en la cara—. Qué noticia más triste la de vuestro amigo, Bacon.

—¿Mi amigo? —le pregunté, confundido.

—El señor Cratchett.

Seguía sin entender nada.

—¿Cratchett?

Y entonces lo recordé: Cratchett era el verdadero nombre de Bull. Suffolk no tenía por qué saber que yo conocía a ese hombre; había tenido mucho cuidado de no revelar nunca nuestro vínculo. Me estremecí. ¿Me habría visto estremecerme? Seguía estudiándome con la mirada, buscando señales que revelaran mi miedo. ¿Habría matado Suffolk a Bull o era solo que sabía quién había sido el culpable?

—No conozco a ningún Cratchett, señor —respondí con calma y una sonrisa, e hice una última reverencia.

Pero, mientras agachaba la cabeza, me embargó una oleada de terror. Cuando me erguí de nuevo, Suffolk ya se había esfumado. Al igual que el diablo, se había desvanecido sin dejar rastro.

Lady Grace había mandado que me prepararan una cama. Me apartó un segundo y me pidió disculpas por que solo pudiera ofrecerme una habitación sencilla, porque los condes ya se habían quedado con las mejores. Por supuesto. Le dije que no me importaba lo más mínimo, que podría dormir incluso en el tronco de un árbol. Después de cenar, se iba a celebrar una mascarada y todos debíamos asistir. Duraría hasta bien entrada la noche, y lo cierto es que no me entusiasmaba la idea, después de haber atravesado el país a caballo a toda velocidad ese mismo día. Y, como siempre me ocurre en ese tipo de situaciones, una parte de mí pensaba: *Podría estar en Londres, trabajando, o en Gorhambury, escribiendo*. Pero había sido buena idea ir hasta allí. Ya había redactado la orden sobre la compañía de la reina, y ya estaba firmada y de camino a Londres, para que llegara cuanto antes. Eso me garantizaría que todo siguiera como era debido durante un tiempo. Pero aún quedaba mucho por hacer. Casi nada había salido bien desde la noche de la boda en Whitehall, cuando la reina y yo creímos haber encontrado la respuesta a nuestros problemas.

Nos sentamos a cenar en unas hileras largas de mesas que se extendían, como formando un peine, desde la mesa principal, en la que se sentaban sir Anthony, lady Grace, el rey, el conde y la condesa de Somerset y el conde y la condesa de Suffolk. Mientras esperábamos a que nos trajesen los platos, Carr no dejó de hablar en voz alta. Su voz atravesaba toda la sala, a pesar del griterío que la inundaba. No podía distinguir bien lo que estaba diciendo, sino tan solo su volumen y el impacto que causaba en los demás, y pude percibir su seguridad y su tono amenazante. De tanto en tanto me parecía sorprenderlo mirándome con desprecio, pero no estaba seguro.

Yo, por mi parte, estaba sentado entre personas que, sin duda, formaban parte del círculo de los Howard: lady Knollys, hermana de Suffolk; su marido, el conde de Banbury; y Lord Rutland, otro simpatizante. No creo que fuera algo deliberado (ya que había sido lady Grace quien se había encargado de la disposición de los asientos), sino que más bien era un recordatorio del universo, un *memento mori*. «¡Bacon! —gritaba el universo—. ¡Bacon, recuerda que vas a morir!».

Todos y cada uno de mis compañeros de mesa me hacían preguntas corteses y yo no podía evitar analizar cada una en busca de algún doble sentido. Uno nunca puede relajarse del todo, y además aquellas personas eran amigos de mis enemigos. No podía evitar sentir que Carr me estaba observando en todo momento, pero cada vez que miraba hacia la mesa principal tan solo veía al rey devolviéndome la mirada, bizco de lo borracho que estaba, y a su favorito hablando alegremente de sí mismo. Suelo ser una persona de lo más sociable, pero en ese momento, mientras esperábamos el plato de sopa, me mostraba hosco, retraído y en silencio. Mis compañeros de mesa dejaron de hacerme preguntas, y yo ni siquiera toqué el vino. Me aislé y me dejé llevar por la preocupación mientras repasaba mentalmente toda mi vida. ¿Cómo había llegado hasta ese punto? ¿Y cómo podía salir impune?

Sobre todo pensaba en mi fracaso a la hora de encontrar al chico ideal. Ya habían transcurrido varios meses desde que le había propuesto el plan a la reina. Los Howard estaban en una posición segura y afianzada (estaba literalmente sentado entre ellos y su círculo), y Robert Carr estaba a salvo dentro de su órbita. El rey ya no tenía a su amante en la cama y aun así Carr seguía intacto en su puesto como favorito. ¡Debería haberme resultado fácil librarme de él! Tan solo tenía que encontrar a otro joven con una cara bonita y con ganas de poner el culo en pompa (por el precio adecuado). ¡Y esa descripción sirve para uno de cada tres muchachos de Inglaterra! Pero me había recorrido medio reino en busca de mi «chico» y no había logrado encontrarlo. Menudo desastre. Sentía que había caído preso en una trampa que además había creado yo mismo.

Empezaron a servirnos la sopa y me quedé mirando distraído a los criados mientras se movían por el laberinto de mesas con esmero, como bailarines que siguen una coreografía en una mascarada. Aquellos muchachos (el más joven tenía dieciséis años; el mayor, veintitantos) no eran criados normales y corrientes. Eran chicos de buena familia, de la nobleza; ninguno era demasiado sofisticado, pero se podría decir que eran muchachos distinguidos, y todos y cada uno de ellos poseían esa gracia inocente de quienes son jóvenes y se sienten vivos. Algunos cometían errores de tanto en tanto (y yo les ofrecía una leve sonrisa cuando se chocaban unos con otros o cuando se les caían los panecillos de las canastas) y otros no. Eran como había sido Robert Carr en el pasado (y parecía que hacía miles de años de eso), como ese ejército de muchachos escoceses rudos de la baja nobleza que se habían marchado a Londres y del que Carr era ahora el líder, el rey de los catamitos. Aquellos chicos debían conversar con los comensales con modestia y educación, con la esperanza de que alguno les diera trabajo, o tal vez incluso los llevara a la corte o, en su defecto, al menos a Londres, para salvarlos de su «espantoso» destino provinciano.

A mi alrededor, tan solo oía quejas vacías típicas de la nobleza.

—De verdad, no sé qué más esperan de una dote. Ya hemos negociado los aspectos económicos, ¡y ahora quieren hablar de gravámenes sobre la propiedad!

—Bueno, le dije al muy asqueroso, ganar el dinero es cosa tuya. ¡Yo solo lo tengo que gastar!

—¿Te lo puedes creer? ¡Un carpintero! ¡Mira que hablarme de esa manera siendo carpintero!

—¿Y qué hicisteis, señor?

—Hice que lo arrestaran, por supuesto.

—¡Y con razón! ¿Y lo ahorcaron?

—Ah, pues eso espero.

Hablaban de los hombres como si no fueran más que polvo que había que barrer del umbral de la puerta. Cualquier infracción menor o insulto aparente era suficiente para acabar con aquellos cuyas almas eran igual de eternas que las suyas. No pude evitar pensar en la ciencia de la mente de la que he hablado antes y en qué diría sobre los aristócratas, que se muestran tan majestuosos e impenetrables y sin embargo se ofenden y se inquietan ante lo más mínimo. Critican y opinan, y califican las cosas como buenas, malas o ridículas, pero, si alguien se atreve a hacer lo mismo sobre ellos, se quejan y gritan que se han pasado de castaño oscuro.

Algo me llamó la atención en las vigas de la sala; miré hacia arriba y vi que un pequeño gorrión se había colado en la casa por alguna puerta o ventana abierta. Revoloteaba entre las vigas, feliz y libre, sin ser consciente aún de que se había encarcelado a sí mismo. Siempre igual: revolotean alegremente durante un rato y se posan por aquí y por allá hasta que se dan cuenta de que no son capaces de encontrar el lugar por el que han entrado y se quedan atrapados. *Una vez dentro, no es tan fácil encontrar la salida.* Algún criado trata de perseguirlos y se asustan. Algún gato de la casa, aburrido de cazar ratones, tiene al fin una presa más interesante y difícil: una aérea. Y entonces un día te topas con el cadáver del pájaro, tras haberse chocado contra una ventana o después de que una puerta que alguien ha abierto de repente lo haya aplastado. Me quedé observando el gorrión. Durante un momento me pareció que sus ojillos negros me estaban devolviendo la mirada. *¿Qué misterio entrañas?*, me pregunté. *Nos estás mirando, nos estás observando, y piensas que somos unos necios, todos sentados aquí en nuestras hileras de mesas, esperando a que ocurra algo cuando lo más probable es que no ocurra nada.* El pájaro sacudió la cola marrón y dejó caer una caca blanca diminuta que aterrizó (¡plaf!) encima de la brillante peluca castaña de lady Suffolk.

Nadie pareció darse cuenta, ni siquiera la venerable condesa. Tuve que contenerme para no soltar una carcajada. Apreté los labios, evitando mirar a mis compañeros de mesa, uno o dos de los cuales me lanzaron miradas curiosas. *¿Por qué está sonriendo Bacon, eh? ¿A qué juega?* Volví a levantar los ojos hacia las vigas, en busca de mi nuevo héroe revolucionario, pero el gorrión ya no estaba. Bajé la vista de nuevo y recorrí la sala con la mirada. Y entonces vi al chico.

Tendría unos veintiuno o veintidós años, y unos rizos grandes y claros de un tono castaño rojizo que le enmarcaban a la perfección el rostro pálido, en forma de corazón, masculino pero hermoso. Su tez, de un blanco puro como el de un lirio y resplandeciente por su juventud, era tan lisa que me dejó sin aliento, y su sonrisa era a la vez tímida y perspicaz. Tenía unos labios gruesos y desprendía cierta sensualidad, una naturaleza sexual difusa, inocente pero adulto. No era un chico virginal, sino más bien parecía un término medio entre Will y su ingenuidad y Ambrose y su vigor morboso. Hablaba con una mujer a la que estaba sirviendo, pero se percató de que lo estaba contemplando. Levantó la vista y me miró.

Tenía unos ojos grandes con una mirada directa, entre verdes y miel, un color perceptible incluso desde lejos. Me sostuvo la mirada durante unos segundos, de esa forma en que te miran los hombres en la calle como diciendo: «Sé que me estás mirando, y te lo estoy permitiendo». Vi que algo se reflejaba en ellos; una expresión inquisitiva, inteligente, y luego me ofreció una sonrisa dulce y sincera. Físicamente, al menos, era la perfección personificada.

La persona con la que estaba hablando le hizo una pregunta, de modo que el chico se giró para prestarle atención y le respondió entre risas encantadoras. Mientras hablaban, se le sonrojaron las mejillas y el tono rosado le dio a su rostro un aspecto seductor; una timidez inesperada y cautivadora. Parecía a la vez seguro de sí mismo y vulnerable, hermoso pero con cierta delicadeza e inexperiencia tras esa fachada de belleza. La mujer debía de haberle dicho algo gracioso, ya que el muchacho esbozó una sonrisa de oreja a oreja que reveló unos dientes preciosos como perlas. Vivimos en un mundo de dientes horrorosos, rotos, grises, amarillos, podridos; pero los suyos eran perfectos. Se giró hacia mí durante un momento y posó aquellos ojos color verde-miel en mí con una sutil expresión seductora; la clase de mirada que los hombres como yo captamos.

Alguien lo llamó desde detrás para darle órdenes. El chico se dio la vuelta para marcharse y entonces supe que tenía que hablar con él. Empecé a levantarme; no podía dejarlo escapar.

¡Eh, tú!, estuve a punto de gritar. *Tú, ¡el futuro! ¡Mira hacia atrás, el futuro! Mírame.*

Otro de los criados pasó cerca de él con dos cuencos llenos de sopa e intentó recorrer el estrecho pasillo de entre las mesas, pero uno de los comensales se giró para hablar con un amigo y lo golpeó. Los cuencos salieron volando y llenaron de sopa al muchacho y a los invitados. Una mujer empezó a gritar en un tono cortante:

—¡Mi marido está cubierto de sopa! ¡Y tiene setenta y cuatro años!

Lady Grace desvió la mirada hacia el caos. La mujer, que era tan apasionada como anfitriona que como científica médica, se puso en pie de inmediato y le ordenó a todo el mundo que se levantara para que los criados les limpiaran la ropa.

—No es más que sopa —gritó—. No es vino. ¡No mancha! Seamos razonables.

¿En Inglaterra? Ya claro, y una mierda. La gente gritaba, algunos se reían y decían: «¡Ay, mira, mira, estoy cubierto, cubierto del todo!». Los criados se arremolinaron en torno a los invitados, se llevaron a quienes se habían manchado de sopa y limpiaron la que se había derramado por el suelo. Y en mitad de esa vorágine perdí de vista al chico.

Tenía que encontrarlo. Estaba aterrado; sentía náuseas. No, no podía dejarlo escapar. ¿Que cómo supe en ese momento que era el chico al que había estado buscando? Pues tal vez no lo sabía, tal vez lo esté recordando mal, quién sabe. Pero lo que sí recuerdo es la emoción, la euforia y el pánico de aquel momento. ¿Me habría sonreído por fin el destino? ¿O se trataría solo de una sonrisa burlona mientras me hacía la peseta? Todo aquello tenía que significar *algo*. Me levanté y me abrí paso entre los sirvientes. Detuve a un criado y le pregunté adónde debía ir para que me limpiaran la chaqueta que se me había manchado de sopa.

—Pero si no tenéis ninguna mancha, señor —argumentó el chico.

—¡¿Adónde hay que ir!?

El muchacho señaló una puertecita que daba a unas escaleras repletas de gente que iba y venía. Las bajé entre todos ellos, como una hoja que arrastra una corriente veloz, girando y meciéndose.

De repente aparecí en las cocinas; una estancia enorme en la que hacía muchísimo calor. Había gente rellenando montones de perdices diminutas y moradas sobre las mesas, y un cocinero había transportado media canal de ternera asada hasta una encimera para atacarla con cuchillos y sierras. Había ollas hirviendo por todas partes, humeantes, y niños que iban a por agua o fregaban sartenes. Me giré hacia un lado y hacia otro, pero no conseguía verlo. Volví a entrar en pánico; había tenido la oportunidad de conseguir lo que estaba buscando y la había dejado escapar. Pero de repente lo vi; estaba en un rincón, limpiándose el traje manchado de sopa con un paño húmedo.

Fui directo hacia él a toda prisa. No pensaba perderlo de vista de nuevo. Levantó la cabeza y me miró como quien no está seguro de si lo que se está abalanzando sobre él es un ángel o un demonio. Nos miramos a los ojos sin parpadear, y el chico no se inmutó, sino que, con una expresión amable y cálida, me dijo:

—¿Señor?

Era unos centímetros más bajo que yo, y en ese momento parecía como si me cerniese sobre él, aunque tan solo era un poco más alto.

—¿Sabes quién soy? —le pregunté.

—Sí, señor —me susurro—. Sois Francis Bacon.

Sabía mi nombre. Eso era bueno; significaba que no era un ignorante. Tenía unos ojos vivos en los que de nuevo pude percibir su inteligencia. De cerca era igual de bello.

—¿Cómo te llamas? —le pregunté.

Sus ojos eran como lagunas en calma en verano; si cerrabas los tuyos, casi podías sentir el aire cálido y oír el canto de los pájaros en los árboles y el zumbido de las libélulas sobre el agua.

—George Villiers, señor.

—Tengo que hablar contigo.

Miró a su alrededor, confundido. En aquella cocina debía de haber un sinfín de ojos observándonos.

—Señor, no os entiendo. ¿Necesitáis ayuda con algo? ¿Necesitáis que os traigan algo?

—Solo tengo que hablar contigo. Tengo una propuesta para ti.

Frunció el ceño.

—¿Una propuesta, señor? —Entonces se le dibujó una sonrisilla con los labios apretados, sin llegar a abrirlos—. ¿Qué clase de propuesta podríais tener vos para alguien como yo?

Era una sonrisa perspicaz con la que me indicaba que sabía de qué trataba todo aquello, y que le parecía bien, muy bien. A lo lejos oí a lady Grace pedirle a todo el mundo que se calmara, que tampoco es que se estuviera quemando el techo de la casa ni nada por el estilo. La actitud del muchacho cambió de pronto.

—Señor, tengo que irme —dijo mientras miraba a su alrededor, nervioso—. Seguro que me necesitan.

—¿Cuándo podré volver a verte? —le pregunté.

—¿Señor?

Era evidente que seguía algo confundido.

—¿Cuándo?

Me estudió con la mirada y de repente se relajó.

—Mañana, señor.

—Mañana me marcho —respondí tras sacudir la cabeza.

—Mañana serviré el desayuno a los invitados, señor. Podré veros entonces.

—¿Cuándo puedo verte solo?

En ese momento un rayo de inquietud le atravesó la mirada. Se tomó un momento para descifrar todos los posibles significados de mi pregunta.

—Podemos reunirnos en los jardines, junto al estanque, a las once, si os parece bien.

—Perfecto —respondí—, a las once.

Y después asintió y se marchó. Lo observé mientras se alejaba y, en el último momento antes de volver a subir las escaleras, se giró y me sonrió.

En ese momento lo sentí. *Tenía* que ser él.

Antes de acostarme esa noche, volví a escribir las palabras:

HERMOSO

DIVERTIDO

O GRACIOSO

ENCANTADOR

CAUTIVADOR

PERFECTO

Miré por la ventanita de mi habitación, que estaba en el ático. Las estrellas formaban un arco sobre el bosque, más allá de los jardines de Apethorpe. Me metí en la cama en mi humilde cuartito y me quedé allí tumbado, sonriendo solo, a oscuras.

A la mañana siguiente, a las diez y media ya estaba en los preciosos jardines de Apethorpe, esperando a que apareciera el joven. Hallé una pequeña zona amurallada cerca el estanque. Las abejas zumbaban a mi alrededor. Decidí sentarme en un banco de piedra, cerré los ojos y esperé. Todo estaba en calma, pero, si te esforzabas, podías oír el soplido de la brisa. Dejé que los escasos sonidos del lugar, casi sumido en el silencio absoluto, me calmaran. Con los ojos cerrados, percibía el olor intenso del césped, que esos días cortaban con frecuencia debido a la presencia del rey. Era un olor familiar, relajante. Tardé un momento en ubicarlo; me recordaba al jardincito trasero de York House, donde había un césped frondoso y húmedo que se extendía hasta el Támesis y donde, de joven, había chapoteado en la orilla del río.

—¿Señor Bacon?

Abrí los ojos y lo vi allí plantado, a tan solo unos metros de mí, todo repeinado y con un traje sencillo de lana, ceñido a su figura atlética; nada de volantes ni de seda. No, no me había equivocado ni había exagerado los recuerdos. En todo caso, allí a la luz del día, su belleza resultaba aún más extraordinaria, más luminosa y magnética. Costaba no quedarse ensimismado mirándolo, como si acabara de salir de algún cuadro exquisito.

—¿Queríais hablar conmigo, señor? —me preguntó.

—Sí. Quería hacerte algunas preguntas, si no te importa.

Parecía vacilante.

—¿Preguntas? —De nuevo aquella sonrisa amplia de dientes blancos como perlas—. ¿Qué clase de preguntas podríais querer hacerle a alguien como yo?

Me había preguntado lo mismo la noche anterior, y no le había respondido. Intenté analizar su pregunta y el hecho de que la hubiera repetido. ¿Sería astuta o sincera? ¿Modesta o tal vez incluso manipuladora? Tenía que ser estratégico; debía decidir qué quería de él en ese momento.

—¿Has visto al conde de Suffolk desde que has llegado?

La brusquedad de mi pregunta pareció confundirlo. Cualquier interrogador sabe que las preguntas sorpresa siempre vienen bien y resultan útiles; toman desprevenido al interrogado, lo cual lo obliga a responder con franqueza.

—No, señor.

Asentí.

—¿Y al conde de Somerset?

—Una noche le serví una copa de vino.

Asentí de nuevo.

—¿Y qué te pareció?

Se quedó callado un momento.

—Fue bastante brusco conmigo, señor.

—¿En qué sentido?

Notaba que no quería decir nada que pudiera perjudicarlo.

—Diría que estáis intentando ponerme a prueba, pero no sé cuál es la respuesta, qué es lo correcto y lo incorrecto.

Me gustó que me dijera eso.

—Quizá no haya respuestas correctas o incorrectas —le respondí.

El joven sacudió la cabeza.

—Señor, eso es lo que dice un profesor cuando intenta que su alumno hable, pero siempre hay respuestas correctas... e incorrectas. —Una vez más, admiré su franqueza. El chico sabía que yo era una persona poderosa, y que quería algo de él. En ese momento, el misterio era yo, no él, y me gustaba verlo tratando de recuperar parte de aquella aura misteriosa—. ¿Qué es lo que queréis preguntarme en realidad, señor?

—Mis amigos me llaman Bacon —le dije.

Vi que aquello lo confundía aún más.

—Pero yo no soy vuestro amigo, señor.

Me eché a reír. Era una respuesta intrépida, y apreciaba su capacidad de mantenerse impávido aunque pudiera estar asustado.

—Los hombres suelen querer ser amigos míos —le dije.

(Sí, ya sé que no es del todo cierto, pero bueno).

—A mí me encanta hacer amigos —me respondió—, pero los amigos se hablan con sinceridad, ¿no es así, señor? Y yo sigo sin saber qué queréis de mí.

Lo iluminaba la luz del sol, y recorrí con la mirada los ángulos elegantes de sus pómulos y su mandíbula, y los músculos definidos que le bajaban hasta el cuello sin volantes que llevaba. Entonces volví a mirarlo a la cara, esa cara preciosa, y vi que me estaba observando fijamente. Me resultaba imposible descifrarlo. Poseía una belleza física asombrosa, pero a la vez era mucho más sensible que la mayoría de chicos apuestos.

—¿Podemos dar un paseo? —le pregunté.

—Como deseéis, señor.

—Bacon, insistí.

Paseamos por los senderos de los jardines mientras los zapatos iban crujiendo sobre la grava. Le pedí que me hablara de su vida. Me dijo que tenía veintiún años. Había acertado, más o menos. Su familia pertenecía a la burguesía, pero su padre había fallecido cuando él era niño y no les había dejado nada. Su madre había tenido que esforzarse mucho para que sus hijos tuvieran un hogar, y se las había arreglado como había podido para que él recibiera una buena educación. Había pasado un tiempo en Francia, donde había aprendido lo básico para convertirse en un caballero. Le pregunté si hablaba francés.

—La verdad es que no —me respondió.

Y si había hecho buenos amigos en Francia.

—No demasiados.

Mientras hablaba, sentía su presencia a mi lado, incluso la notaba en la piel. Su cuerpo en aquel traje, sus hombros anchos, su cintura estrecha, sus extremidades largas y relajadas. Caminaba con elegancia, no del todo como un cortesano, pero sí como alguien cómodo con su complexión. Sonreía a menudo, y trataba de dirigir esa sonrisa siempre hacia ti, ya se mostrara seguro o vacilante. A veces parecía sentir ambas cosas a la vez, e incluso eso le quedaba encantador. Respondía con risas cuando le hacías bromas y escuchaba con atención cuando había que ponerse serio.

Seguimos caminando. La conversación fluía sin problemas. Era agradable, incluso tierno. Hablaba con respeto de su madre y se reía al hablar de sus hermanos; los llamaba «estúpidos», pero con cariño, como suelen hacer los hermanos.

—¿Te gustaría ir a la corte? —le pregunté, intentando redirigir la conversación hacia donde yo quería.

Reflexionó mientras sacaba el labio inferior.

—No tengo contactos —respondió—. ¿Con quién iba a ir?

Enarqué una ceja para ponerlo a prueba, como si le dijera: «¿Estás de broma?», pero no reaccionó.

—Antes del día de hoy, ¿a qué pensabas dedicar tu vida, Villiers? —le pregunté.

Frunció el ceño.

—¿Antes de conoceros, señor?

—Bacon. Sí, antes de conocerme.

Se quedó mirándome durante unos segundos sin contestar. Quizá estuviera dándole vueltas a la respuesta, o, lo que era más seguro, a lo que implicaba esa frase: «Antes de conocerme». La había empleado tras reflexionarlo muy bien; lo tenía todo planeado.

Antes de hablar, tomó aire, vacilante.

—No sé. Quería mantener a mi familia, a mi pobre madre, que lo ha pasado muy mal desde la muerte de mi padre. Y supongo que quería llevar una vida interesante.

—¿Y pensabas que lo lograrías aquí?

Volvió a esbozar esa sonrisa perspicaz tan hermosa.

—No, señor.

—Bacon. —Puso cara de confusión, de modo que se lo repetí—: Me llamo Bacon, no «señor».

La sonrisa dio paso a una más tierna mientras se sonrojaba ligeramente.

—Bacon.

—¿Te consideras ambicioso?

—¿Ambicioso? —repitió sin apartar la mirada de mis ojos.

Vi que estaba intentando pensar en alguna respuesta.

—No me repitas las cosas —le pedí—. No es necesario. Si no entiendes algo, dímelo y ya está.

Se detuvo, observó el camino que tenía delante y volvió a mirarme a mí con unos ojos refulgentes.

—*Podría* ser ambicioso —contestó—. Sí, creo que podría serlo.

Habíamos llegado a un sendero que discurría entre dos zonas de césped, pero había que cruzar primero una verja de un pequeño muro de piedra cubierto de una hiedra oscura y frondosa que creaba una zona sombría, apartada de la vista de cualquiera que estuviera por allí. El chico me estaba mirando, y entonces ladeó la cabeza y, durante un instante casi imperceptible, entornó un ojo. Y luego volvió a sonreír con aquellos dientes tan blancos.

—¿Conoces la naturaleza de la relación entre el rey y el conde de Somerset? —le pregunté.

Tras dudar durante un momento, respondió:

—Sí.

Asentí.

—Descríbemela. —El chico miró a su alrededor. Que alguien esté al tanto de algo no quiere decir que mencionarlo en voz alta no conlleve riesgos—. Puedes hablar tranquilo. Estamos solos.

—Según tengo entendido, señor —dijo tras pensárselo un momento—, el conde de Somerset es el... catamito del rey.

—¿Puedes ser más claro? Mucha gente ha oído esa palabra sin saber del todo lo que significa.

Enderezó la espalda y me clavó la mirada.

—Significa que el rey le da al conde de Somerset por el culo. —Y entonces, para mi sorpresa, volvió a esbozar esa sonrisa encantadora que le acentuaba las mejillas mientras ladeaba la cabeza y estiraba ese cuello tan largo... El chico era pura perfección. Se echó a reír; una risa hermosa, inteligente pero sin maldad—. ¿Os parece lo bastante claro?

Yo también me eché a reír. Era gracioso. Uno nunca espera que la gente guapa sea además graciosa.

Cuando dejamos de reír, retomamos el paseo de manera instintiva.

—Entonces, ¿sabes que hay hombres que se follan a otros hombres?

Soltó una risita minúscula, casi un hipo, por toda respuesta.

—¿Y qué opinas? ¿Qué piensas de esos hombres?

—No los juzgo.

Era una respuesta interesante.

—¿Te gustaría ser rico? —le pregunté.

El cambio de tema volvió a dejarlo aturdido.

—Sí.

—¿Y te gustaría ser poderoso?

Abrió los ojos de par en par.

—Ni siquiera sabía que eso fuera posible para alguien como yo.

—Has dicho que no juzgas a ese tipo de hombres. —¿Ves lo bien que me lo había montado todo?—. La mayoría de la gente los juzgaría.

Sonrió sin más, sin ninguna clase de aspaviento.

—Pues supongo que entonces no soy como la mayoría de la gente, señor.

—Bacon.

Una sonrisilla.

—Bacon.

—¿Eres virgen?

Muchos chicos de su edad lo son aún.

—No, señor —contestó sin un ápice de vergüenza, lo cual me envalentonó.

—¿Te has acostado con chicas?

—Sí, señor.

—Bacon.

—Lo siento. Bacon.

—¿Le has pedido matrimonio a alguna de ellas?

Soltó una risita nerviosa, algo escandalizado.

—No.

Genial. Solo faltaba que apareciera una moza dentro de unos meses con un buen bombo y un contrato prematrimonial.

—¿Y algún chico? —le pregunté con tacto.

Una expresión burlona le cruzó el rostro.

—¿Que si le he pedido matrimonio a algún chico, Bacon?

Dijo mi nombre con seguridad, con un brillo en los ojos, y su respuesta fue irónica, burlona pero prudente. No me daría cuenta de que estaba siendo tan estratégico como yo hasta más tarde, que me estaba llamando «señor» para engatusarme. Me había creído muy listo con mis preguntas inesperadas, pero quizá era él quien me estaba manipulando.

Estábamos junto al muro, al lado de una verja que daba al jardín contiguo, mirándonos a los ojos. Me daba la impresión de que tal vez íbamos a poder cerrar el trato y quise avanzar con el plan.

—En un momento —dije para dar comienzo a mi discurso ensayado—, voy a hacer una cosa. Eres libre de reaccionar como quieras. Teniendo en cuenta lo que sabes sobre el rey y el tipo de persona que prefiere, un catamito, como tú dices, puede que desees que continúe. Si es así, podré darte trabajo y procuraré ofrecerte numerosas oportunidades en la corte. Si lo que voy a hacer te ofende, puedes detenerme en cualquier momento. No pienso reaccionar de ningún modo ni hacerte daño. De hecho, te daré diez libras hoy mismo, lo cual es suficiente para vivir medio año en Londres, por cierto. Nunca más volverás a saber de mí y, mientras no hagas nada que me pueda perjudicar, yo tampoco trataré de perjudicarte a ti ni interponerme si decides buscar otro modo de adentrarte en la corte. ¿Entendido?

Me miraba con atención. Puede que antes hubiera estado nervioso, pero se notaba que ya no.

—Sí.

—¿Y aceptas estas condiciones?

—Sí —respondió sin vacilar, sin dudar.

Me acerqué a él y lo besé en la boca. Enseguida me devolvió el beso y, cuando estaba a punto de apartarme, al igual que había hecho antes, una vez acabada la prueba, el chico abrió la boca y su aliento, dulce y cálido, se introdujo en la mía. Me resultó vertiginoso, embriagador, mucho más de lo que esperaba. Al entreabrir esos labios suaves y dejar que entrara su aliento en mí, se movió hacia mí y sentí al instante su erección. Era un momento tierno, pero también cargado de deseo; ese primer momento, ese dulce comienzo de algo más. Pero entonces entré en razón de súbito: a mí no me gustaban los chicos tan jóvenes. Aquel muchacho no era para mí, sino para el rey. Sería una locura intentar empezar algo con él; yo ya estaba jugando a un juego mucho más importante. Me separé de él y la magia del momento se esfumó. Él también se apartó y se llevó la mano a la boca. Dejó escapar una risa dulce, avergonzado, para mostrarme que todo aquello lo había tomado por sorpresa, y luego se pasó la mano por la frente para apartarse el pelo y mirarme con unos ojos tímidos y profundos. Su risa se fue apagando poco a poco, y distinguí cierta preocupación, o quizá fueran nervios, en su mirada.

De pronto, antes de que me diera tiempo de hablar, de decirle que todo había sido una prueba, oímos unas voces de mujer al otro lado del muro, en plena conversación. Ambos cambiamos de posición a toda prisa, inquietos, como chicos a los que están a punto de atrapar con las manos en la masa. Se abrió la verja y no solo apareció lady Grace, sino también quien antaño había sido mi amiga, lady Frances Howard, ahora lady Frances Carr, condesa de Somerset. Nada más verme se le encendió el rostro de ira. Lady Grace, que llevaba una cesta repleta de plantas aromáticas (romero, lavanda y menta), parecía sorprendida y confundida al vernos a ambos juntos allí.

—¿Georgie? ¿Señor Bacon? Pero ¿qué hacéis los dos aquí?

Villiers hizo una reverencia que le quedó demasiado apresurada, demasiado ansiosa. De pronto volvía a ser un pueblerino, un chico humilde, al ver que su patrona lo había atrapado haciendo… *algo* que no debía.

—Lady Grace —la saludé—, le estaba ofreciendo trabajo a George. Me da la impresión de que le iría muy bien en la corte. ¿No creéis?

Vi por el rabillo del ojo que Villiers se giraba para mirarme. Lady Grace dio una palmada.

—¡Ah! Me parece excelente —contestó—. ¡Ay, Georgie, qué gran noticia!

Entonces me incliné ante Frances, que me estaba dirigiendo una mirada de sospecha.

—¿Qué hacéis aquí fuera tan temprano? —le pregunté para desviar el tema de conversación.

Ya eran más de las doce y, aunque no era temprano para lady Grace, desde luego para Frances, que no era nada madrugadora, sí.

—A lady Somerset le interesan mucho las pócimas —me explicó lady Grace—. Me ha pedido que le enseñara mi jardín de plantas medicinales.

Frances esbozó una sonrisa débil, a la defensiva.

—Lady Grace ha sido muy amable y me ha enseñado sus jardines, pero ahora debo irme a buscar a mi esposo. —Se despidió de mí agachando la cabeza—. Señor Bacon.

Y luego se alejó y me dejó allí con Villiers y con lady Grace.

—Georgie —le dijo lady Grace—, deberías ir volviendo a casa. Hoy celebramos un gran almuerzo, y dentro necesitarán tu ayuda. Seguro que al señor Bacon no le importa que sigas trabajando aquí durante un día o dos, hasta que la visita del rey llegue a su fin. Después te enviaré en un carruaje a Gorhambury.

Villiers me miró con el ceño fruncido y la boca algo torcida de un modo encantador y juguetón. Esbozó una sonrisa sin dejar de mirarme. Al fin, se dio la vuelta y se alejó despacio hasta que desapareció entre la imponente luz amarilla del jardín.

De modo que me marché a toda velocidad a Gorhambury y, tras llegar al caer la noche, le dije a Meautys que se deshiciera de todos los criados que estuvieran en la casa en los que no pudiésemos confiar. Le expliqué que iba a llegar un joven y que debíamos mantener su presencia en secreto, o al menos intentarlo. Debía ir a Londres y decirle a la gente que yo había caído enfermo y que no aparecería por la ciudad en, al menos, dos semanas. Pero que les dejara claro a todos que no me estaba muriendo; tampoco quería que nadie pensara que debía aprovechar ese momento para atacarme. Meautys asintió y me dijo que partiría de inmediato. Cuando se marchó, me senté a la luz de una vela y me dispuse a escribirle una carta cifrada a la reina:

MAJESTAD, HE ENCONTRADO AL CHICO.

Y ES PERFECTO.

SOBRE UNA EDUCACIÓN
~~FILOSÓFICA~~ POLÍTICA

De repente, volvía a albergar esperanza. Después de todo, aún era posible que el plan saliera tal y como había pretendido. Envié la carta casi al anochecer, para que nadie se enterase, con la esperanza de que le llegara a la reina esa misma noche y se fuera a la cama habiéndose enterado de la buena noticia. «He encontrado al chico. Y es perfecto», le había escrito. Sentía aquellas palabras como un conjuro. De repente creía en la magia casi más que si la señora Turner hubiera provocado un destello alquímico o una nube de humo dorado, o si hubiera sacado un pájaro de un sombrero. Era una sensación extraña e intensa, y me sorprendió. Ahí estaba yo, Bacon, la persona más fría y racional del mundo, como un chiquillo que temblaba de alivio al ver que nadie lo había descubierto haciendo una travesura. Pensé en Will y en Ambrose, unos muchachos que en cierto modo eran dulces pero que no eran lo que necesitaba, ya fuera por su vergüenza o su docilidad, su carácter aburrido o su valentía; y ahora ahí estaba Villiers, el joven ideal. Todo había acabado encajando a la perfección, y por pura buena suerte. En un principio yo no iba a estar en Apethorpe ese día. Todo había sido gracias a la suerte. O, si lo prefieres, al destino.

Dos días después de haber regresado a Gorhambury, recibí una carta que habían enviado desde Apethorpe para que llegara con la mayor prontitud posible. Era de lady Grace. El rey ya se había marchado, se dirigía a la próxima casa de su itinerario real y George Villiers era libre para venir conmigo. Me decía que lo mandaría al día siguiente, de modo que dio comienzo el torbellino de preparativos. Los criados se apresuraron a limpiar y ventilar las habitaciones mientras yo apuntaba los temas que debían formar parte de su formación política y filosófica. Pedí que me enviaran desde Londres, por correo a caballo, varias camisas limpias de seda y algodón, un traje y un buen sombrero que pudiera ser de su talla. Traté de adivinar su altura y las medidas de la cintura y de los muslos. ¿Sería necesario conseguirle un profesor de francés? No, todavía no. ¿Y uno de baile? Tal vez. O a lo mejor no debía arriesgarme aún. Los profesores cuchichean, y no quería que corrieran rumores en la ciudad: «Bacon tiene a un chico en casa...», «¿Has oído que Bacon ha acogido a un chico...?», «¿Un chico? Pero ¿para qué...?».

La habitación que le había preparado no era el cuartito de un criado en el ático, sino un cuarto amplio y cómodo con vistas a los jardines. Poco antes había mandado que lo pintaran de un tono amarillo como la luz del sol, y lo había amueblado con una *chaise longue* y un sillón para leer. (¿Le gustaría leer al chico? ¿Debería habérselo preguntado antes? Bueno, ya leería bastante durante las semanas siguientes). No quería que se sintiera como un criado más; quería que se sintiera como mi amigo, que me tomara cariño y que confiara en mí. Pero tampoco quería dar pie a ninguna equivocación. Las equivocaciones se pagan caras, en dinero, en tiempo y de otras muchas maneras. Le escribí a la reina y le dije que el chico venía de camino, y después les escribí a los espías que iban de viaje con el rey para pedirles que me avisaran de cualquier posible cambio repentino de la ruta. Sabía que el rey debía volver a Londres en unas semanas, de modo que teníamos un tiempo limitado. Debíamos estar preparados.

El tercer día después de haber regresado de Apethorpe, estaba en la biblioteca de Gorhambury a media tarde, ocupándome del papeleo que Meautys me había enviado desde Londres, cuando oí las ruedas de un carruaje por el camino de grava que conduce a la casa. Supe al instante que era él. Me levanté del asiento y me asomé a la ventana que da a la parte delantera de la casa.

Era un día precioso y soleado. Una mariposa enorme, una blanquita de la col, revoloteaba al otro lado de la ventana. No dejaba de moverse de un lado a otro en el aire, acarreada por fuerzas invisibles, y se chochó contra el cristal, tratando de entrar, antes de salir volando y que la luz la engullera. Volví a asomarme y vi un pequeño carruaje negro de cuatro plazas que se acercaba a la casa, con el escudo familiar de los Mildmay en los costados. Era él.

Los criados (los pocos de confianza a quienes les habíamos permitido quedarse) salieron volando de la casa para recibir el carruaje. Antes de volver a la ciudad, Meautys les había dicho que llegaría un invitado y que debían satisfacer todos sus caprichos. Se colocaron a ambos lados del carruaje, abrieron las puertas e hicieron una reverencia. De una de las puertas salió una cabellera ondulada de un color castaño rojizo y, tras apoyarse en el escalón, apareció la figura completa del muchacho, que durante un momento se quedó colgado del lateral del carruaje. Al verlo, sentí un destello de emoción. Se bajó de un brinco infantil y aterrizó sobre la grava. Contento, saludó uno a uno a los criados, quienes, bastante confundidos, inclinaron la cabeza y le dijeron: «Buenos días, señor, buenos días», en voz baja. Fue un instante extraño de discordancia entre quién era en ese momento y en quién se iba a convertir.

Alzó la vista y observó la casa y sus alrededores. Me aparté un poco de la ventana para poder seguir contemplándolo sin que me viera durante aquellos primeros momentos. Se alejó del carruaje y dio una vuelta completa sobre sí mismo mientras miraba los extensos campos que nos rodeaban, y luego volvió la vista hacia la propia casa. Llevaba un traje de chaqueta sencillo de color azul pálido y la cabeza descubierta; ni siquiera llevaba un sombrero en la mano. La brisa que soplaba en los campos llanos de Gorhambury le agitaba el cabello espeso. Distraído, el chico intentaba evitar que se le metiera en los ojos y se lo apartaba con cuidado, como había hecho en Apethorpe. Llevaba un cuello de lechuguilla alto y blanco, como se solía llevar antes de que la señora Turner cambiara la moda. En realidad, en cierto modo podría decirse que no era nada especial: un joven inglés normal y corriente, alto, esbelto y lleno de vida. No obstante, de normal tenía poco; la intensidad de su belleza, su alegría juvenil y la combinación de experiencia e inocencia, inteligencia e incultura resultaba fascinante. He dicho antes que uno podía encontrar a un chico como Ambrose en cualquier pueblo inglés. Sin embargo, Villiers tenía algo que resultaba cotidiano y, al mismo tiempo, extraordinario. Allí, bajo la intensa luz de la tarde, como objeto físico era hipnotizador. En parte parecía una pintura, como si fuera un Apolo inglés que había salido del lienzo y se había dignado girarse y sonreírnos a nosotros, sus observadores.

El Apolo se quedó mirando algo que lo sobrevolaba. Con la mirada alzada, esbozó una sonrisa de oreja a oreja y luego se giró hacia la derecha, siguiendo con la mirada lo que fuera que había captado su atención. No me di cuenta hasta ese momento de que se trataba de la mariposa blanca. Había ido volando desde mí hasta él. Posé los dedos en el cristal de la ventana, justo donde la mariposa había estado revoloteando, y en ese momento el chico se volvió de pronto y me vio allí asomado. Me aparté a toda prisa, pero ya era demasiado tarde. Estiró la mano todo lo que pudo y me saludó con efusividad, con una sonrisa alegre en la cara. Volví a dar un paso adelante para que no pareciera que me ocultaba de él, pero me sentía expuesto, acalorado, avergonzado. ¿Pensaría que había estado espiándolo? Bueno, es que era lo que había estado haciendo, ¿no? Levanté los dedos e hice un gesto tímido a modo de saludo. Volvió a girarse y salió corriendo a ayudar a los criados con sus baúles. Durante unos segundos, mis criados forcejearon con él para hacerse cargo del equipaje, hasta que al final Villiers cedió y dejó que lo llevaran ellos. Volvió a mirarme y se encogió de hombros en un gesto infantil, como si fuera todo una estupidez, pero una muy divertida.

Unos minutos después estábamos sentados juntos en una de las salas de visita que mi madre había conservado. Por entonces ya casi no se usaban. Las únicas personas a las que recibía en

Gorhambury eran secretarios y espías, no condes ni filósofos. Por eso era ideal poder estar allí con él; estaríamos solos, y podría empezar a moldearlo sin miradas indiscretas.

—¿Cómo ha ido el viaje?

Me estaba mirando desde abajo, con la cabeza gacha. Otra vez con ese aire de misterio… ¿Qué estaría pensando? Me haría esa pregunta una y otra vez en los meses (tal vez años) venideros.

—Muy cómodo, gracias —respondió.

—¿Y los últimos días que has pasado en Apethorpe? Imagino que habrás estado muy ocupado.

Asintió.

—Lady Grace dijo que le llevará un mes recuperarse.

Me eché a reír.

—Lady Grace estará perfectamente mañana mismo, preparando sus pócimas y cataplasmas.

Asintió.

—Imagino que sí.

—Es una persona maravillosa. Ojalá hubiera más gente como ella.

Villiers me ofreció una sonrisa.

—Ella también habla muy bien de vos, señor —me respondió.

Hasta entonces solo habíamos intercambiado formalidades, y yo quería pasar a otros asuntos.

—¿Tienes hambre?

Me dijo que no, y rechazó un vaso de vino, algo que cualquier inglés culto debería aceptar cuando se le ofrece.

—¿No bebes alcohol? —le pregunté, temiéndome que me revelase que en realidad era puritano.

Podía aceptar besos de caballeros desconocidos con ofertas misteriosas, pero, para el rey, que no bebiera sería una catástrofe. Los ingleses no soportan a la gente que no bebe. Es gran parte de la razón por la que perseguían a los puritanos.

—Sí que bebo —respondió—. Solo que ahora no me apetece.

Se quedó mirándome hasta que sentí la necesidad de decir algo más. Normalmente, digo lo que me viene en gana, o espero con paciencia hasta que tenga algo que decir. Pero en ese momento hablé.

—¿Quieres ver tu habitación? —le pregunté.

Subimos las escaleras y, mientras avanzábamos, le conté que mi padre había reconstruido la casa justo antes de que yo naciera, que había empleado los escombros de ladrillos de la antigua abadía benedictina de Saint Albans que el rey Enrique había disuelto en su momento. Cuando llegamos a su cuarto, el sol se había movido un poco y ya no bañaba la estancia con una luz deslumbrante, sino que proyectaba sombras alargadas que se extendían distorsionadas en un ángulo agudo. Con aquella luz, la habitación parecía más amarilla aún

—No es gran cosa, pero es cómoda —le dije.

Villiers parecía maravillado.

—Es el mejor cuarto que he tenido para mí solo jamás. —Se paseó por él mientras contemplaba los muebles antiguos, los tapices de las paredes y la gran cama. Posó los dedos en el escritorio y los arrastró por él mientras miraba por la ventana. Parecía encantado de verdad, y me alegraba verlo así. Se giró hacia mí—. ¿O lo voy a compartir con más chicos? —añadió.

Solté una risita. ¿De verdad pensaba que tendría que compartir cuarto con más muchachos? ¿De verdad no había entendido de qué trataba todo aquello?

—No, este cuarto es todo tuyo, Georgie. Y puedes usar cualquier habitación de la casa que quieras. Ahora esta es tu casa. ¿Has tenido que compartir cuarto con muchos chicos antes?

—Uy, sí —Me miró a los ojos durante un breve instante, pero no tenía claro qué comunicaban los suyos—. En Inglaterra, con todos mis hermanos, en mi casa de Leicestershire. Y luego en Francia. Y en Apethorpe. Con muchos chicos.

Para ser más específicos, no sabía qué *pretendía* comunicar con aquellos ojos. Esa es la pregunta importante. Pero por desgracia seguía sin conocer la respuesta.

—Villiers, ¿sabes lo que quiero de ti?

Miró hacia la puerta deprisa por si acaso algún criado aparecía de repente y nos atrapaba infraganti.

—Vos me besasteis.

Sentí que sus palabras zumbaban a mi alrededor. Se me tensaron los músculos del cuello, pero me limité a asentir.

—Pero era una especie de prueba. No estás aquí para mí. ¿Sabes para quién quiero que estés?

Parpadeó. Durante un momento parecía confundido. No había podido aclarárselo en Apethorpe porque lady Grace y lady Frances nos habían interrumpido.

—*Bacon* —dijo mi nombre de un modo extraño e incómodo, como si tuviera que recordarse a sí mismo que no tenía que llamarme «señor»—, preferiría que hablaseis claro.

Sonreí.

—Me parece razonable. En el mundo en el que vivo no siempre se aprecian las conversaciones directas, pero ahora voy a hablar claro. ¿Recuerdas cuando te pregunté en Apethorpe por el conde de Somerset, Robert Carr?

Asintió, y entonces le conté lo que creía que debía saber en ese momento. Le dije que la relación entre Carr y el rey había terminado, y que quería encontrar a otro muchacho que asumiera el papel de favorito del rey. No me paré a explicarle los entresijos de la dinámica de la corte; tan solo le dije que él me parecía perfecto para ese puesto y que quería formar una alianza con él, ayudarlo a ascender, cambiarle la vida y ser su amigo. Tuvo la mirada clavada en mí durante toda mi explicación, pero me miró con más vehemencia aún cuando empleé la palabra «amigo». Por eso lo había besado de aquella manera tan poco natural y tan ensayada, añadí, y le dije que era una prueba, para ver si aceptaba un beso de un hombre poderoso.

—¿Un hombre *poderoso*? —repitió en voz baja—. Entiendo. O sea que solo era una prueba.

Desvió la mirada hacia la ventana. El sol seguía brillando. Villiers parecía estar dándole vueltas a todo lo que le había contado. Una vez más, sentía la intensidad de su presencia física, su energía luminosa y sensual. ¿Sería consciente de que él también poseía cierto poder? Claro que sí, me dije a mí mismo. Las personas con un físico así siempre lo son. ¿Cómo no iban a serlo? Vivimos en un mundo al que le fascina la belleza. Alguien que la posea debe saberlo, al igual que alguien como yo (o como tú, tal vez) sabe que no. Lo que no es tan fácil de comprender es el efecto que provoca esa belleza en aquel que la posee. ¿Será algo positivo ser tan hermoso, o será agotador?

Villiers seguía pensando, desmenuzando todo aquello.

—¿Queréis que sea el próximo conde de Somerset?

Me reí.

—Dios, no. Lo último que quiero es que haya otro Robert Carr. Quiero a alguien diferente. —Entonces decidí arriesgarme—. Tengo una alianza con la reina, y lo que nos proponemos es sustituir a Carr con otro joven, uno igual de hermoso pero con mayores virtudes. El rey sigue enamorado de Carr, pero no puede durar mucho más, puesto que quiere que también lo amen a él. Su manera de expresar el amor es, bueno…

Llevé la mirada hacia la cama, y Villiers asintió con cierta expresión de asombro; entendía a lo que me refería.

—Sobre todo, lo que tienes que saber del rey, Villiers, es que ansía el amor. Y yo quiero que alguien le dé un tipo de amor diferente del que Carr le ofrece. Creo que, con un poco de preparación, podrías cautivar al rey. La reina y yo nos libraremos de Robert Carr, y tu vida cambiará para siempre; serás rico y poderoso y podrás recibir un título. Tu madre y tus hermanos no tendrán que volver a preocuparse por el dinero jamás. Tendrán más del que hayan soñado nunca, y tú serás quien se lo haya conseguido. Pero esto no es solo un juego para ganar dinero y contactos. Es decir, sí que vas a conseguir todo eso, pero el dinero y los títulos no existen por sí solos, sino que derivan de tener *poder*. Tú me preguntaste si éramos amigos, y yo te dije que sí, pero has de saber lo siguiente, ya que es de crucial importancia: en el juego letal del poder, no existen los amigos. Solo los aliados. Ningún duque le tiene cariño auténtico a otro, ningún conde a otro, ningún rey, ningún obispo. De modo que ser amigos, amigos de verdad, dos personas que se cuidan y se preocupan la una por la otra, es el mejor as en la manga que se puede tener. Y eso es lo que quiero que seamos, Villiers —le dije—. Quiero que seamos amigos en el poder, y así creo que podremos ser invencibles.

Asintió, como si estuviera recordando algo del pasado.

—En el poder, no existen los amigos… —repitió despacio, y aquello me irritó, ya que no sabía si estaba tratando de manipularme.

—Entonces, ¿lo entiendes? —le pregunté con firmeza.

—¿Quién tendrá un amigo, vos o yo?

—Seremos amigos el uno del otro. Para siempre. Será una amistad entre iguales.

—¿Cómo vamos a ser iguales? Vos sabéis mucho más que yo.

Ahora sí que sentía que me estaba tomando el pelo, y no me gustaba nada.

—Iguales en el sentido de que confiaremos por completo el uno en el otro. Tú tienes tus habilidades y yo las mías.

Parecía satisfecho con la explicación.

—Habéis dicho que es un juego letal. ¿A qué os referíais?

Cuando le conté lo que le había ocurrido a Bull y que Suffolk me había llevado un cuchillo al cuello, abrió los ojos de par en par por el asombro. Le expliqué que no era habitual que sucedieran cosas así, pero que de tanto en tanto sucedían y que tenía que entenderlo. Pensé en mi amigo Kit Marlowe, a quien había reclutado como espía y había fallecido hacía mucho tiempo. Dicen que murió en una pelea entre borrachos por un chico, pero eso no fue lo que oí yo: que lo degollaron por todo lo que había averiguado.

—Todo eso me asusta —me confesó, alarmado—. No quiero que me asesinen.

Le acaricié el brazo a modo de consuelo. Villiers bajó la mirada.

—Si confías en mí, estarás a salvo. No dejaré que te nadie te haga daño.

—Pero ¿y vuestro amigo?

—¿Mi amigo? —pregunté, confuso.

—El tipo del que me habéis hablado, Bull. ¿Lamentáis su pérdida? Debéis de haber sufrido mucho al saber que vuestro amigo ha sufrido una muerte tan horrible, y que en parte vos estabais implicado.

—¿Yo? —exclamé—. Quien lo mató fue el conde de Suffolk.

—Sí, claro, pero Bull trabajaba para vos, ¿no es así? ¿No os sentís culpable en absoluto de su muerte?

Dejé escapar una risa fuerte y sarcástica (sí, y defensiva, por supuesto).

—Villiers, has de entender una cosa. No somos responsables de los pecados de los demás. Solo somos responsables de nuestros propios actos. Solo tenemos que responder por ellos.

—¿Ante Dios? —me preguntó.

—No. Para pasar a la posteridad.

Aquello le pareció divertido.

—¡Qué me importa a mí la posteridad!

Le tomé la mano y al instante movió los dedos ligeramente y me acarició los míos durante un segundo.

—Pues debería importarte —le dije—. La posteridad es lo único que señala el verdadero éxito de un hombre. Ni los hijos, ni el amor, ni siquiera el dinero. —Me reí para mis adentros ante mi propia broma—. Tu objetivo debe ser la posteridad, o si no casi mejor que vuelvas a Leicestershire. ¿Quieres volver a Leicestershire?

—No, señor —murmuró. Tal vez me había pasado regañándolo. Le solté la mano y la dejó caer en el costado—. No quiero volver a Leicestershire.

—No me llames «señor». Ya te lo he dicho. Mis amigos me llaman Bacon.

Abrió mucho los ojos, con una expresión casi infantil. ¿Estaba jugando conmigo de nuevo?

—¿Puedo llamaros Francis?

—Solo me llamaba Francis mi familia, y todos están muertos.

—Pues entonces perfecto —me dijo sin vacilar—. Yo también te llamaré Francis. Y así seremos tan íntimos como si fuéramos familia.

Me ofreció una sonrisa muy dulce. Para mi sorpresa, me conmovió que hubiera dicho aquello.

Mi prioridad era preparar a Villiers para presentárselo al rey. El proceso debía durar tan solo semanas, en lugar de años, como suele ocurrir con la mayoría de los procesos de enseñanza. Cuando el rey volviera a Londres de su viaje, tendríamos que estar listos. Le hablé a Villiers sobre mi propia visión del mundo (progresista, reformista, la visión de alguien que no pertenece a la sociedad de privilegiados en la que se encontraba), pero eso no era suficiente para completar su educación. El chico no solo lo comprendía todo, sino que también era capaz de formular preguntas pertinentes y a veces incluso ofrecer opiniones interesantes sobre temas que acababa de plantearle. Tenía la capacidad de entrever las verdades, y de decirlas también, y además sin hacer daño, lo cual era bastante insólito. Pensé en cómo podría afectar eso al rey, a ese rey nuestro que, como todos los monarcas, en privado (en lo más profundo de su ser, casi en secreto, de hecho) deseaba a alguien que pudiera sencillamente *conocerlo*. Pensé en Carr, que usaba el miedo y los berrinches y la reconciliación para dominar al rey, quien se había doblegado ante la fuerza bruta de semejante «amor». ¿Qué podría ofrecerle Villiers que fuera diferente? Su compasión. Su comprensión. Su sentido del humor gentil. O eso era lo que esperaba, al menos.

Le pedí a un instructor de esgrima de la zona que acudiera a casa para que pudiera darle clases, pero Villiers no tardó en vencerlo. Estuve viéndolos luchar, y los movimientos de Villiers eran de lo más fluidos y ágiles. Era doblemente perfecto; tenía atributos tanto femeninos (su delicadeza, su modestia y su físico de sílfide) y masculinos (se le daban bien los deportes, tenía buena puntería y le gustaba hacer payasadas, aunque no le agradaba demasiado la caza). Aquella ambigüedad vendría bien en la corte, donde se valoraban ambas cosas, pero también para el rey, que precisamente quería un hombre que no fuera demasiado hombre, pero que fuera un hombre, al fin y al cabo.

Por incompetente que fuera en ese ámbito, al rey le encantaba hablar sobre filosofía, y Villiers no sabía nada de eso. No tenía ni idea de Aristóteles, y mucho menos de Anaxágoras. Traté de enseñarle lo básico sobre el tema, pero le costaba mucho. No tenía el tipo de mente necesaria para ese campo: puede que él mismo fuera misterioso y esquivo, pero no le gustaba pensar sobre lo inmaterial. Entendía que el mundo podía ser moderno, que la ciencia podía utilizarse para ayudar a la humanidad, que el Estado no debería matar y torturar a nadie sin necesidad… Entendía todo lo que le proponía. Pero, cuando se trataba de la filosofía, solo la veía como una tontería efímera y solipsista, o peor.

Una vez, le ofrecí un breve repaso sobre San Agustín, y varios días después charlamos sobre lo que opinaba de *La ciudad de Dios*.

—No sabría decirte si San Agustín era un hombre muy estúpido o muy infeliz, pero, en cualquier caso, no puedo evitar pensar que es la persona más malvada de la historia de Europa.

—¿¡Qué!? —exclamé, haciéndome el ofendido, aunque sí que estaba un poco sorprendido en realidad.

—Francis, ¿crees que un niño al que no han bautizado merece arder en el infierno durante toda la eternidad?

—No, por supuesto que no.

—Pues, según San Agustín, cualquier bebé que muera en el parto antes de que pueda llegar el cura, o que muera en el útero, está condenado al infierno para siempre. ¿Te parece que tiene sentido? ¿Que un bebé arda en el infierno porque el destino, Dios, no le haya dado la oportunidad de vivir? —Hice amago de hablar, pero Villiers continuó—: Pero, gracias a San Agustín, casi todas las mujeres de Europa llevan los últimos mil años creyéndose eso, y casi todas han tenido algún bebé que no ha sobrevivido al bautizo. De modo que casi todas las mujeres han sentido un dolor y una culpa horribles y desgarradores por haber condenado de alguna manera a su pobre bebé muerto a arder en el infierno durante toda la eternidad. Pero yo no creo que sea así: Creo que San Agustín se inventó semejante disparate porque se había metido de lleno en un callejón sin salida filosófico. Y, como resultado, millones de mujeres viven destrozadas, pensando que sus bebés muertos arden en el infierno. ¿De qué sirve la filosofía si lo único que hace es herir y mentir a la gente?

Era una buena pregunta, pero, sobre todo, me sorprendió su compasión por las mujeres desconsoladas que lloran la muerte de sus hijos. Y por lo tanto pensé también en la reina.

Una vez Villiers me preguntó la diferencia entre Sócrates, Platón y Aristóteles. Lamentaba que ya hubiéramos llegado hasta ese punto, que Villiers ya me pidiera explicaciones tan complejas, pero decidí tratarlo como si fuera un juego para mí. ¿Cómo le puedes explicar algo que es profundamente efímero a alguien a quien no le interesa lo efímero? Le dije que Sócrates hacía preguntas, y que creía que las personas debían hacerse preguntas a sí mismas sobre su propia vida y su significado, sus propios actos y comportamientos. «Una vida sin reflexión no merece ser vivida».

—¿Puedo leer alguno de sus libros? —me preguntó.

Le dije que no, que no había escrito ninguno.

—Entonces, ¿cómo podemos saber lo que dijo de verdad y lo que no?

Me sorprendió lo sagaz que era su pregunta, porque me llevó a Platón, quien sospecho que era un mentiroso empedernido.

—Platón fue quien nos contó lo que decía Sócrates. Desarrolló sus ideas al crear sus planes para un gobierno y una sociedad perfectos llamados la República. Sócrates fue el maestro de Platón, y Platón el de Aristóteles. —Asentí con la cabeza—. Y Aristóteles educó a Alejandro Magno.

Parecía sorprendido ante toda aquella información, y luego, creyéndose muy inteligente, añadió:

—Entonces Aristóteles nos ha educado a todos.

Bueno, pensé, *tal vez. Ya lo veremos.*

Le expliqué que la sociedad idealizada de Platón consistía en una república gobernada por una clase de caballeros cultos que utilizarían su erudición y sus conocimientos para mejorar toda la sociedad.

Villiers soltó una risita sin disimular.

—¿Igual que los aristócratas en Apethorpe?

Yo también me reí: sabía cómo emplear la sátira. Le expliqué que Platón creía que era necesario que esa clase social siguiera una dieta austera: nada de pescado, nada de salsas ni dulces, nada de carne, a menos que fuera carne asada. Si seguían esa dieta, a aquellos hombres no les harían falta médicos. Al oír eso, estalló en carcajadas.

—Si Platón sabía tan poco sobre dietas sanas y sobre medicina, ¿cómo se atrevía a escribir semejantes tonterías al respecto?

Me puse a pensar en más cosas de las que había dicho Platón, con ganas de oír más burlas sobre ellas, de repente. Ahora quería que dijera esas cosas, quería que dijera que Platón era un necio y que quienes lo deificaban eran imbéciles.

—Dijo que a los padres aristócratas había que arrebatarles los niños tras el parto, y que había que educarlos de manera colectiva, sin que supieran quiénes eran sus padres. Y que el infanticidio debía ser obligatorio para cualquier bebé que diera a luz una mujer menor de veinte años o mayor de cuarenta, y que había que abandonar en algún lugar oculto a cualquier niño que naciera deforme. Y que la gente no debía poder elegir con quién se casaba y no debía tener sentimientos hacia su cónyuge.

—¡Ay, Dios mío, Bacon! ¡Todos esos filósofos son unos idiotas! Dicen unas estupideces tremendas y todo el mundo las acepta como si fuera el comentario más sabio del mundo, cuando en realidad son tonterías. ¿Y solo porque se llaman a sí mismo «filósofos»? ¡Menudos necios son los intelectuales esos! ¡Qué estúpidos!

—¡Oye, que yo soy filósofo! ¡E intelectual! —exclamé, pero sin enfadarme. Estábamos riéndonos tanto que se nos había olvidado de lo que estábamos hablando—. Has destrozado la filosofía —le dije, y él negó con la cabeza de un modo encantador.

—Eso ya lo ha hecho ella solita —me respondió—. Por ser tan estúpida.

De modo que el intento de enseñarle filosofía fue desastroso. Pero lo que más necesitaba Villiers, y lo que era incluso más importante que la filosofía (y estoy seguro que él habría estado de acuerdo en eso), era recibir formación política. Era fundamental que entendiera las maquinaciones de la corte. Se lo conté todo sobre el caso del divorcio: los antecedentes, la relación entre Carr y Frances, la opinión de Coke, el modo en que conseguimos burlar la prueba de virginidad... Incluso le conté que le habíamos dado a la criada cinco guineas por las molestias, y que se había marchado tan contenta a vivir su nueva vida.

—¿Cómo sabes que estaba contenta?

—Era una criada, y de repente podía dejar su trabajo porque había ganado cinco guineas. Créeme, estaba más feliz que una perdiz.

—Una perdiz a la que un extraño le había metido los dedos —dijo sin rastro de humor en la voz, y yo me eché a reír.

Él también se rio un poco, pero fue una risa extraña y fría. Me hizo sentir incómodo.

Le dije que tales artimañas solo tenían un objetivo: acceder al poder, que siempre (siempre) se obtenía en última instancia ganándose la confianza del rey. Quien controla al rey controla Inglaterra. Eso es lo que ofrece en realidad el poder: control.

—¿Eso es lo que les hace feliz del poder a los hombres? —me preguntó, y me pareció una pregunta muy perspicaz.

—Tal vez.

Pareció entender lo que quería decir desde el primer momento, lo cual era buena señal. En mi experiencia, cada persona comprende el poder de una manera distinta dependiendo de su origen.

—Hay gente que nace ya en una situación de poder —le expliqué—. Los reyes, las reinas, los condes… Es su destino, por la familia en la que han nacido. Otras personas lo anhelan. Si te soy sincero, no creo que nadie entienda que el poder es una gran trampa antes de acceder a él. Una vez te subes a ese carro, es imposible bajarse; quieres tener poder, y así es como haces enemigos; si pierdes poder, tus enemigos podrán acabar contigo, de modo que buscas más poder, y ganas más enemigos, y así una y otra vez, hasta que al final la pérdida de ese poder acaba significando la pérdida de la vida.

—De modo que nunca debes permitirte perder poder, ¿no?

—Exacto —le dije.

—¿Y si ocurre?

—Entonces te toca luchar, darlo todo para sobrevivir.

—¿Y en ese caso qué pasa con las amistades?

Era una buena pregunta.

—Es necesario que quieras alcanzar el poder —le dije—. Tienes que quererlo y luchar por ello. ¿Lo entiendes? —Asintió, pero vi cierto temor en su mirada. Supongo que podría haberle gritado, pero en lugar de eso le tomé la mano—. Todo irá bien. Somos amigos, y ambos queremos lo mismo.

Volvió a asentir, pero esa vez percibí su alivio y su confianza en mí. Y yo también me alegraba de ello.

Nunca me acuesto con nadie en Gorhambury. Jamás. Les tengo cariño a mis criados; les pago bien, no les azoto ni les pego como hacen la mayoría de los hombres a la primera de cambio. Pero tampoco me los follo. Sin embargo, una noche, cuando todos nos habíamos ido ya a la cama y estaba solo, a la luz de las velas, redactando unos documentos del gobierno con mi pluma, sentí ese antiguo impulso tan conocido. Podría sencillamente haberme dado placer a mí mismo, pero quería algo más que un simple alivio rápido. Quería tocar la piel de otra persona. Quería oír los gemidos en voz baja de otro hombre mientras lo penetraba.

Aunque ya era casi medianoche, cabalgué hacia Saint Albans. No es más que una ciudad comercial del sur de Inglaterra como cualquier otra: casas construidas con zarzo y barro, tejados de paja, callejuelas bonitas en primavera con espinos por aquí y por allá y puentecitos arqueados que atraviesan ríos llenos de truchas. No debería ser lo bastante grande, con tan solo tres mil almas, como para poder encontrar hombres con los que acostarse, pero el motivo por el que Saint Albans se había convertido en un punto de encuentro entre sodomitas era que allí la mayoría de los viajeros pasaban la noche en una casa de huéspedes antes de continuar hasta Londres al día siguiente o, lo que es más probable, de rodear la capital para llegar hasta el canal de la Mancha. De modo que en las zonas boscosas que rodean la ciudad uno se puede encontrar a menudo, a altas horas de la noche, a hombres aburridos, solos y lejos de casa. El sexo se engalana con los significados poéticos del amor y el matrimonio, pero como acto de soledad y tedio es igual de brillante.

Hay una franja árboles bajos, nogales y manzanos, que se extiende desde el casco antiguo hasta el río Ver, que sube de nuevo hasta Gorhambury. Llevo años acudiendo allí y he descubierto que, por la noche, es una buena zona de «caza». Dejé mi caballo amarrado en un lugar discreto, pero, a pesar de que el reloj de la ciudad acababa de dar las doce, había ya dos caballos misteriosamente atados allí también, lo cual significaba que no estaba solo. Consciente del peligro, tomé aire y me adentré en la negrura de entre los árboles. Durante un rato estuve dando vueltas por aquellos bosques frondosos preciosos y los pequeños claros entre la arboleda. Era una noche estrellada, así que en las zonas abiertas, cada silueta, cada superficie (cada brizna de hierba, cada rama de cada árbol), estaba teñida de un tono plateado violáceo.

Una brisa atravesó las hojas y, salvo por el croar de las ranas y el ulular de un búho, todo estaba en silencio. Estaba solo. De repente, apareció un cuerpo de un hombre de la nada, como si se creara a partir de la propia la oscuridad. Me acerqué a él y él a mí mientras me miraba fijamente, con avidez. A medida que se aproximaba, se iba revelando su aspecto: joven, delgado, casi un niño.

—¿Qué tal? —me dijo con unos ojos que le brillaban en la oscuridad.

—Muy bien, gracias.

Pasé a su lado justo cuando él extendía el brazo para intentar tomarme de la mano. Pero no me interesan los chicos jóvenes. Empecé a girarme y el muchacho se quedó mirándome mientras me marchaba y susurró:

—Eres demasiado viejo de todos modos.

Estuve a punto de echarme a reír.

—Ya lo sé —le respondí—. Dime algo que no sepa.

Me miró con toda la incertidumbre arrogante de la juventud antes de darse la vuelta e irse.

Me adentré en una arboleda más grande. Allí estaba todo más oscuro de nuevo; la luz de las estrellas no se filtraba tanto entre las copas de los árboles. La noche seguía en calma. A veces aquel bosque podía estar repleto de cuerpos contorsionándose en la oscuridad, pero esa noche no. Empecé a preguntarme si había sido mala idea, si no me habría venido mejor masturbarme durante cinco minutos y acostarme. Pensé en volver hasta el caballo, cabalgar hasta casa y hacer justo eso. Pero entonces me di cuenta de que alguien me seguía. Me giré. Estaba tan oscuro que resultaba difícil ver. Pero no había duda: una figura, un hombre, me estaba siguiendo. Me detuve y su silueta se volvió más clara: alto y corpulento, con una mata abundante de pelo oscuro. Me volví hacia él. Se acercó a mí. Era excitante. Sentí cómo se movía la sangre por mi cuerpo (ya sabes hacia dónde).

—¿Qué tal? —me preguntó el hombre con un acento del norte mientras se acercaba más.

Supuse que era alguien que estaba por allí de paso. Cuando estábamos ya muy pegados, vi que tendría unos treinta años y que era muy masculino, con una belleza ruda; justo lo que me atraía. Pero entonces siguió de largo sin mirar atrás. ¿Lo había entendido mal? ¿Me había formado una idea equivocada por culpa de haberme dejado llevar por mis deseos en lugar de por la razón? Justo cuando la zona sombría desde la que había aparecido iba a engullirlo de nuevo, el hombre se giró y me dedicó una sonrisa pilla. Y entonces supe que debía seguirlo.

Ambos fuimos avanzando entre los árboles. De tanto en tanto se giraba para mirarme, con una sonrisa preciosa y masculina. Se iba tocando su propio cuerpo, acariciándose las caderas y, durante un momento, una nalga. En ese momento me empecé a empalmar. Seguí mirándolo mientras se tocaba y luego dejó caer la mano conforme se giraba del todo para que quedásemos frente a frente. Poco después ambos nos detendríamos, ¿y entonces quién sabe qué ocurriría? Quizá nos besáramos. Quizá sería mi mano la que tocara aquel cuerpo esbelto y musculoso. Quizá me susurraría: «Fóllame», y nos adentraríamos entre los arbustos y nos quitaríamos la ropa justa y necesaria. Me escupiría en la mano, él se bajaría los pantalones y…

—Dame todo tu dinero —gruñó el hombre de repente.

Me quedé paralizado por el asombro.

—¿Qué?

—Que me des tu puto dinero o te corto el cuello, maricón. —Volvió a sonreír, pero esa vez era una sonrisa diferente, cargada de odio—. Te gustaría, ¿eh, maricón? ¿Te gustaría que tus amigos encontrasen tu cadáver aquí, donde todo el mundo sabe que viene la escoria como tú? ¿Te gustaría que tu madre supiera que te metes a otros hombres por el culo y que has acabado muerto por culpa de eso, pervertido asqueroso?

Vi un destello en la penumbra y enseguida comprendí que se trataba de un cuchillo.

—¡No! —exclamé por instinto, aterrado.

—Pues dame todo tu dinero, maricón, y dejaré que te vayas corriendo y chillando como un puto cerdo.

Alzó el cuchillo y un haz de luz lo iluminó. De repente la hoja brillaba tanto como la luna. Reviví aquel momento con Suffolk, pero con más intensidad. No creía que Suffolk fuera a matarme, pero ¿podría decir lo mismo ahora, a oscuras en ese bosque? Llevaba un saquito de oro atado al cinturón. Tiré de él, aterrado, porque no quería que, al morir, se revelara toda mi deshonra; eso me preocupaba incluso más que la muerte en sí. La vergüenza y el pavor me gritaban: «No quiero morir así, con todos mis secretos expuestos». La cuerda con la que había atado el saquito se rompió, el saco se abrió y las monedas salieron volando por todas partes.

—¿¡Intentas engañarme, cabrón!? —me gritó el atracador y se abalanzó sobre mí.

Estaba aferrando el cuchillo, y durante un momento estuve convencido de que me iba a apuñalar, pero entonces levantó el brazo y me dio un puñetazo con fuerza en la cara. Caí de espaldas al suelo, aturdido; el golpe había sido tan potente que no sentía nada más que el dolor del impacto y la zona de las manos en la que las zarzas me habían desgarrado la piel. El ladrón se puso a buscar el oro a tientas y, tras hacerse con todo lo que pudo, me propinó una patada fuerte en el costado y se marchó.

Me quedé allí, a oscuras, retorciéndome de dolor. Temía que el hombre estuviera tan loco que volviera y me matara por puro rencor. Al fin conseguí ponerme en pie y salí corriendo, sin aliento, a través de la negrura del bosque.

Me las arreglé para volver hasta el caballo a través de los árboles y, mientras lo liberaba, me agarré el costado, asustado por si se me había roto alguna costilla. Me palpé la cara mientras me preguntaba si me saldría un moratón en el ojo. Cabalgué despacio hasta Gorhambury y, con cada minuto que pasaba, más me embargaba la vergüenza. Mira lo que nos hacen los «hombres normales». Y lo hacen sin ningún atisbo de vergüenza. Lo hacen porque tienen derecho de matar a los sodomitas. Y entonces oí mis propias quejas impotentes, y eso no hizo más que aumentar mi vergüenza. La impotencia era el último de mis problemas. Precisamente por eso habían estado a punto de apuñalarme.

Al llegar a casa, dejé al caballo en el establo y cerré yo mismo la puerta. No avisé a ninguno de mis criados. Era mejor que no supieran lo que había ocurrido ni hicieran suposiciones sobre ello. Cuando me metí en la cama, estaba tan aliviado de estar en casa, de estar vivo, que me dormí casi al instante, agotado por los vestigios de mi miedo.

Por la mañana, al mirarme al espejo redondo y con tonos verdosos de mi habitación, vi que, en efecto, tenía el ojo morado. Por suerte el moratón no era demasiado grande; tan solo una mancha de un color violeta oscuro casi negro en la cuenca del ojo. No sabía cómo podía ocultarlo. ¿Qué podía hacer, empolvarme la cara como la antigua reina? Me palpé las costillas; estaba bastante seguro de que por suerte no me había roto nada. Lo último que necesitaba durante las semanas que estaban por llegar era tener las costillas rotas.

Bajé al salón y pedí que me sirvieran el desayuno. Las chicas que vinieron para traerme pan, queso y malta no dijeron ni una palabra, pero vi que me miraban el ojo. ¿Adivinarían lo que me había ocurrido? Eran chicas jóvenes, inteligentes pero inocentes, y tal vez no supieran nada de lo que (de quien) había sido yo en el pasado. Al cabo de un rato apareció Villiers, que irrumpió en la sala de buen humor.

—¡Estoy muerto de hambre! —dijo nada más entrar por la puerta, pero en cuanto me vio se detuvo en seco.

—Francis, ¿qué te ha pasado en el ojo?

Traté de fingir seguridad y, con una expresión alegre, respondí:

—¿No es evidente? Me he dado un golpe.

—¿Con qué? —Agarró una silla y la acercó a la mía. Con actitud de médico, me inspeccionó el ojo de cerca—. ¿Con una barra de hierro?

Estaba a punto de hacer una broma, pero por alguna razón su proximidad me lo impidió. Estaba tan cerca que percibía el calor de su cuerpo junto al mío, y me salió de manera natural ser sincero con él.

—Me han pegado.

—Pero ¡¿por qué?!

—Anoche salí muy tarde y me robaron.

—¿Te robaron? ¿Quién? —Hizo amago de levantarse—. Voy a pedir que vayan a buscar al comisario de Saint Albans. Han de capturar a tu agresor...

Aunque me conmovieron sus palabras y su preocupación sincera, lo agarré de la manga para tranquilizarlo.

—¡No, para! —Mi sobresalto hizo que se detuviera y se alarmara él también—. No vayas a ningún lado —añadí en voz más baja.

Villiers me observaba.

—¿Por qué no, Francis?

Me quedé callado. La necesidad de contar la verdad me presionaba, como un interrogador traicionero desesperado por que revelara mis secretos.

—Soy sodomita —le confesé. Estudié su rostro en busca de alguna señal de repulsión, pero no encontré ninguna—. Anoche fui a un lugar al que van los sodomitas. ¿Sabes por qué van allí? —Asintió despacio—. Ya había estado allí antes, pero anoche tuve un encuentro con un hombre que quería robarme. Me robó un poco de oro y...

—Y te dejó el ojo morado —dijo, rabioso por lo que me había sucedido.

Yo era su amigo. En ese momento comprendí que nuestra amistad podía ser auténtica. Pero necesitaba que se relajara, que fuera consciente de lo que importaba en esa situación.

—Y, si se lo decimos a alguien, tal vez me quemen en la hoguera en la plaza del mercado de Saint Albans. O, peor aún, puede que los rumores lleguen hasta Londres.

Villiers se acercó a mí, se inclinó y me puso la mano en la nuca con dulzura. Noté que me acariciaba el pelo con los dedos. No era más que un pequeño gesto de consuelo dedicado a alguien que lo había pasado mal, pero en aquel momento me conmovió de verdad.

—Deberíamos pedir que nos traigan un poco de menta —dijo.

—¿Menta?

—Sí, que nos traigan menta del jardín y que la trituren en la cocina. Si la untamos en el moratón, lo calmará e incluso lo curará.

Me reí.

—¿Cómo sabes tú curar heridas, Georgie Villiers?

Se encogió de hombros, sonrió y me miró a los ojos con esos estanques maravillosos y extraños verde miel.

Durante la hora siguiente los criados cortaron varios manojos de menta y los machacaron con un mortero. Villiers me lo trajo con un poco de vinagre y agua y lo mezcló todo hasta crear una pasta. Y entonces, con una delicadeza que pensé que tal vez lady Grace le había inculcado, se arrodilló entre mis piernas y, conmigo allí sentado, me untó la piel con aquel bálsamo verde astringente. Al principio me escoció un poco, y me retorcí y gruñí. Villiers se rio, me dijo que era un bebé y me pidió que parase de quejarme tanto. Pero entonces nos quedamos los dos en silencio, allí solos, mientras me restregaba con cuidado el ungüento de menta por la piel. Me quedé mirándolo mientras me cuidaba, con los rostros muy pegados.

Cuando terminó, me asombró ver que tenía los ojos llorosos.

—¿Qué pasa? —le pregunté, y oí el tono de sorpresa en mi propia voz.

—No es justo que te hayan hecho esto, Francis.

Su emoción y su vulnerabilidad me sobresaltaron.

—Oye —le dije conforme le acariciaba la mejilla y lo veía observarme con esos ojos profundos y luminosos—. Al menos sigo vivo para conspirar un día más.

Lo dije con la intención de hacerlo reír, pero tan solo se me quedó mirando con una expresión de seriedad absoluta. Con las caras pegadas y las bocas a escasos centímetros la una de la otra, no sentí deseo, sino una conexión extraordinaria con él. Era algo que no había sentido nunca con otro hombre durante esa vida desprovista de amor que había vivido.

Me quedé sin aliento. Antes no había sido más que un chico (sí, un chico exquisito, encantador y divertido, de acuerdo), pero ahora ya no era solo un objeto físico, un peón reluciente con el que jugar en la partida. Se había convertido en *algo más*.

SOBRE LA LOCURA

Aquellas semanas, mientras nos adentrábamos de lleno en el verano, nuestra amistad se fue volviendo más intensa, más íntima. El moratón que tenía en el ojo desapareció, pero, tras haberle revelado la verdad, parecíamos haber forjado un nuevo vínculo. Eran cambios pequeños pero perceptibles. Empezamos a hablar en susurros cuando había gente cerca. Villiers me había parecido gracioso desde el principio, pero ahora nos reíamos cada vez más cuando estábamos solos.

Comenzamos a dar largos paseos juntos por los alrededores de Gorhambury. Nos pasábamos dos o tres horas charlando de política o de leyes, de las intrigas de la corte, del sinfín de caprichos y debilidades del rey y del modo en que Carr los manipulaba. Durante esos apacibles ratos juntos era cuando se volvía evidente lo estrecha que se había vuelto nuestra relación. Confiaba en nuestra nueva cercanía. Le había dicho una vez que en el juego del poder no existen los amigos, y ahora me parecía que no lo había pensado demasiado bien. ¿Me había parado a considerar de verdad lo que significaría ser su amigo?

Meautys me escribía todos los días para mandarme trabajo de la corte que debía llevar a cabo, información de los espías sobre el viaje del rey, rumores sobre los Howard y los Carr… Empezó a enviarme cartas en las que me preguntaba por qué no me había ocupado de toda la correspondencia que me habían enviado; sabía que no era propio de mí que me retrasara en mis obligaciones. Me pedía todo aquello entre preguntas amables sobre mi estado y mi situación. Me preguntaba si había algún problema, si me encontraba mal o si había algo que me estuviera distrayendo. Me quedaba despierto hasta altas horas de la madrugada para ponerme al día con todo lo que tenía que enviar a Londres, trabajando a oscuras hasta el amanecer, y a veces incluso me quedaba dormido sobre el escritorio. A pesar de que siempre he trabajado duro, creo que nunca antes me había ocurrido algo así. Pero por las mañanas quería despertarme a tiempo para saludar a Villiers a la hora del desayuno y disfrutar de escucharlo charlar de lo que fuera. Ya sabía que pasar el rato con él era un placer, pero no esperaba que pudiera llegar a cambiar tanto la estructura de mis días tan solo para estar juntos.

Su presencia parecía inundar cada rincón de Gorhambury. Cada día llegaban más correos de Meautys y muchas otras cartas, algunas escritas en clave. Pero yo seguía dedicando cada vez más tiempo a estar con Villiers. Sencillamente nos divertíamos demasiado, en una época en la que yo ya no pensaba que la diversión pudiera ser lo que necesitaba en la vida. Empecé a soñar con él, lo cual, por un lado, me parecía bastante normal. ¿Con quién más iba a soñar? Pero también era consciente de lo mucho que pensaba en él. En ocasiones me preguntaba si acaso dejaba de pensar en él en algún momento. Y, sin embargo, nunca se me pasó por la cabeza que pudiera querer acostarme con él. Podía contemplar su belleza como quien contempla una joya preciosa de un amigo, una joya que, a pesar de que te parezca asombrosa, no piensas esconderte en el bolsillo cuando tu amigo no está mirando.

Una tarde, decidimos dar uno de nuestros paseos hacia el río Ver, que se había convertido en uno de nuestros sitios favoritos durante las lecciones. Es una zona muy tranquila; si no te diriges hacia Saint Albans, sino que te quedas en los bosques que hay río arriba, apenas te encuentras con nadie. En general, toda la zona que rodea Gorhambury es llana y abierta, todo campos y pastos, pero allí hay una pequeña ladera que desciende hasta llegar al nivel del río, donde crecen helechos frondosos y ortigas, y donde los sicomoros y las hayas forman barreras densas que te permiten pasear en calma sin que te vean los pastores y arrieros que pasan por allí.

Mientras paseábamos, me preguntó sobre mi propuesta de unificar las Coronas de Inglaterra y Escocia. Le dije que cuando había publicado mi ensayo sobre el tema en 1604, al año siguiente del ascenso al trono del rey, y había propuesto una unión formal de los reinos, un reino unido, me habían acusado de adulador.

—Ah, ¿sí? —me preguntó con un tono tan pícaro y burlón que no pude evitar sonreír.

—Claro —respondí—. Cualquiera que finja que no está siendo un adulador al tratar con un rey es un mentiroso. La mitad de nuestras vidas consiste en eso. Yo quería progresar, quería impresionar al nuevo rey. Yo no pertenecía a su círculo. Quienes me acusaban, con sus tierras y sus títulos, sí. No sabían lo precaria que había sido mi vida durante el reinado de la antigua reina, sobre todo después de la debacle de Essex. Quería triunfar. Y no me avergüenzo de eso.

—No —respondió—. No tienes por qué avergonzarte.

Le sonreí.

—Ni tú. Esa gente intentará con todas sus fuerzas hacerte sentir pequeño, pero tú eres el único que puede decidir sentirse así.

—Ah… —susurró, como si fuera la primera frase sincera que le habían dicho jamás.

De repente se inclinó hacia delante y señaló algo: en una roca que sobresalía del riachuelo revuelto había una garza al acecho, en busca de peces. Era un ave esbelta y elegante, una criatura delicada de líneas finas de un color gris pálido, como salida de un cuadro. Era preciosa. Mientras la observaba a ella y a Villiers, vi su asombro infantil, sus ojos abiertos como platos, con el dedo delante de los labios para que guardásemos silencio. ¿Pretendía acallarme a mí o a sí mismo? Se quedó allí plantado, embelesado, como una especie de naturalista en busca de especímenes del

Nuevo Mundo. Pasó un minuto entero y Villiers y la garza permanecieron completamente inmóviles. Al fin le di un toquecito delicado en el hombro y le susurré que teníamos que seguir caminando. A pesar de que había intentado hablar bajo, mi voz alertó a la garza y alzó el vuelo con movimientos lentos de aquellas alas plateadas enormes. En ese momento percibí en Villiers una gran alegría por aquel espectáculo tan maravilloso y también una gran tristeza por ver que el momento mágico había llegado a su fin.

Seguimos paseando sin prisa, y el bosque, cada vez más umbrío, se fue enfriando.

—¿Y cómo fue cuando el rey ascendió al trono? —me preguntó al fin.

Me parecía que había pasado tanto tiempo que tuve que pararme a pensar.

—La reina Isabel murió a principios de primavera, en esa época en la que todavía hace frío. En cuanto dejó escapar su último aliento, enviaron a un jinete a Edimburgo para ofrecerle el trono al rey actual. Ya se habían mantenido discusiones secretas durante años porque la antigua reina se negaba a nombrar un heredero —dije con un suspiro—. Es cierto que a veces podía ser peor que un dolor de muelas. —Se le iluminó la mirada al oírme hablar de un modo tan irreverente, pues la mayoría de la gente seguía alabándola, celebrándola como la figura de Gloriana en el poema de Edmund Spenser—. Tardó unos meses en llegar a Londres, ya que Escocia es un país salvaje, nada que ver con Inglaterra, muy dado a rebeliones y complots. Su propia madre perdió el trono en una de ellas. Y él mismo se ha tenido que enfrentar a muchas rebeliones allí. La gente se burla del rey por beber tanto y por sus necedades, pero de algún modo se las arregló para llevarles la paz a los escoceses y, por ahora, ha logrado evitar las guerras por aquí, en su mayor parte, mientras que la antigua reina era una monarca de lo más beligerante. Evitar la guerra no resulta glamuroso, pero es un signo de grandeza.

Villiers frunció el ceño con ironía.

—¿Quieres decir que el rey te parece un gran hombre?

—¡Ja! Tampoco nos pasemos.

Nos sonreímos. Había algo especial en su sonrisa; su belleza, su intensidad. De repente tenía la cabeza alborotada, como cuando uno se despierta tras haber bebido demasiado. Aquello me confundió, pero seguí como si nada. Le hablé de cómo era el rey cuando llegó a Londres, de lo asombrado que se había quedado al descubrir la riqueza que había heredado, que se vestía más como un médico rural que un príncipe europeo, pero que poco después eso cambió. Suspiré.

—Descubrió el placer de tener más dinero del que es posible gastarse y aceptó el reto. —Miré a Villiers y sacudí la cabeza—. No puedes ser un derrochador si quieres que te vaya bien en el poder. Hay que disfrutar del dinero, pero también debes ser consciente de su valor.

—¿Su valor? —me preguntó, atravesándome con una mirada satírica—. ¿Cómo puede no entenderse el valor del dinero?

—No me refiero a las guineas y los cuartos. Me refiero a que el dinero es una forma de poder. Te ayuda a acumular poder, te ayuda a demostrarlo y te ayuda a obtenerlo. Pronto empezarás a ganar dinero, y es importante que lo respetes y lo gastes con libertad, para demostrar tu poder, pero no con tanta libertad como para descontrolarte.

Pensé en cuando le había pagado a Carr aquellas mil libras, y en que luego había tenido que pagarle la boda. Aún no me había recuperado económicamente. Y ahora ahí estaba, repartiendo consejos financieros. Bacon y sus cosas de siempre.

—¿Y qué hay del amor? —me preguntó como si nada, con franqueza.

Me giré para mirarlo mientras caminábamos, pero él no me estaba mirando; prefería mantener la vista al frente.

—¿El amor?

Todavía sin mirarme, respondió:

—¿No hemos dicho que el amor también es poder? —Eso me pareció muy inteligente: desde luego, el amor era una moneda de cambio, y una muy importante. Siguió dándole vueltas—: Y dices que el poder hace feliz a los hombres, pero ¿y el amor?

En lo alto, sobre nuestras cabezas, un pájaro cantor entonó una melodía. Villiers seguía sin mirarme.

—Lo que estamos haciendo no tiene nada que ver con el amor —contesté—. Es la mímesis del amor.

—¿Mímesis?

Y *seguía* sin mirarme.

—Una imitación —contesté, consciente de que Villiers no sabía griego.

Y entonces se giró para mirarme con esos ojos extraordinarios y, ante su asombro, ante aquel movimiento tan repentino, sentí una punzada en el pecho.

—Yo no creo en las imitaciones —dijo en un tono misterioso con las mejillas sonrosadas, y todas mis pretensiones (las palabras griegas, los pregones sobre el poder) se desvanecieron. El pájaro dejó de cantar cuando reanudamos el paseo bajo los árboles—. Pero ¿qué hay del amor? —volvió a preguntar—. ¿Qué papel desempeña?

Mis pensamientos iban de un lado a otro, pero no sabía hacia dónde. Tal vez después, al mirar atrás, sea más fácil verlo todo claro, pero en ese momento, estando juntos, no podía ni imaginarme lo que ocurriría entre nosotros. Pero me invadió cierta sensación de inquietud, ese tipo de inquietud que no se debe expresar. Me encogí de hombros, incómodo, para dejarle ver que ni lo sabía ni me importaba.

—Yo no sé nada sobre el amor. Nunca me enamoro.

—¿Qué quieres decir, Francis?

La pregunta me resultó incómoda, agobiante. No quería contestarla. Aquel destello de deseo seguía en mi interior, y me preocupaba. No lo quería.

—El amor no es para los hombres como yo. Renuncié a él hace mucho tiempo.

—Sigo sin entender qué quieres decir.

De repente me sentía molesto. No sabía cómo explicarme (yo, que siempre tengo explicaciones para todo) y, la verdad, ni siquiera quería.

—El amor conlleva demasiados riesgos para alguien como yo.

—¿Para un sodomita, quieres decir? —lo preguntó con una franqueza atrevida, casi retadora.

—Sí.

Frunció el ceño.

—¿Y esperas que los sodomitas vivan sin amor?

—Yo no espero nada de nadie. Cada uno toma sus propias decisiones. Yo ya he tomado la mía.

—¿Y tus decisiones te han hecho feliz, Francis?

Aquella pregunta también era demasiado osada; me parecía un truco. No le respondí y al momento, tal vez porque había percibido mi reticencia, siguió caminando sin decir nada y me dejó allí plantado en el sendero del río. No miró atrás, de modo que lo seguí y paseamos en silencio durante un buen rato. Empecé a sentir náuseas; estaba aturdido de verdad. No quería molestar a Villiers de ninguna forma. ¿Lo habría molestado? Quería que volviera aquel muchacho alegre y curioso, pero permaneció en silencio absoluto. Por aquí y por allá sonaba el suave arrullo de las palomas torcaces. A lo lejos, se oía el canto de un cuco. Conforme nos adentrábamos entre los árboles, cada vez más lejos del orden de los campos que habíamos dejado en lo alto, el aire fresco del río verde empezó a calar en mí.

—Si tuvieras dinero, ¿en qué te lo gastarías? —me preguntó de pronto, sin venir a cuento.

—¿Si tuviera dinero? —le pregunté, confuso—. ¿A qué viene eso?

—¿No deberíamos hablar de dinero? —Se echó a reír—. Al fin y al cabo, ¿no es esa una de las principales metas de este plan, ganar dinero?

Me reí, aunque no me parecía gracioso. No entendía por qué había dicho eso. La verdad es que no tenía claro sobre qué estábamos hablando, ni por qué yo, Francis Bacon, estaba tan desconcertado.

—Creo que compraría la casa en la que pasé la infancia, York House, y la reformaría.

—¿Dónde está?

—Junto al río, en la calle Strand. —Villiers aún no conocía la calle Strand. Tampoco conocía Londres, pero ya lo conocería. Estaba tan cerca de él... Lo deseaba, y no entendía por qué. Se supone que soy inmune a esa clase de chicos—. ¿Qué harías tú si tuvieras dinero? —le pregunté.

—Me compraría cosas bonitas.

Aquella mezcla de inocencia y codicia me sorprendió, tal vez incluso me divirtió.

—¿Como qué?

—Joyas y cuadros. Y sedas. —Le brillaban los ojos—. Y palacios en la calle...

Vaciló, con lo que reveló lo poco que sabía aún de Londres.

—La calle Strand —le dije.

—Eso, Strand.

Me resultaba gracioso verlo así, y me alegraba ver que era ambicioso. A la hora de luchar por el poder (que, en realidad, era para lo que lo estaba preparando), la ambición es lo más necesario. Todo lo demás es negociable, en cierto modo: la inteligencia, la violencia, la belleza. Pero la ambición no puede faltar. Si no, el juego resulta demasiado duro.

Nos habíamos ido por las ramas; quería volver a hablar sobre su educación.

—¿Qué has estado leyendo estos días? —le pregunté.

—Maquiavelo. Me ha sido muy útil.

—¿Por qué?

—Eso que dice sobre no intentar ser un meteoro, sino una estrella en el firmamento, inmutable... He entendido lo que me has estado diciendo sobre el cariño estable y constante que debo mostrarle al rey. Lo que debo ofrecerle es un amor sereno, que le permita ser feliz.

—Estás aprendiendo *cómo* debes ser —le dije.

—Sí.

—Pero ¿sabes *quién* debes ser? —Noté que no me estaba entendiendo—. ¿Entiendes quién debes ser cuando estés con el rey?

Por su expresión, supe que ya comprendía a lo que me refería.

—Tengo que ser lo contrario a Carr; tengo que ofrecerle lo opuesto a lo que le da él. En lugar de furia e intimidación, le ofreceré calma y comprensión. En lugar de demandas y exigencias, le ofreceré empatía. Seré como la madre que nunca tuvo.

Me detuve. Tenía delante a un chico de tan solo veintiún años que había sido capaz de darse cuenta de algo que a la mayoría de los miembros de la corte no se le habría ocurrido siquiera. Pensé en la ciencia de la mente, en lo que podría significar aquella observación sobre el efecto que provocan los padres en sus hijos y en la perspicacia de Villiers, en lo inteligente que debía ser para haber percibido algo así.

Se volvió para mirarme. Su actitud había cambiado por completo; ahora se estaba riendo de un modo un tanto satírico.

—Te sigue sorprendiendo ver que no soy estúpido, Francis.

Sacudí la cabeza, tratando de mostrarme empático.

—No he pensado nunca que fueras estúpido. Justo por eso me gustaste desde el primer día. Hay gente lista por todas partes; puedes ir a Oxford o a Cambridge y te encontrarás esas ciudades repletas de gente muy leída pero idiota. Mientras más estudian, más estúpidos se vuelven, porque se engañan y se creen que el rendimiento académico es lo mismo que la inteligencia. Cuando, en realidad, suele ser lo contrario.

Arqueó la ceja.

—O sea, que yo solo soy un chico de campo con un poquito de sentido común, ¿no? —dijo con un tono irónico y cortante, pero sonrió al momento.

Yo me quedé serio.

—Me parece que tienes una gran capacidad de analizar a las personas. De percibir cómo son en realidad. Y hay mucha gente culta que no tiene esa habilidad. Su vanidad los lleva a centrarse solo en sí mismos.

Nos habíamos acercado al río. Casi no había oído el sonido del agua hasta ese momento. Era más bien un arroyo que un río, ya que no tenía un gran caudal. En algunos tramos, bajo las sombras de los árboles delgados, el agua estaba en calma; y en otras zonas, donde la pendiente era más pronunciada, bajaba más deprisa. Donde nos encontrábamos nosotros, el agua estaba como un plato, y resultaba tentadora.

—¿Sabes nadar? —me preguntó.

La pregunta me sorprendió y, de un modo visceral, antes de que pudiera analizar siquiera el motivo, me puse en alerta. Aquel destello de deseo se había desvanecido, pero, aun así, los hombres conocemos nuestros cuerpos. No quería nadar con él, no, de ninguna manera.

—¿Te parece que hace suficiente calor? —le pregunté para disuadirlo.

Se encogió de hombros.

—¿Cuánto calor tiene que hacer? Estamos los dos solos, así que, mientras haga bastante como para que nos desnudemos... —Soltó una risita—. ¡Venga, vamos! —añadió con una voz alegre.

Al momento Villiers comenzó a quitarse la chaqueta y a desabrocharse la camisa. No había aceptado su propuesta de nadar, pero ahí estaba él, desvistiéndose delante de mí. Me estaba mirando fijamente con una ligera sonrisa en el rostro. Entonces se quitó del todo la camisa. No tenía un solo gramo de grasa en el cuerpo, con esas extremidades alargadas, esa cintura estrecha y esa piel pálida y nacarada sobre un paisaje delicado y ondulante de músculos y costillas. Era tan joven, tan perfecto... Por supuesto que era apuesto (ya lo he mencionado mil veces), pero, hasta ese momento, al igual que lo que decía sobre la joya que admiras pero que no quieres robarle a tu amigo, no me había sentido atraído hacia él. He dicho que parecía recién salido de un cuadro, pero a decir verdad nadie quiere que Apolo baje de su pedestal, que salga del lienzo.

Y en ese instante, al verlo así (feliz, casi desnudo del todo, perfecto, convertido en algo real en lugar de un objeto, en una persona deseada, anhelada), fue cuando ocurrió; ese fue el momento en que todo cambió. De repente, inmerso en el misterio del deseo, me sentí abrumado por su presencia de una manera nueva, de una forma que no había sentido (o al menos comprendido) antes. De pronto encajaron todas las piezas del rompecabezas que no habían encajado hasta entonces: su belleza, su inteligencia, su humor, su actitud extraña aquel día, sus preguntas, nuestra cercanía, lo que yo quería para él, cuidarlo y protegerlo, introducirlo una vez preparado en un mundo que le pudiera ofrecer todo lo que ambos deseábamos... Todo encajaba. Antes no comprendía que esas cosas pudieran relacionarse entre sí y producirme esa oleada embriagadora y vertiginosa de deseo. No me gustan los chicos jóvenes. Villiers no era para mí. Sería una locura intentar empezar algo juntos. Ya le había dado vueltas, y lo había aceptado. Pero en ese momento todo eso se disipó. Y lo que sentí entonces fue algo total e increíblemente desarrollado, pleno. Sentía los latidos fuertes del corazón en el pecho y la boca seca. Y lo peor de todo (lo que sentía como una traición a mí mismo) era que empezaba a notar una erección. Me notaba la erección cada vez más firme, gruesa y grande, mi enemiga de siempre, preparándose para dejarme en ridículo en el peor momento posible.

—¿Te vas a quitar la ropa o qué? —me preguntó, alegre.

No podía respirar, de verdad que no.

—¿Qué...?

—¡Para bañarte!

Yo, que he follado con innumerables hombres, de repente me sentía incómodo y avergonzado en presencia de aquel muchacho.

—No creo que... —comencé a decir.

Me avergonzaba mi cuerpo: su edad, lo feo que era, sus estúpidas erecciones cuando ya era bastante mayorcito como para saber cuándo reaccionar y cuándo no… En momentos como aquel, lo sentía como mi enemigo más que como mi amigo.

Villiers frunció el ceño; no tenía ni idea de lo que me estaba pasando por la mente, o al menos yo no creía que la tuviera. Distraído, se dispuso a quitarse las botas. En un instante estaría desnudo. Solo de pensarlo, hasta la última gota de sangre de mi cuerpo se dirigió a un mismo lugar.

—¡Para! —exclamé con tanta brusquedad que a Villiers se le descompuso el rostro de la sorpresa.

—¿Qué ocurre, Francis?

—Pará… —repetí, esa vez susurrando.

—¿Que pare de hacer qué? —me preguntó, confundido de verdad—. Si solo quiero nadar.

—Pues yo creo que te estás burlando de mí…

Ni siquiera sé por qué dije eso; tampoco lo pensaba del todo.

—¡¿Qué?! —exclamó—. ¿De qué manera me estoy burlando de ti?

—Pues quedándote desnudo delante de mí, sabiendo lo que soy. Creo que te estás riendo de mí.

Noté que mi tono y aquel giro de los acontecimientos lo dejaban estupefacto.

—¿Francis?

No respondí. Me sentía avergonzado, abochornado por haber sacado conclusiones tan estúpidas. Estaba de lo más confundido. Ni siquiera me había dado cuenta de que, desde aquel momento con la menta, con lo amable que había sido conmigo, y al ver que no me había juzgado cuando le había contado mi secreto más oscuro, me había dejado llevar de nuevo a los pensamientos que me habían pasado por la cabeza durante aquel primer beso ensayado en Apethorpe.

—¿Francis? —repitió.

Seguía sin poder hablar. Tenía los ojos clavados en mí, y la luz del sol que se colaba entre las ramas los teñía de un verde más intenso que de costumbre.

—No es nada —murmuré mientras sacudía la cabeza e intentaba sonreír—. ¿Podemos... podemos irnos? Vístete, por favor.

Me había dado media vuelta y lo tenía a un lado, mirándome. Oía su respiración agitada, pero seguía inmóvil. Casi podía sentir el peso de su cuerpo, su atracción, como si tirase del mío, como si me arrastrase hacia las profundidades con él. Y entonces dijo algo con tanta vehemencia pero a la vez con tanta calma que tuve que volver a girarme hacia él.

—¿Ha cambiado tu opinión sobre mí?

Pude oír el grito ahogado de terror que se escondía tras sus palabras, y me volvió a parecer que me faltaba el aire.

—¿Qué?

Villiers parpadeó despacio. ¿Tenía los ojos rojos o me lo estaba imaginando?

—¿Ya no ves lo que veías antes en mí? ¿Vas a mandarme de vuelta a Leicestershire?

—¿Qué? No, no, por supuesto que no. —Tras unos segundos, añadí—: ¿Podemos pasear y ya está?

Al verlo allí, tan vulnerable, sentí una vergüenza que me quemaba por dentro. Me había decepcionado a mí mismo. No quería ser así. Y he de confesarlo: era consciente de que me seguía sintiendo atraído por él. Por más que hubiéramos dejado atrás aquel momento tenso, no había cambiado nada. No podía deshacerme de la idea de que Villiers era un rompecabezas que había que completar. Me había estado engañando a mí mismo. Y no creo que nadie tema tanto como yo sentirse así, engañado, como un necio de nuevo.

—Pero te conozco, Francis. Si hubieras cambiado de opinión, tampoco me lo dirías. Tratarías de manipularme o embaucarme con algún truco y...

Me enfureció que pensara eso de mí.

—¿Y qué?

De pronto abrió mucho los ojos, asustado.

—Tus enemigos... han matado a ese hombre.

—¿A Bull?

—Sí, a Bull.

—¿Por qué lo mencionas ahora?

Jadeó como si fuera la pregunta más estúpida del mundo.

—Lo *han matado*, Francis. Puede que me maten a mí. —Parpadeó una única vez, con pesadez; un gesto cargado de tristeza—. Y tú juegas al mismo juego que ellos. Podrías matarme tú....

—Ya está bien —dije con firmeza—. Te estás pasando de la raya. Estás diciendo estupideces.

—Pero, Francis...

Lo agarré de los hombros y lo miré fijamente a los ojos.

—¡Basta! Nunca, jamás, te haría daño.

—Eres la persona más extraordinaria que he conocido, Francis. —Noté que algo le atravesaba el rostro; tal vez algún recuerdo—. ¿Recuerdas cuando me besaste en Apethorpe? ¿Y que, cuando llegué aquí, me dijiste que solo había sido una prueba?

—Claro que lo recuerdo.

—No supe qué pensar cuando lo dijiste. Creo que había aceptado lo que creía que querías de mí antes. Había aceptado que quisieras... seducirme. Y entonces, cuando me dijiste que no era eso lo que querías, me sorprendió. —Dejó escapar un suspiro largo y profundo—. ¿Puedo hacerte una pregunta, Francis? —me preguntó en voz baja, casi con miedo. Asentí—. Si eres sodomita, ¿por qué no me deseas?

—¿Qué?

Hasta yo mismo oía lo falsa que sonaba mi voz. Villiers me miraba con unos ojos penetrantes.

—¿Por qué no me quieres para ti?

¿Se habría dado cuenta de que mis sentimientos habían cambiado? ¿Me lo estaría preguntando ahora como una especie

de truco? ¿Cómo podemos saber los hombres feos lo que en-
tienden los chicos tan hermosos? ¿Cómo sabe Apolo tanto sobre
el amor, cuando yo no sé nada?

—Porque ese no era el plan —contesté.

—El plan… —repitió con otro susurro tan profundo que
hizo vibrar el aire—. ¿Es que no me deseas?

Soy el maestro de los espías, un interrogador experto; no
iba a ser tan tonto como para contestar a esa pregunta.

—Vamos… —le dije mientras me agachaba para recoger su
camisa.

—¿Por qué nunca te enamoras? —me preguntó.

Volví a levantarme antes de tocar siquiera la camisa.

—Ya te lo he dicho. Porque es demasiado peligroso.

—O sea, porque te gustan los hombres.

Pues claro que era por eso. Antes tan solo habíamos sido
maestro y alumno. Pero ahora parecía haber cambiado algo; él
parecía haber tomado el mando de la situación. No me gustaba;
me sentía amenazado.

—Ya te lo he explicado. Ahora solo estás jugando conmigo.

Bufó y miró hacia la luz del sol, y sus ojos se volvieron más
claros y brillantes. Seguía estando muy cerca de mí.

—¿Acaso crees que alguien podría no amarte?

—Te estás burlando de mí de nuevo.

Sacudió la cabeza con brusquedad.

—No.

—Ni siquiera pienso en el amor —dije—. No lo busco.
Nunca lo he querido.

—¿Cómo? ¿Jamás?

—No —susurré.

Ahora miro atrás y me pregunto si estaba diciendo la verdad. ¿Nunca había soñado con el amor? ¿O era solo que había
creado un personaje al que la idea le resultaba tan ridícula (y
peligrosa) que había olvidado a un yo del pasado que miraba
a los hombres y pensaba: *Ojalá me deje abrazarlo, aunque sea
solo para quedarme con él un poco más, para seguir así, tumbados,*

hasta que amanezca, o tal vez para siempre? La presencia de Villiers hacía que me preguntara si me habría equivocado, si me habría ido bien siendo esa otra versión. O, peor aún, si habría estado esa otra versión, esa versión que se prestaba al amor, en mi interior todo ese tiempo.

—Ya basta de cháchara. Vámonos.

Fue entonces cuando me besó (por segunda vez, si contamos la de Apethorpe). Se lanzó de pronto, sin que me lo esperase. Si me hubiera dado tiempo, quizá me habría apartado, lo habría rechazado, pero había ocurrido demasiado rápido. Al notar el roce de sus labios contra los míos se me paralizó el corazón, pero lo único que sentía era pavor. Aquello no debía estar pasando. Me aparté para liberarme, pero seguía sintiendo el beso en los labios. Estaba aterrado. ¿Qué pasaba con el plan? Tan solo unos segundos antes estaba preguntándome si iba a matarlo, ¿y ahora eso?

Me estaba mirando fijamente a los ojos.

—Esto es lo que quieres, ¿verdad?

No respondí. Sentí que me agarraba de los brazos.

—¿Verdad? —repitió.

Apenas podía respirar.

—Sí —respondí—. Sí.

—Bien —dijo—. Pues entonces yo también lo querré.

¿Quieres que te cuente la época dorada que vivimos a pesar de ser dos amantes inesperados? Aparte de unos cuantos criados de confianza, Villiers y yo estábamos solos en Gorhambury. Tapamos todos los ojos de las cerraduras y todas las rendijas de las puertas para que nadie pudiera espiarnos y ver lo que ocurría en el interior. Todos los días llegaban cartas: de parte de los espías que estaban de viaje con el rey; o sobre asuntos en Whitehall o en la ciudad, casos legales que, para escándalo de todo el mundo, había dejado en suspenso; o de Jonson, que me preguntaba cuándo iba a volver porque quería conversar con alguien inteligente. Sabía que pronto tendría que regresar a ese mundo, y Villiers también comenzaría su nueva vida. No podía molestarme por eso, ni negar que ocurriría. Pero, mientras tanto, pasamos una época preciosa: dos cuerpos que atravesaban juntos una experiencia que ninguno de los dos había esperado. Nos acostamos una y otra vez. Diría que me sentía como en un sueño, porque es cierto, pero era uno de esos sueños en los que sabes que debes despertar tarde o temprano. Pero, mientras tanto, me permití seguir durmiendo y disfrutando de aquel placer, con los ojos cerrados y con la esperanza de que nadie me sacudiera y me dijera de repente: «¡Despierta, Francis Bacon, despierta! ¡Estás haciendo el ridículo!». Seguí durmiendo, seguí negándome a despertar.

Casi todos los días le escribía a la reina una carta cifrada para contarle que Villiers progresaba rápido, que era inteligente y que lo captaba todo al instante. Un día me escribió para preguntarme si era demasiado inteligente, si su inteligencia podría ser un peligro. Entendía por qué me lo preguntaba, pero me pareció triste. Claro que la inteligencia es un peligro, pero ¿en qué tipo de sociedad nos encontramos si tenemos que hacer esa clase de preguntas? Quería decirle que era perfecto. Pero me contuve porque habíamos determinado una y otra vez que, definitivamente, Villiers no era mío y yo no era suyo. Sin embargo, con tan solo notar su piel cálida y suave bajo la mía me hacía sentir como que volvía a la vida, como un capullo que se abre en primavera. (Sí, sé perfectamente que suena ridículo. Lo sé).

Cada noche follábamos en su cama, y después de eyacular dentro de él me dejaba caer sobre él y Villiers tiraba de mí para abrazarme, con su cuerpo bajo el mío.

—Me encanta sentir tu peso sobre mí —me susurraba.

Yo me reía y respondía:

—Y mi sudor.

Él asentía:

—Sí, y tu sudor. Y tus labios contra los míos después de darnos un beso, y antes del siguiente, mientras me susurras.

Y nos quedábamos allí tumbados, susurrando en la oscuridad, con los rostros pegados y los ojos como si fueran uno solo, en ese momento totalmente secreto que solo comparten los amantes. Para mí, todo aquello era nuevo: puede que fueran pequeños descubrimientos, pero eran descubrimientos al fin y al cabo, aunque solo lo vea ahora, al mirar atrás.

No obstante, seguíamos teniendo que avanzar con su formación. No dejamos de dar largos paseos, pero ahora, durante nuestras conversaciones, bastaba con rozar la mano del otro, con tocarla para ayudar al otro a salvar un obstáculo o un riachuelo, para que nos embargara el deseo. En cuestión de segundos nos abalanzábamos sobre el otro; lo agarraba y lo pegaba contra un árbol, o lo subía a un pedregal fangoso, y nos besábamos con pasión mientras oíamos el crujir del movimiento de los animales entre la maleza y el canto de los pájaros en los árboles. Llevaba mucho tiempo sin sentirme tan vivo, yo, que solo había experimentado el sexo esporádico, el sexo contenido, los placeres del anonimato. Fui descubriendo cosas nuevas, cosas que no había imaginado nunca que pudieran tener importancia, como estudiar el cuerpo de otra persona, comprender los ritmos de su placer, lo que necesita oír, lo que quieres decirle para hacerle feliz, las caricias que necesita sentir, la sensualidad mutua, la sensación cada vez mayor de seguridad. Estaba descubriendo, como si fuera la primera vez, las maravillas intensas y subversivas del sexo, no con un extraño, sino con alguien a quien conoces; como, por ejemplo, saber que era posible querer acostarte con esa persona una segunda vez, y una tercera, y una sexta, y una vigésima, como quien estudia un mapa o un cuadro y va distinguiendo más detalles, más maravillas, cada vez que lo mira. El hecho de que tal proceso no resultara, sino que incluso provocase una obsesión mágica, un placer que no dejaba de aumentar, una profunda satisfacción, me resultaba asombroso. Me había pasado la vida entera sin sentir aquello, y sin lamentar su ausencia. Y ahora, con Villiers, me consumía por completo y me parecía revelador.

Villiers no me hacía sentir nunca menos atractivo que él, cuando resultaba evidente que lo era, tanto que era ridículo. Cuando me lo follaba por la noche y le susurraba que estaba a punto de eyacular, él, con las piernas sobre mis hombros, sin masturbarse siquiera, gemía y me decía que él también, y entonces el semen salía disparado de su interior. Nunca había vivido un deseo tan intenso, y compartido al mismo nivel por ambos. Pero lo que de verdad no había experimentado *jamás* eran los momentos que llegaban después, cuando me dejaba caer sobre él y apoyaba la cabeza en el hueco entre su hombro y su cuello, y él me acariciaba la nuca con calma y me besaba con delicadeza la frente o la mejilla con esos labios tan suaves. Nadie me había tratado así desde que era pequeño. Los amantes anónimos no te acarician el pelo bajo el cobijo de la noche. No te dejan tumbarte junto a ellos y escuchar los latidos de su corazón mientras te cubren toda la piel de besos cariñosos.

Una vez, por la noche, cuando ya era tarde y la luz plateada de la luna nos iluminaba, follamos contra la ventana de su cuarto.

Ambos estábamos desnudos, y tuve que apoyar el pie contra el alféizar para poder penetrarlo con vigor. Villiers tenía la espalda ligeramente arqueada, de modo que su columna vertebral parecía una pendiente arquitectónica preciosa, blanca bajo el resplandor de la luna. Giró el bello rostro hacia el mío con los labios abiertos y mi erección aumentó en su interior y, cuando estaba a punto de eyacular, le dije:

—*Baise-moi, monsieur.*

Ambos estallamos en carcajadas y no podíamos parar de reír. Durante todo ese rato, seguía manteniendo la erección dentro de él. Y todo me parecía maravilloso. Absolutamente todo.

Después, nos quedamos tumbados sobre el suelo de madera de su habitación, cubiertos de sudor y con la respiración agitada. Estábamos separados, el uno mirando al otro, pero con los brazos y las piernas unidos.

—¿Por qué haces esto? —le pregunté.

—¿El qué? —me dijo, confuso.

—Dejar que te folle.

Un destello de preocupación le atravesó la mirada y me respondió:

—Porque quiero. —Me estudió con atención—. ¿No es eso lo que quieres tú?

—Sí —respondí, y noté que eso lo aliviaba—. Pero debemos recordar nuestro objetivo —añadí, y oí el miedo en mi propia voz.

—Shh —me dijo—. Shh. —Me quedé en silencio—. No te pareces a nadie que haya conocido antes, Francis. Eres tan inteligente, tan amable conmigo… Claro que quiero que me folles. ¿Por qué no iba a quererlo?

Dejó escapar un suspiro largo y relajado.

Aquella noche, a pesar de que corríamos un riesgo enorme, dormimos juntos. Cuando me desperté por la mañana, tenía a Villiers acurrucado contra mi cuerpo, rozándome la piel del cuello con los labios. Y debo confesar que me sentí feliz. Feliz de verdad. Pero entonces recordé en lo que debíamos centrarnos, y no era en aquello. Aquello era una locura. Y sabía que tenía que acabar.

SOBRE UNA
TRANSFORMACIÓN

Y entonces, una mañana, llegó una carta. Meautys me decía que el rey iba a regresar a Londres, que había anunciado que se había aburrido de estar en el campo y que quería volver a la ciudad. Que pensaba que se merecía algún puto lujo. El día en que recibí la carta le dije a Villiers que saliéramos a dar un paseo por la tarde para que diéramos una última lección antes de que nos marchásemos. Pareció sorprenderse cuando se lo dije, como si hasta entonces no me hubiera tomado en serio cuando le decía que llegaría ese momento. Le enseñé la carta (aún no sabía distinguir mi sistema de cifrado) y le expliqué lo que decía.

—Ah —dijo mientras la miraba fijamente.

No entendía lo que Villiers estaba sintiendo. ¿No se suponía que soñábamos con ese momento?

Me pasé el resto de la mañana ocupado con documentos del gobierno. Le entregué a Villiers algunos para que les echara un ojo, para que se familiarizase con el lenguaje de la administración del Estado. Pero tampoco quería que entendiese demasiado; ya había visto de sobra con Carr las tensiones que surgen cuando el amante del rey se cree digno de formar parte de su consejo privado. Debía saber solo lo suficiente como para no hacer el ridículo. Tenía que ser capaz de escuchar los problemas del rey.

Era un día caluroso, con un sol abrasador. Habíamos acordado encontrarnos en el camino de la parte delantera de la casa a las dos en punto. Me había pasado toda la hora del almuerzo trabajando hasta que al fin oí las campanadas de la iglesia que acarreaba la brisa que llegaba desde la catedral de Saint Albans. Una, dos; alcé la vista de mi escritorio con la pluma en la mano. Al detenerme, oí el ligero chasquido de una burbuja de tinta que explotaba y al mirar hacia abajo vi un charquito negro azulado sobre el papel en el que estaba escribiendo. Refunfuñé en voz baja y me limpié la tinta que me había manchado los dedos.

Me levanté y me acerqué a la ventana. Allí estaba Villiers, en el camino de entrada, esperándome. Estaba hablando con Joan, una chica que llevaba varios años encargándose de la colada en Gorhambury. Era muy guapa, alta, con una melena negra como el tizón que se le escapaba del gorro bajo el que se debían recoger el pelo las criadas. Tenía las manos teñidas de un rojo intenso de tanto frotar las sábanas con lejía. Durante un momento los observé mientras hablaban, mientras flirteaban un poco; a Joan se la veía tímida, consciente de su estatus, y Villiers mostraba el entusiasmo que suelen mostrar los chicos jóvenes por las chicas jóvenes. No se habían dado cuenta de que los estaban observando.

Joan no está casada, no sé por qué. No es especialmente religiosa y a mí me habla sin tapujos, sin el miedo hacia los hombres que suelen sentir algunas criadas del campo, pero ahora que se acerca a los treinta la gente debe estar preguntándose por qué no se ha casado aún. Ah, ya sé lo que estarás pensando: *Ay, Dios mío, Bacon, ¿es que no ves lo irónico que resulta?* Pero yo soy una persona poderosa, con cierto prestigio, y Joan es una criada en un pueblo de Hertfordshire. Las mujeres como ella son objeto de toda clase de sospechas por parte de quienes viven a su alrededor. El hecho de no tener marido hará que la gente acabe difundiendo rumores y llamándola bruja, y un día se formará una multitud que vendrá a por ella y se la llevará a rastras hasta un árbol para ahorcarla. Al no casarse, Joan vive al borde del peligro. La gente casada no comprende a los solteros, y precisamente por eso los persigue.

Observé a Villiers mientras le hablaba con atención, con la misma atención absorbente que había mostrado durante la cena en Apethorpe la primera vez que lo había visto. Me había dado cuenta de que atraía a las mujeres. Su encanto y, por supuesto, su atractivo resultaban magnéticos. Joan, plantada delante de él, no lo miraba; tenía la vista clavada en el suelo, no por el pudor propio de una chica, sino por la intensidad de la presencia de Villiers. Parecían cualquier pareja de chicos jóvenes en cualquier esquina de Londres. ¿Estaba sonriendo Joan? No lograba distinguirlo, pero parecía feliz por que el hombre misterioso que se había instalado en la casa (y que, sin duda, se había convertido en uno de los temas de conversación de los criados) estuviera hablando con ella. Villiers se inclinó hacia ella como si le fuera a decir algo y le acercó la boca a la oreja. Joan giró el rostro hacia él y parecía que se iban a besar. Contuve la respiración, esperando a que llegara el beso. ¿Qué le habría estado diciendo? Tal vez que le gustaría besarla. Que le gustaría llevarla al bosque y acostarse con ella, que follaran rápido y duro contra un árbol mientras ella se recogía la falda y se tocaba. Parpadeé mientras los espiaba. No dejaba de repetirme: *No me pertenece, no me pertenece, no me pertenece.* Y, con tan solo decirme a mí mismo las palabras, me sentí mejor. Era como un canto llano ancestral entonado por monjes; palabras extrañas y sagradas para protegerse. (En el pasado, antes de que el rey Enrique ascendiera al trono, aún éramos católicos y no teníamos más que persignarnos para tener suerte).

Al final bajé a la entrada de la casa para encontrarme con él. Cuando llegué, Joan ya se había marchado para seguir trabajando, y Villiers y yo nos quedamos solos.

—Quiero que me lleves a algún sitio y me folles —me susurró mientras me acercaba a él.

Sacudí la cabeza entre carcajadas, aunque sabía que, si se acercaba más, tanto como para que nuestros labios casi se tocaran y le rozara el cuerpo con la mano, no sería capaz de resistirme.

—¿Por qué no? —me preguntó en un tono alegre, como si fuera una locura no hacerlo.

—Hoy toca trabajar.

Frunció el ceño.

—¿Trabajar? —Alzó las manos hacia el cielo para señalar el buen tiempo que hacía—. Hace un día demasiado bueno como para trabajar. Hoy deberíamos ir a algún campo de trigo alto, quitarnos toda la ropa y follar mientras el sol nos calienta la piel, lejos del mundo.

Mientras me hablaba no dejaba de mirarme, y no puedo negar que comencé a sentir una erección.

—No —contesté y me separé de él—. Hoy toca trabajar. Siempre hay trabajo que hacer.

—Puede que para ti —bromeó—, pero yo me voy a pasar el resto de mi vida tumbado en una *chaise longue*.

Se le veía satisfecho de su propia broma, pero quería que supiera que su vida no sería así; la vida en la que estaba a punto de embarcarse le aportaría riqueza, influencia y quizá títulos, pero era una vida angustiosa, una existencia repleta de esperas: a que los planes se desarrollasen, a que las estratagemas salieran mal, a que el rey muriese sin saber qué ocurriría después, a que el juego tomara un nuevo rumbo, a que las puertas de la Torre de Londres se cerraran tras él. En la corte, como favorito del rey, incluso tumbarse de manera decorosa en una *chaise longue* requería trabajo. Era parte de una actuación, y actuar día sí y día también es duro. Tal vez por eso Robert Carr había recurrido a pasarse la vida gritando. (Ay, lo bien que nos vendría ahora la ciencia de la mente de la que he hablado).

Villiers seguía fulminándome con la mirada. ¿En qué estaría pensando? ¿Se estaría riendo de lo que nos esperaba a ambos, o incluso de mí, por algo que yo aún no entendía? La curiosidad me reconcomía. No quería que me hiciera sentir así. Pronto estaríamos en Londres, y cada uno tendría que saber lo que hacía, y confiar en que el otro también lo supiera. Seguía dirigiéndome una mirada astuta, intensa.

¿En qué estás pensando?, me volví a preguntar, angustiado por la incertidumbre.

—¿Nos vamos? —le pregunté, y Villiers asintió.

Cuando pasé a su lado, levantó los dedos y rozó los míos con las yemas. Un rayo me atravesó el cuerpo. Por supuesto, habría sido imposible tomarnos de la mano; la gente que había a nuestro alrededor (incluso mis criados incluidos) nos habría llevado a la picota en Saint Albans para que nos atacaran aquellos que una vez se habían quitado el sombrero ante nosotros. De modo que me aparté de él, sorprendido por mi vergüenza repentina.

Paseamos hacia el norte, hacia el pueblo de Redbourn, aunque no llegamos hasta allí. Seguimos el curso del río Ver e intenté que no nos acercásemos demasiado al agua, ya que Villiers podría llevarme a alguna zona sombría y besarme. Así que caminamos por las laderas despejadas, recorriendo antiguos senderos que se habían formado, quién sabe, quizá mil años antes. Durante las semanas siguientes, los trigales verdes se tornarían dorados. En el cielo, las golondrinas se lanzaban en picado, y vimos un buitre negro enorme suspendido en el aire, en busca de conejos y ratones de campo que huían al oír nuestros pasos.

—Bueno —le dije al fin—, ¿hay algo que quieras que comentemos sobre lo que has estado aprendiendo?

Estábamos caminando en paralelo, a paso tranquilo.

—Algo no —me corrigió—. Alguien.

Le pregunté a quién se refería. Se detuvo un momento y yo me detuve con él. Con una sonrisilla en los labios, dijo:

—Robert Carr.

Le había hablado largo y tendido de Carr, de su modo de controlar al rey, de su mal carácter y sus rabietas, de su egoísmo y de su crueldad. Le había dicho que tenía que ser lo contrario a él, emplear estrategias diferentes a la hora de tratar con el rey. Villiers debía ofrecerle un amor más amable, más tranquilo. ¿Qué más podía querer (o necesitar) saber?

—¿Qué ocurre con Carr?

Se giró y siguió caminando. Comencé a seguirlo.

—Es muy apuesto. Y quieres que me parezca a él.

—No —le contesté—. No quiero que te parezcas a él, pero es un hombre elegante, y tú debes serlo también. Recuerdo cómo era antes de que se convirtiera en el amante del rey, cuando no era más que otro chico escocés y rudo intentando buscarse la vida. Fue su amigo Overbury, que por cierto ya ha fallecido, quien lo engalanó, lo peinó y le compró joyas y collares. Era Overbury quien sabía cómo ganarse al rey.

—¿Qué le sucedió a ese tal Overbury? —me preguntó Villiers.

—Murió en la Torre de Londres.

Villiers abrió los ojos de par en par. Sabía que le asustaba que algo pudiera salir mal, que el juego acabase con él. Lo cierto es que era una posibilidad, como ocurre con cualquiera que juegue a ese juego, pero era importante que no dejara que el miedo lo abrumara.

—No te preocupes —le dije—. Acabaron con Overbury porque era un necio, y tú no eres nada de eso. Y tú me tienes a mí. Overbury solo tenía a Carr, que acabó traicionándolo. Siempre han sido iguales; incluso hace años, ya estaban sumidos en su propia crueldad y en su egoísmo.

En ese momento algo cambió en el rostro de Villiers y supe que tenía más preguntas.

—Entonces, ¿conocías a Carr antes de que fuera el favorito del rey?

—Sí —contesté.

—Lo sabía —dijo, sacudiendo la cabeza, claramente irritado.

No entendía nada.

—¿Que sabías el qué?

—Sabía que no era de tu agrado por algún motivo personal.

—No es personal.

—No te creo, Francis.

Suspiré y me invadió una molestia que me hizo doblar el cuello, casi como si me hubiera dado un calambre.

—De acuerdo —dije—. Una vez intenté follármelo.

Se sobresaltó nada más oírme.

—¿Que te lo *follaste*?

—No, he dicho que intenté follármelo. Pero no me dejó—. Villiers comenzó a adelantarse, cada vez más deprisa, caminando con zancadas largas y furiosas—. ¿Qué ocurre? —No me respondió—. ¿Qué te pasa?

Se dio la vuelta. Le alcanzó la brisa que había acarreado antes el sonido de las campanas de la iglesia, se le revolvió el pelo y alzó la mano para apartárselo de los ojos. Con la mirada fija en mí, me dijo:

—Pero, si te hubiera dejado, te lo habrías follado.

—Supongo —respondí, devolviéndole la mirada y cuestionándome si Villiers era tan dócil como aparentaba—. ¿Acaso importa? De eso hace ya mucho tiempo. —Seguía sin responder, y entonces caí en la cuenta de lo que ocurría—. ¿Estás *celoso*?

Ni siquiera intentó negarlo.

—¡Pues sí, estoy celoso!

Su franqueza me sorprendió.

—¿Y qué pasa con Joan? —le pregunté.

—¿Joan?

—Te he visto desde la ventana coqueteando con ella. No me importa —me apresuré a añadir—, pero tampoco hagas como que eres mi esposa, y yo tu marido infiel.

Me parecía que tenía la sartén por el mango en aquella discusión. Lo estaba mirando fijamente, con las mejillas encendidas y el ceño fruncido. La intensidad de mi mirada empezó a molestarlo. Bajó la vista hacia el suelo resquebrajado del sendero, que se iba secando a medida que hacía más calor.

—En una época Robert Carr te atraía —me dijo—, y ahora me estás preparando para destruirlo. ¿Y si...? —comenzó a decir, pero le falló la voz. El viento seguía agitándole el pelo. Había dejado de intentar sujetárselo y apartárselo de los ojos, de modo que se le movía de un lado a otro, enloquecido—. ¿Y si te acabas volviendo contra mí como te has vuelto contra Robert Carr, o como traicionó él a ese tal Overbury?

Di un paso hacia Villiers.

—Eso no va a ocurrir. Vamos a ser amigos. Amigos de verdad.

—¿Amigos? —me dijo con una voz misteriosa—. ¿Es eso lo que somos?

—¿Qué otra cosa podríamos ser? —le pregunté, y al instante me arrepentí.

Nunca hagas preguntas cuyas respuestas te puedan aterrar.

—Ojalá pudiésemos quedarnos aquí, como hasta ahora —contestó—. Que no cambiara nada. —Di otro paso hacia él y dejó caer la cabeza hasta que me rozó el pecho. Por instinto, miré a mi alrededor, temiendo que nos pudiera ver alguien—. Ojalá sí que fuera tu esposa —me dijo entonces, con la cabeza aún apoyada en mí.

—¿Qué? —susurré.

—Has dicho que no soy tu esposa y que tú no eres mi marido. Bueno, pues a mí me encantaría que fuésemos marido y mujer, un matrimonio de campo, que viviésemos aquí, en Gorhambury, sin nada que nos molestase.

—¿Qué…? ¿De qué estás hablando?

Alzó la vista para mirarme durante un instante y luego volvió a desviarla. Le vi los ojos y las mejillas sonrosados por la vergüenza.

—Nada —murmuró.

Se apartó de mí y agarró una rama alargada y fina que debía de haber caído de algún árbol alto del otro lado de los campos y el viento habría llevado hasta allí. Mientras se alejaba la fue arrastrando por el suelo como un niño. Siguió distanciándose de mí y yo me quedé allí, contemplando cómo movía el cuerpo, esos brazos y piernas delgados y elegantes, sus nalgas redondeadas y su espalda ancha y recta, que se mecía con delicadeza al ritmo de sus pasos. Necesitaba saber qué había querido decir. Necesitaba saber lo que estaba pensando. Villiers tenía algo que me volvía loco. No, que me embriagaba.

Cuando regresamos a Gorhambury, había una carta escrita en clave esperándome. Era de la reina.

EL REY VUELVE A LONDRES EN DOS DÍAS.
TRAE AL MUCHACHO DE INMEDIATO.

En menos de una hora, Villiers y yo estábamos cabalgando hacia Londres. No teníamos que llevar nada encima; podrían enviárnoslo todo más tarde en carro. Lo urgente era que nuestros propios cuerpos (o, más bien, el de Villiers) estuvieran en la ciudad a tiempo para el retorno del rey, y lo mejor para pasar desapercibido era que viajásemos a caballo. Los más avispados se fijarían en el carruaje del fiscal general y verían que al otro lado de la ventanilla viajaba un muchacho hermoso. Cabalgamos a plena luz del día y, sin embargo, como aquella noche en la que había acabado con un ojo morado, sentía un peligro siniestro e invisible.

Conforme nos acercábamos a la ciudad, una de las herraduras de los caballos empezó a desprenderse, de modo que nos detuvimos en Stoke Newington, un pueblecito situado a varios kilómetros al norte de Londres donde habitaba una comunidad de puritanos que llevaba una vida de sobriedad extrema, aterrados de que los arrestaran por traidores o herejes. Encontramos una herrería, y el encargado nos aseguró que podía arreglarnos la herradura en una hora. Mientras esperábamos, pensamos en buscar algo de comer, pero, como el lugar triste que era, todo parecía estar cerrado. Esa era la reputación de Stoke Newington: un pueblo triste y extremadamente religioso, fundado justo con esa idea en mente. Había un pozo de agua potable, así que al menos pudimos saciar la sed. Mientras Villiers daba sorbos enormes, me quedé mirándole el cuello, los músculos de la mandíbula, el movimiento de la nuez. Cuando terminó, me sorprendió observándolo y se ruborizó un poco. Aparté al instante la mirada.

—Ojalá pudiera besarte aquí y ahora —me susurró.

Volví a mirarlo, pero no le sonreí.

—No podemos —le contesté—. Aquí no. Los puritanos nos lapidarían.

—¡Ya sé que no podemos! —exclamó y soltó una breve risa confusa—. Solo te estaba diciendo lo que quería.

Yo intentaba bromear, pero Villiers parecía molesto, enfadado.

¿Quién era ese muchacho? ¿Quién era ese chico que podía mostrarse tan misterioso durante un instante y al siguiente tan franco y agitado? Me daba la impresión de que estaba empleando la sinceridad, la transparencia, como un arma. Y yo no estaba acostumbrado a eso; no tenía manera de defenderme contra las confesiones sin tapujos del corazón. Venía de un mundo de mentiras y engaños. Nada me había preparado para aquello.

—Los puritanos arderían en llamas si conocieran nuestro pecado —bromeé, ya que las bromas eran mi mejor defensa, y Villiers rio al fin.

Nos adentramos en los jardines de una antigua iglesia que, al parecer, había construido el rey Athelstan setecientos años antes. Quería redirigir la conversación hacia el tema en el que debíamos centrarnos.

—¿Cómo te sientes ahora que el plan está a punto de comenzar? —le pregunté.

—Mmm, no sé, supongo que resulta emocionante pensar que dentro de poco estaré junto a un rey. —Me estaba mirando mientras esbozaba esa sonrisa suya misteriosa e intrigante. Podía ver el asombro en su mirada. ¿Era posible que fuera por mí? Respiró hondo, como quien está a punto de hablar, pero entonces contuvo el aliento, nervioso—. Estoy enamorado de ti, Francis —soltó al fin en voz baja, otra maldita confesión de sus sentimientos—. Sé que no debería, pero me he enamorado de ti. Y ahora tengo miedo de que te acabes poniendo en mi contra.

Le salieron las palabras con total facilidad; claras, francas y devastadoras. Parpadeé. Nadie me había dicho nunca nada igual. Si quieres, te puedo decir que las sentí como las primeras gotas de lluvia tras una sequía larga y dura, como agua fresca sobre una piel reseca, una inundación repentina sobre una tierra árida.

¿Es eso lo que quiere escuchar el poeta que llevamos en nuestro interior? Pues escucha esto: lo que sentí fue terror. Sentí miedo y horror. No rechazo, no del todo, pero sí el deseo de alejar esas palabras.

«Bacon, lo que te ocurre es que te da miedo enamorarte». ¿Es eso lo que estás diciendo? Pues sí, me conozco bastante bien, muchas gracias. «Pero —sigues diciendo— podría estar bien dejar que te amen, podría ser maravilloso, podría ser más de lo que nunca has imaginado». Bueno, bueno, cálmate. No te emociones. El amor puede matar a los hombres como yo. El amor hace que te saquen de casa a rastras en mitad de la noche y te pongan la soga al cuello. El amor es algo con lo que hay que acabar… antes de que acabe contigo.

—Te ha sorprendido lo que te he dicho. —Me dedicó una sonrisa débil y vulnerable—. No pasa nada si no sabes qué decir. No pasa nada si no estás preparado para responder. Me vale con quererte. No tienes que corresponderme.

¿Sería cierto? ¿Podía a alguien no importarle que su amor no fuera recíproco? ¿Podía una persona declararle su amor a otra y no importarle que no le respondiera, mientras cierra los ojos, presa de algún demonio que acecha bajo un puente en el campo? El amor es ese demonio, el amor es capaz de succionarte el alma. «Traedme el amor de esta persona —dice Satanás— para que pueda bebérmelo todo. Traedme su amor y me alimentaré de él como una sanguijuela».

Soy un hombre acostumbrado a vivir sin amor, y siempre me ha parecido que esa falta de amor me ha venido bien. Y de repente Villiers me estaba tendiendo la mano para que lo acompañara, para que cruzásemos juntos ese puente destartalado, con la promesa de que podríamos evitar ese demonio que se ocultaba debajo.

Se oyó un grito; era el herrero. Miré a Villiers durante un momento y vi que sus ojos verde miel seguían clavados en los míos.

—Vamos —le dije—, es hora de irnos.

Se quedó mirándome durante otro instante, luego volvió a sonreír y me dijo:

—De acuerdo.

Cuando llegamos a Gray's Inn, me encontré con que me esperaba una segunda carta. La reina quería reunirse con nosotros esa misma tarde, en Greenwich. Greenwich está al otro lado del río, lejos de Londres. En lugar de cruzar el Puente de Londres y atravesar la campiña anárquica de Rotherhithe, tomamos una barcaza privada en Saint Katharine Dock, la última zona de Londres antes de que comience el campo abierto. Íbamos viendo pueblecitos obreros por aquí y por allá. La barcaza avanzaba a toda velocidad por el Támesis, aunque estábamos navegando con un fuerte viento del este. Villiers y yo íbamos contemplando los remolinos de las mareas del río. Más adelante, el cauce del río se ensanchó y comenzamos a navegar más despacio. Aproveché ese rato para hablarle a Villiers sobre la reina; le dije que era una persona bastante solitaria y que había tenido una vida dura a pesar de todos los lujos. Villiers me miró durante un momento, con una expresión curiosa, como insinuando que podría decirse lo mismo de mí. No le dejé ver que sabía lo que estaba pensando. Le hablé de lo mucho que le había afectado la muerte del príncipe Enrique a la reina, que parecía estar bien pero en realidad no lo estaba en absoluto. Le hablé un poco de toda la esperanza que habían depositado en el joven e inteligente príncipe, tanto la corte y el gobierno como su madre, y de lo devastadora que había sido su muerte repentina.

—Has de ser respetuoso con ella —le advertí—. Y amable. Nunca le han mostrado demasiada amabilidad.

—¿Crees que no he aprendido nada, Francis? —me dijo entre risas.

—Bacon —lo corregí.

Sobrecogido por la confusión, me preguntó:

—¿Qué?

—A partir de ahora creo que deberías llamarme Bacon. Ahora que estamos en Londres, quedará mejor. Así no parecerá que estamos tan conectados.

Se dispuso a hablar, pero le falló la voz y tan solo pudo dejar escapar un graznido desesperado.

—No… no lo entiendo.

Sacudí la cabeza, sonreí y le susurré que no debía preocuparse. Pero con eso solo logré confundirlo más.

—No estaba preocupado —me dijo, pero no añadió: «Pero ahora sí que lo estoy»—. Lo que decía… —empezó a decir, pero pareció pensárselo mejor.

Estábamos cara a cara. Si hubiera sido otro hombre, uno más valiente o con más experiencia en el terreno del amor, habría sabido cómo ser franco con él en ese instante. En lugar de eso, tan solo seguí mirándolo y dejé que se quedara en silencio.

Pasó el tiempo y el ambiente entre nosotros se fue relajando porque dejamos que la incertidumbre quedara en suspenso, sin resolver. Pasamos junto a Isle of Dogs, una conocida isla deshabitada donde no podía crecer casi ningún cultivo. Un siglo antes, una inundación catastrófica había reducido el terreno a una zona pantanosa de tierra blanda y muerta. Como el agua no había llegado a retirarse, el lugar había quedado abandonado. Se dice que los canales fangosos de las marismas aún conservan los cadáveres de aquellos que murieron ahogados en el pasado. Vimos pastores por aquí y por allá, paseando rebaños de pelaje desgreñado por la marisma de agua salobre que se había formado tras la inundación, pero salvo ellos no había ni un alma a la vista. Entonces, la barcaza giró y cruzamos el río hacia los campos despejados de la orilla sur, hasta que llegamos al embarcadero de Greenwich.

Allí ya no quedaba nada del antiguo palacio de Placentia. A los reyes Tudor les encantaba aquel lugar, y en su época había casas a su alrededor para quienes servían a la corte de Enrique VIII, cuyas hijas nacieron allí y cuyo único hijo murió allí. Pero, bajo el mandato de la antigua reina, el palacio de Placentia había quedado en desuso, y ahora allí estaba, cada vez más en ruinas, sin que nadie lo atendiera y le mostrara amor, casi olvidado. Villiers y yo recorrimos el breve camino que había desde el río hasta el antiguo palacio. El viento seguía sin amainar y, con un gran estrépito, agitaba los prados verdes, salpicados de casitas putrefactas y en ruinas. Villiers, como siempre, estaba peleándose con su propio pelo, pero se reía mientras trataba de colocárselo tras las orejas para que no le cayera por los ojos. Se estaba riendo para divertirme, y debería haber sido un momento alegre, pero me limité a seguir caminando, repitiéndome que debía concentrarme en mi... nuestro... no, *mi* plan.

Frente al antiguo palacio, un inmenso complejo de salones, torres y establos desiguales, se encontraba la reina con su arquitecto, Inigo Jones. Estaban estudiando con detenimiento unos planos arquitectónicos que tenían desplegados ante ellos. Oí a la reina antes de oír a Jones, exclamando con esa voz fuerte y con su acento danés:

—¡Excelente, excelente! ¡Un trabajo excelente!

Estaban solos, salvo por las damas de la reina y los hombres de la guardia real, que se encontraban en dos grupos separados a cierta distancia. Constituían una estampa curiosa: la reina, alta y elegante, con su gran mata de cabello rubio; y Jones, la mitad de alto que ella, con rizos castaños alborotados bajo una gorra negra.

La reina alzó la mirada.

—¡Bacon! ¡Ya estás aquí! —Parecía animada, pero ni siquiera miró a Villiers. Entendí de inmediato que eso significaba que no debía presentárselo delante de Inigo Jones—. Ven, ven a ver lo que está diseñando el señor Jones para mí.

Me contó todo lo que tenían planeado. Pensaban construir una casa nueva, no un palacio como Placentia, sino una casa moderna, pintada de blanco, elegante pero sobria en todos los sentidos, al estilo italiano, a lo Palladio. Los dibujos de Jones eran magníficos, pero la casa no pegaría nada al lado del viejo palacio en ruinas de los Tudor.

—¿Pensáis demoler el antiguo palacio, majestad? —le pregunté.

Le hablé en mi tono desenfadado habitual, pero era muy consciente de que Villiers estaba ahí al lado, de un humor que desconocía, en silencio, a la espera.

La reina me estudió con detenimiento y me dedicó un guiño pícaro.

—Puede que algún día te pida que hables de ese tema con el rey. Voy a necesitar dinero.

Le entregó los planos a Inigo Jones y le dijo que eso era todo, que iba por muy buen camino. Inigo Jones tomó sus palabras como señal de que debía marcharse. Lo observamos alejarse hasta que nos quedamos a solas, con las damas y los guardias a una distancia prudencial desde la que no nos podían oír. Entonces la reina se giró con brusquedad hacia nosotros y la seda brocada de su vestido crujió con un gran estrépito.

—Bueno, entonces, ¿este es nuestro muchacho?

—Majestad, este es George Villiers. —Villiers hizo una reverencia pero no dijo nada. Me eché a reír—. Le he dicho que no hable demasiado, majestad, por eso ahora ni siquiera os saluda.

Villiers me dirigió la más breve de las miradas, una tan rápida que solo un amante podría percibirla. Y entonces volvió a inclinarse ante la reina.

—Lo siento. Buenos días, majestad.

La reina se volvió hacia él y lo miró con una sonrisa amable.

—Georgie. —Así lo había llamado lady Grace; yo nunca me había referido a él de ese modo. ¿Por qué le otorgarían aquellas dos mujeres tan inteligentes un nombre tan infantil? Me preguntaba si se debería solo a su belleza o si tendría alguna otra cualidad que hacía que la gente le hablara de esa manera. Todavía sonriendo, la reina extendió la mano como para indicarle a Villiers que nos dejara a solas—. ¿Te importaría ir a decirles a los guardias y a mis damas que estaré lista para partir en unos minutos, Georgie? —La reina se rio para sí misma—. A mis damas les hará muy feliz estar tan bien acompañada.

Villiers le ofreció una sonrisa preciosa y majestuosa con la que reveló sus dientes blancos y se le sonrosaron las mejillas. Me di cuenta de que la reina le devolvía la sonrisa por instinto, como un acto reflejo. Ese era el efecto que provocaba Villiers. Cuando se marchó, le dije a la reina:

—Bueno, majestad, ¿qué opináis?

La reina dio un paso hacia mí para acercarse lo bastante como para hablarme en susurros, aunque no había nadie cerca que pudiera oírnos.

—Tenías razón. Es perfecto. Es muy hermoso. Has elegido muy bien. Creo que al rey le gustará. Le encantará. —Me alegró saber que era posible que nuestro plan funcionara. Entonces la reina extendió la mano y me tomó la mía—. Tengo miedo, Bacon.

—¿De qué, majestad?

—Tengo miedo de que podamos crear un monstruo, uno tan horrible como Robert Carr, o tal vez peor. Me da miedo que nos acabe traicionando y que nos arrepintamos de haber urdido este plan.

—No, majestad —le dije con apremio—. No podría ser más distinto de Carr. Villiers es tierno y relajado. Es gracioso e inteligente, pero quiere hacer lo correcto. Quiere tener éxito, y le he enseñado los errores que ha cometido Carr, y por eso mismo, y perdonadme, pero de nada vale andarse con rodeos, le he animado a que confíe en vos y os trate como a una amiga. Solo tengo cosas buenas que decir de él. Es un muchacho maravilloso. Vuelvo a tener esperanzas sobre el futuro, majestad, sobre el futuro de todos nosotros…

En el rostro de la reina vi una mezcla de sorpresa e ironía divertida. No podía dejar de hablar y estaba haciendo el ridículo. Tenía que contenerme. Me avergonzaba estar alabando delante de una mujer de mi edad a un *muchacho*, como un viejo necio. Tragué saliva.

—Perdonadme, majestad —me disculpé. Hice una reverencia para recuperar algo de dignidad—. No hay nada de qué preocuparse. Os lo aseguro. Podemos confiar en Villiers.

De pronto el aire arrastró unas risas alegres hasta nosotros. Me giré y vi a Villiers con las damas de la reina, encandilándolas (deslumbrándolas) al igual que había hecho con Joan en Gorhambury. Pronto estaría en todas partes, todo el mundo hablaría de él. Pues que hablaran; eso significaría que nuestros sueños se estarían convirtiendo en realidad. Villiers y yo debíamos aferrarnos a eso. No podíamos ser débiles, ni insensatos, ni estúpidos. No podíamos dejar que nos distrajese… ¿El qué? ¿El amor?

—Bueno —dijo la reina en una voz lo bastante alta como para que la oyera su comitiva—. Deberíamos ponernos en marcha. —Justo en ese instante se giró hacia mí—. Ah, Bacon, el rey regresa a Londres mañana. Y estará solo. —Estaba hablando de ese modo por la presencia de sus damas y sus guardias, que se estaban acercando. No había manera de saber quién de ellos podía ser un espía (lo cierto es que resulta imposible saberlo)—. Por lo que tengo entendido —continuó en una voz alta y clara—, el conde de Somerset no va a volver a Londres aún. Me parece que la condesa y él van a pasar un mes en el castillo de Sherborne. —Me dedicó una mirada cómplice y privada—. Sherborne es un lugar maravilloso.

Era un comentario cargado de una ironía exquisita. Años antes, el rey, para complacer a los españoles, había encarcelado a sir Walter Raleigh, que desde entonces había permanecido en la Torre de Londres, marchitándose. El rey se había apoderado del hogar de Raleigh, Sherborne, y se lo había regalado a su amante. Ese castillo tan «maravilloso» era un doble símbolo de los vaivenes impredecibles del éxito: simbolizaba la novedad del de Carr y la fugacidad del de Raleigh. Si Raleigh podía acabar derrotado, era posible que ocurriera lo mismo con Carr, y entonces cualquiera (Villiers, o incluso yo) podría ser el próximo dueño de Sherborne. El juego nunca se detiene. Las fortunas pasan de unas manos a otras, y los hombres van cayendo por el camino.

La reina se despidió de nosotros y se alejó con su comitiva. Villiers y yo los vimos marcharse. Cuando al fin desaparecieron de nuestra vista y estábamos solos entre las ruinas del palacio de Greenwich, me giré hacia él.

—Has de tener cuidado —le advertí.

—¿Con qué?

—No puedes tratar de seducir a ninguna chica. Ni a ningún chico. No forma parte de tus tareas. —Villiers se rio, tomándoselo a broma—. No puedes hacer nada que el rey te pueda reprochar. Nada de coqueteos, nada que pueda tomarse como un indicio de deslealtad. Tú mismo has dicho que tienes que ser lo contrario a Carr. Has de ser mejor que él: si él es la personificación de todo lo malo y turbulento del amor, entonces tú debes ser todo lo bueno y lo seguro. Y eso significa que no puedes coquetear, no puedes interesarte por nadie más. ¿Lo entiendes?

Había ido alzando la voz, y Villiers me observaba, aturdido por el daño que le estaba haciendo.

—¿Por qué me estás tratando así? —me preguntó, pero de repente esbozó una sonrisa soberbia. En ese momento quise alejarme de él, de su embrujo—. ¿Ahora eres tú el que está celoso? —Se echó a reír, tal vez con la esperanza de estar en lo cierto—. Ya sabes que estoy enamorado de ti —me dijo, y volvió a invadirme el pavor, implacable.

—¡Pues no lo estés! —le grité con tanta furia que Villiers se sorprendió—. ¡No lo estés! —repetí, porque ¿qué otra cosa puedes hacer cuando has sido tan cruel, salvo repetir las palabras que tanto dolor han causado?

De pronto todo se enfrió entre nosotros. Aquellos ojos magníficos se volvieron gélidos, desorbitados.

—¿Qué ocurre, Francis?

Y, ante la angustia de Villiers, ¿qué fue lo que hice? Pues volver el ambiente más tenso aún.

—¡Bacon! ¡Que me llames Bacon! Ya no podemos estar juntos, al menos no de la manera en que lo estábamos en Gorhambury. Ya no podemos hablar más de amor. No podemos hablar de... —Se me formó un nudo en la garganta y vi que Villiers tenía los ojos llorosos—. Ya no existe un *nosotros*.

Dejé de hablar y Villiers seguía mirándome.

—Estoy enamorado de ti —dijo en voz baja, y lo sentí como si me hubiera clavado un cuchillo en el vientre. Villiers parpadeó despacio y una lágrima le recorrió la mejilla—. ¿Y en el futuro...? —me preguntó, y oí la desesperación en su voz.

Sacudí la cabeza.

—No puede haber ningún futuro. No podemos pensar en ningún futuro. Es posible que el rey viva veinte años más.

—¡Por ti esperaría veinte años!

Dejé escapar una risa amarga, la risa de alguien que se cree superior.

—Tienes veintiún años. Con veintiún años no tienes ni idea de lo que significa esperar veinte. Cuando tengas cuarenta, seguro que ni siquiera te acuerdas de mí.

—¡Eso no es cierto!

Me puse firme y respondí:

—Pues quizá debería serlo.

¿Qué era lo peor que podía haberme dicho entonces? ¿Qué era un viejo, y que tan solo había estado fingiendo quererme? ¿Qué no era la buena persona que decía que era, sino un hipócrita, cruel, despiadado y manipulador? ¿Que pensaba volver cabalgando a Leicestershire de inmediato y abandonar mi estúpido plan? El viento se elevaba por la ladera desde el río. Villiers miraba hacia el este, a lo lejos, hacia un mar invisible, parpadeando porque la brisa le molestaba en los ojos. Entonces se dio la vuelta, me miró a la cara y dijo lo peor que podía haberme dicho:

—¿Me puedes llevar a algún sitio y follarme?

—¿Qué? —balbuceé.

Todavía mirándome intensamente, me dijo:

—¿Me puedes llevar a algún sitio y follarme aunque sea por última vez?

Parpadeé. Quise decirle algo, pero no pude. Villiers comenzó a caminar hacia el palacio en ruinas y yo, enmudecido, lo seguí. Encontramos una ventana en la planta baja que daba a un gran salón completamente deteriorado; la lluvia había hecho que los tapices flamencos cayeran al suelo, las palomas habían anidado en las cornisas de las paredes y sus heces habían decolorado y carcomido los paneles de madera. Villiers fue directo hacia un ventanal delante del cual había una mesa, se quitó las botas y los pantalones y, sin decir palabra, se tendió sobre ella con las piernas abiertas, expuesto ante mí. Me arrodillé y le introduje la lengua, como ya había hecho muchas veces. Pero esa vez no gimió de placer. Se estaba aferrando a la mesa con tanta fuerza y tanto odio que los nudillos se le tornaron blancos, y mientras comenzaba a follarle permaneció en silencio. Antes solía masturbarse mientras lo penetraba, como hacen los hombres que se dejan follar, pero esa vez no. Tan solo siguió agarrado a la mesa, cada vez con más rabia y con los nudillos más blancos. Cuando acabamos, esperaba que me pidiera que le diera un beso, pero no fue así. Al cabo de un minuto, me apartó de él como muestra de su aversión y se giró hacia un lado de la mesa, se levantó y se puso los pantalones.

Era innegable. Se había acabado todo. Ya se había acabado de verdad. Como conspirador que era, no debía haber sentido nada que no fuera alivio y seguridad por ver que el plan podría seguir adelante. Pero en lugar de eso me envolvió una profunda tristeza. Nunca volvería a oírlo decir: «Bésame». No me miró; tan solo carraspeó y suspiró mientras se alisaba la ropa y volvía a salir a la luz del sol. Entonces, en el último momento, se volvió y me miró.

—Sabes, Francis Bacon…, dices que el poder hace a los hombres felices porque les otorga control. Sin embargo, yo creo que tan solo les otorga control, pero no demasiada felicidad. ¿Dirías que eres feliz, Francis? *¿Lo eres?*

Entonces rompió a llorar de un modo estremecedor. Se llevó el dorso de la mano al rostro para secarse las lágrimas, como haría un niño. Me repugnaba a mí mismo, odiaba mi propia crueldad y odiaba que fuera necesaria por el bien de nuestro plan.

—A veces pienso que eres la mejor persona del mundo —me dijo—. Y a veces pienso que eres la peor.

Me había derrotado. No sabía qué responder a aquello. Y que un filósofo admita que no sabe qué responder a la verdad… Villiers se giró y bajó por la pendiente cubierta de hierba hacia el río. Me recordó aquel primer día en Apethorpe, a aquel misterio en el jardín, cuando la luz del día lo había engullido. Lo llamé, pero no se giró. Lo llamé de nuevo y siguió sin volverse.

Esa noche, la reina me envió una carta cifrada, escrita por una de sus damas, en la que nos ordenaba que llegásemos a Whitehall a las nueve de la mañana siguiente. Añadió que no sabía a qué hora llegaría el rey, pero que quería que estuviéramos preparados.

Villiers estaba más animado al día siguiente. No hablamos sobre todas las emociones del día anterior; era como si todo hubiera quedado en el olvido ahora que le esperaban tantas maravillas y riquezas. Fuimos a Whitehall en carruaje desde Gray's Inn, un trayecto bastante largo para los londinenses. Por la noche había caído una fuerte lluvia de verano, y las calles estaban húmedas, llenas de barro y marcas de los carruajes. Cuando íbamos de camino, le recordé que nos encontrábamos en un momento delicado; necesitábamos que la reina confiara en él, por lo que debía ser discreto. No podía pasarse de la raya y debía hablar solo si alguien le hablaba. Le pregunté si lo comprendía y me miró como si estuviera haciendo el ridículo. Sabía que quería que percibiera su desprecio, y no se lo impedí.

Llegamos a Whitehall a las nueve en punto y nos condujeron a los aposentos privados de la reina. Permanecimos en silencio mientras recorríamos los pasillos del palacio. Lo único que podía oír era el ruido de los tacones altos de nuestros zapatos sobre el mármol que acababan de instalar. No podía dejar de preguntarme cuánto me odiaría en ese momento (no se me pasó por la cabeza que, en realidad, me amaba, ni que el amor sobrevive a las heridas que inflige). Cuando llegamos a los aposentos de la reina, la hallamos con un sastre francés. Sus damas estaban sentadas en otra parte de la sala, alejadas, medio escuchando la conversación. En la sala de visitas de sus aposentos había varias prendas de ropa: trajes, faldas y zapatos, y todas en tonos azafrán, amarillo pálido y dorado, los colores que eran tendencia por entonces. No me esperaba todo aquello. La reina pretendía vestir a Villiers como un príncipe solar feérico, hecho de luz amarilla. Les eché un vistazo a todas las telas.

—Majestad, ¿no os parece que es demasiado?

El sastre parecía ofendidísimo.

—¿Demasiado, *monsieur*? Esto es el culmen de la moda en París. Es el cenit del buen gusto. —Bufó y me miró de arriba abajo—. ¿Cómo se dice esa palabra en inglés?

—Cenit —respondí sin inmutarme y le di la espalda al hombre—. Majestad, la belleza de Villiers reside en su naturalidad. Si el rey quiere vestirlo...

—¡Bacon! —me reprendió la reina mientras señalaba al sastre—. Este hombre es un experto. Sabe mejor que tú cómo vestir a alguien. Lo que opines sobre cómo presentar al muchacho... —Y entonces me señaló a mí, mi chaqueta negra, mis pantalones marrones y mi sombrero pardo—. Lo siento, Bacon, pero tú no eres precisamente un entendido de la moda.

La reina se dirigió hacia uno de los trajes, uno con un tejido brocado especialmente espectacular, lo levantó y pegó la chaqueta contra el cuerpo de Villiers. Era de un tono dorado tan intenso que relucía contra su piel pálida. La reina giró a Villiers hacia un espejo de pie que tenía al lado y ambos observaron el reflejo del muchacho. Era como si la chaqueta dorada desprendiera luz solar.

—¿Qué opinas? —le preguntó la reina.

—Es precioso —susurró Villiers con auténtico asombro mientras lo miraba y luego la observaba a ella.

La reina le devolvió una mirada más cálida.

—Perfecto, Georgie, me alegro de que te guste.

Villiers le sonrió.

—Solo quiero haceros feliz, majestad —le dijo con delicadeza. Sus palabras no me parecieron motivo de preocupación al principio, pero luego añadió—: Con todo lo que habéis sufrido, lo único que espero es poder aliviaros un poco.

La tensión inundó la sala. Las damas de la reina alzaron la vista; sabían tan bien como yo que Villiers estaba hablando del hijo de la reina, el príncipe Enrique. Sentí que me ardían las mejillas. Era precisamente lo que le había dicho que evitara. ¿Ya se estaba atreviendo a desobedecerme, tan pronto? Ahí estaba él, con sus veintiún años, atreviéndose a consolar a una mujer de mediana edad, una *reina*, por la muerte de su hijo adulto. Pero entonces la reina, a quien de pronto se le habían anegado los ojos de lágrimas, le tendió la mano. Él la tomó y la envolvió con los dedos para reconfortarla. Estaba tocando a la reina de un modo tan poco formal, tan íntimo, que todos los presentes se quedaron pasmados, observándolos.

—Mi Enrique era como tú —murmuró la reina—. Tenía una bondad natural. —Vi que le apretaba los dedos. Las damas de compañía de la reina intercambiaron miradas. No pude ver si alguna de ellas me miró a mí, ya que yo también estaba observando a Villiers y a la reina—. Gracias por recordarme lo buen chico que era, Georgie. Y ahora vuelvo a ser feliz, ya que lo veo en ti.

Jamás olvidaría ese momento. Fue entonces cuando comprendí que Villiers era como un líquido, que se podía verter en cualquier recipiente que hubiera que llenar. En ese momento me di cuenta.

Apareció un caballerizo en la sala para anunciar que el rey estaba en Camden Town. Estaría en Whitehall en menos de una hora. De pronto todo empezó a moverse a otro ritmo, con una determinación distinta. El sastre y el peluquero comenzaron a revolotear alrededor de Villiers. La reina les ordenó a sus damas que salieran de la habitación y las siguió. Una vez que estábamos solos los hombres, Villiers se desvistió y se quedó desnudo ante el sastre y ante mí. El sastre abrió mucho los ojos, atraído por el muchacho, pero recuperó la compostura y empezó a elegir la ropa. Villiers se quedó allí plantado, desnudo, sin mirarme ni una sola vez.

El sastre lo vistió: le puso unas medias de seda amarillo marfil y unos pantalones de seda dorada que combinó con la chaqueta del tejido brocado dorado que tanto le había gustado, y por último le añadió uno de los cuellos de lechuguilla del tono azafrán que había puesto de moda la señora Turner. La reina volvió a la habitación y sus doncellas se encargaron de asearlo, lo cual era todo un arte. Le aplicaron polvos blancos venecianos en el rostro y un toque de rubor en las mejillas y los labios. Le cepillaron el pelo una y otra vez hasta que le cayó de manera casi natural en unas firmes ondas rojizas, y luego le agregaron aceites perfumados de almizcle y ámbar gris para peinarle las ondas hacia atrás. Para rematarlo, le colocaron en el cuello un collar de granates, una cadena de corazoncitos rojos, que le caía por el pecho. Una vez que estuvo listo, la reina juntó las manos y exclamó:

—¡Estás precioso, Georgie! ¡A la última moda! —le tendió la mano y volvió a llevarlo hacia el espejo de pie—. ¿Ves lo apuesto que estás ahora, Georgie? —le preguntó.

Lo observé mientras se miraba al espejo y vi lo mucho que le atraía su propio reflejo. Al principio dejó escapar una risa nerviosa, pero luego se convirtió en una orgullosa al ver la bellísima imagen engalanada de sí mismo que le devolvía el cristal. Se giró hacia mí y me dijo con dulzura, feliz, con los ojos muy abiertos y una mirada íntima:

—¡Mira!

Pero entonces su mirada se volvió fría, como si estuviera asustado. De pronto lo había recordado: el amor había muerto.

La llegada de la corte es como una gran marea que se aproxima. Con las ventanas del palacio abiertas para airearlo tras haber pasado semanas cerrado, oímos las trompetas a lo lejos, seguidas del estruendo de las ruedas de los carruajes, los cascos de los caballos y el parloteo agitado de cientos de personas que se acercaban. Un ejército de criados salió en tropel al enorme patio; mientras las muchachas barrían la grava, los hombres abrieron las puertas del palacio y esperaron, firmes, listos para inclinarse ante su majestad, que estaba a punto de llegar. Y entonces, por fin, el carruaje real, tirado por cuatro caballos tordos, entró en Whitehall, seguido de un sinfín de jinetes y carruajes más pequeños. En realidad, más que una marea es una flota, o incluso una flotilla.

Desde una ventana alta que daba al patio, la reina y yo lo observamos todo, con Villiers a nuestra espalda, mientras las doncellas lo mimaban una última vez. Fuera, todos empezaron a bajarse de los carruajes, y los condes de Inglaterra estiraban las piernas y se frotaban el trasero dolorido. Entre ellos vi tan solo a unos pocos miembros de la familia Howard, a lady Knollys y a la condesa de Suffolk (la madre de Frances), pero no al conde. A lo mejor se habían separado por el camino, cuando habían pasado por sus propias fincas. Por ahora estábamos teniendo muy buena suerte.

—Ha llegado la hora —anunció la reina.

Los tres salimos de la sala y nos dirigimos a la escalera central del palacio. El joven príncipe Carlos y los demás miembros de la comitiva de la reina nos siguieron y todos comenzamos a bajar las escaleras. La reina se adelantó para liderar el grupo y se preparó para aceptar el regreso de su esposo a su vida. Pero esa vez tenía un as en la manga. Todos nos colocamos juntos tras de las puertas del palacio; la reina, Georgie y yo, en el centro del pasillo. Todo estaba en silencio. En el último momento, oí a la reina susurrar:

—Acércate un poco más a mí, Georgie. Ponte a mi lado.

Le tendió la mano para llevarlo junto a ella en un gesto maternal. Una vez más, sentí que el nudo que nos unía se deshacía.

Las enormes puertas del palacio se abrieron con un crujido. Fuera estaba empezando a llover. La luz plateada del exterior nos iluminó los rostros. La gente empezó a entrar a toda prisa, agachada para no mojarse demasiado en el último momento, antes de ponerse a cubierto. Los sirvientes sostenían los abrigos en alto sobre el cuerpo encorvado e hinchado de nuestro rey.

—¡Uf! —exclamó—. ¡Maldito Londres! Me voy dos meses y en cuanto vuelvo se pone a diluviar.

Miré a Villiers, que estaba contemplando la perspectiva de su futuro. Allí plantado, con su traje dorado, el cuello amarillo, los granates y las perlas, miraba al rey con unos ojos cargados de confianza. No tenía ningún miedo. ¿Qué nueva versión de él era aquella? Y entonces me di cuenta: era la que había creado yo mismo.

SOBRE... ¡UN FUEGO!

«¿Quién es ese chico? —comenzó a susurrar todo Londres—. ¿Quién es ese chico tan extraordinario?».

Su ascenso fue inmediato. Como era de esperar, el rey se quedó embelesado desde el principio, totalmente cautivado por su belleza, por su dulzura, por su carácter amable y divertido, sin exigencias. Cuando Carr llegó a la corte desde Sherborne y los Howard regresaron de sus hogares, ya era demasiado tarde; el rey estaba enamorado. Estaba feliz, volvía a poder follar y no hacía más que hablar del chico al que se estaba follando. No podía dejar de pensar en él. Enseguida lo cubrió de riquezas y propiedades y, cuando le dije (yo, justo yo) que no había dinero para tanto derroche, el rey me espetó que el chico se lo merecía todo. *Todo*.

—¡Tú no entiendes lo que es estar enamorado, *Beicon*! —me gritó el rey—. ¡No lo entiendes!

Pero, a pesar de que me gritara, yo también estaba feliz: mi plan había funcionado. Había acertado.

No obstante, había un pero. Por supuesto, tampoco esperaba que Carr desapareciera en una nube de humo (o que lo encerraran en las entrañas de la Torre) de la noche a la mañana. El rey no era un hombre vengativo; era la clase de persona que trataba bien a quienes habían sido sus favoritos. Pero la presencia constante de Carr en la corte me empezaba a preocupar. El nuevo favorito no parecía haber desbancado del todo al anterior. El carácter apacible de Villiers era una cosa distinta al torbellino arrollador de Carr. De modo que en una ocasión, mientras el rey, borracho, adulaba a Villiers justo del mismo modo en que en el pasado lo había adulado a él, Carr se enrabietó delante de toda la corte. No dejaba de gritar que su «padre» lo había abandonado, que su propio padre había acabado con él. El berrinche alcanzó tal intensidad que Carr empezó a darse golpes en la frente con una taza de plata con tanta fuerza que se hizo una herida y abolló la taza. Fue un momento crucial; Carr se había pasado de la raya. El rey se apresuró a levantar del suelo a su querido Rabbie y a limpiarle la herida con los dedos, que se le mancharon de sangre, mientras gritaba:

—¡No, no, no! ¡Tú vas a ser siempre mío, Rabbie!

Pero Carr no dijo lo que debía haber dicho: «Llévame a la cama, padre querido». Lo que le dijo fue:

—Te odio. Siempre te he odiado. Por eso ya nunca voy a visitarte, padre, porque me has ahogado en tu odio.

Y esa era la pieza más fascinante del rompecabezas: cuanto peor se comportaba Carr, más fuerte era la reacción del rey. Mi intención había sido que Villiers le ofreciera al rey otro tipo de amor, pero al final era tan diferente que, a ojos del rey, eran dos cosas completamente separadas, sin ninguna relación.

Villiers me confesó que le preocupaba que Carr siguiera firme en su posición. Le dije que mantuviera la calma, que no se alarmara, pero tampoco puedo fingir que yo no estaba preocupado, porque lo estaba. Mientras el rey se recuperaba del último berrinche de Carr, Villiers se mantuvo paciente y amable. Cuando el rey lo cubrió de obsequios suntuosos, Villiers le dijo con ternura:

—No hace falta que me hagáis regalos, padre —y entonces se detuvo mientras el rey lo miraba con los ojos muy abiertos—, pero gracias. Sois encantador.

De tanto en tanto, el rey se enfurecía con Villiers solo porque era un malcriado, y Villiers tan solo sonreía y decía:

—Padre, no tenéis por qué enfadaros conmigo. Tan solo debéis decirme lo que queréis, y lo haré.

Aquello parecía asombrar al rey, y controlarlo, además. Pero aun así Carr seguía sin caer.

A veces al rey lo conmovía tanto la bondad manifiesta de Villiers que rompía a llorar, abrazaba a su niñito y soltaba frases nauseabundas como:

—¿Qué más puede querer un padre de un hijo?

En esos momentos, Villiers me miraba con una mezcla curiosa de triunfo y vergüenza, pensando, quizá, en todo lo que podría haber ocurrido entre nosotros. Y en otras ocasiones no me miraba siquiera. Se entregaba a los besos húmedos del rey borracho entre risitas, como quien no deseaba nada más que tener aquella lengua que apestaba a vino, hinchada y amoratada, investigándole la boca. Pero ese era su trabajo ahora, y se le daba de maravilla. Yo lo observaba y trataba de no sentir nada: ni celos ni remordimientos. Con el paso del tiempo, entre nosotros se acabó estableciendo cierta paz incómoda. Nos decíamos que éramos amigos aun siendo conscientes de que eso no era lo único que éramos. Reconocíamos que estábamos en el mismo bando, que queríamos lo mismo y que debíamos confiar el uno en el otro, pero ni él ni yo intentamos en ningún momento reanudar nuestro romance.

Mientras tanto, le pedí a Meautys que encontrase a un nuevo espía para sustituir a Bull en la alcoba real. Empezaron a llegar notas escritas en clave, y Meautys me las iba enseñando:

VILLIERS ES ENCANTADOR CON EL REY Y CON LA REINA.

o

CADA MAÑANA Y CADA NOCHE, OÍMOS AL REY SUSURRAR PALABRAS DE AMOR TRAS LAS CORTINAS Y LUEGO GRUÑE MUY ALTO UNA ÚNICA VEZ.

o

VILLIERS NUNCA CRITICA A NUESTRO AMIGO.

Ese «amigo» era yo. Meautys me preguntó si debíamos contarle a Villiers que teníamos un espía, y le respondí que de ninguna manera. Aquello pareció sorprenderlo un poco, ya que le había dicho que Villiers era un aliado de confianza. Pero Meautys debería haber sabido que también hay que andarse con cuidado con los aliados. En cualquier caso, me entregaba los mismos informes todos los días de parte del espía de la alcoba real: cada noche, se despertaba dos o tres veces con los gruñidos fuertes del rey y con el sonido del muchacho al suspirar y reír, con los temblores y con el clímax con el que golpeaban el cabecero de la cama, y al final se oían las palabras: «Bésame, padre». ¿Celos? ¿Remordimientos? Ahora Villiers le pedía al rey que lo besara, no a mí. Sacudí la cabeza. Eso era justo lo que había querido; eran los símbolos de nuestro éxito. Meautys me miraba mientras leía las notas.

—¿De verdad es necesario que sepamos todo esto? —me preguntó.

—Sí —respondí.

Sí, necesitaba saberlo, necesitaba oír todo aquello. Si hubiera desarrollado por escrito la ciencia de la mente de la que he hablado, ¿qué sería lo que diría sobre este asunto?

A veces pasaban semanas sin que viera a Villiers a solas, y tan solo podíamos hablar durante segundos en algún pasillo. Trataba de tranquilizarlo, pero, cuanto más lo intentaba, más se angustiaba. A veces percibía la preocupación en su rostro, pero había dejado de confesarme sus temores. ¿Creería que me estaba impacientando con él? Porque no era cierto.

Pero Carr seguía sin caer. Los Howard eran aún figuras importantes en la corte, a pesar de que criticasen y se quejasen del deslumbrante ascenso de Villiers al poder. La reina, que no se encontró bien durante gran parte de ese año, también empezaba a irritarse. No era capaz de entender cómo, tras jugar todas sus cartas tan bien, no había acabado ganando la partida. Mientras tanto, yo compartía la preocupación por no haber derrotado a Carr aún. No pensaba que fuera a volver, pero todavía no comprendía todas las consecuencias de que siguiera presente en nuestras vidas.

Había estado trabajando duro, muy duro, y al fin una noche Jonson insistió en que lo acompañara al teatro. Íbamos a ir al Globe, el teatro que había construido Shakespeare hacía más de una década en Southwark, para ver una representación de su nueva obra, *Enrique VIII*. Alguien (Shakespeare no, por supuesto; él nunca habría admitido tal cosa) le había dicho a Jonson que la obra la había escrito principalmente John Fletcher, y que por eso era tan mala. Cuando nos encontramos en Eastcheap, Jonson me dio un abrazo fuerte y me dijo que ya se le había olvidado hasta mi cara. Me eché a reír, pero he de confesar que me conmovió. El contacto con otro ser humano resultaba agradable, incluso aunque solo fuera un amigo. Un año antes, nunca se me habría pasado por la cabeza el hecho de que el cuerpo pudiera echar de menos el contacto físico.

Comimos en un asador que había en la orilla norte del río y luego nos abrimos paso entre la multitud del puente para llegar hasta Southwark. El Globe era un edificio magnífico de tres plantas que se alzaba desde un foso de tierra que había frente al escenario, y la gente podía entrar por un penique y sentarse en los asientos de arriba, los más lujosos. Había oído que Shakespeare era muy hábil con las propiedades, y que se había hecho rico con ellas.

Jonson y yo teníamos nuestro propio palco privado, lejos del parloteo y el bullicio del patio. Allí arriba, en lo más alto, había pinturas preciosas en las paredes de madera: nubes blancas inglesas contra un cielo azul italiano, con ángeles y dioses que coqueteaban y fruncían el ceño. Pedimos cerveza y Shakespeare llegó y se sentó con nosotros durante un rato, antes de que comenzara la obra. Él mismo iba a hacer del rey. Me miró a los ojos y, tan desagradable como siempre, me preguntó:

—¿Qué tal llevas la escritura, Bacon? ¿Vas avanzando o sigues lidiando con la mugre de la corte?

Hice una ligera reverencia a pesar de que estaba sentado.

—Sigo lidiando con la mugre de la corte, haciendo labores de adultos. ¿Qué tal tú con tus *obritas*? He oído que el señor Fletcher ha estado muy ocupado.

Aquello pareció irritarlo.

—Algunos somos escritores y otros no, Bacon. Tal vez tú no lo seas.

Volví a inclinarme ante él.

—Bueno, al menos tú no paras de producir y producir. Todo el mundo conoce el valor de los escritores tan *prolíficos*.

Shakespeare es un necio; nunca sabe qué decir. Se le da bien esculpir palabras a lo largo de meses y meses, pero en persona siempre se queda en blanco a la hora de responder. Abrió los ojos de par en par y decidí ir a por todas:

—Quizá deberías volver a tu obrita, Shakespeare, antes de que el señor Fletcher venga y se atribuya el mérito de *Macbeth* y *El rey Lear* y todas esas otras que escribiste hace tantos años.

Shakespeare se marchó, malhumorado, tras darle las buenas noches solo a Jonson. Cuando nos quedamos solos, Jonson me sonrió y me dijo:

—Chuletón, eres un cabrón. —Asentí con elegancia en señal de agradecimiento, y Jonson se echó a reír—. El más cabrón de todos.

La obra comenzó, pero yo no le presté demasiada atención. Era tan mala como decía la gente, y además Jonson quería escuchar cotilleos de la corte. Él no estaba al tanto de mi vínculo con Villiers, pero le dije que éramos amigos.

—¿Amigos? —me preguntó con un guiño—. He oído que es tan hermoso como Apolo.

El Apolo inglés; había olvidado que había pensado eso de él aquel primer día en Gorhambury. Me reí para no tener que decir nada, y Jonson no pareció darse cuenta.

—Además, Chuletón, a ti te atraen otro tipo de hombres; por lo que tengo entendido, te gustan los hombres rudos.

—Ah, ¿sí? ¿Eso has oído? —le pregunté en un tono pícaro.

—Bueno, ¿y cómo es el chico ese, el tal Villiers?

Todos se empeñaban en llamarlo «chico». Eso era lo que querían creer: que era un chico, un niño. Pero no lo era (eso ya lo sabía yo). Era un adulto (y yo lo veía como tal).

—Es gracioso. Y tierno —dije por toda respuesta.

Jonson se echó hacia atrás.

—¿«Gracioso»? Entonces deberías subirlo a ese escenario. Venga, dime cómo es de verdad. —Y se acercó a mí, fingiendo una actitud coqueta—. Vamos, cuéntamelo todo.

Tenía que andarme con cuidado; no quería dejarme llevar y hacer el ridículo, al igual que me había ocurrido cuando se lo había presentado a la reina.

—Es muy cercano y abierto. Resulta cautivador. Es dulce y un poco misterioso. Cuando crees que lo empiezas a conocer, hace o dice algo que te toma por sorpresa.

—¿Y tú vas y decides llevarlo a la corte?

Me reí, pero no era una risa sincera.

—Diría que es bastante duro. En cierto modo, ese tipo de chicos siempre lo son. Mira a Robert Carr.

—¿Lo comparas con Robert Carr?

—¡Dios, no! No podrían ser más distintos.

Sin darme cuenta, había empezado a sonreír, y Jonson me miraba con un brillo travieso en los ojos.

—¿Estás enamorado de él? —me dijo, aunque no era más que una broma—. ¿Al igual que lo estabas de Carr?

Me eché a reír demasiado rápido.

—¿Qué? —le pregunté, intentando disimular—. Nunca he estado enamorado de Robert Carr.

—Bueno, de acuerdo, quizá no era amor exactamente. —Tras una pausa, añadió—: ¿Y bien?

—¿Y bien qué?

—¿Te gusta el chico ese o no?

Jonson seguía mirándome a los ojos. No respondí; no sabía qué decir. La pregunta estúpida de un escritor me había dejado mudo, a mí, al investigador, al interrogador. ¿Qué descerebrado se deja engañar por un escritor? (Yo, supongo, otro escritor). De repente, noté que la mirada que me dirigía ya no era satírica. Entonces comprendí, demasiado tarde, que había estado bromeando y que había sido mi reacción la que le había revelado la verdad. (¿Acaso no tenía ni idea de cómo jugar a mi propio juego?).

—Ay, no… Estás enamorado de verdad, ¿no es así?

—¿Qué? ¡Basta ya!

—¡Dios mío! Pero ¿a qué estás jugando?

—No estoy enamorado de nadie.

Me guiñó. Al final resultó que sí estaba bromeando.

—¿Ni siquiera un poquito?

—Ya está bien —gruñí, aliviado de que no estuviera diciéndolo en serio—. Somos amigos. Nada más. —Jonson seguía teniendo una sonrisilla pícara en la cara—. ¡Nada más!

Entonces se produjo un silencio breve e incómodo.

—Ten cuidado, Chuletón —me advirtió Jonson—. Que tú no puedes jugar con la colita del rey.

Me retorcí en el asiento.

—Vete al diablo —le solté con el tono cómico que solo comparten los amigos íntimos.

Jonson cambió de tema:

—Bueno, ¿cómo va todo por la corte? ¿Cómo va el *juego*?

Levanté la jarra como para hacer un brindis.

—Aquí sigo, sobreviviendo para conspirar un día más.

Jonson rio y alzó la jarra para unirla con la mía.

—Tienes demasiados enemigos, Chuletón —me dijo—. No deberías tener tantos…

—Así es la vida. Los Howard y todo su círculo me odian. Pero por ahora no me tiemblan las piernas, puesto que no tienen forma de derrotarme.

—Ah, ¿no?

Sacudí la cabeza.

—Ahora mismo no. Estoy a salvo.

—Por ahora.

—Para siempre.

Jonson le dio un sorbo a la cerveza y suspiró.

—Tienes demasiados enemigos —repitió, sacudiendo la cabeza.

Volvimos a prestarle atención a la obra, a una escena en la que Catalina de Aragón le gritaba al cardenal Wolsey delante de Enrique VIII. Era un chico joven quien interpretaba a la desdichada reina, por supuesto, ya que las mujeres no podían subirse a los escenarios londinenses (por algo relacionado con su reputación, o con la de Londres; no lo recuerdo bien). El muchacho debía de tener unos catorce años, por lo que no se parecía en absoluto a una mujer de cincuenta que se está volviendo loca por culpa de su marido infiel. Pensé en nuestra reina. Si Catalina de Aragón hubiera sido lo bastante astuta como para tomar las riendas y meter a Ana Bolena en la cama de Enrique... Esas dos mujeres poseían una inteligencia mayor que todos los miembros de la familia Tudor juntos, salvo por la antigua reina, claro. Habrían formado un equipo excelente.

—¿Y qué me dices de *ella*? —me preguntó Jonson mientras señalaba al chico que hacía de la reina Catalina, recalcando el pronombre—. ¿A *ella* te la follarías?

A Jonson le gustaba jugar a ese juego. A los «hombres normales» que son conscientes de la existencia de los sodomitas siempre les gusta jugar a ese juego. Quedan bien al ser tan progresistas, sin que a ellos les cueste nada.

—Me follaría a todo el mundo —dije, arrastrando las palabras como si estuviera harto de todo—. Y a ti te follaría también, Jonson, si tuvieras suficiente dinero.

Jonson rio por la nariz, incómodo, pero en realidad quería jugar a su juego, no al mío, en el que el agujero de los «hombres normales» es tan negociable como el de cualquier otro.

—¿Te follarías a un hombre que llevara un vestido? —bromeó.

—¿Y tú? —le dije, irritado.

Jonson soltó una risita, como si no fuera del todo imposible, aunque yo sabía que a Jonson solo le gustaban las chicas corpulentas y graciosas.

—Ay, vamos, Chuletón, quiero saber cómo es.

En realidad, no quería; tan solo pretendía ser provocador. Me volví para mirarlo.

—Bueno, entonces, ¿por qué no te metes tú mismo entre bastidores y le ofreces un chelín a la reina, ya que te fascina tanto? —Entré en el juego para entretenerlo—. Y le dices que se deje puesto el tocado mientras se inclina sobre una barandilla y deja que le embistas por detrás.

Esperaba que Jonson se echara a reír, pero estaba muy serio, mirando hacia uno de los palcos del otro lado del teatro.

—Mira —me dijo—, allí. Ha venido tu amigo. Te está mirando como si te fuera a cortar el cuello en cuanto se le presente la oportunidad.

—¿Quién? —le pregunté, tratando de ver algo a través de la penumbra del fondo del teatro.

Dispararon un cañón de utilería, un efecto que empleaban en la obra para hacer estallar una bomba falsa. Del extremo del cañón salieron unas chispas tan brillantes como las de los fuegos artificiales. Durante un instante todo el teatro se iluminó, y la gente, sorprendida y con el rostro dorado, se quedó con la boca abierta ante el espectáculo. Pero yo, en ese instante de luz, tan solo podía ver al alto y esbelto conde de Southampton fulminándome con la mirada, con los ojos de alguien que apuntaría el cañón directo hacia mí si pudiera.

—No te ha llegado a perdonar jamás, ¿no es cierto? —me preguntó Jonson—. Por haber escrito ese informe sobre la rebelión de Essex. —Resopló—. Bueno, supongo que es cierto que Essex acabó muriendo, y a Southampton lo mandaron a la Torre de Londres.

No sé por qué me exalté tanto; supongo que no me habría puesto así con nadie que no fuera Jonson.

—¿Acaso se le ha olvidado a todo el mundo cómo era la antigua reina? Era una pesadilla. ¿Es que la gente piensa que debería haberme muerto yo en lugar de Essex, cuando fue él quien se rebeló, y yo solo escribí un maldito informe?

Y entonces caí en la cuenta de que sí, eso era justo lo que pensaba la gente, y estaba a la defensiva precisamente porque eso era lo que pensaba la gente. El hecho de que fuera inocente o no ya no era relevante. Al igual que ocurre con los actores en el escenario, es la reputación la que importa, no los hechos. Y la mía era pésima.

Entonces me di cuenta de quién era la acompañante de Southampton: ni más ni menos que la señora Turner. Allí estaba ella, la hechicera a sueldo, la viuda de campo de Cambridgeshire que se había adentrado en la alta sociedad, una mujer elegante y con cabeza para los negocios, charlando tan tranquila con los condes y las condesas más arrogantes, el tipo de nobleza que normalmente siente repulsión por esa clase de personas. Qué alto había llegado, qué increíblemente alto…. Y además sin esposo, lo cual iba en contra de todas las normas de la sociedad inglesa. El día en que nos habíamos conocido, me había acabado detestando, pero a mí me seguía pareciendo fascinante: una hierba silvestre y extravagante en un jardín de rosas cuidadas. ¿Por qué tenía tanta influencia? ¿De verdad era solo porque en el pasado había averiguado (lo cual había sido muy inteligente por su parte, lo admito) cómo convertir el almidón teñido con azafrán en una fortuna?

Mientras los observaba, me llegó un ligero olor a humo. El teatro entero se volvió a quedar a oscuras, pero aún había luz suficiente como para discernir el rostro de Southampton. Ahora ya no me estaba mirando a mí, sino a los aleros del teatro. El conde se levantó de su asiento de un brinco, como si fuera a darme un puñetazo. Me estremecí, aterrado ante la idea de la violencia, pero Southampton estaba apuntando el tejado a dos aguas del Globe mientras gritaba a pleno pulmón:

—¡Fuego!

Todos los miembros del público comenzaron a mirar a su alrededor y, tras un segundo de confusión y silencio, rompieron a gritar cada vez más alto, hasta que resultó ensordecedor. El tejado del teatro estaba en llamas. Al parecer, el cañón de utilería era demasiado realista, ¡tanto que había prendido fuego al techo de paja! La gente comenzó a bajar las escaleras con un gran estrépito, mientras nos caían cenizas resplandecientes en la ropa y el cabello, emitiendo una especie de silbido. El lugar se convirtió en un torbellino abrasador de pánico. Sin embargo, según parece, nadie murió ni resultó herido, excepto un hombre al que se le quemaron los pantalones y tuvieron que apagar las llamas con una jarra de cerveza. ¿Te estás riendo? No te rías. Muchos londinenses perdieron su sustento esa noche, y algunos su fortuna. Los sueños de mucha gente se convirtieron al instante en cenizas en aquel caos cruel del destino. Jonson y yo encontramos a Shakespeare llorando como un bebé al ver que su teatro había quedado reducido a brasas de carbón negro rojizo en lo que parecieron minutos; decía que pensaba irse de Londres, que iba a volver al lugar del que venía, fuera cual fuera, y que ya se había hartado de intentarlo.

Como tantos otros, fui a la orilla del río para lavarme la cara ennegrecida por el hollín en las aguas del Támesis. Allí me encontré con mucha gente de la alta sociedad, con las olas casi lamiéndoles la punta de los zapatos mientras se inclinaban hacia delante para frotarse la cara con el dobladillo de los vestidos y los puños de las mangas. Algunos tosían y lloraban, y otros se reían con esa adrenalina que provocan los desastres que se evitan por los pelos. Al levantarme, vi la figura elegante y alta de una mujer. Llevaba un cuello de lechuguilla amarillo enorme y me estaba mirando fijamente. Hice una reverencia.

—Señora Turner.

Me ofreció una sonrisa cargada de intenciones y se inclinó un poco, sin llegar a hacer una reverencia.

—Buenas noches, señor Bacon.

—Tenéis buen aspecto, dadas las circunstancias.

Dejó escapar una carcajada alegre pero cortante.

—Señor Bacon, esta noche hemos estado a punto de morir quemados en la hoguera. Si tengo las mejillas rojas, es porque nos ha faltado poco para asfixiarnos, no por el colorete ni por haberme dado pellizcos.

Dejé escapar una risa cómplice.

—¿Dónde están vuestros amigos? —le pregunté.

—¿Amigos? —me dijo con el ceño fruncido, pero debía de saber a quiénes me refería.

—El conde de Southampton y su círculo.

Sin quitarme los ojos de encima, respondió:

—Señor Bacon, incluso aquí, en medio de esta situación infernal, pensáis en política.

Le devolví la mirada, tratando de aparentar buen humor.

—Últimamente os rodeáis de personas muy selectas, señora Turner. Estoy impresionado.

—Ay, Bacon, el marginado —exclamó—, debéis de tener una muy mala opinión de mí si mi ascenso os impresiona.

¡Se estaba burlando de mí una vez más!

—Esto es Inglaterra, señora Turner, de modo que estoy impresionado, sí. Pero no pretendía insultaros.

—No —dijo, irritada—, ya sé que no lo pretendíais. No creo que ni entendáis cuál sería el insulto. Pero, por otra parte, estoy segura de que vos y yo tenemos recuerdos muy distintos de Cambridge, señor Bacon. Vos, en vuestras agujas de ensueño; yo, fregando suelos.

—Es Oxford la que se conoce como la ciudad de las agujas de ensueño, señora Turner —respondí, creyendo que llevaba ventaja en aquel juego de ingenio.

Pero la señora Turner esbozó una sonrisa misteriosa y resplandeciente y parpadeó una única vez, con pesadez, satisfecha de ver que había caído en la trampa.

—Gracias por corregirme, señor Bacon. Espero que menospreciarme de ese modo os haya hecho sentir mejor, sabiendo lo que sabéis y lo que *creéis* que yo no sé.

Me había engañado para que la tratara con condescendencia, para así poder esbozar una sonrisa orgullosa, consciente de que había ganado la partida. Recordé que le había dicho a Villiers que quienes se creían eruditos eran estúpidos. ¿Acababa de demostrar la señora Turner mi propio razonamiento usándome a mí como prueba? *¡No soy la persona que crees que soy!*, quise gritarle.

—Me interesa mucho todo lo que podáis saber, señora Turner. Cuando nos vimos por última vez, en vuestra casa de Cheapside, fingisteis saber mucho de mí.

—¿Que fingí? —exclamó, haciéndose la ofendida, pero luego se le dibujó una amplia sonrisa, con un brillo de placer oscuro en la mirada—. Veo cosas. Sé cosas. Percibo cosas.

—¿Sois mágica?

Dejó escapar una risotada cargada de sarcasmo.

—El universo es mágico, señor Bacon. Y está repleto de misterios. ¿No creéis en los misterios?

Yo, el empírico, el racional, el científico. Dejé que la pregunta se quedara suspendida entre nosotros, sin respuesta. No servía de nada contestarla.

—He soñado con vos, señor Bacon —añadió—. He tenido el mismo sueño varias veces últimamente.

—¿Conmigo, señora Turner? —respondí, arqueando la ceja—. Qué conveniente que hayáis soñado conmigo cuando hemos estado meses sin vernos, y ahora aquí estamos.

Sonrió y asintió.

—Era el universo, que me decía que volveríamos a vernos y me transmitía una advertencia que debía comunicaros. ¿No creéis en las profecías, señor Bacon?

—No creo en los juegos, señora Turner.

Se rio. Ambos sabíamos que eso no era cierto.

—Yo diría que vos creéis en los juegos más que nadie, señor Bacon. —Se dispuso a girarse sin despedirse. No sé qué fue lo que me llevó a agarrarla del brazo, pero lo hice, y la señora Turner se volvió hacia mí con una sonrisa y con un brillo pícaro en los ojos, como si se lo hubiera esperado—. ¿Queréis saber qué he soñado? Sí que creéis en los misterios y en la magia, ¿no es así, señor Bacon? —Dejó escapar una risa alegre—. He soñado que corríais peligro.

—¿Por vuestros amigos?

Se mordió el labio. Seguían brillándole los ojos, tanto que competían con la luna, que aquella noche parecía arder en llamas.

—No. Creéis que esas personas suponen un peligro para vos, pero eso es un error, señor Bacon. Para vos, el peligro procede más bien de otro lugar.

—Lo que yo creo, señora Turner, es que las personas como vos, los nigromantes, los timadores y los adivinos supersticiosos, siempre lanzan advertencias de ese tipo, tan poco precisas que pueden significar todo y nada.

Se encogió de hombros.

—Significan lo que significan, señor Bacon. Yo solo tengo los sueños; no soy yo quien los hace realidad.

—Todo el mundo quiere hacer realidad sus propios sueños —le dije.

Aquello pareció divertirla. Se inclinó hacia mí y me susurró:

—Y que lo diga, señor Bacon. Yo sí que vivo en un sueño. Soñaba con la vida que quería y logré hacerla realidad.

—Bueno, ¿y quién es la persona que supone un peligro para mí?

Volvió a encogerse de hombros para indicar que no lo sabía y se apartó.

—Ese es el misterio, señor Bacon. —Comenzó a alejarse, riéndose, y se giró una única vez—. Ese es justo el misterio.

Esa noche crucé el puente para volver a Londres y bajé a los muelles de la orilla norte del río. Allí, a oscuras, entre los barcos y las barcazas, había cuerpos por todas partes, miradas ardientes y figuras que aparecían y desaparecían en la oscuridad. Había ido hasta allí en busca de sexo, pero al final tan solo perdí el tiempo. No encontré a nadie que me gustara. Me dije a mí mismo que no era por Villiers. Que no lo era. Pero lo era. Y lo sabía. Me había estado engañando a mí mismo todo el tiempo.

Estaba enamorado de Villiers, pero era demasiado tarde. Lo había dejado escapar.

SOBRE UN ASESINATO

Y así, desprovisto de amor, retomé el trabajo. Siempre hay trabajo que hacer. Al llegar el fin del otoño, cuando las noches oscuras se vuelven más largas y frías, pasé unos días en Gorhambury con Meautys. Nos habíamos marchado de Londres para revisar todos los informes y las cuentas que había que firmar y ponernos manos a la obra con el resto del papeleo pendiente, pero no dejaba de llegar trabajo desde Londres cada día: casos judiciales, montones de sobornos, chismes de los espías, solicitudes de dinero de parte del rey y cartas de Villiers en las que me contaba sus preocupaciones sobre Robert Carr. Con las montañas de papeles delante, Meautys iba clasificando lo que había que firmar y lo que requería una respuesta por mi parte, y ambos trabajamos sin cesar. Yo le iba diciendo: «Cancela esto», «Devuelve lo otro», «Pregunta por aquello», «Sí, sí, todo bien». En aquella época, me ocupaba de un buen número de casos que los órganos jurisdiccionales inferiores habían apelado y que debía revisar, y Meautys me enseñaba las cartas que llegaban con regalos, o más bien sobornos.

A ver, nuestro mundo es un mundo de sobornos. Yo soy juez y, cuando he de ocuparme de algún caso, el demandante me envía una carta con sus argumentos junto con un saquito de oro. El demandado, al recibir la citación, redacta una respuesta y, consciente de que es probable que haya recibido oro, me la envía junto con un saquito de diamantes y perlas; nada demasiado lujoso, pero suficiente, o eso cree él, para convencerme. La mayoría de los jueces de este país aceptarían el soborno y se pondrían del lado de aquel que haya pagado más. Pero yo no, yo soy uno extraño: un profesional del derecho al que le encanta el derecho. Sí, también me encantan las conspiraciones y las artimañas; es mi naturaleza. Pero las capas, la historia, los argumentos intelectuales, el modo en que pueden construirse y reconstruirse para casos posteriores... Eso es lo que más adoro del mundo jurídico. De modo que tomo las decisiones que creo mejores y más fieles a la ley. Si falla la ley, falla la moral. Si yo le fallo a la ley, le fallo a la moral. Pero...

Siempre hay un «pero», ¿verdad? Si le dijera: «No, gracias», al primer saco de oro, el demandado protestaría a gritos: «¡Francis Bacon no es imparcial! ¡Francis Bacon ha rechazado el oro!». Y, si dijera: «No, es que yo no acepto sobornos», ambos exclamarían: «¿Y cómo podemos preparar un caso sin saber el resultado? ¿Cómo podemos fiarnos de un juez tan poco razonable? ¡Exigimos otro juez!». Siempre ocurre lo mismo. ¿Le ves el sentido? (¿Se lo ves? Si es así, explícamelo, por favor). Pero, escucha, de todos los hombres que se dedican al derecho en Inglaterra, de *todos*, ninguno ha sido nunca más honesto que yo. No rechazas el soborno, sino que lo aceptas y adaptas tu moralidad (te dejes convencer por el soborno o no) como quieras.

Cuando parecía que ya no nos quedaba más trabajo por hacer, Meautys me trajo una última carta. Me dijo que era de un espía y que provenía de los Países Bajos.

—Deberías leerla —me instó—. No estoy seguro de que sea importante. —Entonces se detuvo y me miró fijamente—. Pero creo que deberías leerla.

De modo que leí la carta, que afirmaba que un inglés había muerto de peste al pasar por Bruselas. Antes de fallecer, temeroso, había confesado sus pecados, consciente de que le quedaba poco tiempo en la Tierra y de que necesitaba salvar su alma. Aseguraba que en el pasado había sido boticario en Londres, donde, al servicio de su patrón, le llevaba venenos a una mujer de la alta sociedad. Decía que era la clase de venenos que podían emplearse para matar a alguien. El moribundo admitía que estaba seguro de que dichos venenos se había usado para asesinar a un hombre cuyo nombre creía que era Overbury. Notaba la sangre bombeándome por todo el cuerpo, y continué leyendo, intentando centrar la vista, aunque ya sabía lo que venía a continuación. La mujer en cuestión, según afirmaba el hombre, se llamaba Turner.

—¡Dios mío! —Miré a Meautys, que me devolvía la mirada con su expresión inescrutable de siempre—. ¿Será posible que...? —empecé a preguntar, pero no llegué a concluir la pregunta.

—Todo es posible, Bacon —dijo Meautys por toda respuesta.

Durante los días siguientes enviamos a varios espías a que se infiltraran en el negocio de los asesinatos de Londres. Sí, sí, has leído bien: los asesinatos son un negocio en esta ciudad. Están quienes comercian con los tipos más refinados de venenos: los boticarios; y luego están quienes hallan unos frascos más oscuros, unos que no sirven para ayudar a los hombres con sus dolores, sino que los provocan. Las alas negras de mis espías revolotearon por todo Londres en busca de todos los proveedores conocidos. Al fin encontraron en Kensington un boticario al que las mujeres de alta alcurnia solían visitar cuando sus esposos estaban por ahí follándose a sus amantes. Quiso dejar claro que nunca había hecho negocios con la señora Turner, pero que había oído rumores de que rondaba por Londres en busca de algo. ¿El qué? Arsénico, veneno de cantáridas, cloruro mercúrico... Dichas sustancias se podían añadir a la comida o a la bebida y envenenar poco a poco a alguien hasta matarlo. Según el hombre, la señora Turner había dicho que venía de parte de alguien de la corte, alguien «de lo más alto de la corte».

—¡Dios mío! —volví a exclamar.

Nos llegó más información cuando mis espías lograron adentrarse en la Torre de Londres. La condesa de Shrewsbury, una anciana que llevaba años entrando y saliendo de la Torre por su apoyo absolutamente desinteresado a su sobrina Arbella, prima del rey y rival por el trono, había expresado ciertas quejas. Afirmaba que dentro de la Torre se habían manifestado sospechas relacionadas con Overbury, quien, a pesar de haber sido un hombre joven y sano, había enfermado muy deprisa, se había vuelto gris y no dejaba de vomitar, como si lo hubieran envenenado. No dejaban de enviarle pasteles y dulces extraños que Overbury devoraba con avidez y ostentación. Incluso agonizando, a punto de morir, ansiaba hacer sentir mal a los demás. Típico de Overbury.

La condesa, a quien nada le importaba más que su sentido de la justicia, había presentado quejas severas ante el alcaide, Gervase Elwes, pero nadie había hecho nada al respecto. Al parecer, Elwes se había negado incluso a comentar dichas quejas. (¿Con alguien tan formidable y noble como la condesa de Shrewsbury?). De modo que el rumor se había extendido: Elwes y el carcelero jefe, un hombre llamado Weston, habían permitido que envenenaran al prisionero, que había acabado muriendo. En concreto, Overbury se había jactado de que los regalos que le llegaban fueran de parte de Frances Carr. De modo que todas las piezas del rompecabezas encajaban: la señora Turner había obtenido los venenos y Frances se los había suministrado en pasteles y demás dulces a su enemigo, Overbury. Pero la pregunta clave era: ¿qué sabía Robert Carr de todo aquello?

Acordé reunirme con Edward Coke en el Old Bailey. Era uno de los primeros días del año en que nevaba. Esperé en una salita en lo alto del viejo palacio de justicia, donde habría menos curiosos que nos pudieran escuchar a través del ojo de alguna cerradura o que pegaran la oreja en alguna grieta de la pared. Miré por la ventana hacia los tejados blancos de los edificios, cubiertos de nieve fresca. Diez minutos después, oí a varios hombres rudos que gritaban en la calle: «¡Que Dios os acompañe, juez Coke!» y «Seáis bienvenido, señor Coke». Gruñí para mis adentros. Cómo le gustan los torturadores a la plebe, sobre todo los de los débiles... Un minuto después, se abrió la puerta de golpe (Coke nunca llamaba) e irrumpió en la sala con su presencia pesada, su pelo negro ondeante, su larga barba gris a lo Matusalén y sus ojos redondos y oscuros, cargados de furia innata y perpetua.

—¿Qué ocurre, Bacon? ¿Qué estupideces os traéis entre manos para querer reuniros conmigo aquí en lugar de en Whitehall?

Le conté lo que sabía sobre las acusaciones relacionadas con la muerte de Overbury. No entendió la importancia de lo que le estaba explicando. El alcaide de la Torre de Londres, junto con su carcelero, había encubierto el envenenamiento de un cortesano abatido a instancias de una mujer de la alta sociedad, la señora Turner, de la que afirmaba no haber oído hablar jamás.

—¡Ay! —exclamó Coke—. Toda esta cháchara solo les resulta interesante a los extravagantes como vos, Bacon.

Con «extravagante» quería decir afeminado, o quizás, más bien, degenerado. Los «hombres normales» te insultan y luego, si reaccionas, hacen como que eres tú el que lo ha entendido mal. De modo que no me inmuté.

—Coke, dejad que lo intente de nuevo. La señora Turner, íntima amiga de la condesa de Somerset, ha suministrado veneno para matar a Overbury, íntimo del conde de Somerset. Y aquí es donde la cosa se complica: la condesa y Overbury se odiaban. El conde de Somerset y, sin duda, el conde de Suffolk, quien ahora es su suegro, temían que Overbury poseyese información que pudiera impedir el matrimonio, información que arruinaría el proceso de divorcio: que Frances llevaba meses follando con Robert Carr.

Coke dejó escapar un grito ahogado.

—Pero ¡si me convenció de que era virgen! —exclamó, y yo, que había sido el artífice de aquel engaño, esbocé una sonrisa dulce.

Coke estaba hecho un basilisco.

—¿Qué tipo de pruebas hay contra los Carr?

A decir verdad, como mucho eran circunstanciales. O, desde otro punto de vista, claramente escasas.

—Podemos arrestar a Turner y a los funcionarios de la Torre sin problema.

—¿Y qué es lo que queréis que haga yo? —me preguntó.

—Que os encarguéis de las primeras etapas del proceso judicial. Y con suerte, del resto, si es que llegamos tan lejos. Yo me encargaré de la investigación.

Me miró sin ocultar su desprecio.

—¿Por qué no lleváis *vos* el caso?

Supuse que me lo preguntaba por hacer el paripé.

—Sabéis muy bien por qué.

—Porque no queréis que se revelen las motivaciones políticas del juicio. No queréis que os culpen por la caída de Carr cuando queréis que todo el mundo admire vuestra *imparcialidad*.

Todo el mundo sabía que odiaba a Carr y que él me odiaba a mí. Y todo el mundo sabía que me encantaría ver a los Howard destruidos. Pero, al igual que la mala hierba, que nunca muere, es imposible acabar del todo con las familias aristocráticas. Lo que quería en realidad, al igual que con el caso del divorcio, era dejar que Coke fuera el rostro visible del juicio mientras yo manejaba los hilos desde las sombras. Era lo mejor para todos.

—¿Y qué dice el rey de todo esto? —me preguntó.

—Es el rey quien me manda —mentí (era una mentira necesaria)—. ¿Lo haréis, Coke? El rey necesita una respuesta firme.

Esa tarde le pedí a Villiers que viniera a verme en privado. Propuso encontrarnos en un cuartito con vistas al patio de Whitehall. Cuando lo encontré, vi que no había casi muebles, tan solo unas cuantas sillas, y las paredes estaban desnudas; todo muy diferente de la fastuosidad del resto del palacio. Villiers me estaba esperando dentro, apoyado en el alféizar de una ventana. El manto de nieve se había derretido; en Londres nunca dura demasiado. Una luz suave y pálida que provenía del río le iluminaba el cuello de lechuguilla amarillo azafrán y el traje de seda azul claro y los volvía más bellos aún. Me ofreció una sonrisa amable al verme. Recordé lo bien que se había portado conmigo el día después de que me robasen, y en ese momento parecía mostrar la misma ternura. Llevábamos bastante tiempo sin estar a solas, y ahora que lo estábamos me sentía nervioso, imprudente, quizá. Sentía los latidos en el pecho cargados con el peso del amor que había dejado escapar.

—¿Cómo estás? —me preguntó en cuanto entré.

Me giré para cerrar la puerta tras de mí.

—Bien, estoy bien. He estado trabajando mucho.

—Claro, como siempre. Te pasas la vida trabajando.

Me sonrió con ternura, burlándose de mí sin maldad.

—Tengo noticias —le dije.

Dejó caer la cabeza hacia atrás y la apoyó contra el cristal de la ventana mientras me miraba con una sonrisa confusa. Me estaba mirando a los ojos, y me sentí atraído por él una vez más. Carraspeé y comencé a contárselo todo. Le cambió la expresión de inmediato y despegó la cabeza de la ventana, inquieto.

—¿Qué significa eso? —me preguntó.

—Significa que, con un poco de suerte, podremos librarnos de los Carr.

Al oír aquello, su actitud pasó de la incomodidad a una extraña exaltación. Se puso en pie.

—¿Qué quieres decir con librarnos de ellos? ¿Que puedes condenarlos por algo?

Me encogí de hombros.

—No lo sé. ¿Por qué estás tan exaltado?

—¿Que no lo sabes? —exclamó—. ¿Exaltado? ¡Quiero que desaparezcan! Quiero que… —Respiró hondo—. Que Carr desaparezca. Así que tienes que condenarlos.

—No sé si es necesario condenarlos. Creo que podemos intentar…

—¿Qué quieres decir con que no es necesario condenarlos, Bacon?

Me irritaba que usara mi apellido de ese modo, aunque había sido yo el que le había pedido que me llamara así.

—Bueno, creo que el escándalo que se desatará será suficiente para obligar a los Carr a retirarse. El rey los expulsará de la corte. Llevarlos a juicio sería un riesgo. Puede que no ganásemos.

—O sea, que no crees que *puedas* condenarlos, ¿no?

—A quienes cometieron el asesinato, desde luego. A los Carr..., tal vez.

—¿A quién le importa las personas que hayan cometido el asesinato? Quienes nos importan son los Carr.

Ante aquello, me metí en el papel del moralista jurídico que era.

—Bueno, al fin y al cabo, hay un hombre *muerto*. —Me lanzó una mirada que podría agriar la leche—. Tengo que hablar con el rey —le dije—. Necesito que coopere con nosotros.

Volvió a cambiar de actitud y asintió, conforme.

—Esta noche iremos a Windsor. Habla con él allí, por la mañana temprano. No vengas con nosotros; has de llegar pronto y agitado, incluso aunque hayas pasado la noche en una casa de huéspedes de la ciudad. Haz como si hubieras salido a toda velocidad de Londres para transmitirle la noticia del asesinato.

Me reí un poco.

—Eres todo un conspirador.

Me sonrió con orgullo.

—Me has enseñado bien.

De repente oímos pasos al otro lado de la puerta y vi que Villiers se asustaba.

—No pueden atraparme aquí contigo. Correrían rumores de todo tipo —me dijo y se dispuso a marcharse.

En el último momento, le dije:

—No le digas nada al rey. Deja que lo haga yo, que parezca urgente, como si no tuviésemos ningún plan. Que lo tome por sorpresa.

Villiers se giró y me estudió con la mirada. No lograba descifrar su expresión. ¿En qué estaría pensando? Asintió una única vez y se marchó, y en cuanto salió al pasillo oí a un criado exclamar:

—¡Lo siento, señor!

Villiers le dijo algunas palabras amables para reconfortar al hombre. Mientras se iba alejando, oí que le decía al criado que necesitaba ayuda en otro piso y le pedía que lo acompañara, para que así pudiera escapar yo también de allí.

A la antigua reina le encantaba Windsor. Los muros altos e impenetrables la hacían sentirse segura. Al igual que la del rey Jacobo, su infancia estuvo marcada por las pérdidas y los peligros. Ahora el rey casi nunca iba por allí, ya que le parecía un lugar frío y sombrío, con unas torres oscuras y unos muros de piedra desnuda que le recordaban demasiado a los castillos escoceses gélidos de su triste infancia. El castillo era demasiado pequeño, y los aristócratas siempre se peleaban por los aposentos. Pero el hecho de que fuera tan pequeño significaba que podía quedarse allí sin su corte para entregarse a la bebida y a la caza, y a veces a sus nuevos amores. La falta de refinamiento puede tener ciertas ventajas. (Claro, que soy *yo* quien lo dice).

Antes del amanecer, viajé en barcaza río arriba, la ruta más segura. Cuando empezó a salir el sol, el agua se cubrió de una bruma blanca. De repente aparecían barcos por aquí y por allá, a solo unos metros de nosotros, y volvían a desaparecer. A medida que nos alejábamos de Londres en dirección al oeste, las orillas del río se iban convirtiendo en bosques. De tanto en tanto veíamos a gente del campo observando la barcaza desde la orilla, como fantasmas ancestrales. No es inusual que se lancen a las barcazas, que las asalten y las roben, pero aquella mañana se limitaron a contemplarnos mientras avanzábamos.

Al llegar a Windsor, el castillo estaba sumido en el silencio. Entré sin alardes, me llevaron a los aposentos reales y me pidieron que esperara. Se empeñaron en dejarme claro que el rey no se había levantado aún. Insistí en que lo que tenía que comunicarle no podía esperar, de modo que me dejaron pasar y hallé al rey y a Villiers aún en camisón. El rey estaba sentado mientras le vendaban el pie ulceroso, y Villiers seguía tumbado en la cama. La habitación olía a podrido, con ligeros toques de sexo aún en el ambiente. Villiers tenía la mata de pelo alborotada por haber dejado la cabeza apoyada contra la almohada. Me estremecí al ver con mis propios ojos la fría realidad, lo que el rey y él eran. Sentí un dolor intenso en el pecho que me tomó por sorpresa. Me imaginé al rey sobre Villiers, cubriéndolo de babas, con el aliento a vino, la barriga hinchada por la bebida y el pie cubierto de úlceras en carne viva, y sentí lástima. La felicidad que había experimentado Villiers conmigo en Gorhambury había sido tan pura... Pero, para mi sorpresa, también sentía rabia, de un modo que no había sentido hasta entonces.

—¡Ah, *Beicon*! —exclamó el rey.

Hice una reverencia y permanecí en silencio. Villiers cambió de posición en la cama, pero no me atreví a volver a mirarlo, a ver su cuerpo en aquel camisón, su belleza bajo un velo que tal vez me revelase su silueta, a mí, que ya no soportaba verla.

Le pregunté al rey si podía pedirles a los criados de la alcoba real que se marcharan; si yo podía tener un espía allí, cualquiera podría haber infiltrado a otro. Cuando nos quedamos solos los tres, el rey, Villiers y yo, le conté al rey *casi* todo lo que sabía. Al cabo de un rato, alzó la mano para que me detuviera y durante un momento creí que iba a decirme que me callara, que no quería saber nada más. «¡No pienso oír una acusación así de mi Rabbie!». Pero el rey desvió la mirada hacia Villiers.

—Georgie ya me lo ha contado todo.

Atónito, miré a Villiers, que no me devolvió la mirada. Le había pedido que no le dijera nada. ¿Había empezado a desobedecerme como si nada? El rey siguió hablando:

—¡Ya sé que Rabbie y su esposa son quienes están detrás de todo este maldito plan nefasto!

Cual felino, Villiers se acercó al asiento del rey y se apoyó en uno de los reposabrazos. Aún en silencio, posó la mano sobre el hombro de su amante. Vi que el rey movía la mano hacia la suya, y Villiers seguía sin mirarme a los ojos.

—Bueno —comenzó a decir el rey—, ¿y qué opinas, *Beicon*? ¿A quién le va a importar el repugnante de Overbury?

Hablé despacio, muy serio, a pesar de que estaba furioso con Villiers por haberme desobedecido.

—Pues es importante, majestad, porque ya he me ha llegado la historia desde distintas fuentes. Los asesinos han dejado sus huellas por todas partes. Tarde o temprano todo saldrá a la luz, y si se revela que conocíais los hechos, o incluso si la gente opina que sois cómplice, dado que los asesinos de Overbury siguen vivos y la justicia no los ha castigado, será perjudicial para vos. No solo en las calles de Londres... —Hice una pausa—, sino también para vuestra reputación internacional.

El rey palideció.

—¡Todo el maldito continente me adora! ¡Allí todos los cabrones piensan que soy el mejor!

—Es cierto, majestad, pero así podremos ser quienes expongan el crimen, quienes lo procesen y quienes impongan la sanción. De ese modo, tendremos el control de la información, en lugar de que nos tome por sorpresa cuando acabe saliendo a la luz. —Me detuve un momento antes de añadir—: Lo cual ocurrirá, tarde o temprano.

El rey se llevó los dedos a los labios, con los ojos muy abiertos.

—De acuerdo, podemos acabar con esos donnadies. A nadie les va a importar lo más mínimo esos cabrones. Incluso les entretendrá un poco el domingo a la plebe —dijo con frialdad—. Pero ¿qué ocurrirá con Rabbie y su mujercita?

—Podemos llevarlos ante la justicia. Edward Coke puede ser el juez del caso. Vos sois el rey, así que podéis perdonarlos o desterrarlos, si lo deseáis. Podrían retirarse al campo. Soy consciente de que antes queríais mucho al conde de Somerset. Podéis dejar que se aleje de la corte sin más, si eso es lo que deseáis.

Percibí un ligero movimiento de Villiers; irguió un poco la espalda. El rey contrajo el rostro.

—No soy como mi viejo tío Enrique —declaró con ese acento escocés tan marcado—, que les cortaba la cabeza a quienes ya no quería. Si podemos dejar que Rabbie tan solo se esfume, puede que sea la mejor opción.

Villiers movió la mano, que aún mantenía apoyada en el hombro del rey. El rey la miró y luego alzó su propia mano para agarrarla.

—Soy un hombre muy *moderno*, Beicon. Un hombre muy *progresista*.

Uf, se había apropiado de las palabras que yo utilizaba siempre para hablar de mí mismo y las estaba usando para hablarme de él... Se llevó los dedos de Villiers a los labios cubiertos de vino y los besó.

—¿Qué opinas, mi pequeño?

Villiers estaba allí plantado, con el camisón y el pelo alborotado (por haber estado durmiendo o por haberse acostado con el rey), como un ángel astuto y desaliñado.

—Creo que deberíamos matarlos.

Lo dijo con tanta calma que tardé un momento en darme cuenta de que lo había dicho siquiera. Lo miré, aturdido e incrédulo.

—¿Qué? —susurré.

Había olvidado incluso la presencia del rey.

Villiers desvió la mirada hacia mí y dijo muy despacio:

—Bacon, me parece que deberíamos matar a los Carr. Sería la mejor opción.

No soy un hombre que se escandalice con facilidad. Lo único que me impresiona es lo profunda que puede llegar a ser la estupidez de los hombres. Pero en ese momento sentí que incluso se me desencajaba la mandíbula. Villiers se arrodilló al lado del rey, aún con los dedos entrelazados.

—Creo, padre, que el conde de Somerset y su esposa han cometido un pecado muy grave por el que deben pagar. Creo que lo correcto es castigarlos como se castiga a los asesinos, según la ley. Y, si mueren, todos —volvió a clavarme la mirada en los ojos— nos sentiremos más seguros. Y vos quedaréis como un rey defensor de la justicia, porque, a pesar de que Overbury fuera tan repugnante, ¿es justo que haya muerto así? ¿Envenenado? Al fin y al cabo, ¿no le tememos todos al veneno?

Aquel discurso fue una jugada maestra del control. A los reyes les aterra el veneno. Es su mayor temor: que un día alguien les eche unas gotitas en la copa. Catalina de Médici, la antigua y abominable reina de Francia, puso veneno en los regalos que les hacía a sus viejos amigos, en el interior de los libros e incluso en los forros de los guantes. Sí, que Villiers mencionara el veneno había sido una jugada magistral. (Debería haberme impresionado). Estaba recurriendo al terror más profundo de la realeza: «Hay envenenadores sueltos, y están cerca, muy cerca. Vos seréis el siguiente, majestad».

El rey levantó un dedo y exclamó:

—¡Ah, no! ¡¿Veneno?! ¡Cuánta razón tienes, Georgie, pequeño! ¡Eres el muchacho más dulce y gentil del mundo! —Dejó escapar un suspiro profundo—. *¡Beicon!* Todo el peso de la ley debe caer sobre los Carr. —Entonces abrió los ojos de par en par, tan grandes y redondos como peniques—. ¡Deberíamos matar a esos desgraciados, a esos bastardos!

Y mientras tanto Villiers no apartó la mirada de mí.

Durante las horas siguientes, la ira bullía en mi interior. No dejaba de ensayar mentalmente los sermones que pensaba darle, en los que le reprendía y le advertía que tenía que hacerme caso, y le revelaba lo que sentía y luego lo negaba.

Aquella noche se iba a celebrar un banquete con motivo de la autorización de una nueva expedición colonial en América. Como estábamos en Windsor, no se trataba una gran celebración (para los estándares de la corte) y el ambiente era informal, lo cual era otra manera de decir que todos se emborracharían aún más de lo habitual. Mientras me paseaba entre la multitud, dándoles las buenas noches tanto a quienes me tenían estima como a quienes me odiaban, no dejaba de buscar con la mirada a Villiers, furioso.

Debería haberme alegrado al ver al resto de los invitados. Había algún que otro miembro del círculo de los Howard, pero no demasiados, y ni los Suffolk ni los Somerset habían acudido. Se comentaba que Carr estaba en Londres, enfurruñado porque quería que el rey fuera a Theobalds, para que sus rabietas tuvieran un público más amplio. Además Windsor era demasiado frío y lúgubre. Debería haberme alegrado, pero estaba enfurecido.

Al poco tiempo todo el mundo estaba hasta arriba de vino y de brandi, con la mirada perdida, pero yo no había bebido casi ni un sorbo. Hallé un criado y le pregunté dónde estaba Villiers, pero me contestó que no pensaba acudir al banquete. Al parecer, no se encontraba bien y le había pedido al rey que lo excusara. En ese momento me di cuenta de que me estaba evitando, pero no pensaba darme por vencido. Subí a la alcoba real en su busca.

Los pasillos de Windsor estaban sumidos en la oscuridad y vacíos, puesto que la mayoría de la gente estaba en el banquete. Había algún que otro criado sentado, charlando, jugando a los dados o devorando sobras en su rato de descanso, y se volvían distraídos hacia mí al pasar por delante de ellos. Al fin, llegué a la puerta de la alcoba real y llamé.

—Soy Bacon —me anuncié, pero nadie respondió—. ¡Francis Bacon!

La puerta se abrió y apareció Villiers. Eso significaba que no había criados en la habitación.

—Buenas noches, *Francis Bacon* —dijo—. Será mejor que entres.

Se apartó para dejarme pasar y pude comprobar que, en efecto, estaba solo. Al fondo de la sala estaba la cama real, con las cortinas atadas a los postes y colocada sobre una plataforma elevada que quedaba por encima del nivel de los alféizares de la las ventanas. Por lo demás, la habitación estaba casi vacía, salvo por unas mesitas y unas sillas, y por las camas de paja en las que dormían los caballeros que acompañaban al rey, todos menos Villiers, claro, que dormía con el rey todas las noches; ahora él era la verdadera reina de Inglaterra.

Me quedé mirándolo. Estaba a medio vestir, con una camisa de seda color crema desabrochada y sin remeter, con el pelo más alborotado de lo que lo había visto en mucho tiempo y los pies desnudos, sin calcetines siquiera. Y aun así, sin duda, seguía deseándolo. Había un carrito cerca de la cama real con la cena, carne asada fría, fruta confitada, pan y vino, junto con dos copas de cristal, una de ellas medio llena. Villiers había bebido, pero no estaba borracho aún. Era posible que, en todo el castillo, él y yo fuéramos los únicos que estábamos sobrios. Cerró la puerta cuando entré y echó la llave.

—Ni siquiera tienes un criado aquí contigo —le dije.

—Estás enfadado conmigo. —Me giré para mirarlo—. Y lo entiendo, Francis.

—Bacon.

Sacudió la cabeza.

—Francis. La verdad es que para mí siempre vas a ser Francis.

Volví a mirar al carrito.

—¿De quién es esa otra copa?

Se quedó mirándome durante un momento.

—Tuya. ¿Nos sentamos?

—¿Cómo sabías que iba a venir?

—Ay, Francis, pues claro que lo sabía.

¿Se estaba burlando de mí?

—¿Por qué quieres matar a los Carr? A mí no me parece necesario. Nunca habría imaginado que querrías tomar una medida tan dura.

Bajó la mirada hacia el suelo, no de manera evasiva, sino como si estuviera triste. Aún podía ver en él, en todo lo que se había convertido, en la adorada novedad en el corazón del castillo, a la misma persona que había sido antes, en Apethorpe y Gorhambury. De repente volví a notarle aquella preocupación que a veces mostraba.

—Tengo miedo —me dijo—. Carr sigue firme en su puesto. Me da miedo que todo pueda volverse en mi contra. En nuestra contra. No tengo demasiada confianza en que vaya a salir todo bien. ¿Cómo podría confiar alguien en eso? Confié en ti, te dije que te quería y me rechazaste.

Me sorprendió que me dijera aquello. Tenía los ojos llorosos y se los enjugó con el dorso de las manos para ocultar que estaba llorando, a pesar de que era más que evidente.

—Villiers…

—¡Georgie! —me espetó—. ¡Podrías llamarme Georgie! ¡Llámame por mi nombre, aunque solo sea una vez! ¡No soy solo un conocido para ti! ¡Soy alguien que te ha amado! La única persona que te ha amado. ¡Y me llamas Villiers, como si fuera tu sirviente!

Su emoción me envolvió como una serpiente que se enroscaba alrededor de mi cuerpo, retorciéndose y cubriéndome por completo. Quería tranquilizarlo, pero empezó a balbucear sobre lo que le depararía el futuro si Carr no desaparecía. Y luego volvió a hablarme de lo mucho que me había amado y a decirme que, por él, se habría quedado en Gorhambury. Me dijo que sentía que tenía que protegerse.

—¿De quién? —le pregunté.

—¡De ti!

—¡¿Qué?!

—De ti, de quien me ha llevado al borde de mi propia muerte.

Dejé que sus palabras se quedasen suspendidas en el aire. Había sido muy cruel, muy injusto.

—¿Lo decías en serio? —le pregunté. Vi en su rostro que no me estaba entendiendo—. Cuando decías que estabas enamorado de mí, ¿lo decías en serio?

Volvió a mirarme con una sonrisa débil y triste.

—Aquel día en Greenwich me rompiste el corazón. —Sacudió la cabeza, envuelto en una niebla de emociones—. Fue el día en que me di cuenta de que nunca te enamorarías de mí.

Le había hecho mucho daño. Le había hecho cosas que no debía, y por mi culpa estaba en una situación que no se merecía.

—Y supongo que ahora me odias, ¿no? —le dije.

Se quedó paralizado.

—No, Francis. Estoy enamorado de ti.

Sentí que los músculos de la espalda se me agarrotaban y luego se me relajaban. Sentí que se me liberaba la tensión de los antebrazos y las muñecas. Debía recordar quién era, quién había sido antes de... todo aquello.

—No voy a matar a los Carr —dije con frialdad.

—¿Es esa tu respuesta a todo lo que te acabo de decir? —Dio un paso hacia mí, para besarme, pensé, pero no fue así. Me acercó mucho la cara y la boca, con los labios entreabiertos—. ¿Para ti solo he sido este plan? ¿Solo he sido un plan? —Mientras hablaba le temblaba la cabeza de un modo casi imperceptible—. ¿Era eso todo lo que teníamos, un plan?

—No he entendido nunca cómo podía amar alguien como tú a alguien como yo. Eres tan hermoso, y yo...

Se me quebró la voz. Estábamos mirándonos el uno al otro, y sentía como si estuviéramos solos, no únicamente en esa habitación ni en ese castillo, ni siquiera en ese reino, sino en todo el universo, como dos amantes. Sabía que era yo quien lo había llevado hasta ese mundo, y sabía lo mal que lo estaba pasando. Quería protegerlo. Entendía por qué quería matar a los Carr, por qué sentía que eso formaba parte de las reglas de aquel lugar. Quería que se sintiera a salvo.

Fui yo quien se acercó, quien lo besó. Sus labios sabían a vino, dulce y fragante. Oí una risita de felicidad en la garganta de Villiers mientras me devolvía el beso y abría cada vez más la boca contra la mía. Lo empujé hacia la cama y al momento nos estábamos besando intensamente. Villiers empezó a desvestirse.

—Te amo, Georgie —me oí decir—. Te amo.

«Te amo». Eran palabras indecibles, palabras impensables, pero admitidas en esa situación. ¿Que qué sentí cuando salieron aquellas palabras de mi boca por primera vez en toda mi vida? Terror. Un peligro embriagador. Nada más pronunciarlas, oí un ligero suspiro escapar de su garganta y sentí cómo presionaba el cuerpo contra el mío, justo allí, en esa cama.

—No podemos hacer esto. Aquí no; podría venir alguien —le dije, y me intenté apartar de él, pero tiró de mí una vez más.

—Fóllame, Francis —me pidió mientras abría los labios, pegados a los míos.

—No podemos. Aquí no...

—Está la puerta cerrada con llave. Fóllame... Por favor... Fóllame, para que sepa... Necesito saberlo...

—¿Qué necesitas saber?

Inspiró y espiró, y lo sentí en mi propia boca.

—Que era real —susurró, y aquellas palabras me hicieron perder el control.

Después, nos quedamos acostados juntos en la cama del rey. Tenía el brazo echado sobre él y la erección, aún más o menos firme, pegada contra su muslo. Respirábamos al unísono. Villiers se giró hacia mí y se quedó bocarriba, conmigo encima. Empezó a hablar:

—¿Crees que, si el rey muriera, podríamos marcharnos de la corte, ir a Gorhambury y vivir allí para siempre?

—¿Como el matrimonio de campo del que hablabas? —le dije.

—Sigo pensándolo cada día —contestó, y pude oír la tristeza en su voz. Habría dado cualquier cosa para que dejara de sentirla—. Ojalá pudiéramos volver. ¿Crees que es imposible?

—Yo ya no sé qué es posible y qué no —respondí, pensando que estaba siendo sincero, pero no pareció reconfortarlo.

—Ojalá lo supieras.

—Siempre te protegeré —le aseguré, lo cual no era una respuesta demasiado apropiada.

—Por el plan…

—¡No! —exclamé—. Porque te amo.

Se giró del todo hacia mí para que estuviéramos cara a cara.

—¿Qué? —susurró, contento de que le dijera las palabras que tanto había esperado.

Le brillaban los ojos y empezó a sonreír; no era una sonrisa astuta, sino una tímida y feliz, muy feliz.

—No quiero matar a los Carr, pero es necesario —dijo—. Es la única manera de estar a salvo. —Su determinación me impactó—. Es la única manera —repitió y, al ver que me quedaba mirándolo, parpadeando, me sonrió.

—De acuerdo —respondí.

Incluso mientras lo decía ya sabía que no estaba haciendo lo correcto, pero a veces, por amor, la gente hace lo que no debe. Y mucho más.

SOBRE EL SIGNIFICADO DE UN CUELLO DE LECHUGUILLA AMARILLO EN UNA FRÍA MAÑANA DE INVIERNO

Primero arrestaron a los funcionarios de la Torre de Londres. Todo ocurrió bajo el cobijo de la noche, para que nadie lo presenciara. Mientras unos hombres que llevaban pañuelos negros para cubrirse la boca y la nariz inmovilizaban a sus esposas y les apuntaban a la cabeza con pistolas, atraparon a Elwes y a Weston y los llevaron a la misma Torre que en el pasado habían custodiado. Los demás presos debieron de quedarse anonadados al verlos llegar, a través de las rejas de sus celdas, como reclusos y no como guardias. ¿Olerían Elwes y Weston sus propias muertes? El juego continuaba, y la partida había dado un nuevo giro.

Y, al amanecer, les llegó el turno a los jugadores más importantes. Primero arrestaron a la señora Turner, justo cuando salía el sol, aún en camisón y descalza pero, según los informes, sin mostrarse sorprendida. No dijo nada, no admitió nada, tan solo permaneció en silencio mientras se dirigía hacia el destino que la esperaba. Encontraron paquetes de varios venenos en su caja fuerte. Había cloruro de mercurio; veneno de cantárida o mosca española, un conocido afrodisíaco cuando se administra en dosis pequeñas que puede resultar mortal en las cantidades que poseía la señora Turner; y una ampolla de metal vacía que olía un poco a ajo, que es como huele el arsénico cuando se calienta ligeramente, cuando se lo añades por ejemplo a un pastel y se hornea. Lo que resultó más llamativo fue que encontraron también una carta dirigida a Gervase Elwes. Era de parte de Frances Carr, y le daba instrucciones sobre cuándo entregarle a Overbury los dulces y cuándo llegarían más. Aquella fue la primera prueba contundente. No estaba claro si la señora Turner se había guardado la carta, en lugar de entregársela a Elwes, por si alguna vez necesitaba chantajear a Frances.

Y esa es la realidad de la amistad en el ámbito del poder: siempre has de tener algo que te proporcione una ventaja.

Por la mañana también arrestaron a los Somerset. A Carr lo llevaron a la Torre entre patadas y gritos, mientras exigía ver al rey.

—¿Sabe él esto? —chillaba una y otra vez, cada vez más desesperado e incrédulo—. ¿Lo sabe? ¡¿Lo sabe?!

Dado que Frances estaba embarazada, y en un estado muy avanzado, la retuvieron bajo arresto domiciliario en sus aposentos de Whitehall. Nadie podía ir a visitarla sin mi permiso. Su padre, el conde de Suffolk, acudió varias veces y siempre se le denegó el paso. Me escribió cartas insultantes en que me criticaba y me recordaba quién era. E ignorar todas y cada una de sus palabras me llenaba de placer. Era importante no responder a sus cartas. Poco después me enteré de que algunos de los Howard habían abandonado Londres y se habían retirado a sus casas de campo. El pánico se estaba extendiendo. ¿Recordaría Suffolk el día en que me había amenazado con apuñalarme?

¿Acaso no sabía que los maricones también saben contraatacar?

Al día siguiente decidí ir a ver a Frances para interrogarla, al igual que había hecho en el pasado, aunque en circunstancias muy distintas. Atravesé los campos de las afueras de Londres en dirección a Whitehall. No es un trayecto muy largo, y fui caminando a toda velocidad hacia… No sabía hacia qué; tal vez hacia algo que me acercara a la verdad. Mientras recorría la calle Strand, cuando Whitehall ya estaba casi a la vista, pasé por York House. Hacía poco, el rey me había preguntado si había alguna propiedad en Londres que quisiera y que se adaptara mejor a mi posición que mis aposentos en Gray's Inn. De repente pensé en lo que me había preguntado Villiers: cuando todo pasara, ¿qué haríamos? ¿Quiénes seríamos? ¿Viviríamos allí juntos, en

York House, como marido y mujer? Por supuesto, aquello no era más que una fantasía, pero una preciosa.

En los aposentos de los Somerset, un ujier me condujo en silencio a la sala de visitas, donde estaba sentada Frances, esperándome. Se levantó en cuanto me vio aparecer, con los ojos rojos y llorosos. El hombre me anunció, pero Frances le gritó que ya sabía quién era y lo echó de allí. Llevaba un vestido en un tono lila grisáceo muy bonito y claramente caro, holgado por la barriga, con una cofia de encaje blanco. El cuello de lechuguilla que llevaba ahora era blanco y sencillo, y por un motivo evidente: para desvincularse de la señora Turner. (Aunque con eso no iba a bastar; iba a necesitar ser un poco más lista). Cuando me vio, le tembló el labio durante un momento. Debía de saber que yo era, al menos en parte, el artífice de sus desgracias. Mientras me miraba con aquellos enormes ojos azules anegados de lágrimas, susurró:

—Ay, Bacon. Cómo me alegro de ver a un amigo.

¿Un amigo? Me preguntaba si estaría siendo sarcástica o estratégica. No perdía nada por intentar hacerme pensar que se lo creía de verdad. Tal vez me apiadara de ella y decidiera ayudarla.

—¿Para cuándo se espera al bebé? —le pregunté.

—La comadrona dice que aún quedan unas seis semanas, más o menos. —Hizo una pausa—. ¿Crees que esperarán hasta que nazca para colgarme?

—¿Quién dice que van a colgaros, lady Frances?

Se llevó la mano al cuello.

—¿Me cortarán la cabeza? —Parpadeó con pesadez y una única lágrima le recorrió la mejilla, solo una—. A mis primas las decapitaron. —Se refería a Ana Bolena y Catalina Howard—. Y a mi abuelo y a mi bisabuelo. —El conde de Surrey y el duque de Norfolk, a quienes habían ejecutado por traición bajo el reinado de Enrique y su hija, la reina Isabel: un padre y un hijo asesinados por un padre y una hija. Frances soltó una risa triste—. Creo que, en el caso de los Howard, la decapitación es uno de los gajes del oficio.

A pesar de lo macabra que era su broma, me hizo gracia. Durante un momento sentí compasión por ella, pero luego recordé que había dejado que el veneno quemara poco a poco las paredes del estómago de Overbury.

—Lady Frances —comencé a decir—, si me decís la verdad, intercederé por vos ante el rey. Creo que no tiene intención de mataros, quizá incluso esté dispuesto a indultaros. —Frances abrió los ojos, sorprendida. Pero he de confesar que necesitaba tenerla aterrada—. Frances, ¿puedo hablaros con franqueza y sin ofenderos? —Me respondió que sí, vacilante; a los aristócratas les gusta elegir por sí mismos cuándo se sienten ofendidos y cuándo no—. El rey estuvo enamorado de vuestro esposo durante mucho tiempo. El conde, Robert, era una persona muy valiosa en su vida. Si Robert lograse entender cómo usar ese valor, lo mucho que significa para el rey, podría salvarse a sí mismo… y a vos.

Le dio vueltas durante un momento, mientras se masajeaba la barriga por instinto.

—¿Qué recomiendas que hagamos, Bacon?

Suspiré, fingiendo que no lo había pensado seriamente aún. Pero por supuesto que lo había pensado.

—Yo confesaría que estaba al tanto del plan. Hay muchas pruebas contra vos que demuestran que erais consciente de él. —En realidad, tampoco había demasiadas: la carta dirigida a Elwes, los rumores de la Torre y poco más. Los venenos de la señora Turner tan solo la incriminaban a ella, pero Frances no era abogada. Podía explotar su vulnerabilidad, como quien sostiene un trozo de pan ante un animal asustado para convencerlo de salir de su escondrijo—. Si fuera vos, me pondría a merced del rey. Confesadlo todo: decid que os engañaron; que os hechizaron, puesto que al rey le gustará oír eso; y que la señora Turner y sus aliados, que ya están prácticamente muertos, fueron los verdaderos autores del crimen. —Nada de aquello parecía ofenderla; no se la veía preocupada ante la idea de que su amiga fuera a morir—. Pero hay una cosa más que debéis hacer, y es muy importante. —¿Me estaría excediendo? ¿Acaso podía justificar que fuese tan importante? Lo que iba a pedirle era importante para mí, pero acabaría con Carr. El resto me importaba un bledo; era Carr a quien necesitaba destruir. ¿Se volvería Frances contra su esposo en el último momento para salvarse a sí misma, al igual que había hecho con la señora Turner? Le sonreí—. Debéis decir que Robert estaba al tanto del complot para asesinar a Overbury.

En un acto reflejo, dejó escapar un suspiro repentino e intenso con el que me dejó ver su rechazo.

—¡No, jamás!

—¿Acaso no estaba al tanto? —Frances no me respondió—. ¿Lo estaba o no, Frances? ¿Lo estabais vos? —Seguía sin contestar. Era el momento de recurrir al miedo—. Cada día que pase y sigáis negando la verdad, estaréis apartando al rey de vuestro lado. ¿Se os han olvidado vuestras primas, Frances? ¿Habéis olvidado a Ana Bolena y a Catalina Howard? No murieron solas, ¿sabéis? Con ellas murieron hombres inocentes a quienes ahorcaron, arrastraron y descuartizaron, con excusas inventadas, tonterías sobre amantes y conspiradores. Si os negáis a ayudar, estaréis condenando a vuestro esposo a ese mismo destino.

La vi tragar saliva.

—¡No se atreverían a hacer algo así a un conde de Inglaterra!

—Quizá a un Howard no —contesté, ofreciéndole un rayito de esperanza para ganármela—. Pero, si Coke determina que matasteis a Overbury porque iba a revelar que Robert y vos erais amantes —ante aquello, abrió los ojos de par en par; ¡al fin un gesto delator!—, vuestro divorcio quedaría anulado, porque no erais virgen. Lo cual significaría que no estaríais casada con Robert, ya que nunca habríais llegado a divorciaros. Entonces, por pura lógica, Robert no se habría convertido legalmente en el conde de Somerset, ya que su título ha sido un regalo de boda y vuestra boda no se consideraría auténtica, y el rey lo anularía y lo revocaría todo, y —le señalé el vientre abultado— vuestro bebé sería su hijo bastardo. Robert Carr, un mero plebeyo, no solo habrá cometido un asesinato, sino que habría engañado al rey varias veces, y sería acusado de traidor, además de asesino. ¿Y cómo se castiga a los traidores en Inglaterra? —Estaba empleando todas mis dotes de orador, como uno recién salido de la Roma clásica. Frances no respondió—. ¿Cómo se castiga a los traidores en Inglaterra, Frances?

—Se les ahorca, se les arrastra y se les descuartiza —susurró como respuesta.

—Como les ocurrió a quienes estaban vinculados a vuestras primas.

—Sí, Bacon —añadió en un susurro gélido.

—Frances, pensad durante un momento en vuestro Robert, colgado por el cuello, reanimado, descuartizado con esmero mientras lo mantienen con vida. Pensad en que le sacarán las tripas mientras a vos os obligan a presenciarlo todo, y luego lo cortarán en pedazos, todavía vivo, y oleréis sus entrañas y la sangre en el aire, y escucharéis sus últimos gritos agonizantes. ¿Es eso lo que queréis? —Frances permanecía en silencio, inmóvil—. ¿Lo es? —Había empezado a gritar a propósito, como parte de mi actuación, pero entonces volví a hablar bajo, casi en un susurro—: Y vos, Frances, seréis la madre de un bastardo traidor. ¿Quién volvería a recibiros en Londres, seáis una Howard o no? Os habéis esforzado mucho para libraros de Essex, ¿y para qué, Frances? —Entonces volví a gritar—: ¡¿Para qué?!

Sabía que estaba aterrada, que a esas alturas su miedo era irreversible. Entonces algo cambió.

—Voy a confesar mis propios crímenes, Bacon —murmuró—. Pero eso es todo. No pienso incriminar a mi esposo. Puedes colgarme si eso es lo que quieres, pero me colgarás a mí sola.

Admiraba su valentía; no, más bien su entereza. Estaba aislada de sus padres y de su marido. Y yo había empleado mi inteligencia y mi experiencia como abogado para guiarla hacia donde me convenía. Pero, aun así, Frances conocía su valor, y sabía cómo usar esa entereza propia de los Howard.

—¿Y haríais todo eso por amor, Frances? —le pregunté.

Me miró como si estuviera loco.

—Haría mucho más que eso.

—¿Creéis que él haría lo mismo por vos?

Me lanzó una mirada orgullosa, alzando la barbilla con soberbia.

—No, Bacon, no creo que lo hiciera. Pero eso no quiere decir que yo no lo vaya a hacer por él.

Me fulminó con la mirada, pensando que no lo entendería. Pero la verdad era que, por supuesto, lo entendía a la perfección.

Para mi sorpresa, cuando me marché de Whitehall, Meautys me estaba esperando. Le habían comunicado que Coke estaba interrogando a la señora Turner.

—¿Y? —le pregunté.

Tan discreto como siempre, me respondió que se había enterado de que el interrogatorio se había «complicado».

Paramos a un bote para que nos llevara a la Torre de Londres. Dos muchachos de brazos largos remaron a toda velocidad río abajo, y atravesamos la Puerta de los Traidores, por donde tanta gente conocida había pasado de camino a su muerte. Desde allí entramos deprisa en el patio de la Torre y pasamos por delante de los prisioneros elegantes pero harapientos, que vivían allí como si fueran loros preciosos que esperaban a que les abrieran las puertas de las jaulas.

Nos dirigimos a la Torre Wakefield, donde Coke retenía a quienes pretendía interrogar. Allí, frente al río, la mayoría de los gritos aterradores podían pasar inadvertidos, salvo para quienes estaban dentro de la propia Torre. Los hombres como Coke piensan que es bueno que los prisioneros, ya de por sí aterrados, escuchen a los demás gritar. Mientras subíamos los escalones y nos íbamos acercando a la celda superior, las ratas correteaban por los muros de piedra de la torre. Al atravesar el pasillo húmedo y oscuro pude oír a Coke gritar:

—¡Confiesa! —Silencio—. ¡Confiésalo todo! —Se oyó una bofetada y, después, silencio—. ¿Te mandaron el conde y la condesa de Somerset asesinar a Thomas Overbury?

Entonces oímos algunos murmullos. Miré a Meautys, asustado. Nunca le había hablado sobre las torturas que había presenciado durante el reinado de Isabel: irlandeses tan mareados por los golpes que perdían la capacidad de formar frases coherentes; madres católicas jóvenes a quienes les habían roto todos los dedos y, por tanto, no podían firmar sus propias confesiones, y a quienes les decían (aunque era mentira) que sus hijos pequeños estaban en algún otro lugar, mientras les rompían las extremidades en el potro y acababan renunciando a su fe. Yo nunca había sido el torturador, solo el vigilante o el testigo, pero, aun así, esas imágenes y sonidos aún me persiguen. Llamé a la puerta de la celda. El postigo de la ventanita se abrió de golpe y apareció el ojo de un guardia.

—Soy Francis Bacon —me anuncié.

Al otro lado de la puerta oí a Coke gruñir.

—¿Qué quiere este ahora? —Otro gruñido—. Déjalo pasar.

La puerta se abrió y entré en la celda, donde no había ni una sola ventana. El ambiente estaba caldeado, pero no por las dos antorchas (trapos engrasados envueltos en estacas de madera y encendidos), sino por el ímpetu de los puñetazos y las patadas. Vi una figura femenina encogida en el centro de la habitación; la señora Turner estaba sentada en una silla a la que parecían haber golpeado contra el suelo tantas veces que estaba a punto de astillarse. Tenía los brazos atados a la espalda. Al percatarse no de mi presencia en concreto, sino de alguna clase de cambio en las personas que había en la celda, alzó la mirada con unos ojos hinchados y morados. Tenía el labio inferior partido y ensangrentado. Le habían rapado el pelo de mala manera, no para asearla, sino para aterrorizarla. Lo más seguro era que la hubieran sujetado, la hubieran pisado por todo el cuerpo y, una vez inmovilizada, rígida y aterrada, le hubieran cortado el pelo a rape con unas tijeras burdas. Reconocí el olor a sangre, salado y acre, en el aire.

—¡Coke! —chillé—. Coke, ya es suficiente. Se acabó.

Coke resopló.

—¡La obra de Dios nunca termina!

—¿La obra de Dios? ¿Creéis que esto es obra de Dios?

Dirigió la mirada hacia otra persona que supuse que era un sacerdote anglicano y que me miraba con repugnancia. Pero ¡era yo quien estaba repugnado!

—¡Soy el Fiscal General de Inglaterra, Coke! Ordeno que este interrogatorio se detenga de inmediato. Esta persona no se someterá a más torturas.

—¡La tortura es completamente legal! —sentenció el sacerdote, y empezó a citar el Éxodo como justificación.

La señora Turner alzó la cabeza y dejó escapar un gemido extraño y sibilante que atravesó el aire y me erizó el vello de la nuca.

—Ay, señor Bacon —dijo, aunque casi no se la entendía al hablar con esos labios rotos—. Nunca os han gustado mis tradiciones rurales. Vuestros amigos… —Suspiró y soltó una carcajada horrible y temblorosa hasta que se le quebró la voz y se convirtió en un sollozo gutural—. Vuestros amigos…

Estos no son mis amigos. No los asociéis conmigo.

—¡Meautys! —exclamé—. Ayúdame a levantarla.

La liberamos de las cuerdas y la pusimos en pie. Podía andar, pero se encontraba muy débil.

—¡Estáis interfiriendo en mi interrogatorio, Bacon! —protestó Coke, pero no le hice caso.

Meautys y yo conseguimos sacarla de la celda y bajarla hasta la sala del alcaide, donde había dos carceleros que se sobresaltaron al vernos y a quienes sorprendimos fumando en pipa, lo cual era un acto ilícito.

—Vosotros dos —los llamé—. Salid fuera a fumar. No le diré a nadie que os he visto si nos dejáis aquí solos durante quince minutos.

Me obedecieron de inmediato, asustados de que pudiera hacer que los despidieran.

Una vez que nos quedamos solos, sentamos a la señora Turner en una silla y Meautys le sirvió un vaso de vino (en la Torre de Londres no había agua potable). La señora Turner dio un sorbo.

—Bebed —le recomendé—. Os aliviará el dolor.

Tomó un buen trago y comenzó a recuperarse un poco, aunque no me dio precisamente las gracias.

—Señor Bacon, me vais a matar, pero ahora os preocupáis por si el señor Coke me ha hecho un esguince en la muñeca...

Soltó una risa oscura y afilada. Incluso en esos momentos se burlaba de mí.

—Bebed un poco más, señora Turner —insistí, pero ella apartó la copa.

Le pedí a Meautys que esperase fuera. Cuando se marchó, retiré una silla para mí y la señora Turner y yo permanecimos sentados en silencio durante unos minutos mientras oía su respiración pesada y agitada. Eso es lo que les ocurre a quienes someten a torturas. Cuando la adrenalina del momento se desvanece, la víctima comienza a darse cuenta de todo el daño que le han hecho. El terror se retira y le cede el paso a un agotamiento más siniestro.

Al fin alzó la cabeza y me miró.

—¿Por qué lo habéis detenido? Si estáis de su lado...

Gruñí.

—Coke es un animal. No es el mismo tipo de hombre que yo.

Se rio del mismo modo en que se había reído cuando le había dicho, en el exterior de su casa de Cheapside, que ambos éramos intrusos en la alta sociedad.

—Sois un imbécil —susurró.

—¿Perdón?

—¡Sois un imbécil! —me gritó mientras se echaba hacia delante en su silla tan rápido que parecía que iba a caerse—. Siempre me habéis parecido la persona más estúpida que he conocido.

En toda mi vida me han llamado muchas cosas. Maricón. Sodomita. Vago. Trepa. Estafador. Un mero oficinista sin valor humano. Pero nunca un imbécil.

—Si queréis que os ayude…

—No quiero vuestra ayuda, señor Bacon. No voy a aliviar vuestra conciencia, y no intentéis aliviar la mía. Ya habéis decidido matarme. ¿Por qué fingir lo contrario?

—¡Vos sois la asesina! —exclamé.

—Pues ahorcadme, señor Bacon. Asesinadme como castigo. —Escupió en el suelo y se quedó mirando las trazas rosáceas de sangre de su saliva—. Entonces estaremos igualados. Los dos habremos matado a alguien y los dos estaremos condenados.

—Yo tan solo cumplo la ley.

—¡Pues bien por vos, maldito imbécil! —gritó.

Yo había ido hasta allí para salvarla, pero la señora Turner no pensaba permitírmelo y, en realidad, tampoco había manera de hacerlo. Al fin y al cabo, ambos sabíamos que iba a morir sí o sí. Era yo quien estaba jugando con ella, y ella no estaba dispuesta a seguirme el juego.

—Señora Turner… —susurré, pero no volvió a mirarme.

—Dejadme, Bacon. Dejadme morir.

Esa noche volví a Gray's Inn, y me sentía tan decaído tras el encuentro con la señora Turner que me alegraba de poder esconderme allí y volcarme en el trabajo. Estaba encorvado sobre mi escritorio, tomando apuntes sobre un caso para el que me habían enviado un medallón de plata como soborno. (¿Qué pasa? ¿Creías que el resto de mi trabajo se había detenido por arte de magia?). El demandante esperaba que su «regalito» me ayudara a ver que tenía razón. Suspiré, levanté la vista y recordé que tenía la cena delante. Agarré una loncha de jamón frío y me la llevé a la boca. Entonces llamaron a la puerta y apareció un criado.

—Señor, tenéis visita. —Y añadió en un susurro—: Es el señor Villiers.

Nuestro romance había seguido adelante, pero era muy difícil encontrar el tiempo y el lugar para vernos. Y que viniera a mi hogar por la noche era peligroso. Incluso una estupidez. Me levanté justo cuando Villiers entró en mi habitación, con un traje púrpura y dorado resplandeciente, con botones de oro macizo y un sombrero negro con una pluma de ave africana teñida con azafrán. Nos miramos a los ojos y sentí que se me escapaba una sonrisa que vi reflejada también en su rostro. Le dije al criado que podía marcharse. El hombre desapareció y cerró la puerta. Villiers se quitó el sombrero.

—¿Qué haces aquí? —le pregunté.

—Quería verte.

El pecho se me llenó de alegría. Se acercó a mí y sentí su presencia vibrante y caliente contra la superficie de mi cuerpo. No me besó, pero dejé que me acariciara la mano y el brazo hasta que posó los dedos en mi pecho. Le brillaban los ojos. Parecía contento.

—¿Y qué pasa con el rey?

Villiers suspiró.

—A las siete en punto ya estaba borracho, y a las diez ya estaba dormido y babeando. —Alzó las cejas—. Esta noche puedo descansar el culo.

Soltó una carcajada sombría.

—¿Así que lo has traído hasta aquí para que le dé lo que quiere?

Pensaba que le haría gracia, pero no fue así. Tan solo me miró durante unos segundos.

—¿Sabes lo que quiero hacer, Francis? —me preguntó—. Solo tengo una hora, como mucho. Luego tendré que volver porque la vejiga del rey lo despertará antes del amanecer. Empezará a berrear y a pedirme que hable con él mientras mea. —Lo dijo con total naturalidad, pero sentí lástima de él—. Lo que me gustaría hacer es quitarme la ropa, meterme en la cama y tumbarme con el hombre al que amo. No quiero follar. Solo quiero sentir su piel junto a la mía, su aliento en mi hombro, los latidos de su corazón en el pecho.

—¿Y su erección clavada en tu espalda? —bromeé, pero no debería habérmelo tomado a broma.

Me miró muy serio.

—Sí, me encantaría sentirla.

—Es posible que intente follarte —le advertí.

—De acuerdo —respondió—, pero no te lo voy a permitir.

Se dio la vuelta y echó el pestillo. Comenzamos a quitarnos la ropa sin dejar de observarnos, como serpientes que mudan de piel y revelan una nueva figura flamante. Una vez desnudos, vimos que ambos teníamos una erección. Nos dirigimos hacia la cama y, en el último momento, Villiers me pidió que apagara la vela del escritorio. Nos metimos en la cama y Villiers se quedó tumbado de espaldas a mí.

—Abrázame —me dijo como si fuera alguna clase de juego sensual y erótico en el que uno da órdenes y el otro obedece—. Acércame a ti.

—Pero vas a sentir mi erección.

—Lo sé. —Lo pegué contra mi cuerpo—. Posa los labios en mi hombro, pero no me beses, tan solo respira con la boca pegada a mi piel. —Hice lo que me pedía—. Ahora... dime que eres mi esposo.

—Soy tu esposo —le dije.

Dejó escapar un suspiro satisfecho.

—Repítelo.

—Soy tu esposo.

—Así me gusta —me dijo—. He logrado que me ames.

—¿Qué?

—He conseguido que me ames. Tú no querías. Creías que no ibas a poder. Pero yo te lo he demostrado.

—¿El qué me has demostrado?

—Que eres capaz de amar. Y de recibir amor.

Lo cierto es que creo que aquello fue lo más bonito que me habían dicho en toda mi vida. Le besé el hombro y lo acerqué aún más a mí.

—Te amo —le dije, y oí que dejaba escapar otro suspiro feliz.

Se giró un poco, como para mirarme, aunque en esa posición no podía darse la vuelta del todo. Pero sabía que estaba sonriendo.

—Eres un buen hombre —me dijo—. Sé que todo esto que estamos haciendo debe resultarte difícil, pero quería decírtelo, Francis. Eres un buen hombre.

Nos quedamos así un buen rato, sin decir nada más. No era necesario. Al otro lado de la puerta oíamos a los criados acabar sus tareas y retirarse a sus habitaciones para acostarse. De vez en cuando, cambiaba la posición del brazo con el que lo estaba rodeando y lo abrazaba con más fuerza. Villiers se acercaba más y más a mí con cada movimiento, hasta que cada centímetro de su piel parecía tocar cada centímetro de la mía. Después de lo que me pareció a la vez una eternidad y un segundo, me dijo:

—Voy a tener que irme pronto.

Lo pegué contra mí más que nunca, como si no quisiera dejarlo escapar. Otra vez no.

—No —protesté—. Quédate.

Se rio un poco, alegre de oír que me oponía.

—Tengo que irme. El rey se despertará pronto.

Sentí un arrebato de celos. No quería que volviera a la cama de otro, quería que se durmiera así, en mis brazos, y se despertara con mis besos. Quería ser yo quien se lo follara mientras los primeros rayos del sol se colaban bajo los postigos. Pero sabía que era imposible.

—No dejes que te folle esta noche —fue lo único que le dije, como si fuera una especie de juramento.

—Tampoco sería capaz —contestó Villiers, riéndose.

—Ni por la mañana.

Se giró del todo para ofrecerme una mirada completamente franca y me besó. Le llevé la boca al oído y susurré:

—Un matrimonio de campo.

Villiers soltó una risita y acercó la cara a la mía, y comenzamos a besarnos de nuevo. Lo agarré para colocarlo sobre mí; casi ni sentía el peso de su cuerpo encima del mío. Mientras nos besábamos, entrelazamos los dedos. Pero de repente se separó y sacudió la cabeza.

—Tengo que irme —insistió.

Cuando se marchó, me quedé allí en la cama hasta el amanecer, contemplando la noche que se había apoderado mi habitación. Estaba pensando en él, en que, poco a poco, él se había apoderado de a mí. ¿Cuándo había empezado a pensar en él a todas horas? ¿Cuándo había dejado de ser esa persona que se había pasado la vida entera esforzándose por mantener a raya el amor? Traté de pensar en cómo había sido capaz de seducirme de ese modo, y no, no me refiero a seducirme de un modo sexual, sino de una manera que me había llegado hasta la médula, la sangre de mis venas, los dientes, los pulmones y el estómago. De repente había aparecido un muchacho hermosísimo y se había adueñado de mí. Sabía (por supuesto que lo sabía) que debería haber estado en alerta máxima, pero en su lugar me había entregado a él. Qué no haría por él… Era una pregunta seria. ¿Qué no haría por él? Quería que se sintiera seguro. Quería hacerlo feliz. De repente, me parecía extremadamente importante hacerlo feliz, casi a toda costa.

Declararon culpables a Weston y a Elwes y los enviaron a la horca. En su juicio, Gervase Elwes, un hombre con talento suficiente para dirigir la Torre de Londres, afirmó en el banquillo de los acusados que no había sido consciente de que envenenar a Overbury estaba mal. Que tan solo había obedecido las órdenes de sus superiores, pero que, ahora que se lo mencionaba yo, tenía que admitir con pesar que era cierto, que matar a un hombre a base de envenenarlo no estaba bien.

El juicio de la señora Turner, cuyo desenlace estaba cantado, fue un espectáculo desolador. Meautys me dijo que Coke, al dictar la fulminante sentencia de la señora Turner, había puesto una condición curiosa. Le había ordenado llevar su famoso cuello de lechuguilla amarillo intenso al cadalso. En ese momento, no entendí el motivo.

A los Carr se les acusó de facilitar y permitir el asesinato de Overbury, y se les declaró cómplices del crimen. El juicio de Frances se desarrolló sin imprevistos. Se sentó ante el tribunal y confesó sus delitos con su dulzura habitual y su aspecto de princesa intachable a quien no podían sentenciar a muerte. De tanto en tanto, durante su testimonio, sostenía en brazos a su hija recién nacida, a quien había decidido (por escandaloso que resultara) llamar Anne, en honor de la reina. Por desgracia, Anne era también el nombre de la señora Turner, lo cual el pueblo londinense no recibió bien. Negó una y otra vez que su marido fuera cómplice del asesinato, lo cual resultaba exasperante. Miró a los nobles que habían acudido al juicio (muchos de los cuales la conocían desde que era pequeña) y dijo que lo sentía muchísimo, que unas «personas vulgares» la habían llevado por el mal camino, a ella y solo a ella. Los nobles asintieron, compasivos, como si dijeran: «Bueno, ¿y a quién no le ha pasado?».

El juicio de Carr no fue tan sencillo... para él. Yo aporté pruebas de lo siguiente: que mintió sobre su relación íntima con los funcionarios de la Torre de Londres durante el encarcelamiento de Overbury; que sus protestas, mediante las que alegaba que Overbury había sido su mejor amigo, ocultaban que se habían enfrentado a causa de su relación con la condesa; que, a pesar de sus declaraciones, Carr nunca había intercedido para que el rey no arrestara a Overbury; y que además le había escrito a Overbury en varias ocasiones para convencerlo de que lo iban a dejar en libertad pronto, cuando no tenía motivos para hacerlo; y mientras tanto su esposa y sus cómplices demoníacos untaban arsénico en unos dulces para enviárselos a su «mejor amigo». ¿Acaso no había quemado numerosas cartas sobre el tema que sin duda lo incriminaban (¿por qué otra razón iba a quemarlas?)? ¿Y qué había de esa carta que habían hallado que le había enviado Overbury desde prisión y que había utilizado para demostrar que seguían manteniendo una relación estrecha? Era evidente que se habían modificado las fechas para hacer que pareciera que se había enviado mucho después de la auténtica fecha de envío. Si Carr no confesaba, sabía que la sentencia dependía de la cantidad de pruebas que se presentaran, por circunstanciales que fueran. De modo que aporté todas las que pude.

Carr parecía perplejo al ver que eso era lo que hacían los abogados: encontrar pruebas, armar casos y formar impresiones para obtener los resultados buscados. Su defensa fue bastante lamentable; dijo que no recordaba todo de lo que se le acusaba, lo cual puede ser una estrategia muy inteligente («No se puede esperar que recuerde TODO esto»), pero en su caso, con lo desconcertado que estaba, resultaba patético. Admitió haberle enviado dulces a su amigo encarcelado, pero dijo que jamás los había envenenado. Pero estaban envenenados, protesté yo, y le dije que su propia esposa lo había reconocido.

—Entonces, ¿quién las envenenó? —le pregunté, lo cual era una trampa en la que cayó enseguida.

Carr argumentó que, si su esposa había dicho aquello, entonces debía de ser ella quien había envenado los dulces.

Las damas presentes en la sala comenzaron a gritar:

—¡Qué vergüenza, señor! ¡Qué vergüenza!

Tras doce horas de pie en el banquillo de los acusados (no permití que le llevaran una silla; no protestes, los tribunales son teatros y aquellas personas eran asesinos), Carr se desplomó, cayó hacia delante y se agarró a la parte delantera del banquillo mientras sacudía la cabeza.

—¿No tenéis nada más que decir, *señor* Carr? —le gritó Coke, haciendo descaradamente como que había olvidado el título nobiliario del acusado.

Cuando llegó el momento del veredicto, Coke, enfurecido, llamó a los Carr al banquillo de los acusados para que se colocaran de pie juntos. Formaban una bonita pareja, aunque fuera una corrupta. Coke se cubrió la cabeza con la seda negra, golpeó el mazo y comenzó a recitar el discurso que tanto había ensayado:

—Conde y condesa de Somerset, por la presente os condeno a muerte.

Se oyeron fuertes jadeos en la sala y, una vez que se acallaron, se produjeron varias discusiones airadas. «¿Qué será lo próximo para Inglaterra?».

Después de que mandaran a los acusados a las celdas, bajé yo también para firmar las condenas. Allí, en el pasillo, vi a Robert Carr inmovilizado por dos guardias. No vi a Frances por ninguna parte; la última vez que la había visto, parecía a punto de derrumbarse. ¿Le esperaría el mismo destino que a sus primas, después de todo? Carr parecía cansado, agotado por el juicio. Pero, al verme, algo pareció reavivarse en su interior, y sabía perfectamente lo que era: el odio.

—Dicen que estás enamorado de George Villiers, Bacon —gritó en frente de todo el mundo, como cuando el conde de Suffolk me había llamado maricón en el exterior de su palacio—. Dicen que, cuando estáis juntos, tu amor por él irradia de tu piel. —Los guardias intercambiaron miradas divertidas y crueles, las típicas miradas que intercambian los «hombres normales» cuando se humilla a los maricones. O a las mujeres—. Dicen que Villiers sabe que estás enamorado de él y que lo usa en tu contra, para explotarte y manipularte. Pero nunca ha estado enamorado de ti. Ni siquiera te tiene cariño de verdad. Tan solo ha encontrado un viejo necio del que podía aprovecharse para alcanzar el poder el doble de rápido, al igual que yo con el rey. —Ladeó la cabeza y me miró mientras hacía pucheros—. ¿Crees que será cierto?

Aunque parezca increíble y me avergüence admitirlo, se me anegaron los ojos de lágrimas.

—No, no creo que sea cierto —susurré—. No creo que nada de eso sea cierto.

—No —respondió con la voz cargada de sarcasmo—. No, seguro que te amaba por como eres en realidad: viejo, feo y fofo. Ah, y hay otra cosa que debes saber, Bacon, ahora que no me quedan motivos para mentir, ahora que has conseguido que me maten con tus conspiraciones.

¿El qué?, pensé. *¿Qué más podría admitir?*

—Yo no le he causado ningún daño a Overbury. Sé que era un hombre horrible y un bocazas, pero también era mi amigo. Yo no sabía nada sobre su envenenamiento. Tal vez mi esposa sí. Frances es una fuerza de la naturaleza, para lo bueno y para lo malo. Pero juro que yo no sabía nada. Si Coke me mata, será porque lo has permitido tu, Bacon, al igual que ocurrió con tu viejo amigo Essex. Si me ahorcan, será porque no has hecho lo suficiente para salvar a una persona inocente del cadalso. ¡Y no vas a salvarme a mí, al pobre de Rabbie, aunque antes te morías por follarte este culo, porque estás muy ocupado intentando por todos los medios follarte el de Villiers!

Le brillaban los ojos de odio, el odio que siempre había querido que sintiera yo. De repente estalló en carcajadas alocadas, como quien ya no tiene nada que perder. Me alejé a toda prisa de allí, de mi culpa, de sus acusaciones, del desprecio silencioso de los guardias por ser un sodomita y de la vergüenza que me provocaba todo aquello.

No sé por qué sentí la necesidad de ir a ver la ejecución de la señora Turner. Tan solo…, no sé, necesitaba verla, como si fuera mi deber estar presente hasta su fin. Le pregunté a Jonson si quería acompañarme.

—Ah, no, gracias, Chuletón —me respondió, así que se lo pregunté de nuevo, pero de otra manera; le pregunté si no le *importaba* venir conmigo.

Entonces sí que accedió. Lo recogí en mi carruaje y partimos juntos hacia Tyburn.

Permanecimos en silencio durante el trayecto, puesto que a ninguno de los dos le agradaba lo que íbamos a presenciar. La fascinación del público por ir a ver a la gente morir decapitada o quemada me resulta repugnante; el hecho de que lo vean como un entretenimiento es algo atroz. No pudimos ver la cantidad de gente que había asistido hasta que dejamos atrás las zonas boscosas que había a los lados de Oxford Street y las granjas al fondo de Edgware Road. Al fin, un sacerdote, el verdugo y la señora Turner subieron al cadalso y cambió el ambiente entre la multitud. La señora Turner llevaba el enorme cuello de lechuguilla, tal y como le había ordenado Coke, de un amarillo de lo más intenso. Hasta entonces no me había dado cuenta de la enorme cantidad de personas del público que llevaba también cuellos amarillos. No me pareció que fuera un gesto de ironía ni de sarcasmo ni de apoyo; estaba seguro de que la gente ni siquiera se había parado a pensarlo. No era más que una moda, y las modas pasan. Jonson me dijo que no se pensaba bajar del carruaje, así que me abrí paso entre la multitud solo hasta que estuve a unos diez o quince metros del cadalso y no pensaba que pudiera acercarme más.

El cura pronunció una oración a la que nadie prestó atención. Los buenos cristianos de Londres estaban demasiado ocupados gritando insultos: «¡Meretriz! ¡Zorra! ¡Puta!». La señora Turner empezó a proferir su último discurso antes de morir, con la cara aún hinchada por los puñetazos que le había asestado Coke. De pronto, al verla con los ojos morados y la mandíbula magullada, me percaté del auténtico motivo por el que Coke había insistido en que llevara el cuello amarillo. Había pretendido humillarla; su fama, su ascenso social y su riqueza se habían basado (o al menos eso parecía) en su monopolio del almidón de azafrán en polvo. Coke pretendía avergonzarla públicamente por ese espíritu ambicioso. Quería que el mundo viera los múltiples motivos por los que una mujer como ella merecía morir.

—Mis queridos amigos —empezó a decir, más vacilante de lo que esperaba. Pensaba que comenzara diciendo: «Idiotas aquí reunidos». Tomó una bocanada de aire que se convirtió en un suspiro acongojado, pero no lloró. Es importante no llorar en el cadalso; Londres odia a los lloricas—. He venido aquí a morir por un pecado del que me han declarado culpable. Le ruego a Dios que me perdone, porque estoy muy arrepentida de lo que he hecho...

Ante aquello la multitud estalló en carcajadas, y alguien gritó:

—¡Eso díselo al señor Overbury, puta!

Los gritos la descolocaron, y la señora Turner, famosa por su confianza en la vida, una vida ya acabada, se debatía entre el miedo y la interpretación.

—En ese caso, os diré una cosa más —continuó—. Lamento el día en que conocí a lady Frances Howard. ¡Lamento haberla conocido, ya que conocerla es lo que me ha traído hasta aquí!

Al oír su ira, se hizo el silencio entre la multitud. La señora Turner se recompuso. Como bien sabían las esposas de Enrique VIII, no está bien visto criticar en el cadalso a aquel que ha tratado de destruirte.

—Eso es lo único que comentaré al respecto —añadió, menos alterada—. No pienso decir nada más. —Pero entonces hizo justo eso—: ¡Mi amor por ellos y mi ayuda solo han servido para que me maten como a un perro!

Al pronunciar aquello, pareció fallarle la voz. Se había rendido; ya no le importaba la vida, no le importaban los Carr ni Edward Coke, y probablemente yo tampoco. Un hombre se acercó a toda prisa hacia el cadalso con una expresión de inmensa paz en el rostro. Creí que iba a decir algo reconfortante o poético, o quizá algo filosófico que hiciera reflexionar a todo Londres. Pero tan solo gritó: «¡Vete al diablo!», y le lanzó un terrón de tierra a la cara. Le dio en la frente, le tiró la gorra que llevaba y le dejó al descubierto la cabeza rapada. Una mujer de la parte delantera de la multitud se arrancó el collar amarillo y se unió a los gritos: «¡Eso, al diablo! ¡Y al diablo con tus estúpidos collares ridículos también!».

De pronto todo el mundo empezó a quitarse los cuellos amarillos. Allí tirados en el suelo, parecían cisnes dorados caídos del cielo, muertos. El sacerdote comenzó a rezar el padrenuestro mientras el verdugo le colocaba la soga a la señora Turner alrededor del cuello. La señora Turner hizo amago de decir algo más, pero la trampilla del cadalso se abrió sin que hubiera acabado aún la oración. Su cuerpo cayó rápido y, cuando la soga le tiró del cuello, dio una sacudida descomunal y emitió un sonido de un vapuleo espantoso mientras comenzaba a patalear, frenética, durante unos segundos. Me di la vuelta, a decir verdad, porque temía que iba a vomitar. Busqué el carruaje en el que había ido hasta allí con la mirada y vi a Jonson en la ventanilla; no estaba mirando el cadalso, sino a mí.

Después nos fuimos juntos a George Inn, en Southwark, con la intención de brindar por… ¿Por quién? ¿Por alguien que había cometido un asesinato y que me despreciaba abiertamente? Nos trajeron la cerveza, pero permanecimos un buen rato sin tocarla siquiera.

—¿Qué te ocurre, Chuletón? —me preguntó al fin mi amigo—. ¿No es esto lo que querías? —Le lancé una mirada afilada, irónica. Jonson sabía que aquella no era mi manera habitual de actuar—. De acuerdo, quizá habrías elegido hacer las cosas de otro modo… —Emití un gruñido y Jonson arqueó una ceja—. Pero tampoco es la primera vez que te ves envuelto en asuntos sórdidos como este. Conoces bien este mundo, sabes lo que es necesario para sobrevivir.

—Pero es que esto no es necesario para sobrevivir, Jonson. Matar a Robert no es necesario. Sé que ya está acabado, que el escándalo es tan monumental que no podrá recuperarse. Nunca le permitirán regresar a la corte y el rey se olvidará de él. No es necesario matar a los Carr.

—Está bien, pero, entonces, ¿por qué lo haces, Chuletón?

—Me quedé mirándolo durante un buen rato y, cuanto más tiempo lo miraba, más parecía absorberlo mi mirada, hasta que dijo—: ¿Me lo vas a contar o voy a tener que sacártelo a palos?

Dejé escapar un suspiro, agotado.

—Estoy enamorado de George Villiers. Lo hago por él. Ha sido él quien me ha pedido que mate a los Carr, y yo he accedido.

Jonson abrió los ojos de par en par.

—¡¿Qué?!

Se lo conté todo en voz baja, susurrando. Le hablé del plan que habíamos urdido la reina y yo, de la búsqueda de los chicos, de que había conocido a Villiers por casualidad en Apethorpe, de que me lo había llevado a Gorhambury para formarlo y prepararlo para conocer al rey y sustituir a Carr. Le conté que, a pesar de que yo era consciente de que era una idea pésima, habíamos comenzado a tener una aventura, y que Villiers me había confesado que estaba enamorado de mí. Le conté que había decidido ponerle fin, que para Villiers había sido doloroso, pero pensaba que había sido un alivio para mí, y que habíamos seguido siendo aliados. Y, al fin, le conté que seguía enamorado hasta la médula de Villiers y que me había pedido que matara a Carr y, al pedirme aquello, habíamos retomado nuestra aventura.

Al oír todo aquello, se reclinó en su asiento y dijo:

—Ay, Dios mío...

—Y Villiers también sigue enamorado de mí.

—¡Ja! —exclamó Jonson—. Pero ¿estáis los dos chalados o qué? ¿Has olvidado lo que les hacen los reyes a las novias rebeldes? ¿Has olvidado lo que les sucedió a los amantes de Ana Bolena y Catalina Howard?

Estuve a punto de atragantarme. Yo le había hecho la misma pregunta a Frances.

—Presuntos amantes —lo corregí para desviar la atención de mí, pero fue un error.

—¡Exactamente! —dijo, triunfante—. Presuntos. Vosotros sois amantes auténticos, y supongo que... físicos. —Asentí con la cabeza y Jonson soltó una carcajada sonora—. ¿Estás loco, Bacon? —No recordaba la última vez que me había llamado por mi apellido. Nos quedamos en silencio durante un momento y después mi amigo contrajo la mejilla y dijo—: No quieres matar a Carr, ¿verdad?

—No es necesario. Y ni siquiera sé a ciencia cierta si es culpable o no.

Jonson dio un sorbo de cerveza y me preguntó:

—¿Te está usando el niño ese?

—No es un niño —respondí, a la defensiva.

—¿Te está usando o no?

—Está enamorado de mí. Creo que lo está de verdad.

Ante aquello, Jonson estalló en carcajadas sarcásticas y burlonas.

—Chuletón, me temo que tengo una noticia que darte: los chicos son así. No me cabe duda de que al principio son inocentes, pero luego descubren lo que es el poder de su belleza, su valor. Descubren lo que provoca esa belleza en los hombres mayores, y empiezan a entender lo que pueden sacar de ella. Los jóvenes no tienen corazón; son crueles y ambiciosos, y se valen de su belleza para conseguir lo que desean. Se está burlando de ti.

Sacudí la cabeza.

—Villiers me ama.

Jonson se acercó más a mí y, tras apoyar los hombros sobre la mesa, me susurró:

—Si ese chico te quiere de verdad, entenderá todo lo que has hecho por él y te estará agradecido. Aceptará tus decisiones y te dirá que sigue amándote. Estás a punto de hacer algo que... Bueno, tal vez no es tan espantoso librarse de Robert Carr, pero vas a hacer algo que estás convencido de que está mal. Si no fuera por Villiers, ¿lo harías?

—No es tan fácil.

—¿Lo harías?

—No —admití—. No lo haría.

—Tú quieres cambiar el mundo, Chuletón —me dijo—. Quieres pasar a la posteridad como un buen hombre. ¿Y cómo vas a lograrlo si asesinas a un hombre inocente tan solo porque un chico ha meneado el culo delante de tus narices?

—Estoy enamorado de él.

Jonson suspiró.

—Has dicho que Carr está acabado de todos modos, ¿no?

—Sí.

—Pues, si el chico ese te ama de verdad, aceptará que hagas lo que te parezca correcto. Si te está usando, te abandonará. Pero, si al final es cierto que te está usando, una vez que Carr esté muerto y él esté a salvo, te abandonará de todos modos. Solo hay una manera de averiguar si te ama de verdad. —Entonces dejó escapar una risa sombría—. ¿O te tiene tan cegado el sexo que no te importa averiguarlo?

—Ya basta—protesté.

—¿Qué va hacer entonces nuestro gran pensador íntegro y honrado?

Esa noche le escribí al rey para pedirle que fuera clemente con los Carr y decirle que no creía que fuera necesario matarlos. Le describí las tres razones por las que decía aquello. La primera: los Carr no eran los principales responsables del envenenamiento; a la responsable ya la habían ejecutado. La segunda: habían confesado sin que los torturaran, ¿y acaso no era eso algo a tener en cuenta? (Eso solo era verdad a medias; Frances había confesado, mientras que Carr había disimulado y tratado de culpar a otros. Pero yo ya sabía que el rey vería lo que quisiera ver). Y, como tercera razón, y la más vergonzosamente vacía de todas, sostuve que los Carr eran aristócratas, y por tanto su caída en desgracia sería suficiente, como si el hecho de que la condesa de Huntington no los invitara a jugar a las cartas fuera una ruina comparable con echarle la soga al cuello a un hombre común y corriente. Propuse que las penas de muerte les fueran conmutadas por cadenas perpetuas en la Torre de Londres. Entonces, en otro papel, añadí sencillamente que, en el pasado, Robert Carr le había profesado un gran cariño al rey (lo cual era cuestionable) y que creía que el rey pasaría a la posteridad como un monarca honrado y misericordioso (de nuevo, cuestionable). ¿Qué hay más noble que perdonar a la persona a la que una vez se ha amado? Sabía que apelar a su honradez surtiría efecto.

Hice llamar a Meautys y le pedí que cabalgara hasta Theobalds de inmediato y le entregara la carta al rey cuando Villiers no estuviera presente. Le pedí que intentase por todos los medios que el rey escribiera y le diera un documento en el que confirmase que yo, el fiscal general, podía presentar una conmutación de la pena de muerte de los Carr. Esperé despierto a que Meautys regresara a Gray's Inn. Al fin, a altas horas de la madrugada, llegó con la nota del rey. A lo mejor crees que esa noche dormí bien, al saber que había hecho lo correcto, pero lo cierto es que me quedé mirando el techo, de un tono blanco hueso a la luz de la luna que se colaba por mi ventana, en busca de alguna señal que indicara que volvía a ser una buena persona. Pero no hallé ninguna. No hallé nada más que un simple techo.

Por la mañana escribí otra carta, esa vez a Villiers, en la que le pedía que viniera a Londres a verme. Quería explicarme. Quería que me comprendiera. Quería que supiera que, a pesar de todo, nos habíamos salido con la nuestra. Varias horas más tarde, Meautys regresó y me dijo que Villiers había recibido y leído la carta, pero que tan solo había dicho que no pensaba responder.

En la corte se palpaba cierto alivio extraño y delicado. No porque la gente se alegrase de que los Carr hubieran caído al fin; pensar eso sería malinterpretar el poder. Siempre hay alguien que gana y alguien que pierde. El alivio se debía al hecho de que se hubiera librado la batalla y se hubiera ganado, de modo que ahora podía retornar la paz, al menos durante un tiempo. Se hace difícil vivir en una guerra perpetua. Villiers y yo éramos los triunfadores, quienes poseían ahora el poder, pero, ahora que habíamos salido victoriosos, se negaba a verme. Le escribí una y otra vez, pero jamás recibí respuesta. Incluso cuando iba a ver al rey, Villiers se ausentaba siempre, oculto en alguna otra sala. Pensaba en lo enfadado que debía haber estado, en lo traicionado que debía haberse sentido, pero sabía que, si pudiera hablar con él, podría explicarle mis decisiones.

Dos semanas después de que el rey conmutara la sentencia de los Carr, asistí a una mascarada en honor de una princesa americana llamada Pocahontas, que había venido a vivir a Inglaterra. La había escrito Jonson y la había titulado *The Vision of Delight*. La mascarada en sí era maravillosa: ligera, atmosférica y etérea, repleta de personajes clásicos que se integraban a la perfección en la ingeniosa e intrincada escenografía. El rey había ido a verla con Villiers, que vestía uno de sus caros trajes de seda azul con un collar de lechuguilla blanco. No, por supuesto que no era amarillo azafrán; ya *nadie* llevaba ese color. Todo el mundo parecía de buen humor. Ese día, el rey había nombrado a Villiers conde de Buckingham. Había logrado convertirse en un conde de Inglaterra muy pronto, pero, a diferencia de lo que había ocurrido con Carr, esa vez no había ninguna joven mimada esperando para casarse, con la necesidad de que su pretendiente poseyese algún título. El rey lo había ennoblecido por su propio bien, por el puro alborozo que provoca el amor.

Una vez que la mascarada hubo llegado a su fin, me acerqué al rey e hice una reverencia. Villiers estaba sentado a su derecha. Sentí que algo me oprimía el pecho, pero Villiers ni siquiera me miró.

—¡Beicon! —exclamó el rey, que se mostraba de lo más animado—. ¿Qué días tan maravillosos, eh? ¡Qué días tan magníficos!

Me resultaba sorprendente verlo así, sabiendo que el hombre al que había amado locamente estaba encerrado en la gélida y húmeda Torre de Londres. ¿Acaso había quedado en el olvido todo lo que habían sido el uno para el otro (por horrible que fuera)?

Hice otra reverencia.

—Desde luego, majestad.

—¿Has visto a mi pequeño Georgie? —dijo en una voz tan alta que la gente de nuestro alrededor se sobresaltó un poco—. ¡Ahora es conde! ¿Qué te parece?

Le dediqué una sonrisa a Villiers.

—Me parece que, sin duda, se lo merece. —Asentí con la cabeza—. Conde de Buckingham.

Al fin, Villiers me miró y me ofreció una sonrisa débil pero preciosa. No fui capaz de distinguir su significado, si era cruel o íntima. Rozó con los dedos la mano del rey, que había empezado a temblar y estaba aferrado al reposabrazos de su trono. Entonces el rey gritó:

—¡Beicon! ¡Tengo una buena noticia para ti! Voy a hacerte lord canciller de Inglaterra, ¿qué te parece? Y también te voy a entregar York House. —York House, la casa de mi infancia, pero también mi propio palacio en la calle Strand. El rey se volvió hacia Villiers—. ¿La conoces, Georgie?

—Ah, sí. Es preciosa. —respondió Villiers y me miró a los ojos—. Me habría encantado tenerla para mí.

Me preguntaba qué había querido decir con eso.

De repente el rey pareció distraerse con la música que provenía del otro extremo de un pasillo. Al volverme, vi al príncipe Carlos bailando con unas damas de la corte al son de una melodía que provenía de un virginal. El rey, que pareció olvidarse de la gota y de las manos temblorosas, se levantó como un resorte y comenzó a brincar de un pie a otro, dando palmas como un niño pequeño al compás del golpeteo rítmico de los pies de los bailarines.

Por fin nos habíamos quedado solos Villiers y yo. Me giré para mirarlo. Villiers suspiró con los ojos resplandecientes, como a punto de llorar. Verlo así me enterneció sobremanera.

—¿Recuerdas —preguntó en un tono misterioso— cuando nos quedábamos tumbados juntos en Gorhambury después de habernos acostado? ¿Recuerdas la sensación?

Me dejé llevar por su juego.

—Follé contigo todas las noches que pasamos allí.

Bajó la mirada. Tenía una piel clarísima, sin imperfecciones, sin una sola mancha ni sombra, y unos labios gruesos y rosados. Pero no me estaba sonriendo.

—No me amas lo suficiente como para querer salvarme, Francis Bacon. Has elegido tus valores por encima de tu amor por mí.

—No —contesté—. No, yo no lo veo así. Es solo que no quería matar a personas que no creía que fuera necesario matar. Tienes que entender que ya no corres ningún peligro. Carr está acabado. Del todo. Estás a salvo. Estás a salvo gracias a mí.

Sin apartar la vista de mí, dijo:

—El rey pretende ennoblecerte pronto. Y ya eres lord canciller, y ahora has recuperado York House. Eres un hombre poderoso. Posees un gran poder, y pronto poseerás una gran riqueza. Tienes todo lo que querías. ¿Eres feliz?

Era una pregunta cargada de resentimiento.

—Estoy enamorado de ti —dije por toda respuesta, pero Villiers no contestó, permaneció en silencio, de modo que seguí hablando sin pensar—. ¿Qué hay de Gorhambury, del matrimonio de campo que querías que fuéramos? ¿Qué ocurre con todo lo que dijimos? ¿No hablabas en serio? —Seguía sin responder—. Has de perdonarme. Dime que me perdonas y que me sigues queriendo. —Era consciente de que me estaba alterando y estaba haciendo el ridículo—. *Tienes* que perdonarme.

Frunció ligeramente los labios, y me resultaba más difícil que nunca saber qué estaba pensando.

—No, Bacon —dijo, frío como el hielo de un río—. Creo que todo esto tiene que acabar. Hemos conseguido lo que queríamos, y seguimos siendo amigos. Aliados. Nada más.

—¿Aliados? —repetí, horrorizado—. ¿Y qué pasa con la noche en que viniste a Gray's Inn y me pediste que te abrazara y te dijera que era tu esposo? Me dijiste que era un buen hombre.

Villiers no hizo más que encogerse de hombros.

—Estaba equivocado.

—¡¿Equivocado!?

La música del fondo del pasillo sonaba cada vez más alta, de modo que nadie podía oírme perder la calma y decir cosas que nunca debería haber dicho en voz alta.

Villiers seguía observándome.

—Nunca te he pedido nada más que cosas simples, Francis, pero lo único que me ofrecías tú a cambio era tu astucia. Ese es nuestro problema. Yo soy muy franco, y tú eres... astuto. —Suspiró—. A veces, no eres más que eso.

Recordé lo que me había dicho Jonson sobre los chicos como él.

—¿Me has estado usando?

La ira le sonrojó las mejillas pálidas.

—¿Que si *yo* te he estado usando?

¿Qué quería decir con aquello? De repente oímos unas risas muy cerca de nosotros. Alzamos la mirada y vimos al rey volviendo hacia donde nos encontrábamos, bailando, aunque no me había dado cuenta de que la música había cesado. Como si fuera un bufón en lugar del hombre más poderoso de Inglaterra, estaba aplaudiendo, brincando y tarareando una melodía alegre.

—¡Ay, muchachos! —exclamó—. ¡Qué día tan feliz! ¡Se acabó la tristeza en mi reino! —Y de pronto se detuvo y nos miró con extrañeza a ambos durante un instante, al percatarse, tal vez, de la incomodidad entre nosotros—. ¡Es una orden! ¡Se acabó la tristeza en Inglaterra!

Al momento, el rey volvió a bailar al ritmo de la música y se dispuso a recorrer de nuevo el pasillo, pero tomó a Villiers de la mano para que lo siguiera como si fuera un niño, arrastrado mar adentro por la marea. Y yo me quedé allí, viéndolo marchar, casi sin aire en los pulmones. «Creo que todo esto tiene que acabar», me había dicho. Sentí que sus palabras se apoderaban de mí y entonces me di cuenta de que no había nada que pudiera hacer para recuperarlo.

SOBRE UN FINAL FELIZ

U n final feliz... ¡Pues claro que estoy siendo iróni-co!

Sócrates creía que se podía emplear la ironía para exponer las falacias del mundo. De modo que déjame empezar diciendo que así comenzó nuestra gran victoria compartida, nuestro éxito incomparable, nuestro final feliz. Nada de eso es mentira. Sí que habíamos tenido éxito, en el ámbito político, en el económico y en todos. Habíamos acabado con los Carr, y los Howard habían caído en desgracia. Durante los años siguientes, disfrutamos (disfruté) de un éxito espectacular.

En 1617, cuando el rey viajó a Escocia con Villiers, me nombró regente de Inglaterra. Me hice rico y usé el dinero para adquirir propiedades y reformar York House.

En 1618, poco antes de que ahorcaran al fin a sir Walter Raleigh, me convertí en noble al recibir el título de barón de Verulamium. Por su parte, Villiers era invencible; ascendió de conde a marqués y de marqués a duque de Buckingham. Había llegado mucho más lejos que Carr.

Empecé a recibir dinero raudales: nuevas fuentes de ingresos, haciendas, sobornos, regalos. Incluso yo, que nunca en toda mi vida había gastado menos dinero del que tenía, empecé a ver como se llenaban mis arcas hasta rebosar. (¡Sí, lo sé! ¡Yo, Francis Bacon!).

Mis victorias políticas se convirtieron en victorias personales. Poco después de que finalizaran los juicios, cuando debería haber estado disfrutando de su nueva reputación en el ámbito jurídico, Edward Coke se enzarzó en una disputa con el rey por algún insignificante asunto de autoridad legal. El rey le pidió que cediera; no porque Coke hubiera cometido ningún error legal, sino porque el rey era el rey. Coke se negó y las consecuencias fueron desastrosas: quedó destituido de todos sus altos cargos. El necio vanidoso cayó en desgracia.

Todo el mundo decía: «A Bacon no se le puede enfadar. ¡Mira cómo ha acabado Coke! ¡Y Carr! ¡Y Essex!». Y, una vez, un espía me informó de que alguien había dicho: «¡Será mejor que Villiers también se ande con ojo!».

Seguro que todo eso te parece maravilloso: mis sueños hechos realidad, mis enemigos destruidos… Entonces, ¿dónde estaba la ironía? Muy sencillo. En el pasado, Villiers me había amado y había ansiado mi amor. Me había convencido para dejarme llevar por mis sentimientos hacia él. Pero, tan solo porque yo no había querido matar a los Carr, había dejado de quererme. Nunca había llegado a actuar (ni a hablar, que yo supiera) en contra de mí. Yo aún tenía espías en la alcoba real, y nunca me habían contado nada al respecto.

Tal vez Villiers siguiera sintiendo que me necesitaba. Tal vez me necesitase. Tal vez conservase ciertos sentimientos hacia mí, aunque no fuera más que un pequeño destello, aunque, cuando nos encontrábamos, me dirigiese miradas frías, no me transmitiese nada y desviase la vista al momento. Pero no me necesitaba como yo quería que me necesitase. De tanto en tanto, Jonson me sorprendía en un momento de embriaguez, pensativo, melancólico y en silencio, y me decía que lo olvidase, que lo mandase al diablo. Eso es lo que hacen los amigos en esos momentos, pero ayuda tan poco… El corazón sigue latiendo. Es lo único que puede hacer. Eso o detenerse.

Traté de imaginarme lo que estaría pensando Villiers, y lo que había pensado antes, en Gorhambury y aquella noche en la que había venido a Gray's Inn y se había tumbado conmigo en la cama. ¿Seguiría pensando en Gorhambury? ¿Pensaría en nuestro futuro secreto? ¿O en los paseos que dábamos junto al río Ver, o cuando caminábamos hacia Redbourn con el sonido de las campanas de la iglesia en el aire? ¿Seguiría pensando en mí siquiera?

Sabía que le había hecho daño por haber tardado demasiado en ser capaz de amarlo como me amaba él. Y le había hecho daño en Greenwich, cuando había sido un cobarde por tratar de hacer lo correcto. Diré una cosa más, si puedes soportar ver a un viejo necio hacer más aún el ridículo: seguí enamorado de él incluso cuando él ya no estaba enamorado de mí. Y eso, aunque no sea intencionado, es una crueldad. Villiers ya había pasado página; estaba centrado en su futuro. Y yo era libre para ir hacia el mío.

¿Te cuento una parte positiva de todo eso, algo que tal vez te alegre? En mitad de todo aquello, comencé a escribir con frenesí, prolíficamente, sobre distintos temas, centrado en diversos proyectos. Ciertos libros con los que había estado soñando durante años de pronto comenzaron a tomar forma y estaba a punto de acabarlos. «¡Qué maravilla! —puede que exclames—. ¡Libros! ¿A quién no le gustan los libros?». Pues deja que te diga una cosa: quemaría todas y cada una de las páginas que había escrito con tal de recuperar a Villiers.

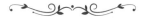

Por supuesto, que un final sea feliz no quiere decir que no haya ninguna muerte. La muerte es la única certeza de la vida. Recuerdo cuando Jonson me contó que Shakespeare había muerto, allá por 1616, justo después de la caída de los Carr. Shakespeare nunca se había recuperado de la pérdida del Globe y, más o menos, se había retirado de Londres. Había vuelto con su mujer, a quien había pasado los últimos veinte años evitando, y había vuelto a la vida anónima provinciana de la que había escapado gracias a su escritura. Cuando Jonson me contó cómo había muerto (de una fiebre muy alta, en su pequeño municipio casi desconocido), me dio mucha pena. Tampoco tiene sentido que te diga que le tenía mucho aprecio a Shakespeare, porque te estaría mintiendo, y no pretendo engañarte. Pero, a decir verdad, después de todo lo que he dicho, sabía la clase de escritor que era.

El día de su funeral, su nombre debería haber brillado en los cielos de Londres, pero, en su lugar, algunos hombres que no tenían ni idea de literatura ni de teatro ni de cultura arrojaron terrones de tierra sobre su ataúd en una triste iglesia rural.

—¿Y dónde queda ahora la posteridad? —le dije a Jonson a gritos el día que varios de nosotros nos reunimos y fuimos a emborracharnos a George Inn para conmemorarlo.

Mi amigo se encogió de hombros.

—Diría que murió feliz. Con las pequeñas cosas de la vida y el amor de su familia.

Solté una carcajada incrédula, pero lo cierto es que las palabras de Jonson me llegaron a lo más profundo del corazón. ¿Habría sido feliz yo también con cosas tan simples como aquellas?

Pero eso había ocurrido en 1616, antes de mi ascenso meteórico. En 1619, tres años después, se produjo otra muerte de alguien más cercano aún.

En los últimos tiempos, la salud de la reina no había dejado de empeorar, hasta que apenas podía andar e incluso había perdido el interés por sus reformas. Le escribí a lady Grace Mildmay para preguntarle si podría preparar algunas hierbas que le pudieran sentar bien y, como la maravilla de persona que es, se esforzó todo lo que pudo, pero sin demasiado éxito. Poco a poco, fue resultando evidente que la reina se estaba muriendo, y ella misma parecía haber renunciado a la vida.

Las damas de la reina se mantuvieron fieles hasta el final, el cual no fue ni rápido ni indoloro, y yo estaba decidido a comportarme como un buen amigo con ella. A pesar de que estaba siempre ocupado, la visitaba cada vez que podía y le llevaba lecturas interesantes o noticias de su Dinamarca natal, lo que le encantaba. Le ahorré las noticias desfavorables sobre Alemania, donde habían nombrado al marido de su hija Isabel rey de Bohemia, lo cual había sido un desastre, y había acabado expulsado por los invasores austriacos. La joven pareja vagaba ahora por Europa, arruinada, y le enviaban al rey miles de cartas en las que le pedían dinero. La reina no se enteraría de todo aquello por el rey, quien solo visitó a su esposa tres veces en los últimos seis meses de su vida.

Villiers no fue ni una sola vez a visitar a la mujer que lo había acogido y protegido, y ahora resultaba evidente que se había aprovechado de la tristeza que le había causado a la reina la muerte de su hijo. Me sorprendió que pudiera ser tan frío cuando a mí, al principio al menos, me había parecido tan bondadoso y amable. ¿Cuál de las dos actitudes era parte de su artimaña: la bondad inicial o esa nueva crueldad? ¿Era inevitable que todos los George Villiers se acabasen convirtiendo en Robert Carrs? ¿Y habría sido Carr alguna vez tan dulce como aquel chico de veintiún años que había conocido en Apethorpe, y sencillamente se me había olvidado? (No, tampoco me atrevería a decir tanto).

Tal vez Villiers estuviera sencillamente usándonos a todos. Pero poseo la lucidez suficiente para comprender que Villiers podría decir lo mismo de nosotros. Yo sabía que en esa época el rey tenía un proyecto mucho más importante en mente: quería encontrarle una esposa a Villiers. Debía ser una mujer hermosísima, y una gran heredera con una buena posición, y muy culta, y... y... Cada vez que veía al rey, no dejaba de hablar del tema con entusiasmo, y mientras parloteaba yo pensaba en que Villiers había acabado alcanzando ese futuro glorioso, un futuro que, en el pasado, había afirmado que quería compartir conmigo.

Un sábado de marzo de ese año, estaba escribiendo (¡sí, escribiendo, y sí, el *Novum Organum*!) en York House cuando llegó un jinete desde Hampton Court. Mis criados llevaron al hombre, que iba vestido con la librea del séquito de la reina, hasta mi despacho y me entregó una nota. Lo único que rezaba, en clave, era:

SI PIENSAS VENIR, VEN AHORA MISMO.

Se tarda más de una hora en llegar desde Westminster a Hampton Court, donde habían trasladado a la reina durante la última fase de su enfermedad. Fui volando hasta allí, como un cuervo por el aire. Mientras atravesaba el denso bosque al oeste de Londres que llevaba hasta los grandes terrenos de caza de Richmond y Bushy, todo estaba en silencio. El que había sido el palacio de ladrillo rojo del rey Enrique estaba sumido en esa quietud de un hogar que espera una muerte. No me había vestido con prendas demasiado elegantes; tan solo me había puesto un traje oscuro y un sombrero pardo, y al subir las escaleras me vi reflejado en un espejito redondo: un hombre de campo contrahecho. Ahora llevaba un sombrero más caro, sí, pero parecía un viejo cansado. Hacía mucho tiempo que no me tocaba ningún hombre. Y ya no lo deseaba. Parpadeé y sacudí la cabeza. ¡Qué estúpido era! ¡Qué solipsista!

Todavía sudando por haber cabalgado tan deprisa, me condujeron directamente a la habitación de la reina, que tenía las cortinas echadas y solo estaba iluminada por la tenue luz de las velas. La reina estaba tumbada en una cama enorme con sábanas y cortinas de seda blancas, el color de la muerte en la corte. Las damas de compañía de la reina estaban ocupadas por aquí y por allá, preparando bálsamos, retirando algún paño o llevándole agua fresca. Había más damas aún sentadas, dejando escapar sollozos silenciosos; algunas llevaban veinte años acompañando a la reina. El príncipe Carlos estaba sentado junto a su madre y, a su lado, un sacerdote católico, todo vestido de negro. Se rumoreaba desde hacía mucho tiempo que la reina se había convertido en secreto al catolicismo, pero a mí nunca me había comunicado nada al respecto. El sacerdote estaba pronunciando alguna oración en latín (no logré oír cuál) y el príncipe Carlos leía la Biblia en inglés. Todos los presentes se detuvieron y las oraciones cesaron en cuanto entré en la habitación, vestido de negro y con la respiración entrecortada. Las damas, que me conocían desde hacía mucho, parecían contentas de verme. El príncipe y el cura, no tanto.

La reina también iba de blanco. Ya no llevaba la gran melena rubia encrespada; tenía el pelo corto, de un color indeterminado, salpicado de canas y cubierto con un gorro de encaje. Al parecer, su famosa cabellera rubia había sido siempre una peluca. Si ya llevaba meses con aspecto de enferma, en ese momento casi parecía un cadáver.

—Ay, Bacon —murmuró al verme. Hablaba en una voz muy baja que revelaba el dolor físico que sufría, nada que ver con el tono atronador que solía emplear—. Bacon, cómo te agradezco que hayas venido.

Hice una reverencia.

—¿Cómo no iba a venir, majestad?

—Ah, es muy fácil dejar de lado a las personas cuando ya no son útiles. Eso es así. Y yo no me olvido de que tú nunca has dejado de ser mi amigo. —Le sonreí y la reina se giró hacia su hijo—. Carlos, querido, ¿me dejas unos minutos a solas con Bacon? —Carlos asintió y se marchó—. Monseñor —le dijo la reina al sacerdote, que parecía más reticente. Cuando al fin estuvimos solos, la reina me pidió que me sentara y nos quedamos mirándonos durante un rato, ambos con una sonrisa ladeada—. Es el fin, Bacon —dijo entonces, y soltó una risita—. Para mí, no para ti.

De pronto me sentí muy conmovido. No sabía qué decir. La nuestra es una vida repleta de muertes. La mitad de los bebés que nacen no llegan a adultos, y la mitad de los que sobreviven no pasan de los cuarenta; acaban muriendo por el hambre, las enfermedades, los partos o la violencia de sus vecinos. De repente llegan las plagas y llenan los cementerios en cuestión de días. Fingir que no sabemos que la muerte es algo que nos llegará a todos es un error. Y en ese momento yo no pensaba fingir.

—Majestad…, sencillamente sentía que tenía que venir a veros.

—Y me alegro de que hayas venido. —Se le iluminaron un poco los ojos—. No siempre he recibido demasiado cariño. Es maravilloso saber que hay personas que sí me quieren, y que ahora están aquí. Ojalá pudiera ver a mi Isabel una última vez, pero no es posible. —Se encogió de hombros—. Pero al menos tengo aquí a mis damas. A mi hijo. Y tú también has venido. ¿Has visto al rey últimamente?

—De vez en cuando —mentí—. Estoy seguro de que vendría si…

Alzó una mano tanto como pudo.

—No te esfuerces —me pidió—. Los dos sabemos que estará por ahí revolcándose con Georgie, sin acordarse siquiera de mí.

Tal vez debería haberlo negado, pero una vez más elegí no fingir. ¿De qué habría servido insultar su inteligencia?

Le sonreí.

—El rey no es consciente de la persona que tenía a su lado.

Volvió a encogerse de hombros.

—Bacon, a nosotros nos unió a la fuerza el destino. Los príncipes y las princesas no eligen con quién se casan. Yo tenía quince años. Quince… qué joven era. —Dejó escapar una carcajada, pero entonces comenzó a toser—. Cuando pienso en los matrimonios de los monarcas de Inglaterra y de Escocia, me parece que tampoco me ha ido tan mal. Enrique VIII se divorció de sus esposas y las mató. Al propio padre del rey, Darnley, lo mataron en una explosión. Y a su madre…, bueno, todos sabemos lo que le ocurrió. Lo único que me ha pasado a mí es que todo el mundo sabe que mi esposo quiere a alguien, bueno, a *cualquiera*, más que a mí. Y moriré sin que me haya tocado ningún hombre que me haya querido o que me haya deseado de verdad. Ningún hombre me ha mirado con una pasión voraz. Nunca he tenido lo que ha tenido cualquier chica que pasee por Threadneedle Street. Mi vida ha sido de lo más vacía, a pesar de ser una de las mujeres más famosas de Europa. —Suspiró y giró la cabeza hacia un lado—. Dicen por ahí que tú no te enamoras nunca, Bacon. Que has mantenido el amor apartado de tu vida. A mí nunca me llegó el amor, pero tú has decidido por ti mismo apartarlo. ¿Te ha hecho feliz esa decisión?

Pensé en Villiers con una intensidad abrumadora. *¡Sí, claro que he estado enamorado!*, quise gritarle. *He estado enamorado, pero demasiado tarde y con demasiados temores, y ahora aquí estoy, roto por dentro.* El amor es como una campana de alarma que retumba en mi cabeza, ensordecedora, y que apaga el resto de sonidos. Es el motivo por el que me paso todo el tiempo trabajando. Es el motivo por el que escribo tanto. Es el motivo de que esté tan… triste. Habría dado cualquier cosa, lo habría dado *todo*, por tener ese futuro compartido del que hablábamos: como marido y mujer de campo, felices juntos, con una vida tranquila. Pero no lo tengo.

Ahora entendía cuál era mi tragedia. Había empezado a ansiar el amor demasiado tarde y, cuando había llegado al fin, no tenía la experiencia necesaria para reconocerlo y retenerlo. Quizá podría haber aceptado el amor de Villiers desde el principio y haber encontrado un chico distinto para el rey, o quizá podría haber sido más amable con él y haber cuidado más de él y de su amor, a pesar de que su cuerpo estuviera en el lecho real. Quizá esto, quizá lo otro… ¿Acaso importa algo de eso ahora? Es una pregunta sencilla pero cruel. He buscado el poder y el intelecto, la fama y la posteridad. Y, cuando ya era demasiado tarde, me he dado cuenta de que debería haber buscado el amor. Una vez dije que el poder hace felices a los hombres. Y la gente cree que escribir me hace feliz a mí. Pero lo que me habría hecho feliz, feliz de verdad, es el amor. El amor nos salva. La posteridad no. La posteridad solo sirve para que nos recuerden cuando estamos muertos y ya es demasiado tarde. Cuando tenemos amor, nos recuerdan cuando estamos vivos.

La reina murió esa misma noche, y yo me quedé con ella hasta el fin. Tan solo tenía cuarenta y cuatro años, pero la vida que había llevado parecía haberla agotado. El día de su funeral, al cual no asistieron ni el rey ni Villiers, estuvo lloviendo toda la mañana. Para mi sorpresa, un gran número de londinenses se reunió para presenciar el cortejo fúnebre. Todas las damas de la corte iban caminando despacio bajo la lluvia, aunque parecían no mojarse. A pesar de su aspecto delicado, mostraban una actitud desafiante, como si quisieran honrar a una mujer a la que la vida la había tratado tan mal, y así honrar a todas las mujeres maltratadas. En Inglaterra, donde las mujeres no son nada (o, peor aún, no son nada hasta que se convierten de manera turbulenta y tumultuosa en *algo*, como Frances Carr o la señora Turner), las damas de la corte acudieron ese día a mostrar su poderío. Sin que se lo pidiera nadie (aunque sin duda lo habían planeado), todas comenzaron a cantar al unísono un himno, de un modo tan puro que la gente las escuchó como si fuera el propio aire el que cantaba.

> *¡Oh, cuánta gloria, rostro sagrado,*
> *cuánta dicha has poseído!*
> *Y, aun despreciado y ensangrentado,*
> *me alegra llamarte mío.*

Esperaba poder poner remedio a mi soledad a la antigua usanza, aunque hacía muchos meses que no salía a cazar chicos.

Siempre había usado el deseo como sustituto del amor, y así me había ido bien. Ahora, el deseo comenzaba a volver a mí. Esa noche, después del funeral, caminé por el río hacia el bosque que había pasado Mill Bank y que se extiende hasta las granjas de Pimlico. Allí, entre los árboles, podías encontrar cuerpos masculinos moviéndose bajo la luz violácea de la noche. Los hombres aparecían de la nada, caminaban hacia ti como espíritus y se quedaban mirándote fijamente. Pero esos hombres no eran fantasmas ni calaveras ni recordatorios de la inevitabilidad de la muerte que acechaban entre los árboles. Eran personas reales, motivadas por sus deseos y necesidades, y quizá incluso esperaban formar, de algún modo, como me había ocurrido a mí con Villiers, un vínculo auténtico. No había reparado hasta entonces (aunque me avergüence decirlo) en que aquellos hombres eran tan reales como yo, en que no eran solo cuerpos, no solo eran, con perdón, agujeros. Iban hasta allí por la noche para follar y para dejarse follar, y lo hacían para sobrellevar una vida que el destino, o la fe, o sencillamente el odio, había vuelto en su contra. Nunca tendrán lo que tienes tú, lo que tú das por sentado. Nunca tendrán amor. Lo único que tienen es sexo, y por eso lo ansían y lo persiguen, en ausencia absoluta de ese amor. Esa es su tragedia, y también la mía.

Bajé hasta la orilla del río, a una zona de bosques frondosos, donde me follé a un joven pelirrojo con un rostro precioso que allí, a oscuras, si entrecerraba los ojos, podía fingir que era Villiers. Lo tenía tumbado bocarriba, con las piernas en alto y gimiendo:

—Fóllame, fóllame.

Pero mientras hablaba solo podía pensar en Villiers, en que, por más que cerrara los ojos, aquel hombre no era él. Y de pronto el hombre ya no era un hombre; después de todo, sí que era un fantasma.

—Fóllame, fóllame —repetía—. Deja tu semilla dentro de mí.

Pero me detuve, me aparté de él y me arrodillé allí, a oscuras, mientras lo oía interrogarme, antes de comenzar a gritar y a acusarme. Me senté en cuclillas, rodeado de la noche, y me llevé el dorso de la mano a la boca. El hombre se levantó y me dijo que era un cabrón. *Llámame lo que quieras*, pensé. *No lo voy a negar.* Y entonces me levanté y me subí los pantalones como un hombre patético. Nadie me había dicho nunca que los momentos más solitarios de la vida llegan después del amor, no antes.

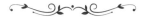

Seguí escribiendo con frenesí. Corregí las obras que ya había publicado, *La sabiduría de los antiguos* y *Ensayos*, de la cual preparé otra edición. Comencé a escribir dos historias del mundo natural: *Historia vitae et mortis* (*Historia de la vida y la muerte*), una enciclopedia que había planeado para describir la propia vida y los métodos para prolongarla; y una segunda obra científica, *Historia ventorum* (*Historia de los vientos*). Tomé apuntes para mi obra de ficción utópica, la *Nueva Atlántida*, y me sentía preparado para empezar a trabajar en ella en cuanto tuviera tiempo.

Para mi propia sorpresa, en 1620 acabé al fin *Novum Organum*. En dicho libro, exponía mi nuevo sistema científico y un nuevo método de experimentación y descubrimiento científicos, y manifestaba mi rechazo rotundo a la lógica de Aristóteles. También esbozaba la naturaleza de la futura experimentación científica para innovar en el campo de medicina, la tecnología, el transporte, etcétera. Se debía crear un repositorio tanto de los conocimientos existentes como de los nuevos, y establecerlos como hechos objetivos, demostrables y científicos. El conocimiento en sí no era el objetivo final, sino que esos descubrimientos debían emplearse para el beneficio de todos los hombres y mujeres del mundo. La ciencia cambiaría la vida de las personas, desde las más privilegiadas hasta las más humildes. Anunciaba la llegada de un mundo moderno, un mundo que no sería igual al anterior.

Tras la publicación, el libro gozó de un éxito espectacular y enseguida lo leyó una gran cantidad de gente. Lo había escrito en latín, de modo que se enviaron ejemplares al continente y no tardaron en llegarme cartas de los pensadores de nuestra época para felicitarme y rebatirme. Algunas personas me decían que había cambiado el mundo, que Europa ya no podía ir marcha atrás, solo hacia delante. Otros decían que estaba escupiendo sobre la reputación de los maestros de la antigua Grecia. Cuando leí aquello sonreí para mis adentros; ya era hora de que alguien le escupiera a Aristóteles en esa cara de engreído que tenía. Me alegraba ser yo quien lo hiciera.

Se iba a celebrar una presentación formal del libro al rey en Theobalds. En principio, según me había contado el espía que había infiltrado entre los caballeros del rey, parecía que el rey quería que la presentación tuviera lugar ante toda la corte, para celebrar el ascenso del pensamiento intelectual inglés a la cima del mundo. «¡Así se enterarán de lo que es bueno los cabrones de los italianos!», había exclamado. El día de la ceremonia, vestido con mis mejores galas, fui en carruaje de York House a Theobalds con ejemplares del libro. Pero, cuando llegué al palacio del rey, en lugar de una ceremonia con toda la corte, me encontré con que estaban celebrando un día de caza. El rey (o alguien que no había corregido al rey cuando había afirmado que había sido él) había disparado a un ciervo. La pobre criatura yacía muerta en medio de un claro del bosque. No había ningún tipo de ceremonia; tan solo un grupo de cortesanos vestidos con ropa de caza. Nadie parecía estar esperándome.

Desconcertado, me dirigí hacia la gente con un criado a mi lado, quien acarreaba todos los ejemplares de la obra que se suponía que iba a presentar. Tan solo vi al rey arrodillado, inspeccionando el disparo en el costado de la bestia. No veía a Villiers por ninguna parte. El rey, que seguía sobre el cuerpo del animal, tenía el rostro iluminado de placer, con una sonrisa de oreja a oreja. Cuando me acerqué a él, alzó la vista y exclamó:

—¡*Beicon!* Menudo trofeo he abatido, ¿eh?

El animal yacía sobre un pequeño montículo de tierra. Ya no respiraba, pero tampoco llevaba demasiado tiempo muerto. El hedor de sus intestinos inundaba el aire mientras el vapor caliente escapaba de las entrañas del animal.

—Un espécimen magnífico —dije mientras me inclinaba, a pesar de mis ganas de vomitar. Seguía sin ver a Villiers por ningún lado—. ¿No está el duque de Buckingham por aquí?

—Ah, no —gritó—, a él no le gusta demasiado la caza. Es como tú, ¿eh, Bacon? El muy necio ve un poco de sangre y ya se marea. —De repente puso cara de confusión—. Oye, *Beicon*, ¿por qué vienes vestido tan elegante?

—Hoy es la presentación de mi nueva obra —respondí, y me quedé con ganas de añadir: «¿Es que se te ha olvidado, pedazo de cazurro?».

El rey miró a mi criado, que alzó uno de los ejemplares del *Novum Organum*.

—De modo que es ese tu nuevo librito, ¿eh, *Beicon*?

Gruñí para mis adentros y el rey esbozó una de sus sonrisas infantiles.

—Pues venga, dámelo.

Y, en cuanto terminó de hablar, metió las manos en el vientre del ciervo y extrajo el enorme corazón rojo del animal. La sangre le recorrió el brazo mientras sostenía el corazón en alto.

—¡Ah! —exclamó—. ¡Creo que todavía lo siento latir!

El criado dio un paso atrás. ¿Acaso pretendía el rey sostener mi nueva obra con las manos ensangrentadas?

—¡Venga, vamos! —chilló; la impaciencia le estaba arrebatando el buen humor provocado por la caza—. ¡Pásamelo de una vez! Que quiero echarle un vistazo.

El rey dejó que el corazón enorme y húmedo del ciervo cayera al suelo con un golpe seco. Trató de levantarse y sus criados se acercaron a toda prisa para ayudarlo a ponerse en pie, ya que cada vez estaba más rígido y peor de la gota. Me empezó a invadir el pánico. Con todos los años que había pasado planeando esa obra, con las esperanzas que había tenido de presentarla en una ceremonia grandiosa, y al final el rey iba a recibir mi libro así, en un coto de caza, con un animal muerto a los pies. Mi criado se acercó a él, con la cabeza gacha, y extrajo el libro de su envoltorio de tela. El rey se hizo con él y lo hojeó con los dedos manchados de sangre.

—Ah, claro... —dijo, como si entendiese lo que estaba leyendo.

Cuando se hartó, le devolvió el libro a mi criado. Estaba hecho un desastre, cubierto con las manchas rojizas y violáceas de la sangre del corazón del ciervo.

—¿Te he contado alguna vez que yo también escribí un libro, *Beicon*? —comenzó a decir el rey mientras chasqueaba los dedos para que le llevaran vino—. Sí, como lo oyes. Se llamaba *Basilikon Doron*, que en griego significa «regalo real». ¿Hablas griego, *Beicon*?

Me quedé mirando la obra más importante de toda mi vida embadurnada de sangre, desechada. Por supuesto, tenía muchos más ejemplares, pero mi vanidad se sentía amenazada. Soy el hombre más inteligente de esta isla del demonio, pero en Inglaterra (y es probable que en Escocia también) ese tipo de inteligencia no vale para nada. El rey me estaba haciendo preguntas sobre su propio libro, una porquería ridícula que había publicado veinte años antes. Pero yo no le estaba prestando atención; estaba mirando mi libro, mi visión particular del mundo moderno, con las huellas asquerosas y sangrientas del rey por todas partes.

Te odio tanto, pensaba. *Te odio con toda mi alma. Eres un lerdo y un imbécil, y en unos instantes voy a tener que prestarte atención de nuevo y contestar a tus estúpidas preguntas. Pero ahora mismo, aunque sea solo durante unos segundos, quiero quedarme aquí plantado y concentrarme en que me has robado lo que es mío, y en lo mucho que te odio por ello.*

Como es evidente, ya no estaba pensando en mi libro.

—¡*Beicon*! —bramó el rey, con lo que me sacó de mi ensoñación oscura—. ¿Es que no me estás escuchando? Te estaba preguntando si te había gustado la segunda parte de mi libro, en la que les aconsejaba a los reyes que actuaran con bondad, justicia y *tolerancia*.

Me enderecé. El juego no se detenía nunca. Hice una pequeña reverencia y respondí:

—Ah, por supuesto, majestad. Todo el mundo os admira.

Al oír aquello, el rey tomó un buen trago de vino, puso cara de satisfacción y soltó un eructo con el que dejó escapar el aliento blanco al aire fresco del campo.

SOBRE TODOS MIS
ENEMIGOS

El poder que había alcanzado me proporcionó muchas cosas, como por ejemplo, años después de la caída de los Carr, un título apropiado al fin. En el Año Nuevo de 1621, como recompensa por mis servicios, fui nombrado vizconde de Saint Albans, lo que significaba que por fin era aristócrata. En la ceremonia de investidura, me pusieron la capa de piel de armiño sobre los hombros y la pequeña corona de perlas de vizconde en la cabeza, y el rey anunció mi nuevo título. La mayoría de los condes de Inglaterra que estaban mi alrededor me miraban con desdén, con el ceño fruncido, molestos por que formara parte de ellos. Villiers me observaba, sonriente pero evasivo. Habíamos logrado establecer cierta paz entre nosotros. No podría decir que fuéramos amigos, pero tampoco que no lo fuéramos. ¿Es así como se llevan siempre quienes han sido amantes?

El poder también me proporcionó dinero, el suficiente como para poner en marcha y completar las reformas de York House, como por ejemplo aumentar el tamaño de las ventanas que daban al Támesis para inundar las habitaciones de luz (lo cual era la tendencia) y poder así tener vistas espectaculares al río y, tras él, a los campos verdes de Lambeth. No obstante, seguía teniendo trabajo que hacer, y me alegraba de ello. He de confesar que seguía afectado por el amor que había perdido, y por todos los demás amores de los que un hombre de mi edad debería haber disfrutado. Lamentaba la pérdida de uno y, por tanto, de todos los demás. En ocasiones me preguntaba si sería cierto que me había usado, pero tampoco le daba demasiadas vueltas. ¿Cómo iba a quejarme? Nuestro plan había salido a pedir de boca. Has de recordar que yo era quien no dejaba de dar la lata con el plan. De modo que, repito, ¿cómo iba a quejarme?

Una mañana de primavera, estuve revisando casos durante horas en York House, adonde ya me había trasladado. Estuve tanto tiempo encorvado sobre mi escritorio que tenía la espalda y el cuello agarrotados mientras leía, corregía y anotaba varios documentos que me habían dejado para que los revisara y aprobara. Necesitaba descansar la vista, de modo que alcé la mirada hacia el río. Ya había salido el sol y hacía un día precioso. Alguien llamó a la puerta y me sacó de mis ensoñaciones, y entonces Meautys apareció con más documentos y más trabajo rutinario. Fui revisándolo todo: proyectos de ley, quejas sobre la prórroga del Parlamento por parte del rey, una contrapropuesta a una petición de dinero para mandárselo a la princesa Isabel y a su marido, que se encontraban en una situación complicada en Alemania. Iba dejando comentarios y tachando párrafos que me parecían arriesgados o que podían resultar confusos. Y de pronto me topé con una carta que leí sin prestarle demasiada atención. El diputado por Liskeard, una localidad del condado de Cornualles, quería iniciar una investigación sobre la corrupción en los tribunales.

Le pregunté a Meautys de qué se trataba todo aquello, a quién pretendía poner en el punto de mira ese hombre que yo ni siquiera conocía. Meautys me informó de que a quien querían investigar era a un primo de Villiers, un imbécil llamado sir Giles Mompesson. No eran parientes cercanos, por lo que no supondría una amenaza importante. En el peor de los casos, resultaría un poco vergonzoso. Sir Giles era un idiota redomado, codicioso y estúpido a más no poder. Se había aprovechado de la influencia de Villiers para hacerse con el monopolio de la concesión de licencias a las tabernas, monopolio que hasta entonces no existía. Los que se encargaban antes de dicha tarea eran los juzgados de paz, pero ahora se había creado el monopolio y se había concedido a la familia Villiers como parte de un obsequio más amplio. Mompesson, que sabía que los taberneros no eran secretarios parlamentarios y no siempre mantenían sus negocios en orden, había empezado a imponer multas cuantiosas por todas y cada una de las infracciones que cometían, que eran muchas. Los taberneros, indignados, habían presentados cientos de quejas. Mompesson había visto una oportunidad para ganar dinero y la había convertido en una vulneración descarada. (¡De verdad que hay gente que no tiene remedio!).

—Bueno, si hay alguien que merezca caer, es Mompesson —le dije a Meautys, que me miraba como si nada, sin abrir la boca—. De acuerdo, está bien, averigua quién es ese diputado por Liskeard. Podemos alertar a nuestro amigo —y con «nuestro amigo» me refería a Villiers— si es necesario. Tenemos que saber cuál es la verdadera motivación de ese hombre.

Meautys asintió y se marchó para seguir investigando. Yo me quedé pensando en Villiers durante un instante y, para mi sorpresa, volví al trabajo alegremente. Siempre me gusta buscar señales de que no estoy tan destrozado como antes.

A la mañana siguiente regresó Meautys. Nos sentamos en un banco alargado, el uno al lado del otro, en el agradable jardincito que se extendía desde la parte de atrás de York House hasta la orilla del río, con un césped verde y exuberante por la primavera y varios espinos cargados de flores de un blanco deslumbrante.

—¿Qué noticias me traes? —le pregunté, pero Meautys permaneció en silencio durante un momento. Fruncí el ceño—. ¿Y bien? —insistí con más urgencia, dado que empezaba a intuir el significado de su silencio.

—Vos me pedisteis que averiguara quién era el diputado por Liskeard.

No entendía a qué venía tanta seriedad.

—Sí.

Tras tomar aliento, dijo:

—Es Edward Coke.

¡Ajá!, pensé. Desde su caída, creía que se había mantenido en la sombra, pero estaba demasiado ocupado como para estar al tanto de los entresijos de la vida parlamentaria. Meautys me explicó que Edward Coke (quien, que yo

supiera, ni siquiera había estado jamás en Cornualles) se había convertido en diputado por Liskeard en las últimas elecciones.

—¿Y qué espera conseguir? ¿A quién le importa si Mompesson acaba teniendo que pagar una multa o renunciando al monopolio?

—Mompesson no es más que el preludio de la verdadera investigación, del auténtico objetivo de Coke.

—¿A quién pretende investigar?

—A vos.

¡Ajá!, volví a pensar, esa vez con más vehemencia. El juego se iba revelando; empezaba a entender su verdadera naturaleza y su puro rencor sinuoso.

—Bacon, Coke ha puesto en marcha una investigación sobre el cobro de sobornos durante los años que habéis trabajado en un cargo público.

Me eché a reír, totalmente incrédulo. ¿Recuerdas cuando dije que nuestro mundo era un mundo de sobornos? ¿Cuando dije que preferiría no aceptarlos, pero que, en Inglaterra, si los rechazaba, el demandante protestaría porque no estaba siendo justo? Pero recuerda que también dije que era el juez más honesto que había precisamente porque amo la ley, porque no dejo que los sobornos me influyan.

Me invadió un desprecio gélido hacia Coke.

—¿Y piensa investigar los sobornos que aceptaba él mismo cuando era juez? —gruñí, y oí la ira en mi voz.

De modo que ahora Coke venía a por mí… Debería haberlo sabido. *Pues que venga*, pensé con los puños cerrados, preparado. *Que venga el muy cabrón. No tengo nada que ocultar.*

—Ya se han presentado denuncias contra vos —añadió Meautys.

Aquello sí que me sorprendió.

—¿De parte de quién?

—De personas a cuyo favor no fallasteis a pesar de que intentaron sobornaros en el pasado.

Repito, ¿lo ves? ¿Ves las artimañas de la justicia de Inglaterra? La gente no se queja de que haya sido un juez injusto, ¡sino de que no hayan surtido efecto sus sobornos!

—¿Y ha ido Edward Coke en busca de las personas que han presentado dichas quejas o es que sencillamente ha tenido mucha suerte y se ha topado con ellos en la calle y les ha sonsacado algunos chismes?

Entonces Meautys me miró muy serio.

—Me temo no son solo chismes. Va mucho más allá.

Me entregó un pergamino que llevaba el sello de la Cámara de los Lores. Rompí el lacre y comencé a leer:

AL VIZCONDE DE SAINT ALBANS, FRANCIS BACON:

SE OS CONVOCA ANTE UN TRIBUNAL DE PARES PARA
RESPONDER A LOS CARGOS EN VUESTRA CONTRA ESTE
JUEVES, A LAS NUEVE DE LA MAÑANA. LA FALTA DE ASISTEN-
CIA PUEDE SUPONER VUESTRA EXPULSIÓN DE LA CÁMARA DE
LOS LORES Y PUEDE SER MOTIVO DE ENJUICIAMIENTO.

Estaba firmado por el conde de Southampton. Y entonces fue cuando entendí del todo la trampa. Se trataba de un complot mucho más ambicioso que el mero intento de ajustar cuentas por parte de Coke. Ni siquiera sabía si Coke era quien había puesto en marcha el plan, o si había sido Southampton, o Suffolk, o incluso los Carr, a quienes, por culpa de mis principios, había dejado vivos en la Torre de Londres, sin que fueran libres para caminar por las calles, pero sí para conspirar. Me había esforzado mucho, durante mucho tiempo, para llegar hasta allí. Qué estúpido había sido por pensar que me dejarían triunfar sin interponerse en mi camino. Mucho tiempo atrás, antes del plan, antes de conocer a Villiers, sabía que querían matarme porque tendrían que hacerlo, porque no podían controlarme. Y seguían sin controlarme, de modo que ¿por qué iba a ser distinto ahora?

¿Me habrían cegado el éxito, el dinero y el poder? Me asaltó un torbellino de preguntas. ¿Cuánto tiempo llevaría el complot en marcha? ¿Cómo no lo habíamos descubierto Meautys y yo hasta entonces? ¿Quién más estaría implicado? ¿Meautys? ¿Villiers? No, claro que no. Debía mantener la calma. Mantener la calma es la primera regla del poder, la más importante. Debía recordar quién era, mi capacidad para luchar, todas las veces que había ganado y todas las que había perdido. Le dije a Meautys que averiguara los detalles de los cargos que habían presentado contra mí: quién me había acusado, en qué argumentos se basaba la acusación. A lo largo de los años, me habían hecho muchos regalos (sí, sobornos, por supuesto, aunque yo no hubiera pedido ninguno de ellos), pero nunca me había dejado influir por eso.

Meautys volvió a York House antes del mediodía con los detalles de las primeras denuncias. Una era de un hombre llamado Edward Egerton. Ay, Dios, a ese necio lo conocía… Demandaba a la mitad de los hombres de Inglaterra; era un litigante crónico. Todos los jueces conocen a esa clase de hombres, hombres que usan la ley para resolver los rencores más insignificantes, y son una pesadilla. Siempre son iguales: interponen las denuncias de forma escandalosa, interesada, y se creen que están librando una batalla épica por la moral. Cualquiera que no los ayude o falle a su favor se convierte de inmediato en un malhechor; y el mundo, en una gran conspiración de malhechores. Yo había tramitado algunos de sus casos y había descartado otros. Algunas veces me había enviado pequeñas sumas de dinero y, con más frecuencia, cartas cargadas de indignación por no haber logrado convencerme de fallar a su favor.

Otro de los demandantes era un tal Christopher Awbrey. Ni siquiera lo recordaba. Afirmaba haberme enviado cien libras para que resolviera su demanda con celeridad, y que las había aceptado. Intenté recordar, pero me fue imposible. Llevaba tantos años trabajando… ¿Cómo iba a acordarme de todo?

Entonces, Meautys dijo, muy serio:

—Hay muchas más denuncias.

Me quedé de piedra. De repente sentí una presión espantosa en el cráneo que me oprimía el cerebro. Volví a pensar en quién podía formar parte del complot, y lo que se me ocurrió era verdaderamente atroz.

Llevaba tres días solicitando ver al rey, pero no me había mandado llamar. Y eso que estaba en Whitehall, ni siquiera en Theobalds. En el pasado, podría haberme presentado sin avisar, pero últimamente, cuando pensaba presentarme, siempre lo anunciaba. Me parecía que así Villiers podía tener tiempo de escabullirse en caso de que no quisiera verme. Pero, ahora que estaba pidiendo ir a verlo y el rey no respondía, me parecía imposible presentarme sin más. En el pasado, habría estado encantado de verme en menos de una hora. Ahora solo recibía silencio. Se me cortó la respiración. ¿Sería posible que el rey formara parte del complot? ¿Sería posible que fuera consciente de la trampa que me estaban tendiendo?

Tenía que verlo. Era absolutamente necesario. Si me encontraba con él, sabía que me salvaría. Sabía que era fácil influenciarlo, pero, si me veía, estaba seguro de que recordaría lo leal que le había sido. Le resultaría imposible negarlo; nadie había trabajado tanto, nadie había sido más leal. Estaba seguro de que eso tenía que valer de algo, ¿no?

—¿Estáis bien, Bacon? —me preguntó Meautys sin una pizca de emoción en la voz, como siempre.

Me puse en pie de un salto.

—¡¿A ti qué te parece?!

La presión que sentía en el cráneo se entrelazaba con una frase que se repetía una y otra vez en mi mente: *¿Podrá salvarte ahora tu inteligencia, Bacon? ¿Podrá salvarte ahora tu inteligencia?*

—Tengo que irme —gruñí—. Tengo que ir a ver al rey.

Lo siguiente que recuerdo es ir corriendo por la calle Strand en dirección a Whitehall. Recuerdo las calles abarrotadas, lo cual no era muy habitual en Westminster, y recuerdo que, sin embargo, el río parecía estar en calma, plateado.

¿Estaría ocurriendo algo? ¿Sabría todo el mundo algo que yo no sabía, que se iba a producir otro giro inesperado la partida? Seguí corriendo. Ya no era joven, ni mucho menos; estaba sudando, agotado, y sentía que todos los músculos de mi cuerpo me gritaban. Las gotas de sudor me recorrían la frente y la espalda, por dentro de la chaqueta.

Cuando tuve el palacio ante mí, me detuve en Scotland Yard. Allí era donde, antes de que el rey ascendiera al trono de Inglaterra, sus representantes diplomáticos escoceses se alojaban cuando visitaban la corte de la reina Isabel. Dos países que siempre habían estado divididos se habían unido. Allí seguía Scotland Yard, un pequeño fragmento de nuestro pasado separado, una época en la que yo no hacía más que conspirar para ascender. Pero ¿puede el pasado volver y arrollar el futuro? Ahora era yo quien estaba a punto de caer. Entré tambaleándome en el patio enorme del palacio, inundado de la luz engañosa y cambiante del río. El suelo estaba cubierto de arena dorada y en el otro extremo del patio se encontraban las grandes puertas del palacio, abiertas, con gente que entraba y salía: criados, secretarios y aristócratas. Visualicé mentalmente a la reina, a Villiers y a mí al otro lado, en la amplia escalinata, esperando a que llegara el rey, el día en el que llevamos a cabo nuestro plan y al fin logramos lo que nos habíamos propuesto. Por entonces, el futuro parecía esperanzador; estaba seguro de que todo saldría bien. Pero ahora ese futuro estaba hecho trizas.

Ante las puertas había una guardia compuesta por nueve soldados con sombreros adornados con plumas, todos en fila, como siempre, y todos con el brazo izquierdo extendido, cada uno con una pica en la mano. Al acercarme a ellos, vi que el capitán, que estaba colocado en el extremo derecho, se giraba hacia mí. Nos conocíamos, incluso teníamos una relación cordial, de modo que esperaba que me saludara, pero en lugar de eso infló el pecho y gritó, con una voz alta y clara:

—¡Se acerca el enemigo! ¡Que no pase!

Me detuve en seco. ¿El enemigo? Entonces, uno por uno, los ocho guardias restantes sacaron pecho también y comenzaron a gritar:

—¡Se acerca el enemigo! ¡Que no pase! ¡Se acerca el enemigo! ¡Que no pase! ¡Se acerca el enemigo! ¡Que no pase! ¡Se acerca el enemigo! ¡Que no pase!

¿Enemigo? ¡¿Enemigo?! Me quedé allí plantado ante ellos, sin aliento, intentando entender lo que significaba aquello. No iban a atacarme. No era esa clase de enemigo. No, era tan solo que el rey me había prohibido acercarme a él. Y entonces caí en la cuenta de lo que estaba ocurriendo. Villiers ya me lo había dicho en el día de la mascarada en honor de la princesa americana: todo tenía que acabar, y ahora había acabado de verdad.

Parpadeé bajo esa luz ribereña extraña. Entonces, siguiendo el protocolo, se fueron cerrando poco a poco las enormes puertas del palacio para impedir que me aproximara al rey. Los nueve guardias y yo nos quedamos allí de pie, en ese ambiente de enfrentamiento extraño y silencioso. Me di la vuelta para marcharme. Para entonces, notaba la presión del cráneo como si fuera un tambor, y con cada golpe sentía como si me fuese a desplomar. *No, no, no, no, no...*

Comencé a dar vueltas en círculo, notando la arena blanda del patio bajo los pies. Por primera vez en mucho tiempo, no sabía qué hacer. Yo, que *siempre* sabía qué hacer. Recordé el día en que Villiers había llegado a Gorhambury y lo había observado, oculto, desde una ventana alta, mientras la mariposa blanca bailaba al otro lado y yo intentaba tocarla a través del cristal. Miré hacia arriba. Fui pasando la vista de una ventana a otra, como un loco, en busca de algún indicio de Villiers, pero no vi nada. Quería lanzarme contra el cristal. Quería ver si ahora estaría él escondido, contemplándome, si se habían invertido las posiciones. Tras dar vueltas y más vueltas, empecé a gritar:

—¡Villiers! ¡Villiers! Villiers!

Las personas que había en el patio se me quedaron mirando. Tal vez pensaran que estaba loco. Puede que lo estuviera. O tal vez pensaran que moriría pronto y, al igual que el día en que habían (o *yo había*) colgado a la señora Turner, vendrían a abuchearme y a aplaudir. Seguí dando vueltas mientras gritaba:

—¡Villiers! ¡Villiers! Villiers!

Pero no apareció. Ni siquiera salió para ver lo que estaba ocurriendo. Pero sabía que estaba allí. Sentía en lo más profundo de mi ser que estaba allí, viéndome caer.

Llegó el día de mi audiencia, en plena primavera. Los castaños de Londres parecían encendidos, cargados de flores blancas; y el aire, verdoso por lo cargado de polen que estaba, producía escozor en la piel. York House y la Cámara de los Lores están casi al lado, un paseo fácil que yo mismo recorría la mayoría de los días cuando tenía trabajo que hacer en Whitehall o en Westminster. Pero ese día no fui caminando; no quería que me observaran los ojos voraces de Londres en el momento de mi posible humillación. Sin embargo, lo único en lo que podía pensar era en por qué no me escribía Villiers. ¿Estaría asustado? ¿Estaría protegiéndose a sí mismo? Quizá pensara que me estaba protegiendo a mí, que dejar ver que estaba de mi lado supondría una amenaza para mí. Quizá estuviera diciéndole al rey: «Tienes que salvarlo, tienes que detener a Southampton». Le di vueltas a esa última posibilidad. Quizá pensara que, si yo supiera que me estaba ayudando, no me resistiría a hacerme el listo con algún enemigo mío y revelaría el plan, o al menos no lucharía tanto como debería. Quizá me amase. Quizá, quizá, quizá. Aquellos que están a punto de sufrir la derrota, aquellos que antes vivían en el mundo de la certeza, se convierten en refugiados en el mundo de los «quizás».

El edificio señorial medieval en el que se había alojado durante cientos de años la Cámara de los Lores me esperaba. Cuando mi carruaje se detuvo en la entrada, vi a montones de lores accediendo al edificio. Al salir del carruaje, varios de ellos (condes, marqueses, barones y vizcondes, como yo) me vieron llegar. Ninguno me abucheó, pero ninguno me deseó buena suerte tampoco. Estaban esperando a ver qué sucedía, sin querer comprometerse hasta saber cómo se desarrollaría todo.

Cuando llegué al salón de la Cámara de los Lores, estaba repleto de nobles de Inglaterra. Respiré hondo al entrar, mientras observaba una escena que ya había presenciado antes en juicios y audiencias, claro está, pero en esos casos yo había sido el abogado o el juez, no el acusado. La charla animada cesó en cuanto entré en la sala y se produjo un silencio extraño, vertiginoso, antes de que comenzaran a sonar murmullos y risas crueles. En un extremo de la sala había un estrado con una mesa alargada donde no había nadie sentado. Meautys no había logrado averiguar quién iba a formar parte del tribunal. Habían mantenido esa información oculta. El rey, y por tanto también Villiers, podía influenciar al tribunal. Si no aparecían ni Southampton ni Suffolk, quizá significase que pretendían ayudarme en secreto, y quizá ese fuera el motivo por el que no querían verme. Quizá, quizá... Seguía en ese mundo de «quizás».

En el centro de la sala había un asiento que me esperaba. Ese día, mi posición se había invertido; ya no era una estrella en el firmamento, brillante y luminosa, sino que estaba allí para recibir calumnias. Caminé hacia la silla despacio, tomándome mi tiempo, conteniendo la respiración. Mientras me sentaba, sentí las miradas de los condes de Inglaterra clavadas en mí. Dejé que me observaran y decidí centrarme en aferrarme a lo que era mío: mi confianza en mi propia inteligencia. Con la cabeza bien alta, asentí para saludar a aquellos que conocía, seguro de mí mismo. Algunos me devolvieron el saludo, pero solo por educación, como buenos ingleses. Todos se andaban con cuidado de no comunicarme su apoyo.

De pronto noté una presencia cerca. Me giré y vi a Southampton, ese hombre alto y delgado como una espiga, la sombra del diablo. No me saludó, sino que se me quedó mirando al igual que aquella noche en que el Globe se había quemado. Si iba a sentarse allí, cerca de mí, significaba que no era uno de los miembros del tribunal.

—Señor —murmuré y asentí con tanta calma que casi parecía un saludo sarcástico.

—¿Recuerdas cuando te propusiste encerrarme, Bacon? —me espetó. No me había llamado por mi título; no pensaba rebajarse—. Ahora me toca a mí.

Incliné ligeramente la cabeza.

—Tan solo estaba sirviendo a la Corona, señor, como bien sabéis. Quien os encerró fue el conde de Essex. Yo no hice nada.

—¿Nada? —bramó el conde de Southampton. Habló tan alto que la gente de nuestro alrededor se giró para mirarnos—. Eres un cáncer para este país, y los hombres como tú, meros escribas feos, afeminados y pedantes, no pueden estar al frente de Inglaterra.

—Entonces, ¿quién debería estar al frente? —le pregunté.

Era evidente que pretendía provocarlo para que respondiera alguna estupidez sobre sí mismo. Sabía que, en otro contexto, se habría encabritado y me habría amenazado, pero, ante la presencia de los demás nobles, permaneció en calma y me dijo:

—No tienes buen aspecto, Bacon. Espero que este juicio no acabe contigo.

—Sobreviviré para conspirar un día más —dije mientras apartaba la vista del conde y miraba al estrado.

Southampton se acercó a mí y, con la boca pegada a mi oreja, me susurró:

—¿Estás seguro de eso, Bacon? ¿Estás seguro?

Parpadeé una única vez, con pesadez, aterrado pero con la esperanza de que no se notara. Se abrió una puerta a un lado de la sala y fueron entrando los miembros del tribunal, quienes iban a juzgarme. Southampton se acomodó en su asiento, pero veía por el rabillo del ojo que seguía mirándome.

La audiencia comenzó con una descripción de los cargos. Había que valorar veintisiete casos en total (¡veintisiete!), y fueron mencionándolos uno a uno, pidiéndome que respondiera ante ellos cuando ni siquiera me habían dado la oportunidad de prepararme. Se trataba de una lista de artimañas políticas; no era una recopilación de delitos, sino de *cualquier cosa* que mis enemigos hubieran podido destapar.

—¿Podéis hablarnos del presunto soborno del señor Egerton, vizconde de Saint Albans?

Eso era fácil.

—Egerton adora batallar en los juicios. Hace uso del juzgado como otros hombres hacen uso de la comida: a diario y con avidez. Es algo necesario para él. Tiene siempre tantos casos en activo que es imposible seguir la cuenta. —Oí unas risas amistosas por la sala—. Sí, me ha enviado sobornos, pero yo nunca me he dejado influenciar por ellos. No hay ni un solo juez en Londres que no haya recibido algún obsequio suyo. Podéis llamar a cualquier juez de la ciudad ahora mismo y os lo confirmará. —Miré a Southampton—. Salvo el diputado por Liskeard, quizá.

Un murmullo se extendió por la sala. La gente debía de saber que dicho diputado era Edward Coke. Había dicho en voz alta quién era la persona que había iniciado todo aquel complot; había hecho ver que comprendía cómo funcionaba el juego. No me había venido abajo ante la amenaza; me había mantenido firme.

—¿Es cierto que, en el caso de Hodie contra Hodie, recibisteis doce botones de oro?

Estuve a punto de estallar en carcajadas.

—¿De verdad sugerís que el lord canciller de Inglaterra se va a dejar sobornar por el precio de doce botones? No tengo ningún control sobre lo que me envía la gente. Repito: a los jueces siempre nos envían regalos.

Quería dejarlo bien claro, quería revelar la verdad y, así, la mentira que servía de fundamento de ese proceso judicial.

—¿Y qué hay sobre las cien libras de sir John Trevor?

—Fue un regalo de Año Nuevo.

—Sir Edward Shute os envió varios tapices.

—Sir Edward es un buen amigo mío. Le gusta regalarme cosas bonitas.

Entonces volvieron a sonar risas, carcajadas sinceras y animadas.

—¿Y el anillo de diamantes de sir George Reynell?

—No recuerdo haber recibido ese anillo —dije y dejé escapar un suspiro de aburrimiento. ¿Te acuerdas de cuando Carr dijo lo mismo en su juicio? ¿De cuando alegó que no se acordaba? Pues así es como uno finge no saber nada en un juicio—. ¿Acaso tiene el señor George una carta de agradecimiento de mi parte? ¿Alguna prueba de que exista ese anillo? —Me detuve antes de añadir—: Tal vez una factura.

Las risas eran ya estridentes, y sabía que la mayoría de la gente estaba de mi parte.

Me enfrenté a más de veinte acusaciones más e hice todo lo que pude por esquivar todas y cada una de ellas. Un regalo de cumpleaños, un regalo de Año Nuevo, una remuneración por mi asesoramiento jurídico… Ni siquiera me acordaba de muchos de los sobornos (ni de los casos) y tenía que ir pensando sobre la marcha para inventarme excusas. En ocasiones, se mencionaban personas que yo habría considerado mis amigos, y me sorprendía que me acusaran. Tras un buen rato, un miembro hostil del tribunal me preguntó con dureza cómo era que había tantas acusaciones graves cuando todas mis respuestas eran tan banales.

—¡Ja! —exclamé, como burlándome de que dicho miembro pensara que había dado un golpe de gracia—. Porque todos sabemos que los casos no parecen muy sólidos. Y no lo parecen porque no lo son. Todo esto es un complot para destruirme; lo sabéis tan bien como yo. Es muy probable que yo sea el juez más honesto del reino.

Se oyeron gritos ahogados por toda la sala, típico de los ingleses (como si pensaran: *¡¿Cómo se atreve alguien a decir la verdad?!*). Pero no estaba asustado. Estaba agrietando la capa de laca que envolvía a toda aquella conspiración. Sabía que estaba ganando.

—La cuestión, señores, es la siguiente: mis respuestas son banales porque las acusaciones lo son también, y todos lo sabemos. Todos sabemos que Edward Coke ha tramado una investigación contra mí, y estamos todos aquí haciéndonos los tontos. Que conste en acta que estoy diciendo la verdad. En Inglaterra, a los jueces nos envían sobornos. Cuando a un juez se le presenta un caso, el demandante envía una carta en la que declara su postura y la acompaña de un soborno. Puede ser cualquier cosa: esos doce botones, esas cien libras, esos anillos de diamantes de los que habláis y de los que no hay constancia… Lo que pretende el demandante es persuadir al juez. Y la realidad es la siguiente: la mayoría de los jueces se dejan persuadir. ¿Por qué no se investiga al señor Coke para que salgan a la luz todas las veces que ha fallado a favor de la persona que le ha enviado el soborno más valioso? —Más susurros exaltados por toda la sala; la capa de laca se estaba rompiendo del todo—. Y ahora, señores, y todos los presentes, os invito a echarles un vistazo a todas las decisiones que he tomado como juez en cada uno de los casos en los que he participado. No encontraréis ninguna tendencia a fallar a favor de la persona que me haya entregado un soborno más cuantioso, y veréis que, en ocasiones, ha habido hombres que no me han mandado soborno alguno, porque no tenían nada que ofrecer, y aun así he fallado a su favor. ¿Por qué? Porque me parecía que era lo justo. No hay ninguna otra razón más que la propia razón. Soy un juez que ama la ley. Es posible que todos vosotros tengáis vuestras propias opiniones sobre mis valores, mis ideas políticas y mi servicio al rey, pero ninguno de vosotros pensáis de verdad que soy un juez corrupto. Tal vez acabe en el infierno, con el mismísimo diablo, pero ni siquiera él podría encontrar un caso en el que no haya intervenido de manera honorable y justa.

—¡Sí, señor! —gritó alguien.

—Siempre, aunque en ocasiones vaya en contra de mis propios intereses, dicto sentencias justas. Os vuelvo a pedir que analicéis mis sentencias, todas y cada una de ellas. Si encontráis un único caso en el que me haya dejado influir por un soborno, firmaré los documentos que me pidáis y admitiré haber cometido los delitos que deseéis. Pero debéis saber que no lo encontraréis. Esa es la verdad. Ninguno de los nombres que habéis mencionado habría tenido nada que decir en mi contra si hubiera fallado en su favor. No se quejan porque me hayan enviado sobornos, sin que yo los pidiera, repito, sino porque no me dejé convencer por ellos. Podéis considerarme culpable si así lo deseáis; no tengo forma de saber si ya lo habéis decidido. O si ciertos lores de este reino —no me atreví a mirar a Southampton en ese momento— desearían poder meter baza en la sentencia. Pero lo que sé es lo siguiente: puedo decir con sinceridad, ante Dios y ante mi rey, que he sido un hombre honesto y que he servido a mi país de la mejor manera que he podido.

Di por finalizado mi discurso con un suspiro de agotamiento. Se produjo un breve momento de silencio en el que casi se podía oír el aire moviéndose por la sala. Y entonces oí que alguno de los presentes comenzaba a aplaudir, y luego se le unió otra persona, y otra. Miré a mi alrededor y vi que había hombres poniéndose en pie. Otros daban pisotones. Sentí que se me relajaba todo el cuerpo. Me permití esbozar una sonrisita y saludé con la cabeza a todos aquellos que me estaban aplaudiendo. ¿Era posible que la justicia inglesa, nuestra supuesta honradez nata, estuviera al fin de mi parte, después de haber estado yo siempre de la suya?

El tribunal dio por concluida la audiencia. Para mi sorpresa, conforme me marchaba de la Cámara de los Lores, varios nobles se acercaron para felicitarme por haber hablado tan bien, o para decirme que me habían hecho una jugarreta, o que le había enseñado a toda Inglaterra de qué pasta estaba hecho. Estaba esperanzado. Más que esperanzado. Tras darles las gracias a quienes se habían parado a hablar conmigo, me dirigí al antiguo patio del palacio, donde me había estado esperando mi carruaje durante todo el día. Los latidos del corazón me martilleaban el pecho. Me incliné hacia delante; me costaba respirar y no sabía si iba a desmayarme. En algún lugar, a lo lejos, oí a un vendedor de agua gritar:

—¡Agua limpia de un pozo seguro! ¡Un cuarto de penique por un trago!

Pensé que, en ese momento, nada me podía venir mejor, nada me resultaría más purificante. Me erguí para llamar al vendedor, pero al instante vi un borrón gris ante mí y una oleada repentina de frío me atravesó el cuerpo. Reconocí de inmediato al buitre que me estaba devolviendo la mirada: Edward Coke.

—Bacon —me dijo—, he oído que os ha ido bien ahí dentro.

—¿Qué esperabais? Ya sabéis que se me da bien el derecho. Sé defenderme a mí mismo.

Bufó y apartó la mirada hacia un lado.

—Y yo sé llevar adelante la acusación. —Volvió la vista de nuevo hacia mí y me sostuvo la mirada—. Pero hoy mi acusación no ha ido muy bien.

—No es *vuestra* acusación —le dije, aún con la boca seca—. Soy un lord de Inglaterra juzgado por un tribunal de pares.

Coke asintió con la cabeza, como aceptando la humillación de que yo poseyera un título y él no.

—¿Creéis que el rey os protegería si os someten a una investigación por corrupción?

—Habéis usado un artículo indefinido —respondí mientras sentía que la lengua se me quedaba pegada al cielo de la boca—. Pero a mí esa investigación de la que habláis me parece muy concreta.

Coke sonrió.

—Pero ¿creéis que el rey os protegería en una investigación por corrupción o no?

Un abogado sabe que no debe responder a hipótesis.

—No es a mí a quien corresponde decir lo que haría nuestro monarca. Lo único que sé es que Su Majestad es consciente de lo leal que he sido a la Corona. Espero que, para él, eso tenga algún valor. —Hice una pausa—. Pero creo que vos, Coke, no sois santo de su devoción. Por eso os echó cuando no supisteis mantener la boca cerrada.

A Coke se le encendió la mirada, furioso, aunque mantuvo la sonrisa inmutable. En ese momento, su naturaleza malvada resultaba tan evidente que me asusté de verdad.

—Entonces, decidme, Bacon, ¿creéis que el rey os protegería si estuvierais involucrado en un escándalo por sodomía?

Me quedé paralizado, observándolo mientras me fulminaba con la mirada y su sonrisa de satisfacción se transformaba en una cargada de odio. Era obvio que Coke ya sabía la respuesta. Yo soy sodomita, y el rey también. Sí, sí, el rey ha escrito libros sobre los peligros del pecado, pero la gente miente cada dos por tres; es parte de su naturaleza. Pero Coke había participado en tantos interrogatorios como yo, o incluso en más. Mientras que yo me valgo de preguntas apacibles, él rompe muñecas. Pensé en Gervase Elwes, el alcaide de la Torre de Londres, que no se había dado cuenta de que no estaba bien dejar que los Carr envenenasen a Overbury hasta que se le señaló. Así de poco profunda es la moral de los hombres. No es de extrañar que los hombres con menos valores morales se vuelvan extremadamente religiosos. Así tienen una tapadera.

—¿No creéis que, si se llevara a cabo una investigación sobre sodomía en la corte, el rey querría que se actuara deprisa contra los criminales implicados? —me preguntó Coke mientras se acariciaba la larga barba con una expresión de arrogancia desmesurada—. Me pregunto a quién arrestaría… Al duque de Buckingham, quizá, quien, según se comenta, fue vuestro catamito antes de ser el del rey.

¿De verdad pensaba eso la gente? Carr lo había mencionado tras su juicio, pero, por lo demás, no había oído nunca ningún rumor sobre nosotros. Mantuve la compostura. Una vez más, no sabía lo que la gente creía o no, pero lo que sí sabía era que a los abogados les gusta marcarse faroles para encontrar pruebas.

—Bueno —respondí—, ¿por qué no le preguntáis al rey lo que opina de dicha acusación? Tal vez podríais preguntarle delante de George Villiers. Seguro que esa conversación sería de lo más interesante.

Entonces Coke se echó a reír; unas carcajadas alegres, como la risa de un pájaro.

—Ay, Bacon, pero si estuve hablando con el duque de Buckingham el otro día.

Me estremecí al oír aquello, aterrado.

—No sabía que fueseis amigos.

—Ah, somos más que amigos. ¿No os habíais enterado? Su hermano, John, va a casarse con mi hermana.

Sentí que algo se me resquebrajaba en el pecho.

—¿Qué...?

Sabía que Coke era consciente de que me había vencido. Frunció el ceño y dijo, como si acabara de caer en la cuenta:

—Creo que eso significa que Villiers y yo vamos a ser familia pronto. —Sentí como si me desagarraran por completo el pecho, que me flaqueaban las rodillas y que se me rompían los huesos. Villiers me había traicionado. Pero la cosa no acababa ahí. Coke me ofreció una sonrisa horripilante—. Y, entonces, supongo que tampoco sabéis la otra noticia. El duque de Buckingham también se va a casar.

—¿Con quién? —pregunté, espantado.

Coke se quedó en silencio unos segundos, disfrutando del momento.

—Con lady Katherine Manners.

—¿La hija del conde de Rutland?

Lady Manners era una gran heredera, y no cabía duda de que eso era parte de su atractivo. Pero eso no era lo que me aterraba. Su madre era la hermana de la condesa de Suffolk. Lady Katherine era prima hermana de Frances Carr. Villiers estaba a punto de casarse con una Howard. El juego había dado un nuevo giro, y esa vez era a mí a quien sacaban ventaja. Todo el maldito ardid había salido a la luz. Villiers ya no me necesitaba; ya no le resultaba útil, pero una novia de la familia Howard le sería infinitamente útil. Una vez le había dicho que en el poder no existen las amistades, con lo que quería decirle que debíamos ser amigos. Pero Villiers solo había recordado la primera parte.

Sentí que se me anegaban los ojos de lágrimas y parpadeé para impedirlo. Coke se acercó mucho a mí y escupió las palabras para que las sintiera en la cara:

—Ese maricón te ha abandonado, Bacon —dijo; había dejado de tratarme con el respeto requerido a la hora de dirigirse a un noble—. Ha revelado los principios morales que poseen en realidad los hombres repugnantes de vuestra condición, todos y cada uno de vosotros. —Soltó una carcajada grave y salvaje mientras se separaba y comenzó a hablar en una voz más alta y autoritaria—. Mañana, sea cual sea el resultado de la audiencia, propondré iniciar una investigación sobre la sodomía en la corte. Y te mencionaré como la primera persona a la que se debe investigar, pero también diré más nombres. ¿Cuánto crees que tardarán los Howard y el rey en actuar en tu contra para impedir que la investigación afecte al chico que *en el pasado* ha sido tu catamito? La noticia será de lo más popular en las calles. «¡Qué bueno es el juez Coke!», gritarán los idiotas del vulgo mientras se llevan a cualquier sospechoso de sodomía de sus casas y lo destripan en la calle. «¡El juez Coke es muy bueno y el juez Bacon es un maricón!», bramarán. Ya tengo preparados a los hombres con instrucciones de comenzar el motín que inundará las calles. Al enterarse de todo esto, el rey, aconsejado por Villiers, se apresurará a aplacar las revueltas entregando a alguna presa fácil. —Dejó escapar una risa feroz—. ¿Y acaso no eres tú la presa más fácil de todas?

Pensaba que ya había averiguado cuál era la trampa, pero no era así.

—¿Qué pruebas tienes? —le pregunté sin demasiada firmeza.

Parecía incrédulo.

—¡¿Pruebas?! ¿Qué pruebas necesito? Yo no soy tú, con todas esas ideas filosóficas nobles, Bacon. Puedo enviar guardias encubiertos al río a medianoche para que acorralen a todos los maricones que encuentren allí prostituyéndose. Les arrancaré las costillas una a una y se las meteré por la garganta ensangrentada hasta que me supliquen clemencia y confiesen lo que yo quiera que confiesen. O también podría hacerles una visita a tus criados de Gorhambury y amenazar a sus hijas o sus esposas con acusarlas de herejía o brujería si no acceden a hablar en vuestra contra. Todos han sido cómplices de tus pecados de un modo u otro, ya sea de manera activa o por omisión, de modo que todos merecen recibir castigos. No me importa lo más mínimo. Los llevaré a todos a la hoguera. Y mientras dejan escapar su último aliento gritarán: «¡Bacon, Bacon, ha sido Francis Bacon!». Y, una vez que hayan mencionado tu nombre, ¿quién sabe qué ocurrirá? Si tienes suerte, te encerrarán en la Torre de Londres. —Un escalofrío me recorrió la columna—. Si no, te enviarán al cadalso. Y, si tienes muy *muy* mala suerte, el pueblo irrumpirá en York House, te atará las manos y te arrastrará por las calles como a un animal. Puede que Francis Bacon, ese que tanto había ascendido y que tan justo era, acabe acribillado a fruta podrida, tierra y piedras de la calle. Y luego te llevarán a los huertos de Covent Garden y te colgarán de una rama muy alta. Y, después de que se te rompa el cuello con un gran *¡crac!* —gritó esa única palabra y, durante un segundo, oí el cuerpo de la señora Turner al precipitarse por la trampilla del cadalso—, me pregunto cómo pasará a la historia Francis Bacon y sus ideas. Filósofo, político, científico y... sodomita.

—¿Qué es lo que quieres, Coke? —le pregunté en voz baja.

—Que te declares culpable de los cargos de corrupción. No sigas tratando de librarte de ellos. Concédeme la victoria. Vivirás una vida deshonrosa y estarás completamente arruinado, y yo conseguiré la venganza que necesito para poder emprender mi retorno. Podrás probar suerte con el rey; puede que te indulte. O puede que no. No me importa. Si te borro del mapa, podré regresar, podré volver a ser el mejor juez del reino. —*Puaj*—. Si aceptas mi oferta, mi peor enemigo estará muerto solo metafóricamente. Si no la aceptas, Bacon, puede que acabes muerto de verdad, y prohibirán tus libros; y tu nombre, tu obra, quedará borrada para siempre. —Hizo una breve pausa para dar énfasis a su discurso—. De modo que... ¿qué prefieres, Bacon?

Al parecer, la gente, de lo más confundida, comenzó a extender rumores sobre los motivos por los que, tras mi brillante defensa ante el tribunal, me había ido a casa a escribirle al rey y confesarlo todo. Meautys me dijo que era todo un misterio. Se decía que el rey pondría fin a la investigación sobre la corrupción de inmediato, que acabaría con cualquier complot que estuviera en marcha y salvaría a su viejo amigo *Beicon*. Algunos decían que, el día de la audiencia, parecía enfermo, y que por eso lo había confesado todo. Algunos pensaban que debía de haber alguna otra razón oculta; que debía de existir un plan secreto que iba más allá. *¿Quién sabe cómo funcionará la mente astuta y perversa de Bacon?*

Me declaré culpable de todas las acusaciones de corrupción económica y presenté mi renuncia de todos los cargos públicos. La carta llegó a manos de los lores y luego la recibió el rey. Esa noche, varios condes (borrachos, creo) se presentaron ante York House y empezaron a dar gritos. Me acerqué a una ventana, tratando de mantenerme oculto como un ratoncillo patético, y los observé bajo la luz de la luna de Westminster. Uno de ellos, un hombre alto y de extremidades alargadas, con una voz ronca y cargada de odio y de cerveza, me gritó:

—¡Bacon, cuando te encierren en la Torre de Londres encontraremos la manera de ir a por ti! ¿Te acuerdas de Overbury, Bacon? ¿Recuerdas lo que le pasó? Overbury estaba a salvo en la Torre, pero acabó muriendo de todos modos. —Oí unas carcajadas crueles y me oculté más aún en la ventana—. ¿Te acuerdas del conde de Essex, cabrón? ¿Recuerdas lo que le hiciste a él? —No podía verles las caras a aquellos hombres, pero no era necesario—. ¡Ahora por fin te toca a ti!

Por la mañana temprano, después de pasarme toda la noche sin dormir, me encontré con otro alboroto en el exterior de York House. Hallé a mis criados retirando una hoja de papel que habían clavado en la puerta principal. No querían enseñármela, pero insistí en que me la entregaran. Le eché un vistazo al papel, que, con una letra que parecía de alguien con estudios, rezaba:

UN CERDO RESIDE EN ESTA POCILGA
A QUIEN DEBEN COLGAR POR SODOMÍA.

El día de la sentencia, Meautys llegó a casa con la resolución. Yo ya había avisado de que no pensaba presentarme en persona ante el tribunal; no era obligatorio, y pensaba que todo el mundo lo agradecería. Ambos nos quedamos en silencio durante un momento, el uno al lado del otro en el despacho con vistas al río. Tomé aire y le pedí que la leyera. Mi secretario bajó la mirada hacia el pergamino que sostenía. Lo desenrolló y lo extendió entre las dos manos. Se quedó callado un momento, dejó escapar un suspiro profundo y sincero y comenzó a leer:

—En primer lugar, el vizconde de Saint Albans, el lord canciller de Inglaterra, deberá pagar una multa de cuarenta mil libras. —Me eché a temblar al oír aquello; para entonces había amasado una buena fortuna, pero pagar tal cantidad de dinero me arruinaría—. En segundo lugar, no podrá volver a ocupar ningún puesto, cargo o empleo público ni en el Estado ni en ningún territorio de la Corona. En tercer lugar, no podrá ser miembro del Parlamento ni acercarse a menos de un kilómetro y medio de la corte de Londres. —Me estaban entrando ganas de vomitar—. Y por último…

—A Meautys le falló la voz y me di cuenta de que estaba tratando de contener las lágrimas. ¡Meautys, que no había revelado sus emociones ni una sola vez en todos esos años!—. Por último…

—repitió, pero se le volvió a quebrar la voz.

—Dilo, Meautys —le pedí, y las palabras me rasparon la garganta.

—Por último, será encarcelado y permanecerá en la Torre de Londres durante el resto de su vida, a discreción del rey.

Tuve que sentarme. No me esperaba aquello: la Torre de Londres, y de por vida… Traté de mantener la calma, pero me daba vueltas la cabeza. Creía que, si volvía a levantarme, me desplomaría. No me merecía todo aquello. Había sido mi mayor miedo, lo que más me había atormentado: que me hicieran desaparecer en las entrañas de la Torre de Londres.

No, repito, no me lo merecía.

SOBRE FRANCIS BACON

No dejaba de preguntarme qué había hecho mal. ¿Cómo habían logrado acabar conmigo? Sabía que mi ruptura con Villiers había sido clave para mi derrota, pero ¿tanto mal le había causado como para que se volviera en mi contra de ese modo? ¿Podría haber hecho él algo para salvarme? ¿Lo habría intentado siquiera? Intenté recordar todos los momentos que habíamos pasado juntos, solos él y yo. Visualicé todos esos instantes: las palabras, las promesas, las charlas sobre el futuro, incluso los besos, mi polla adentrándose en su cuerpo, la tierna expresión de alegría de su rostro, lo dulce que había sido todo, lo revelador. Me resultaba imposible pensar que no había sentido nada por mí. Quizá lo habían vuelto en mi contra. Quizá había sentido que no tenía elección. Quizá había recibido amenazas. Y ahí estaba de nuevo, otra vez más como un refugiado a la deriva en un mundo de «quizás». Pero ya nada de eso importaba. Estaba tumbado allí a oscuras en aquella celda húmeda, al igual que había estado Overbury en el pasado, abandonado con mis propios pensamientos amargos.

De modo que decidí dejar de resistirme y permitirme odiarlo. Incluso aunque Coke le hubiera amenazado con chantajearle, debería haber venido. Debería haber confiado más en mí que en sus amenazas. ¿Acaso no veía que se había puesto en peligro él solito? Ahora estaba solo en la cueva de los leones, y yo, la única persona que podía salvarlo, estaba allí encerrado.

No, no me daba lástima; ahora lo odiaba. Pero allí, a solas en la celda, donde parecía que no pasaba el tiempo, también empecé a soñar con él. Cada vez que me dormía, soñaba con él, con el chico misterioso e indescifrable que había sido en Gorhambury; con el día en que nos habíamos besado junto al río Ver; con lo feliz y juguetón que se mostraba mientras paseábamos por los antiguos senderos que atravesaban los campos de trigo; con él debajo de mí, muy juntos, al lado de una ventana, mientras me adentraba en él bajo la luz de la luna. ¿Habían sido reales esos momentos? Soñaba con que me decía cosas misteriosas, filosóficas, intrigantes y tiernas. De todo eso, ¿qué había sido real y qué no? Me parecía imposible distinguirlo. Soñé con los momentos en que parecía más vulnerable, cuando había sido un niño asustado, un chico inocente que se había visto arrastrado a un juego cruel, aterrado de la muerte, pidiéndome que lo protegiera. Cuando me despertaba, durante los primeros instantes pensaba en él con cariño, antes de ser consciente de dónde me encontraba. Y siempre tenía una erección. Qué estúpidos somos los hombres.

Le escribí una carta a Villiers en la que le decía: «No tienes nada que temer. Libérame», pero no recibí respuesta. En total, le escribí cinco (o quizá fueran seis) cartas desde la Torre, y no respondió a ninguna. Gracias a Meautys, quien seguía mostrándome su lealtad y venía a visitarme, me enteré de que corrían rumores de que pretendían despojarme de mis títulos, mis fincas, mis propiedades e incluso mis libros. Querían que no me quedara nada. Me preguntaba qué proceso legal utilizarían para conseguirlo, pero acabé aceptando que no les hacía falta ninguno. Estaba preso en la Torre de Londres, sin amigos. Me atravesó un escalofrío. ¿Qué proceso habían empleado con Overbury? Pasteles y dulces.

El bueno de Jonson venía a visitarme con frecuencia. Trataba de traerme tan solo buenas noticias, pero casi siempre lograba sonsacárselo todo con facilidad. No podía librarse de mis interrogatorios y, bajo la presión de mis preguntas minuciosas, me reveló que Villiers ya se había casado con Katherine Manners y que a la boda habían acudido muchos miembros de la familia Howard, entre los que se incluían el conde y la condesa de Suffolk, que habían recuperado su posición. Jonson me contó también que, en el día de la boda, Villiers había dicho alegremente que no se oponía a que liberasen a los Carr. Aquello me dejó estupefacto, pero supongo que así es el juego del poder. ¿Quién sabía qué trato habría hecho con Suffolk? Tampoco puedo fingir sorprenderme de que la gente poderosa cometa actos inmorales y despiadados. ¿Qué se supone que debía esperar, que les dieran sopita a niños huérfanos con una cuchara de oro?

Pero esa noche, tumbado sobre la cama de piedra, me quedé mirando la nada y no pude dormir. En la Torre, oyes las ratas moviéndose por el suelo y, si tu sueño es demasiado profundo, el calor de debajo de la manta las atrae y te despiertas con ratas en la cama, a tu lado. Si gritas, los guardias van a la celda a mandarte callar. Esos mismos guardias que en el pasado solían saludarte con una reverencia pero que ahora, al igual que los que habían estado en Whitehall aquel día, tienen órdenes de encerrarte. Esas son las pequeñas muestras inesperadas de lo que significa sufrir una derrota tan absoluta.

También debería contarte que, en la Torre, sin otro tipo de trabajo que hacer, sin nada con lo que llenar una vida que siempre había estado llena hasta los topes, encontré tiempo para escribir, pero ¿vas a juntar las manos y decir, como el apasionado de la lectura que eres, «¡ay, qué bien!» mientras me pudro en una celda durante el resto de mi vida? ¿Vas a decir «¡ahora sí que tenías tiempo para ponerte manos a la obra de verdad!» mientras que, al final del pasillo, hay una mujer en el potro gritando los nombres de los sacerdotes jesuitas a los que ahora está desesperada por traicionar? Pues vete al infierno. Hay que ocupar el tiempo escribiendo porque, si no, lo ocupa el horror. Me aterraba pensar en que me pudieran torturar. ¿Piensas que algo así no me podría ocurrir a mí? Pues deja que te diga una cosa: puede ocurrirle a cualquiera que entre en este lugar.

Meautys no dejaba de enviarme papel a la celda, además de tinta para la pluma. Seguí trabajando en mi enciclopedia de conocimiento científico, *Historia vitae et mortis*, y escribí mi obra de ficción utópica, la *Nueva Atlántida*, años después de aquella noche en la que Jonson y el difunto Shakespeare se habían burlando de mí por no saber escribir ficción. En ella hablaba de un

nuevo mundo de ensueño en el que imperarían indiscutible-
mente la imparcialidad, la razón y la tolerancia, y donde los
científicos-filósofos-reyes gobernarían con bondad y amor. Y,
cuando me doblegué y le escribí una dedicatoria al rey, acabé
tachándola y apartando el manuscrito de mi vista, avergonzado
de mí mismo. Me faltó poco para encender un fuego y quemar-
lo. Aunque, claro, tampoco podía encender ningún fuego, de
modo que me quedé allí temblando, con el manuscrito a mi
lado, en aquella celda húmeda.

Por las noches, no solía poder dormir por miedo a lo que
pudiera estar por llegar: la acusación de sodomía de Coke, la
tortura, la muerte… Y sentía mis escritos indemnes, sin haber-
los quemado, a mi lado. ¿Quieres que te diga que me resultaban
muy reconfortantes? Pues lo cierto es que no. A esas alturas, ya
odiaba mis propias obras. Tenía que haber pasado la vida en
busca del amor, no de la posteridad. Tenía que haberlo reconocido cuando lo había tenido delante de mis narices, y haberlo
apreciado. Pero no había sido así. Lo único que consiguen mis
obras es burlarse de mis fracasos. La señora Turner me había
dicho que era un imbécil, y me había impactado. Pero lo único
que debería haberme impactado era que nadie me lo hubiera
dicho antes. Soy el hombre más inteligente de Inglaterra y, a la
vez, el más imbécil.

Cuando llevaba unas cuatro semanas encerrado, Jonson vino a
visitarme. Ya había venido dos veces, lo máximo que se le permitía. Tampoco es que tuviera una multitud de amigos haciendo cola junto al río para visitarme. Ese día no brillaba el sol;
nos cubría ese tipo de cielo con el que a Londres le encanta
torturar a sus habitantes: una gasa gris y fría absolutamente
carente de alegría. Paseamos por el patio con los abrigos abro-
chados hasta arriba. A Jonson le habría encantado oírme criticar a Villiers, pero ese día no me apetecía. Ya pasaba demasiado

tiempo pensando en él. Jonson comenzó a hablarme sobre una mascarada que había escrito: *The Gypsies Metamorphosed*. Me dijo que iba a ser una mascarada de lo más innovadora y que iba a cambiar el modo en que se escribían esa clase de obras. Contaba la historia de unos gitanos que se transformaban en ingleses gracias a su bondad. Me eché a reír al oír aquello y le pregunté qué tenía de innovador el hecho de que los ingleses se alabaran a sí mismos. Jonson se rio también, y entonces dirigió la mirada hacia el otro lado del patio.

—¿Esa no es…? —empezó a preguntarme.

Cuando miré yo también, vi a una mujer de cabello negro al otro lado del patio. Reconocí su voz antes que sus facciones.

—Anne, querida, no juguetees con el gato. Es un gato asqueroso de la cárcel y está claro que tiene la sarna.

Cuando pude divisar sus rasgos con más claridad, vi una versión más triste y mayor de Frances Carr junto a su hija pequeña. La niña era una chiquilla divina, con una melena de rizos rubios, la viva imagen de su padre. Entonces Frances giró la cabeza con la expresión confundida de alguien que se da cuenta de que la están observando. Cuando me vio, abrió los ojos de par en par, sorprendida. La saludé con una reverencia y, por instinto, Jonson y yo nos acercamos a ella. Al aproximarnos, la expresión de sorpresa (bueno, más bien conmoción) no le abandonó el rostro.

—Señor Bacon —dijo, sin dirigirse a mí por mi título.

—Lady Frances. —Le ofrecí una sonrisa a la pequeña, que me estaba mirando con cautela, como suelen hacer los niños cuando se acerca algún extraño que resulta evidente que conoce a su madre—. Buenos días —le dije mientras ella se refugiaba tras la enorme falda larga de su madre.

—Esta es Anne. Dale los buenos días al señor Bacon, Anne. —La pequeña, muy cortés, hizo una reverencia y me saludó. Frances le acarició la cabeza y la niña alzó la vista hacia su madre—. Anne, mi amor, ve a jugar un ratito, que he de hablar con el señor Bacon. Es un viejo… —me dirigió una mirada cargada de incertidumbre con aquellos ojos tan bonitos— … un viejo amigo.

La niña salió corriendo.

—¿Cómo estáis, lady Frances? —le pregunté.

Volvió a mirarme y me sonrió; ya no parecía sobresaltada. Suspiró.

—Me he enterado de tu caída. Un escándalo enorme, por lo que cuentan. —Se encogió de hombros y se echó a reír—. Como si tú fueras el único hombre corrupto de Inglaterra.

Decidí no comentar nada al respecto.

—¿Cómo está vuestro esposo?

Frances seguía observándome con una mirada vacía.

—Nos hemos… separado. —Con expresión de alerta, volvió la vista hacia Bacon, que estaba unos pasos por detrás de mí, y luego la desvió hacia un lado, con lágrimas en los ojos—. Pero sospecho que ya lo sabías, Bacon.

Lo cierto era que no lo sabía, y tampoco me alegraba de oírlo. Carr devoraba corazones al igual que la mayoría de nosotros devoramos manzanas. Y ahora había devorado el corazón de Frances. Pensé en aquella chica preciosa, resuelta y segura de sí misma con la que había paseado por el huerto de perales, en cómo había jugueteado con las flores blancas de los perales mientras trataba de engatusarme. No hacía demasiados años de aquello, pero el tiempo y el dolor parecía habernos transformado a ambos.

Miré a Jonson, que asintió y se alejó unos pasos.

Cuando nos quedamos solos, le dije a Frances:

—Pienso mucho en la señora Turner. ¿Y vos?

—No —susurró, y su ira me sorprendió y me dejó intrigado.

—Ya nunca se ven esos cuellos amarillos por Londres —añadí, decidido a seguir hurgando en un tema que parecía molestarla—. Ahora la gente los aborrece. Siempre la admiré por haber logrado transformar su vida, por haber llegado tan alto viniendo de la nada, a pesar de los pecados que la acabaron destruyendo.

—¡Ja! —exclamó Frances sin piedad—. Esa mujer se destruyó a sí misma. A sí misma y a Robert y a mí.

Sé que sueno muy egocéntrico, pero me molestó oír aquello.

—¿De qué manera os destruyó a vos?

—¡Ella fue quien nos introdujo en el mundo de los venenos!

—¡Eso no significa que tuvierais que ponerlos en práctica! Podíais haberos negado, Frances. Hicisteis lo que hicisteis por amor, y esa es la verdad.

Tenía los ojos muy abiertos, enfurecida, y las mejillas encendidas.

—¡No tienes ni idea de nada! —me espetó, escupiendo al hablar. Después lo repitió en voz baja—: De nada, Bacon.

—Lo que sé es que matar a los enemigos no está bien.

Soltó una risa tan estrepitosa que casi parecía un chillido.

—Ah, ¿sí? Entonces, ¿por qué lo haces tú, Bacon?

En ese momento, Frances me repugnaba. El hecho de no provenir de la alta sociedad se había usado en mi contra en el pasado, y Frances había hecho lo mismo con la señora Turner; había permitido que la ahorcaran mientras ella seguía viva.

—Eres una persona inmunda, Frances —le dije, dejando de tratarla con respeto—. No eres más que lo que te ha concedido el destino, y aun así te comportas como si fueras una víctima. Cuando te conocí, cuando pretendías divorciarte, te admiraba. Una vez me preguntaste por qué no se te permitía querer ser feliz. Y pensaba que tenías razón, que era una idea muy moderna, pero ahora veo que lo único que te mueve es el egoísmo. No tienes nada que se parezca lo más mínimo a un corazón en el pecho.

Frances se había quedado congelada. Dudo que alguien le hubiera hablado de ese modo alguna vez, ni siquiera Edward Coke, el día de su juicio. Pero entonces esbozó una sonrisa.

—Si mañana muero, Bacon —me dijo casi susurrando—, me moriré siendo una Howard, y eso significa que moriré siendo mejor que tú. Un perro como tú no puede decirme nada que me afecte lo más mínimo, nada que penetre mi piel siquiera. Afirmas que te encanta todo lo moderno, Bacon. Puedes hacerte ilusiones y pensar que tú y yo somos iguales, pero no lo somos. Esto es Inglaterra, y lo seguirá siendo. La gente como yo es la que decide qué importa y que no, no tú. Tú no eres nada, Bacon. Incluso aunque muera en este lugar, quedaré inmortalizada en los libros de historia. La gente se quedará asombrada conmigo y con todo lo que he vivido, mientras que tú... —extendió la mano hacia el patio— ... no hiciste más que escribir unos libritos ridículos que no significarán nada. *Tú* no significarás nada.

Y de pronto se giró con brusquedad y recorrió el patio dando zancadas hacia su hija, que se había quedado asustada ante los gritos repentinos de su madre.

Jonson volvió hacia mí a paso lento.

—Bueno, parece que has logrado enfadarla, ¿eh?

Suspiré.

—Yo diría que nos hemos enfadado el uno al otro.

—*Quid pro quo*, Chuletón —dijo Jonson.

No lo estaba mirando, pero sentía sus ojos clavados en mí. Llamé al guardia y le dije que estaba listo para volver a mi celda. Justo en ese momento, apareció otro guardia, uno más veterano, y llamó al primero para consultarle algo. Los dos comenzaron a susurrar y, de tanto en tanto, me lanzaban miradas. Un terror profundo, feroz y ardiente me atravesó la carne y me invadió. ¿Ya había llegado la hora? ¿Habría encontrado Southampton o Coke (o Villiers) la manera de llevar a cabo mi destrucción?

El guardia más veterano me llamó con una voz animada y agradable:

—¡Vizconde de Saint Albans! —A los prisioneros siempre se les llama por su nombre: «¡Bacon!»—. Volved a vuestra celda y preparad vuestras pertenencias. El rey ha dado permiso para que os liberemos.

Me inundó una oleada de esperanza; no, de alegría. Me giré hacia Jonson.

—¿Crees que...?

Jonson sacudió la cabeza, con una sonrisa entre alegre y confundida ante el cambio repentino de mi suerte.

—¿Qué?

—¿Crees que será cosa suya? —Jonson seguía mirándome a los ojos, y entonces pronuncié aquel nombre mágico—: Villiers.

—Ah, no —exclamó Jonson—. No, Chuletón, no.

Mi libertad iba acompañada de numerosas condiciones. Se me iba a desterrar a Fulham, una zona rural alejada de Londres. Seguía sin tener permitido la entrada a la ciudad, y tampoco podía acercarme al rey. Tenía que alojarme en el hogar de sir John Vaughan, un hombre del que en principio no debería haberme fiado porque tenía relación con el difunto conde de Essex, pero que en realidad me trató con mucha amabilidad. Me ofreció un dormitorio y otro cuarto en el que escribir. Allí, además de libros, también redacté cartas. La primera fue para el rey (lo cual sí se me permitía), y la segunda para Villiers. Al rey le dije: «Dejad que viva para serviros; si no, la vida no es más que la sombra de la muerte». A Villiers tan solo le mandé una carta de agradecimiento. No tenía pruebas de que me hubiera salvado él de la Torre de Londres, pero no se me ocurría ninguna otra persona.

Durante los días siguientes, llegaron más noticias. Corría el rumor de que a los Carr también los acabarían liberando, pero todavía no. Y también se decía que Villiers se había aliado del todo con los Howard; al parecer, estaban más unidos que nunca. (Entonces, tal vez me hubiera liberado porque sabía que no iba a tener más oportunidades de hacerlo). El rey se empeñaba en afirmar que vivíamos en el reino más feliz del mundo, en el que todas las partes se habían reconciliado y habían apartado las hostilidades del pasado. Pero, en ese reino feliz, ¿dónde encajaba yo? El rey acabaría olvidándose de mi existencia. Pero no estaba enfadado; sabía cómo eran los monarcas: seres despiadados y monstruosos. Vivimos en un mundo que se encuentra tan solo a un abrir y cerrar de ojos del siguiente.

En Fulham, seguí trabajando en la versión revisada de los *Ensayos*, y luego seguí con otra obra, *Historia del reinado de Enrique VII*, ideada como un nuevo tipo de obra histórica en la que comparaba dos eras, o dos monarcas, para analizar cómo funcionan el poder y la monarquía. ¿Que con quién comparé al gran galés de los Tudor, dices? Pues con un «gran» escocés, por supuesto: su tataranieto, nuestro rey actual. (Ya le había hecho la pelota antes, de modo que no pasaba nada por volver a hacerlo). Le escribí de nuevo a Villiers para hablarle del libro que estaba escribiendo, para contarle que estaba bien, feliz y esperanzado, y que, cuando él estuviera listo, podríamos volver a vernos. Y entonces, al fin, recibí una respuesta. Aceptó vernos al día siguiente, a mediodía, en Hyde Park. Estaba loco de alegría. Sabía que me contaría su plan para salvarme y permitirme regresar. Quizá a la corte, quizá con él.

Esa noche me quedé a oscuras en el dormitorio que sir John me había ofrecido, mirando el techo, de un tono añil a la luz de la luna. Al fin iba a volver a verlo, y juntos pasearíamos por los bosques de Hyde Park. Me diría que siempre había estado enamorado de mí, que nunca había dejado de amarme y que había venido a salvarme. Me preguntaba si acabaríamos follando, pero en realidad ni siquiera me importaba; solo quería verlo.

Por la mañana, le dije a sir John que iba a salir a dar un paseo en el carruaje. Me recordó que no podía ir a Londres ni acercarme al rey. Me reí y le dije que no se preocupara, que no pensaba presentarme en la corte y exigir que me dejaran pasar. (Aunque tampoco había pasado tanto tiempo desde que había ido a Whitehall y había hecho justo eso, pero ahora todo era muy diferente). Le dije que todo eso había quedado en el pasado y sir John dejó escapar una carcajada indulgente por un hombre caído.

Era un día nublado, cálido pero con una bruma gris blanquecina que ocultaba el sol. Llegué diez minutos antes del mediodía.

Esperé esos diez minutos, luego veinte y luego treinta. Villiers era un joven famoso de la alta sociedad, de modo que claro que iba a llegar tarde. Pero, cuando llevaba ya cuarenta minutos esperando, a las doce y media, empecé a preguntarme si habría cambiado de opinión. Estaba tan preocupado que me ardía la piel. Pero entonces, tres cuartos de hora tarde, vi un carruaje azul enorme que se acercaba. No había nada con lo que se pudiera identificar a la persona que viajaba en su interior, pero sabía, en lo más hondo de mi corazón hueco, que era él. Era como si pudiera sentir su presencia, como si me llegara a través del aire.

El carruaje se detuvo junto al mío y, cuando las ventanillas de ambos estaban en paralelo, lo vi mirándome. No estaba sonriendo; más bien me estudiaba con su aire misterioso de siempre. Salió del carruaje y yo lo imité. Nos quedamos los dos de pie, cara a cara, observándonos. El mundo entero a nuestro alrededor parecía sumido en el silencio durante un instante, un silencio distinto, una quietud total entre dos personas.

—Me alegro de verte —le dije.

Villiers no apartaba la vista de mí, pero no lograba interpretar su expresión.

—¿Paseamos? —me preguntó, y señaló hacia una arboleda que se veía más abajo. Para llegar hasta allí, había que bajar por una ladera irregular, cubierta de hierba frondosa y descuidada—. ¿Por allí?

Suponía que quería más intimidad, lejos de los conductores de los carruajes. Iba vestido con sencillez, con uno de sus trajes de seda azul, de una tela exquisita y elegante pero sobria. Llevaba un cuello de lechuguilla de un tono gris perla azulado que era la nueva tendencia, el nuevo amarillo azafrán. Llevaba un sombrero *beige* de ala ancha decorado a la última moda: con una pluma morada y verde de pavo real indio, un símbolo de una gran riqueza. Comenzamos a caminar y se le embarraron los zapatos azul claro (muy caros, con los talones de madera, con un recubrimiento de esmalte amarillo pálido) al instante. Aunque, sin duda, podía permitirse tirarlos y comprar otro par. ¡Incluso comprar un par nuevo cada día!

Soplaba un viento del oeste que recorría Hyde Park y bajaba por el valle del río Támesis. La brisa acarreaba el dulce aroma del campo abierto y salvaje que había más allá de Hyde Park; espinos y sicomoros, agua en la tierra y flores de los prados. Casi era pleno verano, y habían pasado un poco menos de dos meses desde mi caída del poder. Qué vertiginoso había sido el giro que había dado todo. Y ahí estaba de nuevo, en lo más bajo, pero al menos estaba vivo. Y esperanzado.

—Te veo muy apuesto —le dije mientras paseábamos.

Se giró hacia mí con una leve sonrisa, pero bajó la mirada.

—Pensaba que tú tendrías la apariencia de alguien de cien años.

Exhalé con brusquedad, alegre, y el aire le llegó a la mejilla.

—¿Y cuántos parece que tengo?

Bufó.

—Ochenta y cinco.

Me eché a reír mientras recordaba lo gracioso que era, y lo mucho que me había sorprendido ese humor y esa irreverencia en Apethorpe y en Gorhambury. Nos estábamos acercando a la arboleda que había visto desde lo alto de la colina. Llevábamos varios minutos andando, y habíamos hablado poco. Al fin, se sacó algo del interior de la chaqueta.

—Mira —me dijo—, te he traído una carta del rey.

Ah, pensé, al fin me va a revelar el plan mediante el que se me ofrecerá una manera de regresar al poder. Quizá me diría que me quedase en Gorhambury durante un año, mientras se calmaba todo, que escribiera algún libro maravilloso que todo Londres aclamase hasta que el éxito me llevara de nuevo al poder entre aplausos. Me ofrecería un puesto de secretario, un cargo totalmente nuevo, creado al antojo del rey. Luego, al cabo de un tiempo, podría volver, y Villiers y yo podríamos estar juntos de nuevo.

La carta no iba dentro de ningún sobre, sino que era un pergamino con el sello de lacre de la Corona. Parecía una proclama.

No entendía a qué venía tanta formalidad, como si se tratara de un procedimiento legal. Me la entregó y la extendí.

Al principio no decía gran cosa. El rey le pedía disculpas a su leal servidor, pero afirmaba no poder hacer mucho más. Las sentencias principales del tribunal se debían mantener: no podía regresar a ningún cargo de poder ni acercarme al rey. Alcé la vista hacia Villiers, que me miraba fijamente con unos ojos inescrutables. Sentí la primera punzada de duda.

Seguí leyendo. La carta decía que lo único que el rey podía hacer por mí era condonarme la multa, pero con una condición: debía cederle York House al duque de Buckingham, es decir, a Villiers, y después no podría volver a escribirle jamás. No podía regresar a Londres, pero podía vivir en las afueras, en alguna zona rural, como Highgate o Hampstead, no demasiado lejos, donde podría recibir visitas de amigos.

Estaba aferrando la carta con las manos, analizando aún todas esas palabras espantosas, aturdido; no se me ocurría nada inteligente que decir.

—¿Quieres quedarte con York House? —fue lo único que logré pronunciar—. ¿Por qué?

—Ya te dije que me gustaba. —Hablaba con una firmeza despiadada—. Y ahora la quiero. Creo que me la merezco.

—¡¿Que te la mereces?! —exclamé.

¿En qué se basaba para pensar que se merecía algo por lo que había trabajado tanto, algo con lo que llevaba soñando tanto tiempo?

—Y quiero que me dejes en paz, que dejes de molestarme.

—¡¿De molestarme?! —Una ráfaga de viento atravesó Hyde Park y se me metió en los ojos con tanta fuerza que tuve que parpadear. Con lágrimas en las pestañas, añadí—: Estábamos enamorados. Tú mismo lo dijiste.

Villiers dio un paso hacia mí. Teníamos los cuerpos y los rostros muy cerca. En un universo alternativo en el que no acababa de oír esas palabras, quizá habría pensado que iba a besarme.

—Eres ridículo —me espetó.

No entendía nada de lo que me estaba diciendo.

—¿Qué?

Era como si me estuviese hablando en un idioma desconocido.

—Ya me has oído —me dijo en un tono igual de cortante—. Eres ridículo, sobre todo porque no eres capaz de ver el mundo tal y como es. Eres tan vanidoso que lo ves como quieres verlo, como más te conviene. Me debes York House por todo lo que me has hecho pasar. He venido a cobrar lo que me corresponde. Quiero lo que me corresponde...

—¡¿Qué!? —repetí, sin entender aún a lo que se refería, pero esa vez tan solo logré cabrearlo más.

—Te haces pasar por un hombre con principios, un hombre progresista, un hombre *moderno*, pero yo no veo ninguna diferencia entre Suffolk, Southampton, Coke y tú. Ah, ¿dices que tú no torturas a la gente, Francis Bacon? Qué noble por tu parte. Pero no tienes ningún problema a la hora de usar las pruebas que se han obtenido mediante la tortura que ejercen otros. Qué ético por tu parte.

Seguía sin comprender nada. ¿Yo le había estado hablando de amor, y ahora de repente Villiers atacaba mis principios? ¿Por qué? ¿Cómo puede uno hablar con sinceridad sobre el amor y recibir ataques por su integridad? Me di la vuelta, pero Villiers me agarró del hombro y me giró con brusquedad. Me agarró con tanta fuerza que estuve a punto de tropezarme. ¿De dónde había salido toda esa violencia? Seguía estupefacto.

—Te encuentras en la frontera del mundo al que aspiras, el mundo en el que quieres adentrarte a través de tus complots, para enriquecerte y ser poderoso. Chasqueas la lengua y mueves el dedo de un lado a otro mientras dices: «Ay, ¿por qué no puedes ser tan noble como yo?», y luego te quedas mirando mientras sacan los cuerpos ensangrentados de la Torre Wakefield. Dejas que asesinen a tus espías y vas a ver como cuelgan a quienes van a morir por culpa de tus engaños, y luego gritas:

«¡Ay, qué injusto es el mundo!». Eres despreciable, Bacon. Despreciable.

¿«Despreciable»? Sentía como si se me fueran los pulmones por la garganta y me estuvieran ahogando, matándome.

—Fui a ver a Robert Carr —me dijo.

Aquello me sorprendió.

—¿A la Torre de Londres?

—Sí.

—¿Mientras estaba allí...? ¿Fuiste a verlo mientras estaba yo allí?

Soltó una risa cruel, como si fuera un hombre patético y solipsista.

—Me lo contó todo sobre ti, que te interesaste por él cuando apenas tenía diecisiete años, que trataste de cortejarlo y seducirlo con ofertas...

—¡No! ¡Eso es mentira!

—Me dijo que lo acosabas para poder follártelo. Él no quería; le dabas asco, pero tenía miedo de lo que le pudieras hacer, dado que no era más que un pobre chico indefenso de Escocia que solo llevaba en Londres unos meses. Me contó que, al final, tuvo que ponerse firme y rechazarte para alejarte de él, y que solía quedarse despierto por las noches, pensando en cómo se podría vengar de él un hombre poderoso como tú.

—¡No, no, eso no es cierto! Se portó fatal conmigo, fue muy cruel años después...

—¡Porque te odiaba por todo lo que le habías hecho! Y mírame a mí; ojalá hubiera sido tan fuerte como Carr y hubiera podido rechazarte, pero este es el mundo que los hombres como tú crean para los chicos como yo, estas son las opciones que les ofrecéis a los chicos apuestos, a las mujeres hermosas, a cualquier mujer, de hecho. Les dais dos opciones: aceptar este mundo o caer en el olvido. E incluso aunque elijamos el olvido, seguimos sintiéndonos amenazados por si pretendéis destruirnos por mera vanidad y malicia.

—Pero si estabas dispuesto a matar a los Carr...

—Porque eso es lo que tú me hiciste creer que era este mundo. Tan solo estaba jugando al juego que pensaba que debía jugar. He aprendido mucho de ti, Bacon; tú eres el que me agarró el rostro y me lo restregó a la fuerza por la mugre de tu mundo. Y, cuando te pedí que mataras a los Carr, aceptaste, ¿lo recuerdas? ¿Y por qué? Por mi culo. Has estado a punto de matar a gente por el culo de un chico. Analiza eso con tus principios morales.

Villiers se detuvo. Sus palabras me habían dejado atónito. No reconocía en mí nada de lo que estaba describiendo.

—Cuando... —Se me quebró la voz. No sabía qué decir. Me asustaba la verdad, la verdad que parecía reacia a salir de mi boca—. Cuando te conocí, todo cambió. Me enamoré de ti y me regalaste una felicidad tan intensa..., una felicidad que pensaba que había hecho bien en mantener apartada de mi vida. Pero tú me demostraste el valor del amor. Me demostraste que puede transformar a las personas. —Villiers me oía con atención—. Cuando te abrazaba en Gorhambury y soñabas con tener una vida tranquila en el campo, juntos, pensé que..., no sé. —Quise apartar los sentimientos que comenzaban a invadirme, pero me arrollaron como olas gigantescas—. Supe que estábamos enamorados.

Villiers me miraba fijamente.

—¿¡Estás loco!?

No me podía creer lo duro, lo cruel y lo mentiroso que estaba siendo.

—No me digas cosas tan solo con la intención de hacerme daño.

—¿De hacerte daño? ¿De verdad crees que los chicos como yo, con este aspecto, anhelamos la atención de los viejos como tú, que entran en nuestras vidas y nos hablan de todo lo que pueden ofrecernos, siempre y cuando nos bajemos los pantalones y nos dejemos follar?

Sentí sus palabras como un cuchillo que penetraba en mi carne.

—¡No tenéis por qué hacerlo! —le grité.

—¡Sí, sí que tenemos que hacerlo! —exclamó—. Tenemos que jugar al juego que vosotros habéis diseñado.

—¿Por qué?

—¡Porque no sabemos qué podemos perder si no os seguimos el juego! Y porque este es el mundo que nos brindáis; no nos decís que existen otros. El primer día que nos vimos, me dijiste que, si no quería besarte, me darías diez libras y no me lo reprocharías. Y ese era mi valor, en ese momento y en el resto de mi vida: diez libras. No sabía si podría siquiera confiar en ti o creerte. Podrías estar mintiendo. —Soltó una carcajada oscura—. ¿Te acuerdas de cuando me contaste que le habías pagado cinco guineas a una doncella para que dejase que le metieran los dedos, para proteger a Frances Carr cuando iban a someterla a una prueba de virginidad? Te creías muy astuto, pero nunca te paraste a pensar en quién era esa chica, en si de verdad quería esas cinco guineas. Tan solo bromeaste sobre el dinero que se llevó y con el que abrió una tienda en la calle Old Jewry. Dijiste que «estaba feliz», pero ¿quién eres tú para decidir si esas pobres chicas son felices? ¿O los jóvenes como yo, de quienes se aprovechan los viejos como tú o como el rey?

—¿Que yo me he aprovechado de ti? ¡Estábamos enamorados!

—¿¡Enamorados?! —gritó—. ¿De verdad crees que yo podría haber estado enamorado de ti? Aquel día en que fuimos a dar un paseo por el río y me confesaste que me deseabas, y yo te besé, estaba aterrado. Aterrado de hacerlo y de no hacerlo. Para ti, mi valor dependía de mi capacidad de seducir a hombres mayores. De modo que te seguí el juego, porque pensaba que no tenía elección, a pesar de que me *repugnabas*.

—¡No!

—Y ya no tengo por qué seguir estando asustado, Bacon. Te gusta fingir que eres un marginado, que no formas parte de la alta sociedad, pero eres exactamente igual que todos ellos. Solo lo finges para poder apoderarte de lo que te dé la gana, usar a quien te dé la gana, ser tan hipócrita e inmoral como te dé la gana, y luego te engañas a ti mismo diciéndote que no eres como aquellos a los que desprecias, que no formas parte de su círculo. —A esas alturas Villiers ya estaba furioso y no dejaba de despotricar con frialdad y crueldad—. ¡Vete al diablo, Francis Bacon! ¡Al diablo! ¡Te odio! ¡Y siempre te he odiado, y me alegro de que ya no formes parte de mi vida!

Me pesaba la cabeza; sus palabras me habían dejado aturdido. Me aparté de él a trompicones e intenté mantener el equilibrio agarrándome de un árbol que había cerca. La corteza era tan áspera que casi me hizo cortes en las palmas de las manos. Me dejé caer hacia delante y apoyé la frente contra la corteza. Los bordes duros y afilados me resultaban dolorosos en las zonas en las que no había casi carne entre la piel de la frente y el hueso del cráneo.

—¿Cuándo decidiste ponerte en mi contra? —le pregunté.

—Puaj —soltó, así, en voz alta, «puaj», como si nada—. Ay, Francis Bacon, tan vanidoso como siempre. Crees que he sido yo el que se ha vuelto en tu contra, pero fue al revés.

Alcé la mirada hacia él y lo vi cerca de mi hombro.

—No entiendo.

—¡Ja! —exclamó con crueldad—. El hombre más listo de Inglaterra no entiende nada... cuando le conviene hacerse el tonto. Te volviste en mi contra en cuanto viste a un chico apuesto del que pensabas que te podías aprovechar. Te volviste en mi contra cuando me sedujiste y tan solo me viste como un juguete...

—¡Fuiste tú quien me sedujo!

—¡Tenía veinte años, y tú eras un adulto! ¡Un *viejo*! Te volviste en mi contra porque eras el único que tenía el poder, y sabías que podías usarlo contra mí. ¡Quizá no para hacerme daño, pero sí para controlarme y coaccionarme!

Dio un paso hacia mí.

—Entonces, ¿todo esto no ha significado nada para ti? ¿Solo ha sido... un juego?

En ese momento, al ver la ira en su mirada, el poder en su cuerpo joven, me asusté, pero entonces algo cambió. Su rabia pareció remitir, desvanecerse y convertirse tan solo en una bruma de tristeza.

—Francis, en Gorhambury no te mentí.

—¿Qué?

—Todo lo que te dije en Gorhambury era verdad. Estaba asustado, me sentía perdido en ese nuevo mundo aterrador al que me habías arrojado. Pensaba que, si lograba enamorarme de ti, me protegerías. Si podíamos estar enamorados el uno del otro, podría estar a salvo contigo. Y eras la persona más extraordinaria que había conocido jamás, y me habías mirado y habías visto algo en mí. Tú, tan inteligente y tan brillante, viste algo en mí. No te haces una idea de lo cautivador que resulta eso para un chico de campo. —«Cautivador», la palabra que pensaba que jamás se usaría para describirme—. No me importaba nada de lo que me habías dicho, ninguna de las advertencias sobre la edad, el destino, el futuro… La posibilidad de que alguien como tú, tan sabio y tan perspicaz, se fijara en mí me hacía sentir vivo.

En ese momento volvió a embargarme la esperanza. Tal vez todo se pudiera solucionar y pudiéramos revivir nuestro amor. Pero luego Villiers enderezó la espalda y adoptó una expresión fría y seria.

—Pero, entonces, ese día, en Greenwich, cuando me dejaste ir como si nada, me di cuenta de que tú eras quien ostentaba el poder, quien lo había poseído desde el principio. Caí en la cuenta de que, al enamorarme de ti, me estaba engañando a mí mismo, al igual que me habías engañado tú. Sabía que, en realidad, para ti no significaba nada; tan solo era otro chico hermoso más. Estábamos jugando a tu juego, Francis Bacon. Ese juego no era mío. Tú lo inventaste, y yo no era más que un peón con el que jugar. Y más adelante, en la corte, la única razón por la que querías volver a estar conmigo era porque alguien me quería mucho más. Y, al ser consciente de ello, al fin tuve claro que no eres capaz de amar. Porque el deseo que sientes de controlarlo todo, incluso lo que siento por ti, te envenena. Solo querías poseerme de nuevo porque querías asegurarte de que podías seguir controlándome. De que podías controlar el amor.

—No —susurré.

No podía soportar oír nada más. No quería oír su verdad, *esa* verdad. Quería oír la mía, lo que me decía mi cabeza. Soy el hombre más inteligente de Inglaterra. Cuando pase a la posteridad, que es lo único que importa de verdad, dirán que fui el inventor del mundo moderno. Viviré en mi verdad, no en la suya.

Salí corriendo para alejarme de él y volví a subir por la ladera por la que acabábamos de bajar. Al principio, dejándose llevar por el desprecio, no se movió. Pero luego comenzó a gritar:

—¡Bacon, vuelve!

Seguí corriendo y tropezándome hasta que llegué a la cima, donde aún nos esperaban nuestros carruajes. El viento me azotaba todo el cuerpo. No sabía qué hacer. ¿Me subía de nuevo al carruaje, volvía a Fulham y hacía como que nada de eso había ocurrido? No podía. Sencillamente no podía. A lo lejos vi la ciudad: Londres. Esa ciudad salvaje, enloquecedora, horrible y salvavidas, el único lugar en el mundo donde los pecadores pueden estar a salvo. Quería estar allí. Quería pasear por sus calles, aunque solo fuera una última vez. Quería que me envolviera en sus brazos y me dijera: «Estás vivo, Francis Bacon. ¡Cómo te hemos echado de menos! Estás vivo para conspirar...». (A estas alturas, ya te sabes el resto).

Eché a correr por un sendero accidentado por el que desfilaban los carruajes de la gente que había salido a pasar el domingo fuera. Y al momento me pareció que Villiers también había empezado a correr detrás de mí.

—¡Francis, detente! ¡Para, Francis! ¡Vuelve!

Ahora me llamaba Francis... ¿Por qué, para manipularme y lograr que le hiciera caso? Confundido, destrozado, me detuve. Me costaba respirar. Quería volverme y enfrentarme a él, con la esperanza de que..., con la estúpida esperanza de que...

El viento seguía azotándome, atacándome, burlándose de mí. En ese momento entendí que había llegado el fin: el fin de todo lo que había sido y había esperado ser. Nunca podría convertirme en un hombre mejor, más importante. Tendría que ocultarme, refugiarme, protegerme de cualquier tipo de sufrimiento o de daños. Pero ¿qué vida es esa? La vida, el amor, es riesgo, y cauterizar el amor es dejar de vivir. «Pero esa es tu tragedia, como ya sabes, Francis Bacon —me susurró el viento—. Siempre has estado ocultándote del amor, y de la vida, Francis Bacon. Buscabas la posteridad porque no podías soportar los riesgos (y las alegrías) que conlleva estar vivo. Pero al final, inevitablemente, llegó a tu vida el amor, y ahora mira, te ha matado».

No dejé de correr, giré, bajé por otra ladera y me tropecé, pero logré mantenerme en pie. Villiers, que era mucho más joven que yo, no tardó en alcanzarme. Extendió el brazo derecho para empujarme, pero mantuve el equilibrio y lo empujé yo también. Al ser más corpulento que él, logré tirarlo al suelo fácilmente. Oí el impacto contra la tierra, el crujido de su cuerpo al caer con fuerza. Salí corriendo de nuevo y no tardé en llegar al borde de Saint James, donde se estaban construyendo nuevas calles, un barrio para los ricos, justo al lado de Westminster.

A lo lejos vi a la guardia real, cuatro o cinco hombres plantados con picas y sombreros con plumas. Me detuve en seco, sin saber qué hacer. Me miraron con una expresión de desconcierto que parecía indicar que sabían que debían hacer algo, que recordaban ligeramente haberme visto antes, en aquella época en la que yo aún existía en aquel mundo. (¡Solo habían pasado dos meses!). Entonces volví a oír la voz de Villiers:

—¡Señores, soy el duque de Buckingham! —Al oír aquello se enderezaron de inmediato. A él sí que recordaban haberlo visto antes—. ¡Este hombre es el conocido enemigo de Inglaterra,

Francis Bacon! ¡Tiene prohibido acercarse al rey y entrar en la ciudad de Londres! ¡Detenedlo! ¡Proteged vuestro país y a vuestro rey! ¡Detened a este traidor!

¿«Traidor»? ¿¡«Traidor»!? Los guardias se abalanzaron sobre mí; sentí que su peso me cubría, como una sombra rápida y amenazadora, una negrura que me engullía. Sentí sus puñetazos y sus patadas, la tormenta de golpes que se desataba sobre mí mientras me gritaban:

—¡Traidor!

—¡Ladrón!

—¡Maricón!

—¡Estúpido!

Pero ¿me estaban diciendo todo eso de verdad o me lo estaría imaginando por la vergüenza? Su violencia me impactó tanto que me quedé paralizado. No te equivoques: sentí cada puñetazo, cada patada, hasta que redujeron mi cuerpo a una pelota con la que un niño podría jugar por la calle, entre gritos y vítores, mientras chutan y marcan goles. Pero, allí tumbado, molido a palos, mientras mi mundo se desmoronaba y empezaba a ver con claridad que nunca llegaría a ser lo que pretendía, tan solo podía pensar en una cosa: aquella noche en Gray's Inn en la que nos quedamos tumbados juntos, desnudos, sin follar, tan solo abrazándonos, conscientes de que estábamos enamorados, consciente de que aún era un buen hombre.

¿Sería cierto lo que había dicho? Me parecía imposible que lo fuera, pero ¿por qué iba a mentir? ¿Para protegerse? ¿Para hacerme daño? Era como si el mundo entero hubiera opinado una cosa y, de pronto, como si nada, hubiera empezado a opinar lo contrario. Ahora opinaba que yo no era un buen hombre, que era malvado. ¿Cómo era posible? Antes pensaba que yo mismo escribiría la historia, pero ahora sabía que se escribiría *sobre mí* en los libros de historia, y no precisamente del modo en que había imaginado.

De repente cesaron los golpes. La negrura se abrió y la luz blanca del día se coló entre las siluetas de los guardias que formaban un círculo a mi alrededor. Parpadeé ante la claridad repentina. Por el borde del círculo oscuro apareció Villiers, con el pelo rojizo ondeando al viento. Apenas le podía distinguir los ojos marrón verdoso. Estaba sonriendo, y ahora veía que su preciosa sonrisa de siempre era idéntica a esa otra, vengativa y cargada de odio. Esa sonrisa no me pertenecía a mí, sino a él. Lo había entendido mal desde el principio.

Me sabía la boca a sal, a la sangre caliente que me goteaba de la nariz. Alcé la vista para mirar a mi Villiers, el chico más precioso del mundo, quien me había enseñado a amar. Quería que viera que soy un buen hombre, un hombre con principios, un hombre progresista, un hombre que ama y merece ser amado. Pero sus ojos, esos ojos milagrosos, rezumaban odio y desprecio.

Y yo seguía sin entender cómo podía sentir todo eso por mí.

EPÍLOGO

Bacon murió en 1626, cinco años después de caer del poder, sin haber logrado resurgir. En su testamento, le dejó Gorhambury a su secretario, Meautys, que vivió allí hasta el fin de sus días. El año antes de que muriera Bacon, el rey había fallecido de tanto beber. Su hijo, el príncipe Carlos, también mantuvo a Villiers a su lado, aunque solo como amigo, y al final Villiers murió a los treinta y cinco años, apuñalado a manos de un soldado rebelde. El príncipe Carlos, es decir, Carlos I, murió decapitado tras la guerra civil inglesa. A Robert y Frances Carr los liberaron de la prisión poco después de la caída de Bacon, pero los expulsaron de la alta sociedad y no se reconciliaron. Después de liberar a Bacon, Edward Coke recuperó su posición, volvió al poder y vivió feliz durante muchos tiempo, hasta que murió en su casa de campo a los ochenta y dos años.

Durante el siglo diecisiete, la obra de Bacon se fue volviendo más y más influyente, aunque sus ideas revolucionarias resultaron ser polémicas. En el siglo dieciocho, Voltaire llamó a Bacon el «padre» del nuevo mundo, el mundo de la razón y la ciencia. En el siglo diecinueve, el historiador William Hepworth Dixon escribió: «La influencia de Bacon en el mundo moderno es tal que cualquiera que vaya en tren, envíe un telegrama, utilice tractores de vapor, se siente en un sillón, cruce el canal de la Mancha o el Atlántico, se tome una buena cena, disfrute de un bonito jardín o se someta a una operación quirúrgica indolora le debe algo».